Männerfallen

Eva Rossmann

Männerfallen

Der 15. Mira-Valensky-Krimi

Folio Verlag

Lektorat: Joe Rabl

Grafische Gestaltung: Dall'O & Freunde
Druckvorbereitung: Typoplus, Frangart
Printed in Austria

ISBN 978-3-85256-629-0

www.folioverlag.com

[1.]

Lassen Sie mich durch!“

„Au, das war mein Bein!“

„Sorry, aber wenn Sie so drängen …“

„Also das geht jetzt wirklich nicht. Ich warte schon viel länger!“

„Ich bin von der Presse.“

„Und? Stell dich gefälligst hinten an!“

„Noch einmal: Ich hab einen Termin mit ihm, kann ich jetzt endlich vorbei?“ Ich bekomme einen Stoß in den Rücken und drehe mich gereizt um. Hysterische Frauen. Und das wegen eines Typen, der ein Buch über die angeblich ach so notwendige Befreiung der Männer geschrieben hat. Samt der dazugehörigen Portion Sex. „Sei ein MANN!“ Weil die Frauen längst das Sagen hätten. Vielleicht war auch er einmal eingekeilt. Aber das ist wohl keine Entschuldigung. Blonder Affe aus Berlin. Und ich soll ihn interviewen. Vorausgesetzt, ich komme durch.

Die Menschenschlange vor der Halle F des Wiener Museumsquartiers ist lang und aufgeregt und wild entschlossen, keine Bevorzugungen zuzulassen. Ein kollektives Lebewesen, getrieben von Bewunderung, Neugier, pseudoerotischen Fantasien, genährt durch üppige Medienberichte über den neuen Superstar, mit einem schlichten Ziel: IHN zu sehen, IHM zuzuhören, vielleicht sogar ein Autogramm von IHM zu bekommen, einen Blick, einen Händedruck, wenn nicht mehr …

Mir reicht's. Ich muss raus aus dem Pulk. Ich werde die Managerin von Thomas Pauer anrufen. Die vom Verlag sollen mich abholen. Und wenn sie nicht wollen, dann eben nicht. Dann gibt es keine Geschichte im „Magazin“. Ich drehe mich um. Aber auch da will man nicht weichen. Eine Frau in rosafarbener Modetracht tritt mir auf die Zehen. Ich hole Luft und ramme ihr meinen Ellbogen so unauffällig wie möglich in die Seite. Ein spitzer Schrei, der im Massengemurmel untergeht. Sie kippt ein wenig zur Seite, ich drängle, merke, wie mir Schweiß in die Augen tropft. Wien im Sommer. An sich liebe ich das. Wenn ich nicht mit anderen um jeden Quadratzentimeter Boden kämpfen muss. Ich winde mich an einigen jungen Mädchen vorbei, stoße auf ein Paar in meinem Alter, Mann Typ Oberbuchhalter, Frau Typ Frisch-gestrichen-und-aufpoliert. Er scheint zu überlegen, ob sie Platz gewinnen, wenn sie mich durchlassen, oder ob es dann die Menschen auf der Seite leichter haben, etwas weiter nach vorne zu kommen.

„Mira Valensky", sage ich. „Vom ‚Magazin'. Ich schreibe eine Story über den Männer-Pauer. – Warum sind Sie hier?"

Die Frischgestrichene sieht mich misstrauisch an. Ihr Oberbuchhalter kommt näher, flüstert mir ins Ohr: „Wenn wir Ihnen ein Interview geben, bringen Sie uns dann rein? Kriegen wir einen Platz im Saal?"

Ich ziehe meinen Kopf zurück. „Kein Interview. Ich habe bloß gefragt, warum Sie da sind, und ich hab keine Ahnung, wer wie reinkommt."

„Weil Sie ja einen privilegierten Platz haben. Wahrscheinlich in der ersten Reihe", faucht er.

Schon eigenartig. Die hören auf jeden Unsinn, den die Medien groß berichten. Sonst wären sie jetzt auch nicht hier. Aber Journalisten mögen sie nicht besonders gern. – Oder bloß Journalistinnen? Ich versuche ein Lächeln. „Ich brauche meinen Platz nicht, Sie können ihn haben. Lassen Sie mich bitte einfach vorbei."

„Wir kriegen also Ihren Platz?"

„Klar. Wenn Sie mich durchlassen."

„Dann kriegen Sie auch ein Interview mit uns."

„Ich brauche kein …"

Er nickt. „Okay, wir sind da, weil dieser Thomas Pauer endlich die Wahrheit schreibt. Nämlich dass wir Männer längst unterdrückt werden, dass wir uns auf die Beine stellen müssen. In jeder Beziehung."

Die Frischgestrichene nickt. „Ich brauche keinen Waschlappen. Da ist mir ein richtiger Mann schon lieber. Der es mir …"

Oberbuchhalter nickt, ich nütze die Sekunde, in der sie enger zusammenrücken, fädle mich zwischen ihnen und weiteren Männer-Pauer-Liebhaberinnen durch, höre noch ein „He, was ist jetzt mit dem Platz?", habe endlich etwas mehr Luft und Raum, mache einige schnelle Schritte Richtung Eingangshalle und ziehe mein Mobiltelefon aus der Tasche. Farah Seifried. Die Verlagschefin. Seine persönliche Managerin. Es gibt auch noch eine Pressefrau, aber unsere Chefredaktion hat mit der Verlagschefin direkt verhandelt. – Wunderbar! Da muss man verhandeln, um ein Interview mit einem gehypten Hohlkopf zu kriegen. Und das Ganze wird dann im „Magazin" auch noch quasi zur Chefsache erklärt. Und mir, als Chefreporterin, umgehängt. Unsere Sekretärin, das heißt natürlich die Chefsekretärin, hat mir die Nummer von dieser Seifried geschickt. Der Gipfel des Glücks. Die direkte Nummer der Verlagschefin. Mehr werde ich heute nicht zu erwarten haben. Ich wähle. Niemand geht ran. Wunderbar und tschüss. Da kann man eben nichts machen, Schicksal. Vielleicht habe ich doch mehr Glück als gedacht.

„Seifried?"

So viel dazu. „Mira Valensky. Ich stehe unter dem Plakat vor der Halle im Museumsquartier und komm nicht rein. Die Fans lassen mich nicht durch."

„Tja, es werden täglich mehr. In Berlin hatten die Veranstalter einen Sicherheitsdienst. Aber das scheint man in Wien verabsäumt zu haben."

„Also: Wie komme ich zu Thomas Pauer?"

„Ich schicke Ihnen eine Mitarbeiterin raus. Ich kann Ihnen leider nur mehr dreißig Minuten geben. Aber das ‚Magazin' ist uns natürlich wichtig."

Klar, wir sind die größte Wochenzeitung in unserem kleinen Land. Daher wichtig, daher reichen aber auch dreißig Minuten. Mal schauen, ob sich Frau Verlagschefin freut, wenn sie unsere Story liest. Sie scheint gar nicht auf die Idee zu kommen, dass jemand auch kritisch über den deutschen Wundermann berichten könnte. – Oder ist ihr das egal? Motto: Hauptsache, er ist im Gespräch? Das jedenfalls scheint ihr bisher sehr gut gelungen zu sein. Ich gebe ihr meine genauen Koordinaten, lehne mich an die Wand der Eingangshalle. Vis-à-vis von mir ein riesiges Ankündigungsplakat. Thomas Pauer, blond, muskulös, mit blauen Augen und siegessicherem Grinsen und dahinter das Cover seines Mega-Bestsellers: „Sei ein MANN!" Riesige hellrote Buchstaben auf blauem Grund. Immer noch kommen Menschen, höchstens ein Drittel davon sind übrigens Männer, und drängen Richtung Halleneingang.

Etwas abseits eine Gruppe Frauen, die Transparente hochhalten. Wahrscheinlich mit Texten wie: „Pauer, wir lieben dich!", „Thomas, ich will einen Sohn von dir!", „Mann, mach's mir!" Ich kneife die Augen zusammen, versuche die Buchstaben zu entziffern. Klar, ich brauche eine Brille, bräuchte ich schon seit fünfundzwanzig Jahren, aber wer muss schon alles total scharf sehen? Bessere Idee. Ich krame meinen Fotoapparat aus der Tasche, zoome hin: „Kampf dem Patriarchat!", „Die Hälfte der Macht den Frauen, die Hälfte der Hausarbeit den Männern!", „Pauer-Männchen verzieh dich!"

Sieh an. Nicht alle lieben den neuen Glücksbringer. Fünf der Frauen sind eher älter als ich, zwei dafür deutlich jünger. „Kampf dem Patriarchat!" klingt ziemlich vorgestrig. Na ja. Vielleicht ist es bloß zeitlos. Ich drücke ein paarmal ab. Eine aus der Gruppe löst sich und kommt direkt auf mich zu. Hat sie gesehen, dass ich fotografiert habe? Ist das nicht erlaubt? Aber sie nimmt mich gar nicht wahr, eilt bloß Richtung Ausgang. Ich stelle mich ihr in den Weg.

„Mira Valensky vom ‚Magazin'. Ich habe ein paar Fotos von Ihren Transparenten gemacht. – Ich würde in meiner Reportage auch gerne die Kritikerinnen von Thomas Pauer zu Wort kommen lassen. Was ist das für eine Gruppe?"

Die Frau sieht mich misstrauisch an. Sie ist zirka so groß wie ich, nicht dick, aber breitschultrig und massiv. Vielleicht trägt auch die dunkelbraune, weit geschnittene Jacke dazu bei. Viel zu warm für dieses Wetter. Hornbrille. So was ist inzwischen ja ziemlich modern, bei ihr wirkt sie irgendwie bedrohlich. Als wollte sie sich verstecken, aber dafür alles sehen. Sie muss so Mitte fünfzig sein, schätze ich. Durch das Kamerazoom hat sie älter gewirkt. Das „Magazin" ist nicht eben ein linksfeministisches Kampfblatt. Immer auf der Suche nach Quote, hie und da mit Einsprengseln von seriösem Journalismus. Der wird allerdings in erster Linie von meinem Freund Droch, dem Leiter der Politik-Redaktion, abgedeckt. Aber ich bemühe mich auch, wirklich. Bloß, wie soll ich das meinem Gegenüber klarmachen? Muss ich?

„Maggy Körmer", sagt sie nach einer Nachdenkpause. „Es handelt sich um einen freien Zusammenschluss freier Frauen. Wir haben keinen Namen. Wir spielen das Spiel männlicher Vereinsmeier nicht mit. Was wir sagen wollen, ist allerdings klar: Wir lehnen jede Form der männergesteuerten Gesellschaft ab." Sie fährt sich durch ihre etwas zu rot gefärbten Haare.

„Und was sagen Sie zu den vielen Frauen, die das, was Pauer schreibt, offenbar großartig finden?"

Maggy Körmer schnaubt. „Man hat ihnen das selbstständige Denken abgewöhnt. Sie sind von den Männern verobjektiviert worden, wenn Sie verstehen, was ich meine, nicht Subjekt ihres Handelns. Was erwarten Sie von solchen?"

„Man muss sie befreien, oder?" Ich erinnere mich dunkel an derartige Schlagworte. Als Kind habe ich eine Zeit lang geglaubt, man habe Frauen irgendwo in ein Gatter gesperrt. So wie in einem Zoo. Ich war sehr dafür, dass sie rausdürfen. Und ich hab mich darüber gewundert, dass mein Vater das für Unsinn gehalten hat.

„Selbstverständlich ist es die Aufgabe aller demokratisch denkenden Frauen, ihre Geschlechtsgenossinnen zum selbstständigen Sein zu ermächtigen."

Ich sehe mein Gegenüber an. Kein Lächeln, kämpferischer Blick. Vielleicht gibt's da auch nichts zu lachen und ich bin einfach oberflächlich. „Und wenn sie sich nicht befreien lassen wollen?"

Maggy Körmer sieht auf die Uhr. „Ich muss zu einem Vortrag."

„Sie lassen Ihre Mitkämpferinnen allein?"

„Sie sind es gewohnt, auf eigenen Beinen zu stehen." Und damit ist Maggy Körmer weg. Kann ich schreiben, was sie mir gesagt hat? Will ich es? Und: Wo bleibt mein Fotograf? War er früher, also rechtzeitig, da und ist schon drin? Hat ihn die Menschenmasse geschluckt? Ich arbeite am liebsten mit Regina aus der Fotoredaktion, sie hat nicht nur einen Sinn für gute Bilder, sondern auch journalistisches Gespür. Aber: Weil das da eben alles offenbar Chefsache ist, wollte der Chef der Fotoredaktion selbst dabei sein. Wahrscheinlich ist er einfach neugierig auf den Typ, der diesen Mega-Macho-Bestseller geschrieben hat. Und überlegt, ob er sich was abschauen könnte.

„Traust du dich nicht hin?"

Ich fahre herum. Der Leiter der Fotoredaktion grinst mich an. „Scheint ziemlich was los zu sein hier."

„Ich dachte, du bist schon drin", antworte ich.

„Hast du nicht gecheckt, wie wir reinkommen?"

Ich sehe ihn ein wenig spöttisch an. „Das haben wir Frauen schon drauf. Wir werden von einer Mitarbeiterin der Verlagschefin abgeholt."

„Höre ich da diesen Wir-Frauen-machen-es-jedenfalls-besser-Ton raus?"

„Mit denen da hab ich jedenfalls wenig gemeinsam", antworte ich und deute auf die Fangemeinde im Hof.

„Klar, die sind eben keine Chefreporterinnen. Nicht alle haben Haare auf den Zähnen.“

„Fotografier lieber. Dafür wirst du bezahlt.“

„Sagt er ja: So weit ist es mit uns gekommen. Uns wird bloß befohlen und wir müssen springen.“ Er grinst.

„Sag nicht, dass du das Buch schon gelesen hast.“

„Nein, aber über das Buch konnte man ja jede Menge lesen.“

„Und es gefällt dir.“

„Sorry, Mira. Ich weiß, du willst das nicht hören, aber: ja. Es gefällt mir. Warum bitte müssen wir uns ständig dafür entschuldigen, Männer zu sein?“

„Ach, ist das so?“ Ich schenke ihm ein mitleidiges Lächeln. „Und warum bist du dann Chef der Fotoredaktion und nicht Regina?“

„Weil sie kürzer da ist, weil ich mehr Erfahrung habe. – Und außerdem: Warum bist du Chefreporterin und nicht … zum Beispiel Christof?“

„Du willst mich wirklich mit Christof vergleichen? Ich packe es nicht. Der schaut bei jeder Geschichte, ob sie den Freunden in seiner Studentenverbindung passt. Ganz abgesehen davon, dass ich eben bewiesen habe, dass ich gute Storys liefere.“

„Also ist auch die angeblich ach so mächtige Studentenverbindung nicht imstande, ihm diesen Job zu besorgen.“

Schön langsam werde ich wütend. Wie der die Realität verdreht … „Und was ist mit dem Umstand, dass Frauen um die Hälfte weniger verdienen?“

„Bleib cool, Mira. Ist ja kein Angriff auf dich. Du bist echt gut, ich gestehe Frauen so was zu. Nur dass sie es uns nicht zugestehen, nervt mich. Und: Du hast als Chefreporterin einen ziemlich guten Vertrag.“

„Du bist angestellt. Ich nicht. Du verdienst mehr.“

„Das kann man nicht vergleichen. Außerdem: Seit wann willst du angestellt sein?“

Ach Mist, das ist heute nicht mein Tag. Es stimmt, ich arbeite gern mit einem fixen freien Vertrag. Macht mich irgendwie unabhängiger, zumindest mag ich das Gefühl, dass das so sein könnte.

„Und dass Frauen nicht die Hälfte verdienen, weißt du ganz genau“, fährt mein Fotograf fort. „Sie arbeiten einfach weniger lang. Und in den falschen Branchen. Das ist alles.“

„Ach ja, so wie deine Frau: Die arbeitet nur halbtags, weil ihr zwei kleine Kinder habt und weil der Herr Fotograf natürlich keine Zeit für die hat."

Er schluckt. Jetzt ist auch er wütend. Gut so. „Sissi ist total zufrieden so, das kannst du als kinderlose Emanze nicht begreifen. Es geht eben nicht allen Frauen um den Egotrip!"

Ich atme durch. Ich muss mich auf so einen Schwachsinn nicht einlassen. Möglichst ruhig sage ich: „Sei so gut und fotografier einfach. Okay? Mach deinen Job. Sonst muss ich dich bitten zu gehen."

„Ist doch typisch! Genau so, wie er schreibt: Frauen glauben, alles bestimmen zu können, und sind dabei auch noch wehleidig." Er grinst. „Kann es sein, dass du zu wenig Sex hast?"

Ich hole tief Luft. „Ich fürchte, du hast Wichtigeres zu tun, als mit einer kinderlosen Emanze hier auf den neuen Messias zu warten. Also: Tut mir leid, ich brauche dich nicht bei diesem Interview."

Der Chef der Fotoredaktion starrt mich fassungslos an, Mund halb offen, jetzt muss ich mir ein Grinsen verkneifen. Ist schon ganz schön, manchmal ein wenig Macht auszuüben.

„Das hat ein Nachspiel", sagt er dann. „Ich bin der Leiter der Fotoredaktion ..."

„Und das ist meine Reportage." Ich sage es ganz ruhig, sehe mich um. Wo ist die Verlagsfrau? Wäre dumm, wenn man mich hängen ließe. Ganz besonders nach diesem Auftritt. Als ich mich wieder zum Fotografen umdrehe, ist er verschwunden. Auch recht. Zu wenig Sex. Kinderlose Emanze. Man packt es nicht. Ist es jetzt schon ein Makel, keine Kinder zu haben? Ich habe Gismo, meine Katze. Schon ziemlich betagt inzwischen, aber gut drauf. Lässt sich nicht vergleichen, klar. Und ich habe Oskar. Samt Liebesleben. Keine Klagen diesbezüglich. Auch wenn wir natürlich älter werden und nicht immer so viel Zeit ist. Und überhaupt: Kann es nicht einfach so sein, dass wir alle leben dürfen, wie es uns passt?

Jemand tippt mir auf die Schulter. Ich zucke zusammen. Dieser idiotische Fotograf ... ich werde ihm ... aber es ist eine junge Frau, die mich ansieht: mehr als eins achtzig groß, schlank, mit kurzen dunklen Haaren und einem ärmellosen Kleid, das bei ihr wirkt, als wäre es ein Designerstück. Ist es ja vielleicht auch.

„Frau Valensky? Frau Seifried hat gesagt, ich soll Sie abholen, ich bin aus der Presseabteilung von Alpha Books."

Ein Bodyguard, den der Verlag offenbar zum Schutz seines Bestsellerautors angeheuert hat, lotst uns an den Fans vorbei. Die paar Kritikerinnen mit ihren Transparenten stehen noch immer etwas abseits, niemand nimmt Notiz von ihnen. Scheint allerdings so, als wären sie daran gewöhnt. Wir folgen dem muskelbepackten Mannsbild, er ist gegen zwei Meter. Offenbar stehen sie in diesem Verlag auf Größe. Mein Oskar hätte mit seinen eins dreiundneunzig gute Chancen, als ihr Anwalt anzuheuern. Freilich würde er niemals ein T-Shirt tragen, auf dem „Sei ein MANN!" steht. Außer im Fasching. Hat er nicht notwendig. – Oder täusche ich mich? Haben Männer wirklich das Gefühl, endlich wieder Stärke zeigen zu müssen? Oskar ist stark. Wenn auch anders. Zum Glück. – Reicht ihm das?

Hintereingang. Backstage. Eine Reihe von schmucklosen Türen. Die Pressefrau klopft an eine von ihnen, öffnet sie, ohne auf Antwort zu warten, bittet mich, einzutreten. Der Bodyguard bleibt draußen. Muskeln allein sind eben doch zu wenig, um mitreden zu können.

Künstlergarderobe, der obligate Spiegel mit Lampen und einem Stuhl davor. Bitte? Thomas Pauer ist Autor und kein Schauspieler. Na gut. Eigens gestylte Autorengarderoben dürfte es nicht geben. Er sitzt ohnehin nicht vor dem Spiegel, sondern in einer kleinen Besprechungsecke. Drei Ledersessel, in der Mitte ein Tischchen. Wohlerzogen steht er auf. Er ist kleiner, als ich gedacht habe. Auf den Pressebildern wirkt er wie ein Hüne, aber er dürfte nicht viel größer sein als ich. Die Frau neben ihm sieht kurz auf, nickt mir zu und tippt weiter in ihren Laptop.

Die schicke junge Frau aus der Presseabteilung stellt uns einander vor und entschuldigt sich dann, es gäbe eine Reihe von Terminen und Anfragen zu koordinieren. Natürlich ist Thomas Pauer ein Typ, den viele attraktiv finden. Ende vierzig, muskulös, blonde, nicht ganz kurz geschnittene Haare, blaue Augen, voller Mund, kantiges Gesicht, leicht gebräunt. Mir ist er irgendwie zu hübsch. Erinnert mich an die Typen aus der Fernsehwerbung. – Würde ich diesem Mann einen Gebrauchtwagen abkaufen? Vielleicht eine Tube Zahnpasta. Seine Zähne sind wirklich weiß, fast etwas zu weiß und ebenmäßig. Er lächelt und ich lächle zurück. Das also ist der neue Retter der Männlichkeit. Knistern tut da gar nichts. Null Sexappeal, stelle ich fest. Aber Geschmäcker sind ja bekanntlich verschieden.

„Guten Tag, Frau Valensky, wir haben leider nur mehr zwanzig Minuten", sagt die Verlagschefin und klappt ihren Laptop zu. Dann Stirnrunzeln. „Haben Sie keinen Fotografen mit?"

Ich setze mich. „Ich fotografiere lieber selbst."

„Sie sind wirklich Frau Valensky vom ‚Magazin'?", fragt die Verlegerin.

„Meistens habe ich den Eindruck", erwidere ich einigermaßen spöttisch.

„Können Sie sich bitte ausweisen?"

Ich versuche mein spöttisches Lächeln zu behalten.

„Ihre Mitarbeiterin hat mich abgeholt."

„Sie hat eine Frau abgeholt, die unter dem Plakat stand."

Was glaubt die eigentlich? „Reicht Ihnen ein Presseausweis oder brauchen Sie Zeugen? In Österreich kennt mich die eine oder der andere. Oder Sie googeln mich einfach." Ich deute auf ihren Laptop.

Sie sieht mich forschend an. „Es gibt eine Menge Frauen, die so nahe wie möglich an Thomas Pauer heranwollen. Manche sind da ziemlich erfindungsreich."

Ich krame nach meinem Presseausweis, er ist in meiner Geldbörse, das weiß ich. Nur dass ich die momentan in der großen Handtasche nicht finden kann. Oder habe ich sie etwa gar zu Hause auf dem Schreibtisch vergessen, als ich noch rasch nach dem Ersatzakku für den Fotoapparat gesucht habe?

„Ich glaube ihr", sagt Thomas Pauer in die Richtung seiner Managerin. Ich habe recherchiert, wer sie ist: stammt aus Bonn, ist neununddreißig, also genau zehn Jahre jünger als ich. Vor einem Jahr aufgestiegen zur Verlagsleiterin von Alpha Books, deutschsprachiger Teil eines der größten internationalen Medienkonzerne. Perfekt frisierte schulterlange blonde Haare, dunkelblaue Hose aus leichtem, feinem und jedenfalls teurem Material, extrem gut sitzende weiße Bluse. Natürlich schlank.

Die Verlagschefin wirft ihrem Autor einen kurzen Blick zu, lächelt. Sagt nichts.

Ich krame weiter. Fotoapparat. Ich lege ihn auf den Tisch. Will sie mich nervös machen? Was steckt da für eine Strategie dahinter? Sie weiß ja nicht, dass ich ihren Star bloß „mittel-klasse" finde. Mittelklasse. Passt zu ihm. Hat sie mitbekommen, dass ich meinen Fotografen heimgeschickt habe? Und warum? Unsinn, wie hätte sie können? Wäre er da, mir wäre diese peinliche Situation erspart geblieben. Mein Aufnahmegerät. Auch da. Ich stecke es in die Hosentasche. Endlich. Geldbörse. Presseausweis. Ich halte ihn hoch. „Reicht das?" Spott in der Stimme. Gut so. Aber Schweißperlen auf der Oberlippe. Ganz schlecht.

Sie deutet mir, mich zu setzen. Thomas Pauer nimmt auch wieder Platz.

„Wir können Ihnen auf alle Fälle Pressefotos zur Verfügung stellen. Und ein ausführliches Interview, das Sie verwenden können. Es deckt die gängigsten Fragen ab", gibt mir die Verlagschefin zu verstehen.

Ich frage lieber selbst. Ich schalte mein Aufnahmegerät ein, lege den Fotoapparat bereit und sehe Thomas Pauer an. Immerhin geht's hier um ihn. Hab ich zumindest bisher gedacht. „Wie erklären Sie sich, dass Sie auch in Österreich so viele weibliche Fans haben? Ich bin kaum durchgekommen, als ich in die Halle wollte."

Thomas Pauer runzelt die Stirn und lächelt dann. „Es gefällt ihnen, was ich schreibe, denke ich. Es gibt eine Menge Frauen, die mit dieser verordneten Gleichmacherei nichts am Hut haben."

„Glauben Sie, dass die Ihr Buch schon gelesen haben? Heute ist Ihr erster Auftritt in Österreich."

„Das Buch ist, wie auch in Deutschland, seit zwei Wochen auf dem Markt", mischt sich die Verlagschefin ein. Ich versuche sie zu ignorieren.

Thomas Pauer lächelt immer noch. „Ich denke, dass es ein Teil wohl schon gelesen hat. Und die anderen konnten ja einiges in den Medien darüber erfahren. Ich habe eindeutig einen wichtigen Punkt getroffen."

„Die Verkaufszahlen sprechen Bände", ergänzt Farah Seifried. „Wir stehen mit der deutschsprachigen Ausgabe momentan bei hundertfünfzigtausend verkauften Exemplaren, in Italien und Spanien, wo das Buch zeitgleich erschienen ist, sind jeweils um die hunderttausend Exemplare verkauft worden, in Schweden wurden bisher sechzigtausend Bücher verkauft, ähnlich ist es in Frankreich."

„Haben Sie sich jemals benachteiligt gefühlt?" Das frage ich jetzt ganz bewusst die Verlagschefin. Sie starrt mich kurz an und nickt dann Thomas Pauer zu.

„Ja", antwortet er. „Es ist ja bekannt, dass ich beim Privatsender ‚All-24' in Berlin gearbeitet habe. Als es um die Moderation des Hauptmagazins ging, bin ich abgeblitzt. Weil ich ein Mann bin. Man wollte dem Sender ein ‚modernes' Image verpassen und hat mir daher eine Kollegin vorgezogen."

„Sie durften die Sportnachrichten moderieren", ergänze ich. Schon interessant, dass die Verlagschefin nicht antworten wollte. Aber eigentlich auch bloß professionell.

„Und das Wochenendwetter", ergänzt die jetzt mit ausdruckslosem Gesicht. – Wie war das? Die Prinzessin hat den Frosch an die Wand geworfen und dann ist ein Prinz daraus geworden.

„Die überwiegende Zahl von Führungsjobs ist in Männerhand, ganz abgesehen davon, dass Männer deutlich mehr verdienen als Frauen. – Wie kommt es da, dass Sie die Männer für benachteiligt halten?" Jana, die Tochter meiner besten Freundin, hat mir eingeschärft, mich ja nicht durch Phrasen und Sexsprüche von den Fakten abbringen zu lassen. Als ob ich das täte. Ich blinzle auf die Uhr. Jana. Wir sind verabredet. Eigentlich genau jetzt. Sorry, hat sich alles verzögert.

Der Bestsellerautor lehnt sich zurück. Diese Frage hat man ihm schon öfter gestellt, das merke ich an seiner entspannten Reaktion. Womit könnte ich die beiden überraschen?

„Natürlich gibt es zurückgebliebene Weltgegenden, ich setze mich selbstverständlich dafür ein, dass Frauen nicht unterdrückt werden. Aber im Westen ist das längst anders. Die Zahlen der letzten zehn Jahre belegen, dass Frauen auf der Überholspur sind. Und dass wir Männer in vielerlei Beziehung zurückgestellt werden. Frauen bekommen die besseren Jobs, weil es ‚in' ist, Frauen in den Führungsetagen zu haben. Männern wird vorgeworfen, sich zu wenig an der Kindererziehung zu beteiligen. Aber in Wirklichkeit hindern die Frauen sie daran. Sie wollen Herrin über die Familie und das Haus bleiben, aber sie wollen auch gleich viel verdienen wie Männer und Karriere machen. Und dann beklagen sie sich über die Mehrfachbelastung. Und es ist Tatsache, dass Frauen in der gesamten westlichen Welt um einige Jahre älter werden als Männer."

„Kann das nicht damit zu tun haben, dass sich Frauen mehr um ihre Gesundheit kümmern?"

„Tja, aber warum ist das so? Vielleicht haben Männer nicht genug Zeit dafür?"

Das ist ein Randthema, Mira, du musst anderes heimbringen. Saftigeres.

„Sie schreiben, dass Frauen keine Softies mögen, keine Männer, die immer bloß diskutieren, sie wollen, dass Männer zur Sache kommen. – Waren Sie selbst so ein Softie?"

Jetzt stutzt er wenigstes für einen Augenblick, runzelt die gebräunte Stirn und wirft seiner Managerin einen kurzen Seitenblick zu.

„Um das zu wissen, muss man kein abgeblitzter Softie sein", nimmt sie auch sofort den Ball auf. „Herr Pauer schreibt, worüber seit Jahren in Deutschland nie laut geredet wurde. Weil es die heilige Political Correctness nicht duldet. Weil man für diese – sorry für den Ausdruck, das ist natürlich nicht zur Veröffentlichung bestimmt, Sie führen das Interview ausschließlich mit Herrn Pauer – Weicheier ewig lang Stimmung gemacht hat. Vor allem in intellektuellen Kreisen. Als ob ein denkender Mann kein richtiger Mann sein dürfte."

„So ist es", ergänzt der Bestsellerautor. „Frauen finden es doch schön, wenn ein Mann zeigt, dass er sie attraktiv findet, dass er mehr will als bloß quatschen." Er grinst mich an. „Wissen Sie, was eine Frau im Bett am wenigsten mag? Dauernd gefragt zu werden: ‚Wie hättest du es denn gern?' ‚Ist es recht so?' ‚Möchtest du etwas anderes?' Das ist doch der totale Lustkiller. Sie soll sich nehmen, was sie will. Oder sie soll dankbar sein für das, was sie kriegt."

Farah Seifried lächelt und sieht auf ihre perfekt farblos lackierten Fingernägel. Das Thema gefällt ihr. Klar, es macht Quote. Sex zieht immer.

„Oder dankbar sein für das, was sie kriegt?", wiederhole ich. „Wie viel Nachdruck darf ein Mann hinter seine … Aktivitäten legen?"

Die Verlagschefin fällt mir ins Wort. „Herr Pauer verabscheut jede Gewalt gegen Frauen, das schreibt er auch ganz deutlich."

„Selbstverständlich", assistiert der Autor.

„Und Ihre Frau: Ist sie eine starke Frau, die sich nimmt, was sie will?"

Rascher Blick zwischen Seifried und Pauer. Seifried nickt, Pauer antwortet: „Meine Frau ist eine richtig starke Frau. Sie traut sich sogar, bei den Kindern daheimzubleiben."

Klippe geschickt umschifft. Sein Image als Super-Mann bleibt unangetastet und wir haben uns vom Sex zur Kinderbetreuung bewegt. Wie nett.

Die Verlagschefin sieht auf die Uhr. „In einer halben Stunde beginnt die Lesung. Wir haben vorher noch ein Live-Interview mit Radio Berlin. Tut mir leid …"

Ich nicke, lasse mein Aufnahmegerät laufen und mache noch rasch einige Fotos.

„Haben Sie eigentlich was dagegen, wenn man Sie als Macho bezeichnet?", frage ich ganz nebenbei, während ich versuche, Pauer mit Seifried im Hintergrund aufs Bild zu bringen.

„Stört es Sie, als Emanze bezeichnet zu werden?", fragt er zurück. Der Typ ist in den letzten Wochen durch sämtliche Talkshows getourt.

Der hat auch mit Frauen zu tun gehabt, die ihn nicht von vornherein lieben.

Ich lächle. „Momentan finde ich es richtig toll. – Und wie ist das bei Ihnen?"

Er grinst. „Mir würde es gar nichts ausmachen, Sie später an der Hotelbar zu treffen."

Was war das jetzt? Anmache, wie Frauen sie mögen? Träum schön, Kleiner! Aber das sage ich natürlich nicht. Ich grinse bloß zurück.

Wahrscheinlich gehört das alles ohnehin nur zu seinem Public-Relations-Programm, überlege ich, als ich in der U-Bahn, eingekeilt zwischen zwei lautstark telefonierenden Männern, Richtung Praterstern fahre. Wobei ich mir sicher bin, dass diese Seifried da einiges mitzureden hat. Ob er das Buch überhaupt selbst geschrieben hat? Das wird schon stimmen. Er war ja immerhin so eine Art von Journalist. Wenn auch bei einem ziemlich kleinen Privatsender in Berlin. Hat offenbar sogar ein Jahr in Wien Publizistik studiert. Habe ich zumindest der Pressemappe entnommen. Ob es, wenn er in Italien unterwegs ist, eine Pressemappe gibt, in der steht, dass er die Universität von Bologna besucht hat? Habe ich auch. Für eine halbe Stunde. Letztes Jahr. Als ich mit Oskar auf einem wunderschönen Italientrip war. Die Verlagschefin versteht sicher eine Menge von Marketing. Muss sie auch, wenn sie bei Alpha Books Karriere gemacht hat. Dafür reicht es nicht, Bücher zu mögen und vielleicht etwas Einschlägiges studiert zu haben. Bei „Alpha" geht es um Bestseller: Die drucken mystische Geschichten über versunkene Reiche mit edlen starken Männern und wunderschönen Frauen. Knallharte Weltverschwörungsthriller, gewürzt mit jeder Menge Erotik. Oder was sie eben dafür halten. Und eben „Sei ein MANN!". Das Buch zur Rettung der Männerwelt.

Mein Telefon läutet. Ich ignoriere es. Mir reichen die beiden neben mir, die noch immer lautstark in ihre Handys quatschen. Ich bin wieder einmal viel zu spät dran. Ich habe Jana versprochen, bei „frauen.com" vorbeizuschauen, quasi als Gegenprogramm zum blonden Liebling der Massen. Ich hätte vor fast einer Stunde dort sein sollen.

Ein interkultureller Frauenclub in einem Haus gleich beim Praterstern. „Nicht nur für Junge", hat mir Jana versichert. So als ob ich mich das fragen würde. Farah Seifried ist zehn Jahre jünger als ich und Chefin eines Großverlags. Thomas Pauer ist Mega-Bestsellerautor und zwei Jahre jünger als ich. Und? Ich habe keinen besonderen Bezug zu Zahlen. Oskar hat mich gestern gefragt, wie ich meinen fünfzigsten Geburtstag feiern möchte. Ich habe mir darüber noch keine Gedanken gemacht. Vielleicht fahren wir ins Veneto. Oder wir feiern, wie auch sonst, mit meiner Freundin Vesna, ihren Zwillingen und vielleicht ein paar guten Freunden. „Willst du nichts Besonderes machen?", hat er gefragt.

„An diesem Tag werde ich bloß um einen weiteren Tag älter", habe ich ihm versichert und er hat mich angesehen, als würde er es nicht glauben.

Ich renne die Stufen von der U-Bahn nach oben, vielleicht erwische ich Jana ja noch. Mein Telefon läutet schon wieder. Diesmal schaue ich zumindest aufs Display. Vesna.

„Hat dich Grinse-Autor gekidnappt?", fragt sie anstelle einer Begrüßung.

„Warum Grinse-Autor? Warum gekidnappt?"

„Du siehst nicht, wie der auf den Plakaten schaut? Wie Grinse-Katze mit blauen Augen. Oder besser: Kater. Sonst er wäre beleidigt. Will ja richtiger Mann sein. Und gekidnappt, weil du bist verschollen. Jana hat gefragt, was passiert ist. Du gehst nicht ans Telefon. Du bist nicht zu Treffen gekommen."

„Da waren Hunderte von hysterischen Pauer-Fans, das hat einfach länger gedauert."

„Und wie ist er?"

„Das willst du wirklich wissen?"

„Alle wollen wissen."

„Alle sind nicht du."

„Jetzt redest du schon wie Jana. Die ärgert sich, wenn man über sein Buch überhaupt redet. Sagt, man darf so Unsinn keine Bühne geben."

„Also: Er ist der Typ Skilehrer auf Deutsch."

„Darunter ich kann mir nichts vorstellen."

„Pseudoschmäh, frisch frisiert."

Vesna kichert. „Das verstehe ich, ich glaube. – Ich muss aufhören, hab ich keine Zeit mehr, auch wenn Autor sagt, Frauen haben in Wirklichkeit viel Zeit. Kennt nicht Reinigungsunternehmen mit Spezialangebot für Nachforschungen. Soll froh sein, dass Frauen Zeit haben oder nehmen. Sonst lesen viel weniger sein Buch. Du hast eines von ihm bekommen?"

„Willst du es auch lesen?"

„Vielleicht. Wenn man will mitreden, es ist besser, man weiß, über was."

„Worüber."

„Natürlich. Worüber. Ich nehme an, du hast es vor Interview gelesen."

„Sie haben mir eines geschickt."

„Du hast oder du hast nicht?"

„Ich hab keine Zeit gehabt", murmle ich. Na gut, nicht etwa deswegen, weil ich so im Stress gewesen wäre, sondern weil ich am Wochenende gemeinsam mit Oskar im Weinviertel war. Bei unserer Freundin Eva. Sie könnte ich auch zum Geburtstag einladen. Sie betreibt ein sehr erfolgreiches Weingut. – Ob das diesem Pauer gefallen würde? Wen interessiert es? Ihr Mann ist vor einigen Jahren ums Leben gekommen. Erschossen worden. Beim Joggen. Aber das ist eine andere Geschichte.

„Du bist noch dran?", fragt Vesna ungeduldig.

„Klar. Ist Jana noch in diesem Frauenclub?"

„Du nennst ihn ja nicht Frauenclub, das mag sie nicht. Sie ist da etwas angerührt."

„Bist du eine Emanze?", will ich von meiner besten Freundin wissen.

„Als ich jung war in Bosnien, alle waren gleich, man hat verordnet. Und das war große Lüge. Jetzt ist alles angeblich frei. Aber Medien sagen, was man soll denken. Und wer lenkt Medien? Ich glaube nicht, es sind viele Frauen. Und wenn, dann keine, die Putzfrauen sind, wie ich."

„Du bist keine Putzfrau, du bist Unternehmerin."

„Bin ich Putzfrau und bleibe ich. Mache ich Dreck anderer Leute weg oder lasse wegmachen. Wo viel Macht ist, ist auch viel Schmutz. Und wenig Freiheit für die, die unten sind."

„Du solltest ein Buch schreiben."

Vesna kichert. „Ich glaube nicht, ‚Alpha' würde das drucken. Das macht nur kleiner Verlag. Ohne viel Geld und Werbung. Dumme Sache. Aber kein Problem. Will ich nicht Welt retten. Zumindest nicht große. Auch wenn Jana das sehr kritisiert."

O du liebe Güte. Jana.

[2.]

Ich renne ins Haus. Bis vor einiger Zeit war im Parterre eine Bezirksparteiorganisation der Sozialdemokraten untergebracht, ich weiß es von diversen Pressekonferenzen. Jetzt sind die Räume offenbar zu schäbig geworden und man hat sie dieser „frauen.com" gegeben.

In der Eingangshalle zucke ich zurück. Frauen. Überall. Schon wieder. Nur ganz anders. An den Wänden. Gesichter, Hände, Beine, Rücken, alles durcheinander. Schwarz und weiß und alt und jung und lachend und schreiend gleiten sie vorbei. Eine Video-Installation, die den schmucklosen Raum füllt. Und wie. Fast zu intensiv. Ich blinzle und sehe mich um. Niemand da. Niemand Real-Dreidimensionaler. Zwei Gänge, drei Türen. Was ist dahinter? Noch mehr Frauenkunst?

„Jana?", rufe ich und erst jetzt fällt mir auf, dass die Installation ohne Ton läuft. Widerhall von den Wänden und Frauengesichtern. Dann wird eine Tür aufgerissen. Jana. Vesnas Tochter. Mit funkelnden Augen.

„Du bist eine Stunde zu spät dran. So wichtig ist dir das also."

„Ich bin aufgehalten worden. – Können wir woanders hingehen? Diese Frauenteile machen mich ganz nervös."

„Kann ich mir vorstellen. Das ist von einer superguten Künstlerin. Die Installation irritiert. Das soll so sein. Frauen sind nie ganz."

„Quatsch. Du bist ganz. Vesna ist total ganz."

„Glaubst du."

Ich seufze. Gerade noch war Jana ein intelligentes Kind mit hervorragenden Noten. Jetzt ist sie eine junge Frau, die zudem ganz schön von sich überzeugt ist. Wie die Zeit vergeht … Natürlich sage ich ihr das nicht. Ich weiß, wie ich solche Aussagen gehasst habe. „Tut mir leid, Jana."

„Jetzt ist die Diskussionsrunde vorbei. Ich wollte, dass du mitbekommst, worüber wir reden. Damit dir klar ist, was dieser Autor für ein Idiot ist."

„Kann es sein, dass ich mir das auch selbst überlegen kann?"

„Aber du wirst über sein Buch schreiben. Und das ist schlimm genug. Und über uns schreibst du nicht."

„Du studierst Politikwissenschaft und Psychologie. Du hast dich mit Medien beschäftigt, du weißt, dass wir in irgendeiner Form Neuigkeiten brauchen."

„Ja, neu sind die Benachteiligungen von Frauen wirklich nicht. Weißt du, dass heute zwei Mädchen da waren, die sie in die Türkei zurückschicken wollen, weil sie kein Kopftuch tragen wollen?"

„Quasi zur Umerziehung?"

„Nicht so direkt. Bei ihnen daheim haben nur alte Frauen Kopftücher auf, so ähnlich wie bei uns auf dem Land. Aber wer will schon von Wien, wo man aufgewachsen ist, in ein Bergdorf in Anatolien? Dann eben lieber Kopftuch."

Ich habe eine Idee. Vielleicht finde ich einen Weg, Janas neuen Lieblingsclub doch in meine Story zu bringen. „Habt ihr auch über den Bestseller diskutiert?"

„Darüber gibt es nichts zu diskutieren."

„Wäre es nicht besser, zuerst zu lesen und dann zu urteilen?"

„Du liebe Güte, der ist doch einfach öd. Vom Verlag aufgemotztes Sexmännchen. Ich will mich da gar nicht damit beschäftigen. Reicht es nicht, was man in den Medien liest? Oder findest du etwa auch, dass dieser Pauer neue Perspektiven eröffnet, wie unser absurder Vizekanzler gesagt hat?"

„Okay. Ihr regt euch also über ein Buch auf, das ihr nicht gelesen habt."

„Ich reg mich nicht auf, ich will bloß nicht, dass er, weil sich alle aufregen, mehr Bücher verkauft. Du solltest über was Interessanteres schreiben."

„Meine Reportage wird keine Lobeshymne." Das sage ich jetzt auch schon ziemlich laut. Die liebe Jana geht mir heute ganz schön auf die Nerven.

„Weißt du, wie viele Frauen keine Chance auf einen ordentlichen Job haben? Und das nicht nur, wenn sie keine gute Ausbildung haben. Auf der Uni gibt's Dreiervorschläge für Professuren. Da kommen jetzt auch Frauen vor. Bloß, die meisten will man nicht, und die werden dann so schlecht bewertet, dass man sie leider ganz objektiv nicht nehmen kann. Und unter dieser miesen Bewertung haben sie dann jahrelang zu leiden. Da überlegt man sich, ob man sich bewirbt."

Ich sehe auf die Uhr. Ich will heim. Und kochen. Wenn ich Jana das sage, frisst sie mich wahrscheinlich. Sie hat meinen Blick gesehen. Das reicht.

„Der nächste Termin? Was Wichtiges? Ein Bankmanager vielleicht? Ich hab immer toll gefunden, was du machst. Weil du hingeschaut hast, wenn andere weggeschaut haben ..."

Frauengesichter und Arme und Beine und Rücken gleiten weiter über die Wand, alle angetreten, um mich anzuklagen. Ich komme mir ja selbst mies vor. Aber auch im Recht. Irgendwie.

„Das kann nur Mira Valensky sein", sagt eine Stimme hinter meinem Rücken. Können diese Videofrauen sprechen? Ich ducke mich, ich bin in der Minderheit. Total. Aber ist Jana nicht immer für Minderheiten? Warum ist sie dann nicht für mich?

Jana beginnt zu lächeln. Allerdings an mir vorbei. Mit welchen Methoden arbeiten die da? Ich drehe mich langsam, beinahe vorsichtig um. Mir gegenüber steht eine rundliche Frau, sie ist mindestens einen Kopf kleiner als ich. Dichte, glatte graue Haare, freundliche dunkelbraune Augen. Vielleicht eine Südamerikanerin. Nachfahrin der Maya. Sie trägt Jeans und ein unbedrucktes gelbes T-Shirt. Ich bin ihr unendlich dankbar, dass sie wenigstens auf ihrer Brust keine Botschaft vor sich herträgt. Sie streckt mir die Hand hin. „Sandra Alman."

„Sandra leitet ‚frauen.com', sozusagen", erklärt Jana und lächelt immer noch.

„Sozusagen, es braucht eben immer jemanden, der den öffentlichen Stellen gegenüber verantwortlich ist", ergänzt die Frau im gelben T-Shirt. „Schade, dass Sie keine Zeit hatten, früher zu kommen."

Nein. Nicht noch eine, vor der ich mich rechtfertigen soll. „Ich bin leider aufgehalten worden."

Sandra Alman sieht mich an. „Ich hab einen Teil eures Gesprächs mitbekommen, Jana war laut genug. Das gibt's eben, dass sich nicht alles ausgeht. Da braucht es keine Vorwürfe. Und es gibt ohnehin viel zu viele, die sich ununterbrochen moralisch im Recht fühlen."

„Jana ist eben engagiert", murmle ich und zwinkere der Tochter meiner besten Freundin zu.

Jana starrt auf den Kopf einer Asiatin, der sich langsam die Wand hinauf bewegt. Zartes Gesicht, geschlossene Augen, man weiß nicht so genau, will sie sich vor der Welt verstecken, ist sie müde, ist sie glücklich? „Tut mir leid, Mira." Sie zwinkert zurück. „Aber in der Sache hab ich recht."

„Vielleicht können Sie mir noch einiges über Ihren Club erzählen", schlage ich der Leiterin von „frauen.com" vor. „Würde ganz gut zu meiner Story passen. Zur Abrundung, sozusagen."

„Zur Abrundung!", spottet Jana. „Wie nett! Das Wichtige ist das Buch von diesem Halbaffen und dazu kommt noch ein bisschen Garnitur."

„Ein wenig wurde bei unserem heutigen Treffen übrigens schon auch über ‚Sei ein MANN!' geredet", meint Sandra Alman, ohne auf Jana einzugehen.

„Ja, aber nur, weil Maggy da war. Und die kriegt sich nicht mehr ein, seit Pauer durch die Medien geistert", erklärt Jana und verdreht die Augen.

„Maggy? Ich hab heute eine getroffen, die auch Maggy heißt. So eine Rothaarige, Massive mit Hornbrille. Sie hat beim Museumsquartier gegen das Buch protestiert."

„Und wie massiv. Das ist die gleiche Maggy. Maggy Körmer. Die glaubt, sie hat die feministische Wahrheit gepachtet", murmelt Jana.

Sandra Alman nimmt mich am Arm. „Gehen wir ins Besprechungszimmer. Jana mag Maggy nicht besonders. Sie nennt sie ‚die schmähfreie Zone'. Nicht besonders frauensolidarisch." Sie grinst.

„Dich nervt sie doch auch, gib's zu!"

„Maggy Körmer ist bei euch dabei?", will ich wissen. Nicht besonders nett, wie sie über eine Mitstreiterin reden.

„Nicht direkt", erklärt mir Jana. „Sie ist nur ab und zu da. Wir sind ein offener Raum, jede kann kommen. Maggy ist seit Urzeiten Feministin, die war schon in den Siebzigerjahren dabei. Und das macht sie allen auch ununterbrochen klar. Und wir Jungen sind für sie bloß dumme Tussis, die keine Ahnung vom ‚wahren Kampf' haben."

„Also das mit den Siebzigerjahren geht sich dann doch nicht aus", lacht Sandra Alman und öffnet die Tür zu einem Besprechungsraum. „Auch wenn ich zugebe, dass Maggy manchmal so tut. Sie setzt sich eben seit sehr vielen Jahren für Frauenrechte ein. Das hat sie ein wenig … verzweifelt gemacht. Aber sie weiß eine Menge. Und sie ist äußerst eloquent. Und belesen."

„Ach was, an der verzweifeln höchstens andere“, stellt Jana fest. „Der ist ‚frauen.com‘ viel zu offen, bei uns sind auch Frauen dabei, die nicht mindestens sieben theoretische Schulungen haben. Wenn ich allein an den Vortrag denke, den sie Ulrike gehalten hat, nur weil sie von der Katholischen Frauenbewegung kommt. In der katholischen Kirche zu sein, bedeute, Männern zu dienen und so. Klar stimmt's irgendwie, aber Ulrike ist nett und Maggy … nervt.“

„Also ist bei Ihnen auch nicht alles eitel Wonne und Solidarität“, fasse ich zusammen und sehe Sandra Alman an.

„Wie sollte es auch?“, antwortet sie. „Wir haben hier Frauen zwischen sechzehn und siebzig, aus vielen verschiedenen Ländern, mit ganz unterschiedlichem Hintergrund, von der Uni-Mitarbeiterin bis zur Supermarkt-Kassiererin. Aber gerade das macht es spannend. Wir tun nichts anderes, als Raum zu geben, Platz für Begegnungen und Diskussionen und die Chance auf einen geschützten Ort, wenn das notwendig ist.“

„Klingt nach ganz schön viel. Und welchen Hintergrund haben Sie?“

„Oh, ich bin … Abenteurerin. ‚Alman‘ ist türkisch und bedeutet witzigerweise ‚Deutscher‘. Mein Vater ist mit diesem Namen als Ingenieur und fast ohne Deutschkenntnisse in den Sechzigerjahren nach Wien gekommen. Als Gastarbeiter, wie man damals gesagt hat. Zuerst hat er am Fließband gearbeitet, dann ist es langsam aufwärts gegangen. Meine Mutter, meine Schwester und mich hat er ein paar Jahre später nachgeholt.“

„Sie sprechen ohne jeden Akzent.“

„Ich war fünf, als ich nach Österreich bin. Meine Mutter war Lehrerin. Sie hat sich selbst und uns gut auf Österreich vorbereitet. Es war damals weniger schwierig, sich zu integrieren, habe ich den Eindruck. Es hat schon Anfeindungen gegeben, aber es war nicht alles so politisch aufgeheizt wie jetzt.“

„Sandra hat als Entwicklungshelferin gearbeitet. Vor allem in Lateinamerika. Sie haben sie dort bald für eine der ihren gehalten“, ergänzt Jana.

Sandra Alman lacht. „Die haben schon als kleines Kind in der Türkei zu mir gesagt, dass ich wie ein Indio aussehe.“

„In der Türkei?“, frage ich irritiert nach.

„Na, glauben Sie nicht, dass man dort Indios kennt?“

„Natürlich. Aber …“

„Ihr Mann ist übrigens Koch", rettet mich Jana, bevor ich mich in körperlichen Details und Unterschieden von Türkinnen und indigenen Südamerikanerinnen verheddere.

„Ich hab es ja gesagt, ich bin Abenteurerin. Und deswegen mache ich jetzt das da."

„Du hättest eine fixe Stelle an der Uni kriegen können. Sie unterrichtet Gender Studies, das solltest du auch schreiben, Mira."

„Jana, Mira Valensky macht kein Porträt über mich, sie schreibt über den Pauer." Zu mir gewandt meint sie: „Ich war immer eher für das Praktische. Ich unterrichte an der Uni, weil ich Erfahrung im Umgang von Frauen miteinander und in der Durchführung von Frauenprojekten habe. Aber ‚frauen.com' macht mir wirklich Spaß. Und das halte ich für wichtig. Das, was wir tun, sollte immer auch Spaß machen."

„Hat Ihr Mann ein eigenes Lokal?"

„Nein, er ist Küchenchef im Nouvel Grand Hotel. Hannes Brunner. Wilde Arbeit, wir sehen uns momentan wenig. Die sind gerade dabei, in ihrem À-la-carte-Restaurant den ersten Michelin-Stern zu erobern. Und ganz nebenbei haben sie dann auch noch jede Menge Hotelgäste zu versorgen. Wir haben uns in Guatemala kennengelernt. Er hat eine Charity-Gala für österreichische Hilfsprojekte gekocht. Wir haben uns sofort gemocht. Das war vor ziemlich genau fünfundzwanzig Jahren."

Hannes Brunner. Das ist einer der wirklich guten Köche. War bis vor kurzem im einzigen Wiener Lokal mit zwei Michelin-Sternen. Ich kenne ihn von einigen Events. Ich weiß, dass ihn auch mein Koch-Freund Manninger schätzt.

Ich gehe durch die Innenstadt von Wien, vorbei an meiner Lieblingsbuchhandlung. Neugierig schaue ich in die Auslagen. An Büchern komme ich selten vorbei, ganz abgesehen davon, dass ich mich jedes Mal darauf freue, mit der Buchhändlerin zu tratschen. Über Neuerscheinungen und über den Rest des Lebens. Ich kann es kaum glauben. Auch sie hat „Sei ein MANN!" in der Auslage. Zwar nicht so prominent wie andere Buchhandlungen, aber immerhin: Da liegt ein ganzer Stoß und signalisiert: Kauf mich! Dann zeig ich's dir!

„Was soll ich tun?", sagt eine Stimme vom Eingang her. Die Buchhändlerin hat mich beobachtet. Ich zucke mit den Achseln.

„Klar muss ich das Buch in die Auslage geben, es ist in allen Bestsellerlisten auf Platz eins. Dabei schreibt der Typ nicht einmal so viel über

Sex, wie die Werbung verspricht. Und gut ist es schon gar nicht. Aber das, was in den Medien ist, reicht. Jeder will es lesen. Meine Kundinnen sagen, sie müssen den Schrott haben, um mitreden zu können. – Aber ich schwöre es, ich empfehle ihnen dann gleich noch ein paar ganz andere Bücher." Sie grinst. „Für mich sieht er aus wie ein aufgeblasenes Würschtl."

Ich stehe vor unserem Kühlschrank und überlege: Ich habe noch zirka eine halbe Stunde, bis Oskar heimkommt. Natürlich muss ich nicht für ihn kochen, wir können auch essen gehen. Aber ich will. Heute irgendwie ganz besonders. Quasi als mein Programm zur Selbstfindung. Ganz unabhängig davon, was man als Frau darf oder soll oder muss oder nicht mehr darf. Ich habe in der Früh Bio-Garnelen aus dem Tiefkühler in den Kühlschrank gelegt. Das ist die schonendste Art, sie aufzutauen. Auch so eine Sache. Was darf man? Ich weiß, wie mies die meisten Garnelen produziert werden. Für die Leute vor Ort, für die Umwelt, aber auch für alle, die sie essen. Also kaufe ich Bio-Garnelen. Ich kann es mir leisten. Bloß: Nicht jede kann sich das leisten. Soll ich deshalb gar keine essen? Ich liebe Garnelen. Und Oskar mag sie auch.

Gismo wummert ihren runden Kopf gegen mein Schienbein. He, Alte. Du hast schon einen Beutel vom besonders guten Futter verschlungen und dann noch als Belohnung dafür, dass du existierst, drei Oliven gekriegt. Man kann jedenfalls nicht behaupten, dass es meiner Schildpattkatze an Appetit mangelt. „Vielleicht gibt's später noch mehr Oliven." Sie starrt mich an. „Später, hab ich gesagt, nicht gleich!" – Wie ist das mit Frauen, die mit ihren Katzen sprechen? Beginnender Dachschaden? Kinderersatz? Wie war das heute? Eine kinderlose Emanze kann sich eben nicht vorstellen, dass Frauen gern daheim bei ihrem Nachwuchs sind? Das war ein echter Untergriff. Nur weil es der Leiter unserer Fotoredaktion nicht aushält, dass ich bei Reportagen seine Chefin bin. Er wollte mich provozieren. Ich hab ihn heimgeschickt. Gut so.

Ich entferne die Schalen und schlichte die Garnelen dicht nebeneinander in eine feuerfeste Schüssel. In einer Pfanne erhitze ich Butter und Olivenöl und röste die Garnelenschalen gut durch. Drei Knoblauchzehen dünnblättrig schneiden und dazugeben.

Natürlich ist wieder einmal keine offene Flasche Wein im Kühlschrank. Angebrochene Flaschen werden bei uns eben relativ schnell ausgetrunken. Der junge Weißburgunder vom Weingut unserer Freundin könnte passen. Ich öffne ihn, lösche die Garnelenschalen mit rund einem Viertelliter davon ab. – Was Oskar wohl zu „Sei ein MANN!" sagt? Ich hatte noch keine Gelegenheit, mit ihm darüber zu reden. Ich gebe zu, ich habe ein etwas mulmiges Gefühl dabei. Was, wenn er sich anders verhält, als ich annehme? Ich schenke mir ein Glas Wein ein. Mhm. Kalt und fruchtig und mit genau der richtigen Säure. Ich nehme noch einen Schluck. Eigentlich seltsam, dass wir über so etwas wie Frauen- und Männerrollen nie reden. – Reden wir überhaupt zu wenig miteinander? Kann man nicht sagen, aber oft geht's eben um Alltägliches. Außerdem kann man Dinge auch zerreden. Irgendetwas in diese Richtung hat heute auch dieser Pauer gesagt. Was genau? Egal. Jedenfalls bin ich mir sicher, dass seine Verlegerin eine Menge mitzureden hat. Der Wein hat sich auf die Hälfte reduziert, ich fische die Garnelenschalen heraus, gebe Chili aus der Mühle und eine Prise Neugewürz dazu. Ich verrühre ein Gläschen Passoã mit etwas Maisstärke und binde die Flüssigkeit damit. Jetzt zwei Minuten kochen lassen. Irgendjemand hat uns diesen Maracuja-Likör geschenkt, weil er meine Liebe zur Karibik kennt. Ein sogenanntes Damengetränk: fruchtig-süß. Ich mag keine „Damengetränke". Ich liebe Jameson-Whiskey. Aber zum Kochen ist Passoã gar nicht so übel. Gemeinsam mit Chili und dem Garnelensud entwickelt er ein feines Aroma. Es hängt eben nur davon ab, wie man was einsetzt. Ich gieße die duftende Sauce über die Garnelen.

Rohr auf 250 Grad vorheizen. Wenn Oskar kommt, kann ich die Schüssel in den Ofen schieben und in fünf Minuten ist alles fertig. Dazu gibt's viel frisches Weißbrot vom Bäcker und danach einfach ein wenig Käse. Wir haben im Weinviertel großartigen Bio-Käse gekauft, sogar welchen mit Chili drin. Wer hätte sich das vor zwanzig Jahren gedacht, hat Eva gelacht. Da hätte es bei ihnen bloß den klassischen Schnittkäse-Ziegel vom Kaufhaus gegeben. Und selbst der sei für die Alten noch exotisch gewesen.

Ich decke den Tisch – macht mich das schon zu einer braven und angepassten Hausfrau? Ich werde Oskar fragen, wie er mich sieht. Das Rohr hat bereits 180 Grad. Eigentlich könnte ich die Temperatur noch für eine kleine Vorspeise nutzen …

Ich habe einige Zucchiniblüten im Kühlschrank, leider habe ich wieder einmal zu viele genommen und jetzt sind sie schon etwas welk, zu welk, um sie zu füllen. Aber sie riechen noch gut. Und zwei Mini-

Zucchini sind auch dran. Wir haben Frischkäse mitgebracht, so etwas Ricotta-Ähnliches. Wenn ich den auf zwei feuerfeste Teller streiche, darauf die Zucchiniblüten und hauchdünne Zucchini-Scheibchen lege, dann Olivenöl drüberträufle, salze und alles kurz überbacke, könnte das eine nette Vorspeise sein.

Es läutet, gerade als ich die Teller wieder aus dem heißen Rohr fische. Wenn das kein innerer Gleichklang ist … Ich mag es, dass Oskar läutet. Es ist seine Wohnung, das heißt, seit ein paar Jahren ist es unsere. Aber er findet es höflicher, mich nicht zu überraschen. Ich renne ins Vorzimmer, falle ihm um den Hals und küsse ihn, als wäre er ein halbes Jahr fort gewesen.

„Und was ist das jetzt?", grinst Oskar und hält mich ein Stück von sich weg.

„Das ist bloß dafür, dass du bist, wie du bist."

„Hm. Das sehen nicht alle so positiv. Ein Klient hat mich heute einen miesen Gauner geschimpft, weil ich ihm gesagt hab, dass er dringend Insolvenz anmelden muss, wenn er kein Verfahren wegen fahrlässiger Krida riskieren will."

„Ich nehme an, er ist nicht mehr dein Klient."

„Ich hab die Firma schon betreut, als sie noch sein Vater geleitet hat. Elektrogroßhandel. Da läuft heute fast alles nur mehr über die internationalen Ketten. Er hat wenig Geld momentan, den nimmt kein halbwegs brauchbarer Wirtschaftsanwalt."

„Und du machst es, obwohl er dich beschimpft."

„Ich hab an der Firma schon gut verdient, das geht sich aus. – Was riecht da so großartig?"

Zehn Minuten später sitzen wir an unserem Tisch, die gläsernen Schiebetüren zur Dachterrasse sind offen. Umtanzt von Gismo, habe ich die gebackenen Zucchiniblüten mit ein paar Scheiben Prosciutto verziert, jetzt stoßen wir mit Weißburgunder auf den friedlichen lauen Juniabend an.

„Eine großartige Idee", lobt Oskar meine neue Kreation. „Wer hat heutzutage noch eine Frau, die so gut kochen kann!"

Ich habe den Schluck Weißburgunder wohl in die falsche Kehle bekommen, ich huste. Als ich wieder halbwegs Luft habe, frage ich: „Wie wichtig ist dir das?"

Oskar sieht mich verwirrt an. „Na, sehr wichtig. Ich liebe gutes Essen, weißt du ja."

„Und eine Frau sollte also gut kochen können."

„Ich freu mich, dass du so gut kochst. Und dass du meine Frau bist … ansonsten ist mir das egal … – ach so, du warst ja heute bei diesem Bestseller-Mann!"

„Da fragt man sich dann halt …", murmle ich, noch immer mit rotem Kopf. Kommt vom Verschlucken, nur davon. Dann stehe ich auf und schiebe die Garnelen ins knallheiße Rohr.

„Jana hält mich für ignorant, weil ich diesem Typ auch noch eine Plattform gebe, statt über wichtige Frauenfragen zu berichten. Für den Chef unserer Fotoredaktion bin ich eine kinderlose Emanze, die Männer unterdrückt. Und der Pauer-Mann hat am Ende versucht, mit mir zu flirten. Macht er wohl mit allen, wahrscheinlich meint er, wenn schon seine Thesen nicht ziehen, dann bringt's sein umwerfender männlicher Charme."

„Und ist er so charmant?"

Ich grinse. „Null Sexappeal, ich schwöre. Eher ein gut trainierter Zahnpastaverkäufer. – Weißt du, was er gesagt hat? Dass Frauen sich im Bett nehmen sollen, was sie wollen. Oder sie sollen zufrieden und dankbar sein für das, was sie kriegen. Darüber zu reden sei jedenfalls der totale Lusttöter."

Oskar lächelt mich an. „Na ja, allzu viel reden wir auch nicht. Man sollte es ausprobieren. Oder das Gegenteil davon."

„Und wenn ich nicht zufrieden bin mit dem, was ich kriege?"

Er sieht richtig erschrocken drein. „Bist du nicht?"

Ich seufze. „Bin ich doch, aber nur, um auf seine These einzugehen."

Er beugt sich über den Tisch und gurrt: „Soll ich mich gleich einmal so richtig bemühen?"

Die Garnelen essen wir später. Und ehrlich gestanden kann ich im Nachhinein nicht mehr entscheiden, habe ich mir jetzt genommen, was ich wollte, oder war ich einfach voll glücklich mit dem, was ich gekriegt habe. Vielleicht lässt sich das auch gar nicht immer so auseinanderdividieren.

„Sehe ich auch so", murmelt Oskar, nachdem ich ihm das gesagt habe.

„Was man nicht alles tut, um einen Artikel zu recherchieren", antworte ich.

„Nur deswegen?"

„Was glaubst du?"

[3.]

Natürlich ist Pauers Buch auch in der Redaktionssitzung Thema Nummer eins. Wenn wir sechs Seiten darüber bringen, hat der Verlag angeboten, ein Gewinnspiel zu organisieren: Leser und Leserinnen erzählen, wie für sie ein Mann sein soll, und können Bücher, Treffen mit dem Autor, sogar ein Abendessen mit ihm gewinnen. Der scheint wirklich rundum vermarktet zu werden. Auch wenn ich deutlich lieber mit Oskar esse. Spießig, kann schon sein, ist aber so. Natürlich ist unser Geschäftsführer hellauf begeistert. Dabei geht ihn die redaktionelle Gestaltung des „Magazin" eigentlich gar nichts an. Trotzdem ist er bei der Sitzung dabei und deckt mich mit guten Ratschlägen für meine Reportage ein. Darauf habe ich gerade noch gewartet. Unser Chefredakteur wirft mir warnende Blicke zu. Wir verstehen uns ganz gut, meistens zumindest. Ich versuche sie auszutricksen, indem ich alles mit Nicken und nichtssagendem Lächeln quittiere. Ich werde schreiben, was ich will.

Der Leiter der Fotoredaktion hat sich tatsächlich über mich beschwert. Er ist heute zum Glück nicht da, sondern bei einer Reportage am Wörthersee. Oder hat er sich nur vor der Konfrontation gedrückt?

„Musst du die Leute immer so vor den Kopf stoßen?", seufzt mein Chefredakteur.

Ich lächle weiter. „Ich hatte einfach das Gefühl, er hat nicht den richtigen Zugang zum Thema. Und dann werden es auch keine guten Bilder."

„Ach, und der richtige Zugang ist wohl, dass man das Buch am besten verbrennen sollte!" Das kommt vom Chronikchef. Typisch.

Weiterlächeln. Das ärgert ihn am meisten. Gar nicht darauf eingehen. Oskar hat die Welt gestern Abend wieder zurechtgerückt. – Weil wir wunderbar harmonischen Sex hatten? Und dabei sogar gelacht haben? Auch. Aber lange nicht nur. Weil es Männer gibt, bei denen sich diese vielen Fragen nach Rollen und Kampf und Anerkennung und Respekt gar nicht stellen. Und dann ist es auch wieder leichter, einfach zu sagen und zu tun und zu schreiben, was man sich denkt. Und: Janas Ansichten sind mir allemal lieber als die des blonden Wunder-Machos.

Droch beobachtet mich amüsiert. Ich habe von ihm scharfzüngige Sticheleien erwartet. Auch wenn er der Freund ist, den ich in der Redaktion habe. Nicht der einzige, aber bei weitem der beste. Natürlich nenne ich ihn immer wieder einen konservativ-reaktionären alten Knacker. Und er mich eine naive linkslinke Weltverbesserin. Es sind freundliche Scharmützel. Wir mögen einander. Wir nehmen das, was wir sagen und tun, nicht todernst. Und die Wichtigtuer rund um uns schon gar nicht. Lange ist es her, dass aus unserer Beziehung fast mehr als eine Freundschaft geworden wäre. Lange vor Oskars Zeit. Besser, dass alles so gekommen ist.

Ich hätte beinahe überhört, was der Geschäftsführer sagt. „Natürlich möchte der Verlag unseren Artikel gerne vorab sehen. Nur um Ungenauigkeiten zu vermeiden. Keinesfalls, um sich in redaktionelle Belange einzumischen, wie versichert wurde."

Mein Lächeln friert ein. „Natürlich?" Ich sage es ziemlich laut.

„Interviews erscheinen doch häufig erst, nachdem sie vom Interviewten genehmigt worden sind."

„Interviews schon. Aber keine Reportagen. Und umschreiben lasse ich mir auch ein Interview nicht. Das mit dem Gewinnspiel halte ich übrigens für pure Werbung", ergänze ich.

„Sie haben es uns exklusiv in Österreich angeboten. Wenn wir es nicht nehmen, dann bekommt es ein anderes Medium."

„Ist doch interessant, wenn Leser erzählen, wie ein Mann für sie sein sollte", hakt der Chronikchef nach.

Ich sehe den Chefredakteur an. Das Ganze gefällt ihm nicht. Aber er will mich den Kampf führen lassen. Ich sehe Droch an. Der hebt auf seine unnachahmlich ironische Art eine Augenbraue. Er hat ein markantes Gesicht, sexy, obwohl er deutlich über sechzig ist. Vor einigen Jahren wollte ihn eine Filmfirma anheuern. Der große unbestechliche Droch, vor dem unsere, zugegebenermaßen kleinen, österreichischen Politiker erzittern, war eindeutig geschmeichelt. Erst als sie ihm gesagt haben, dass sie ohnehin nur seinen Kopf brauchen, weil sich mit einem

Menschen im Rollstuhl leider nichts verkaufen lässt, hat er abgewunken. Ich starre Droch an. Zeige, dass du ein Mann bist. Hm. Fragt sich nur, was ein Mann ist. Und wie er sein soll.

Droch räuspert sich. Er schafft es, dass das übliche Getuschel sofort verstummt. Aber er sagt ja auch selten etwas. „Die Genehmigung einer Reportage ist für ein unabhängiges Magazin inakzeptabel. Wo kommen wir hin, wenn sich alle Storys bestellen, nur weil sie etwas Geld haben? Die Idee, Leute danach zu fragen, wie ein richtiger Mann für sie sein soll, finde ich witzig. Ich bin sehr gespannt, was dabei herauskommt." Er grinst mich an.

„Wir müssen es ja nicht als Genehmigung begreifen", versucht es der Geschäftsführer. „Natürlich bin ich mit Ihnen voll und ganz einer Meinung, dass unsere Unabhängigkeit ein hohes Gut ist. Wir werden das entsprechend interpretieren."

Droch lehnt sich vor. „Sie haben bereits zugesagt, was?"

Alle Augenpaare richten sich auf den Geschäftsführer. Er hebt die Hände, lässt sie wieder sinken.

„Sie haben sicher schon von redaktioneller Unabhängigkeit gehört?", macht Droch weiter. „Und Sie wissen sicher auch, dass in unserem Statut steht, dass Berichterstattung und Verkauf strikt zu trennen sind."

„Ja", ergänzt der Chefredakteur. „Ich kann mich dem nur vollinhaltlich anschließen."

Der Chronikchef sieht in die Runde. „Geht es da nicht um etwas ganz anderes? Dass ein Buch niedergemacht werden soll, das endlich die für manche unpassenden Wahrheiten erzählt? Weil das die scheinheilige Political Correctness nicht zulässt? Dabei sind wir ja wirklich nahezu überkorrekt: eine weibliche Chefreporterin im fortgeschrittenen Alter mit ... nicht eben Traummaßen und ein Leiter der Politik-Redaktion, der im Rollstuhl sitzt. Gar nicht zu reden davon, dass für den heurigen Sommer fast nur Praktikantinnen aufgenommen wurden."

Lächerlicher Schleimer. Nur weil seine neueste Freundin keine fünfzig Kilo wiegt und ich ihn vor versammelter Mannschaft gefragt habe, ob das seine Nichte sei.

„Das ist jetzt aber wirklich ...", fährt der Chefredakteur hoch. „Sie entschuldigen sich sofort bei Mira Valensky und bei Dr. Droch. Sie ist nicht im fortgeschrittenen Alter und über ihre Figur ... während unser

Politikchef zu den angesehensten Redakteuren des Landes, und der Umstand, dass er im Rollstuhl … "

Bevor er sich noch total verheddert, stehe ich auf und lächle. „Also jünger als unser geschätzter Chronikchef bin ich allemal und heiraten, sorry, will ich ihn sowieso nicht. Mir ist es ziemlich wurscht, was er für figurmäßige Vorlieben hat und ob das dürre Kind, das ihn ab und zu abholt, eine Verwandte ist. Ich glaube, wir können das alles ganz gut lösen: Ich schicke das Interview zur Autorisierung, das hätte ich ohnehin getan, ist auch so vereinbart. Kein Problem mit kleinen Korrekturen, aber schreiben sie es mir um, dann bringe ich es nicht. Oder zumindest nicht die umgeschriebenen Passagen. Die Reportage wird selbstverständlich nicht vor Erscheinen außer Haus gegeben. Dass Leserinnen und Leser sagen, wie ein Mann für sie sein sollte, können ja ein paar äußerst fähige Sommerpraktikantinnen organisieren – die übrigens wie immer nach dem Notendurchschnitt der Fachhochschule und ihrer Probereportage ausgesucht wurden. Und das mit dem Gewinnspiel ist mir egal. Sofern es, wie es sich gehört, vom redaktionellen Teil des ‚Magazin' deutlich getrennt wird. Also zumindest nicht auf der gleichen Seite steht und so gekennzeichnet ist, dass klar ist: Es handelt sich um Werbung."

Nicken rundum. Heute bin ich wirklich gut drauf.

„Das … werden sie nicht akzeptieren", murmelt der Geschäftsführer.

„Sie werden das schon machen", sagt Droch. „Sie haben es einfach so verstanden, dass Mira das Interview schickt. Und wenn der Verlag das wirklich nicht akzeptiert, bricht für uns auch keine Welt zusammen." Er rollt von seinem Platz Richtung Ausgang. Und damit ist die Sitzung beendet.

Ich versuche ein dümmliches Siegergrinsen zu vermeiden und eile Droch nach. Besser, sich jetzt nicht in Einzelscharmützel verwickeln zu lassen.

„Wir alten Feministinnen", knurrt Droch theatralisch, als ich ihn einhole. Ich lache. „Aber wehe, du lässt die ganze männerfeindliche Sauce raus", ergänzt mein Freund. Hinter ihm betrete ich sein kleines Büro. Ein Privileg, dieses Einzelzimmer. Der Rest der Redaktion sitzt in einem Großraumbüro, ist angeblich der Kommunikation förderlich. Na gut, ich habe mir wenigstens meine Dschungelecke erbeutet, geschützt durch zwei monströse Philodendren.

„Ich und eine Männerfeindin?“ Ich umarme ihn von hinten und küsse ihn auf die Wange.

„Lass deine sexuellen Übergriffe auf einen alten, wehrlosen Krüppel. Eine Frau, die jedes Männchen überfällt, ist lang noch keine Männerfreundin. Hast du mir selbst beigebracht. Ein Mann, der jedem Rock hinterherjagt, gilt in euren Kreisen ja auch nicht gerade als Frauenversteher.“

„Und was sind jetzt exakt unsere Kreise?“

Und schon hat wieder eines unserer Scharmützel begonnen.

Zwei Stunden später sitze ich an meinem Schreibtisch und überarbeite das Interview. Da gibt es eigentlich wenig, woran Pauer oder seine Verlegerin etwas auszusetzen haben könnten. Außer sie wehren sich grundsätzlich gegen Fragen, die nicht voll der Bewunderung sind. Glaube ich aber nicht. Ich habe seine Antworten weder verändert noch verdreht. Ich finde, sie sprechen ohnehin für sich. Den einen werden sie eben gefallen, den anderen nicht. Je nach Standpunkt.

Telefon. Wer mich am Festnetz der Redaktion anruft, kennt mich nicht sehr gut und will wahrscheinlich etwas von mir. Unsinn. Es kann auch sein, dass man mir etwas geben möchte. Informationen. Vielleicht über diesen Thomas Pauer. Wäre zum Beispiel ein Hammer, wenn er schwul wäre. Ich sollte Karl Simatschek, den sympathischen Rechtsmediziner, den ich im steirischen Vulkanland kennengelernt habe, anrufen und ihn fragen, was man so über Pauer hört. In der Szene. – Gibt's das? Eine einheitliche Schwulenszene? Gibt ja auch keine einheitliche Frauenszene.

Ich greife zum Hörer. „Mira Valensky?“ Fast glaube ich, es ist wirklich Karl, der dran ist. Unsinn. Eine weibliche Stimme.

„Maggy Körmer. Sie arbeiten an einer Reportage über dieses Buch. Ich will mit Ihnen darüber reden.“

Hornbrille, flammend rote Haare, massiv. Zumindest optisch der totale Gegensatz zur rundlichen dunklen Sandra Alman. Beide scheinen sich für Frauenangelegenheiten einzusetzen. Ob sie das Gleiche darunter verstehen? Janas beste Freundin scheint diese Maggy auch nicht eben zu sein.

„Hallo?“

„Sie wollten ja reden“, sage ich mit enden wollender Begeisterung.

„Ich nehme an, Sie haben dieses Skandalbuch gelesen. Es ist gemacht worden, um den großen Backlash zu inszenieren. Da haben sich die wirklich Mächtigen zusammengetan, um zu verhindern, dass Frauen auch bloß kleine Fortschritte in der Gleichstellung machen. Ich rede von der vollen Gleichstellung, nicht von den Bröseln, die sie uns abgeben, wenn wir uns wohlverhalten, damit Sie verstehen. Ich kann Ihnen jede Menge Material schicken."

„Herzlichen Dank. Aber momentan hab ich alles, was ich brauche."

„Na wunderbar. Womit ich wieder eine Journalistin mehr kennen dürfte, die den Männern so lange nachkriecht, bis sie auf sie drauftreten."

„Ich kann Ihnen versichern, dass ich nicht auf mich drauftreten lasse. Und übrigens: In meiner Reportage werden natürlich auch Kritikerinnen zu Wort kommen. Ich bin es gewohnt, nicht eindimensional zu berichten."

„Und mit wem haben Sie da gesprochen?"

„Jana Krajner. Studiert Politikwissenschaft."

„Oh, das Girlie, das gern in diesen kurzen Röcken rumläuft."

Die Antipathie scheint wechselseitig zu sein. „Die junge Frau, die eine Menge draufhat."

„Sie ist engagiert. Ich bin keine, die andere Frauen schlechtmacht. Sie hat bloß nicht viel Erfahrung. Für sie ist alles bloß ein Riesenspaß. Ich könnte Ihnen ..."

„Herzlichen Dank, wenn ich etwas brauche, melde ich mich." Und damit lege ich auf. Nicht eben freundlich, aber unvermeidlich, wenn ich meine gute Laune behalten möchte.

Gerade als ich gehen will, kommt eine Delegation aus Chefredakteur und Geschäftsführer in mein bescheidenes Dschungel-Büro. Sie müssen erst ein paar Philodendron-Blätter zur Seite schieben, bevor sie zu mir vordringen. Ich wappne mich.

Was folgt, sind alle möglichen als Bitten vorgetragene Anweisungen des Geschäftsführers. Man möge doch bei den auszuwählenden Personen, die ihr Männerbild schildern dürfen, „objektiv" vorgehen. Man solle bei der Reportage daran denken, dass viele Menschen in diesem Land an den klassischen Rollen von Mann und Frau hängen, was ja „gar nichts Böses ist".

Ich verblüffe den Geschäftsführer, indem ich ihm anbiete, das schon geschriebene Interview vorab zu lesen. Ist egal, ich schicke es ja auch der Verlegerin. Die anderen Teile der Story würden morgen und übermorgen entstehen, lasse ich ihn wissen.

„Bei Mira Valensky ist das in allerbesten Händen“, erklärt mein Chefredakteur. Er wird immer mehr zum Waschlappen. Ganz anders, als es Pauer fordert. Oder ist es doch richtig männlich, den Vorgesetzten oder zumindest den Beigeordneten der Vorgesetzten mit Pflichteifer zu begegnen? Auf dass man selbst einmal zum obersten Boss werde?

Jedenfalls bin ich ordentlich genervt, als mich die beiden wieder verlassen. Da hilft es nicht einmal, dass der Geschäftsführer beim Abgang beinahe über eine Luftwurzel meiner monströsen Lieblingspflanze gestolpert wäre.

Jetzt aber nichts wie heim. Na gut. Vielleicht noch ein schneller Blick in die E-Mails.

Belanglos, belanglos, unwichtig, morgen zu erledigen, Maggy Körmer: E-Mail mit dem Betreff: *„Maskulistenalarm!“*

„Sg. Frau Valensky,

Nachdem ich mehrere Stunden verstreichen ließ, sie zur Beobachtung einschlägiger Internetforen genutzt und die untergriffigsten Kommentare und den unerträglichen Maskulistensprech ertragen habe, folgen einige unabdingbare Bemerkungen zum Thema:

Im Sinne des Qualitätsjournalismus ist es unverzichtbar, zumindest einige der wichtigsten Fragen von Machtmilieus und Feminismusdiskurs aufzuzeigen. Einer ganzen Frauengeneration reichen die ewigen rhetorischen Modernismen. Strukturell bleibt alles gleich, wird aber im Detail immer brisanter und prekärer … Wir wiederholen die historischen Prozesse ohne Reflexionen, die natürlich auch vom Medien-Mainstream nicht im Geringsten erwünscht wären. Weiters der Diskurs über liberalen Feminismus: Kann durch Anpassung eine feminisierte Führungskultur entstehen, die den dringend notwendigen Wirtschaftswertewandel aufbaut, oder ist das ein Mythos?“

Ich scrolle nach unten. Das geht noch gut drei Seiten so weiter. Vielleicht bin ich zu dumm für den theoretischen feministischen Diskurs, oder wie immer das richtig genannt wird. Vielleicht auch zu ignorant. Wie hat Jana Maggy Körmer genannt? „Schmähfreie Zone“. Na gut. Maggy hat Jana als „Girlie“ mit allzu kurzen Röcken bezeichnet. Ich werde mich weder von der „Maskulistenmacht“ noch von der „schmähfreien Zone“ bremsen lassen. Ohne den Rest zu lesen, schicke ich Maggy Körmer eine kurze Antwort:

„Herzlichen Dank für die Informationen. Ich glaube, ich werde Köchin. mfg, Mira Valensky“

Ich grinse, als ich mir vorstelle, was sie für ein Gesicht macht.

Vesna jedenfalls lacht herzlich darüber, als ich ihr davon erzähle. Wir haben uns in einer netten Bar in der Wiener Innenstadt getroffen. Rundherum Aperol-Sprizz für die, die nicht gleich jede Mode mitkriegen. Für die Checkerinnen der Großstadt ist heuer „Hugo" angesagt: Prosecco, Hollersaft, Minze, Eis und etwas Soda. – Oder ist der womöglich auch schon wieder out und wir in Wien wissen bloß nichts davon? Weil er mir schmeckt, bestelle ich trotzdem einen. Vesna nimmt Cola. Ich weiß nicht, was sie an diesem Zeug findet. Sie musste mir schwören, dem Thema „Sei ein MANN!" und seinen Verästelungen so weit wie möglich aus dem Weg zu gehen. Gar nicht so leicht, weil worüber wird meistens getratscht? Über Beziehungen. Und dann ist man bald wieder beim Thema.

„Du weißt, wie du deinen fünfzigsten Geburtstag willst feiern?", fragt sie dann.

„Keine Ahnung, es ist noch mehr als ein Monat bis dorthin."

„Oder vielleicht du hast kleines Problem mit runder Zahl?"

„Ich hab gar kein Problem damit, Zahlen sind mir egal."

Das hat jetzt vielleicht etwas ruppig geklungen. Meine Freundin sieht mich aufmerksam an. „Hast du doch, ich denke."

„Dir war's doch auch egal."

„Ich bin anders. Außerdem es war mir nicht egal, es hat ausgesehen, Valentin wird gar nicht da sein und mit mir feiern."

Ich grinse. Das Fest zu Vesnas Fünfziger war mehr als gelungen.

„Oder du wünschst dir auch Überraschungsparty?", bohrt Vesna weiter. „Das kannst du natürlich nicht sagen, weil dann es ist ja keine Überraschung mehr."

„Ich will keine Überraschungsparty. Irgendeine Party schon, aber nichts Großes. Und ich will jetzt noch nicht darüber nachdenken."

„Na wenn dir das doch nicht etwas ausmacht … Ist eben Zeichen, dass man ist nicht mehr ganz jung."

„Weißt du, was unser dummer Chronikchef heute von sich gegeben hat? Wir hätten eine weibliche Chefreporterin im fortgeschrittenen Alter mit nicht eben Traummaßen und einen Leiter der Politik-Redaktion im Rollstuhl – das sei schon fast zu viel an Political Correctness."

„Was? Der hat wirklich zu dir gesagt, im fortgeschrittenen Alter?"

„Das versuchst du mir ja auch gerade einzureden, und außerdem: Das mit den nicht eben Traummaßen empört dich nicht?", kichere ich.

„Ich finde, du hast gutes Maß. Dich wirft so schnell nichts um. In Wirklichkeit Beleidigung war gegen Rollstuhlfahrer: Als ob einer im

Rollstuhl nicht gut genug schreiben und denken kann. Droch kann. Wissen wir."

„Der Chronikchef tut einfach alles, um der Geschäftsführung zu gefallen."

„Und du hast von Geburtstagsthema abgelenkt."

„Vesna! Mein Fünfziger ist mir egal! Total egal! Das heißt: Ich feiere. Ich feiere gern. Wenn es einen Anlass gibt. Oder auch, wenn es keinen gibt. Aber ich beschäftige mich damit nicht Monate im Voraus."

Vesna wiegt den Kopf. „Wir sollten Sekt trinken auf deinen Geburtstag. Oder gleich Champagner. Wir beginnen einfach mit Vorfeier."

Ich lache, steige vom Hocker und suche nach dem Kellner. Gerade war er noch da … Wir sollten wirklich feiern. Alles ist ganz easy. Die Story, die ich schreiben soll, und auch mein Fünfziger. – Oder war der „Hugo" stärker als gedacht? Ich gehe nach hinten, die Bar, die durchs ganze Lokal reicht, macht einen Knick um fünfundvierzig Grad, jetzt bin ich fast in einem Séparée. – Und wer sitzt da? Thomas Pauer. Unser Bestsellerautor. Samt Blondhaar und Muskeln. Wollte er mich nicht gestern Abend an der Hotelbar treffen? Sorry, da hatte ich leider Besseres zu tun. Ich steuere auf ihn zu.

„So allein?"

Pauer zuckt zusammen. „Oh, Frau Valensky."

„Hat Sie hier noch keiner Ihrer Fans entdeckt?"

Er lächelt. „Scheint so. Ich warte auf … eine Journalistin. Leisten Sie mir Gesellschaft?" Das kommt mit einem nahezu charmanten Augenaufschlag. Er hat verwirrend lange Wimpern, das muss man schon sagen. Aber eben irgendwie null Sexappeal.

„Meine Freundin sitzt draußen."

„Oh, wie schade! Dann müssen Sie wohl …" Wieder Augenaufschlag. Trotzdem habe ich den Eindruck, dass er gar nichts dagegen hat, wenn ich mich wieder verziehe. – Na klar. Dem rennen die Frauen doch scharenweise nach. Er wird ein Date haben. Und er will dabei sicher nicht von mir gesehen werden. Er ist verheiratet. So viel weiß ich.

Pauer scheint jemanden entdeckt zu haben. Das kann ja interessant werden … Barbie-Püppchen oder eher Typ Sexbombe? Während er sich damit brüstet, dass sich seine starke Frau traut, daheim bei den Kindern zu bleiben …

Ich drehe mich um. Und sehe Farah Seifried ins Gesicht. Enttäuschung. – Oder doch nicht. Was, wenn mehr zwischen den beiden läuft?

Die Verlegerin lächelt mich an. Einfach neutral. Keine Ahnung, was sie denkt. Oder gar, was sie empfindet.

„Ich wusste gar nicht, dass Sie noch in Wien sind“, lächle ich zurück. Wir sind hier in einer Schickimicki-Bar, ich kann ganz lieb und zivilisiert Konversation machen.

„Es gab noch eine Reihe von Terminen.“

„Sie hängen sehr an Ihrem Schützling.“

„Ich bin Verlegerin. Er ist mein Topautor.“ Sie küsst Thomas Pauer auf beide Wangen. „Ich muss jetzt weiter. Wir sehen uns morgen. Und:“ – ein etwas anzügliches Lächeln – „Viel Spaß!“

Was war das jetzt? Perfektes Ablenkungsmanöver oder dezenter Rückzug, weil da eine andere im Anmarsch ist? Auf mich hat sie das wohl eher nicht bezogen. Egal. Ich will mit Vesna ein Glas Champagner trinken. Und ich sehe auch vom vorderen Teil der Bar, wer zur Tür reinkommt. Oder gibt's einen Hintereingang?

„Also viel Spaß“, sage auch ich, winke dem Bestsellerautor zu und gehe seiner Verlegerin nach. Er sieht irgendwie verlassen drein. Weine nicht, Blondie, sei ein Mann!

Vesna winkt mir zu. Die Verlegerin dreht sich zu mir um. Verschwörerischer Blick. Ich sehe sie erstaunt an. Sie wispert mir ins Ohr: „Sie werden nicht darüber schreiben, dass Sie Thomas Pauer hier gesehen haben, oder? Er ist quasi … inkognito hier.“

„Und warum?“ Ich weiß, dass sich das auf alles Mögliche beziehen kann.

Sie sieht sich rasch um. Keiner belauscht uns. „Sie werden es schon bemerkt haben: Die Frauen fliegen auf Pauer. Überall. Er strahlt so etwas aus …“

„Und jetzt hat er eine Verabredung, die keiner mitkriegen soll.“

„So in etwa. Er ist auf seine Weise ein sehr treuer Mensch, aber … die Hormone … und: Er ist eben ein Mann!“

Ich nicke so ernsthaft wie möglich. „Das hat sich schon herumgesprochen.“

„Sehr gut. Ich hoffe bloß, es hat noch kein anderer Journalist etwas von dem Date bemerkt, ich möchte natürlich nicht, dass Sie an einer guten Seitenstory zum Buch dran sind, die dann ein anderer schreibt.“

„Also soll ich doch darüber schreiben?“ Was will sie? Ich habe den Verdacht, sie versucht mir den Autor als Frauenhelden zu verkaufen. Oder als einen, der sich – Mann, der er ist – den Frauen einfach nicht entziehen kann.

„Bitte nicht!“, wispert sie mir ins Ohr. „Auch wenn wir wegen so etwas natürlich nie klagen würden …“

Damit verlässt sie die Bar. Ich werde achtgeben, ob überhaupt jemand zu unserem Helden kommt. Oder ob er ganz allein seinen Saft austrinkt und dann heimgeht. – Wohin heim? Ist er wirklich noch wegen weiterer Termine in Wien? Wegen welcher Termine? Öffentliche Auftritte sind nicht dabei, jedenfalls keine, die mir aufgefallen wären. Vesna winkt mit zwei Champagnerkelchen. Während ich recherchiert habe, hat sie sich um unsere Getränke gekümmert. Wunderbar! Es gibt Prickelnderes als blonde Bestsellerautoren. Ich stoße mit Vesna an. Und erzähle ihr, wer die Lady war, mit der ich getuschelt habe. Und dass unser Pauer-Männchen hinten an der Bar sitzt.

„Du kannst Freundin vorstellen“, rät Vesna. „Weil man sollte wirklich wissen, warum er noch in Wien ist.“

„Du willst ihn kennenlernen, gib's zu. Wenn ich das Jana erzähle …“

„Bin ich einfach neugierig, was ist das für ein Typ, der solche Sachen schreibt.“

Ich schnappe mein Glas und deute Vesna, mir zu folgen. Warum nicht? Leisten wir dem Bestsellerautor Gesellschaft und schauen wir, ob da noch wer auftaucht. Ich komme mir etwas kindisch vor, aber die Perlen im Magen oder vielleicht auch der Alkohol im Kopf vertreiben solche Zweifel. – Bloß: Sein Hocker ist leer. Wo ist er? Na gut, vielleicht auf der Toilette. Dorthin werde ich ihn sicher nicht verfolgen. Wäre vielleicht genauso eine Schlagzeile, die sich seine Verlegerin wünscht: „Läufige Redakteurin lauert Traummann auf dem Klo auf!“ Meine Freunde vom „Blatt“, der größten, wenn auch nicht gerade anspruchsvollsten Zeitung, würden das schon drucken.

Wir hängen herum, nippen am Champagner – an sich ist mir ein nettes Glas Weißwein viel lieber –, aber der Typ kommt nicht wieder. Vesna überprüft den Raum auf Hintertüren. Da ist keine. Eigenartig. Nur die Tür zu den WCs und die zur Küche.

Der Kellner muss uns beobachtet haben. Plötzlich steht er neben uns und meint: „Suchen Sie Thomas Pauer? Er wollte dringend weg, angeblich hatte es eine Frau auf ihn abgesehen. Waren Sie das?“ Er grinst.

„Aber wirklich nicht“, fauche ich.

„Ich habe Ihre Freundin gemeint.“

Vesna stellt sich in Positur. Das rote, schmal geschnittene Kleid steht ihr hervorragend. Ich würde in so etwas aussehen wie eine zu stark gefärbte Wurst. Großer Augenaufschlag. „Bin ich jetzt total traurig. Hat er nicht gesagt, wo er ist hin?“

„Ich hab ihn durch die Küche zum Ausgang in den Hof gebracht, mehr weiß ich leider nicht.“

„Ich kann sehen?“

„Sie kennen ihn?“

„Natürlich, sehr gut“, haucht Vesna.

Das reicht, damit er uns in die kleine und nicht besonders saubere Küche lässt und die Tür zum Hof zeigt. Wir gehen hinaus. Mülleimer, die alles andere als gut riechen, schlecht gestapelte leere Pappkartons mit den Logos von Sekt- und Champagnermarken, ein kleiner Fleck ungepflegtes Gras, rundum hohe alte Häuser. Wie immer ist die rückwärtige Fassade weit weniger eindrucksvoll als jene, die auf die Straße geht. Vis-à-vis die Durchfahrt zu einer anderen Gasse. Thomas Pauer ist nicht mehr zu sehen.

[4.]

Ich gehe mit schnellen Schritten die Straße am Donaukanal entlang. Am Uferweg unter mir einige Jogger. Ich sollte auch endlich wieder laufen. Beinahe hatte ich mich schon daran gewöhnt. Jetzt sind … ich rechne nach … wieder zwei, nein, zumindest drei Wochen vergangen, seit mich Vesna zum letzten Mal bewegen konnte, mitzukommen. Aber das Wetter hat einfach nicht gepasst. Zuerst hat es dauernd geregnet und dann war es zu heiß. Und ich hatte jede Menge zu tun. Und dann waren wir auch noch im Weinviertel. – Wo man an sich besonders gut laufen kann. Inmitten von Weinhügeln und Feldern. Habe ich ja schon gemacht. Einmal sogar mit fünf Hubschraubern über mir.

Ich gähne. Heute wäre ich wirklich zu müde. Es ist Redaktionsschluss. Und es ist schon nach neun am Abend. Es war einigermaßen mühsam, die große Reportage über den Pauer-Mann zusammenzustellen. Am Interview hat die Verlagschefin jedenfalls kein Wort geändert. Und auch die Sache mit dem Gewinnspiel ging klar. Kein Wunder, wir sind ein besonders geeignetes Medium: auflagenstark und mit breit gefächertem Publikum. Was wir schreiben, ist da gar nicht so wichtig. Gewisse Zeitungen haben Thomas Pauer in den letzten Tagen als Superstar gefeiert. Das „Blatt" hat getitelt: *„Der neue Traummann!"* Na ja. Ich träume nicht von ihm.

Mein Gespräch mit Sandra Alman hat der Story die nötige Würze gegeben. Unsere Praktikantinnen haben eine Reihe von Leuten zum Thema, wie denn ein Mann sein soll, befragt. Man muss sagen, die meisten haben ganz vernünftig geantwortet. Fazit: Man mag Männer, die Initiative zeigen, aber der klassische Macho ist doch ein Auslaufmodell. Und dass Männer inzwischen benachteiligt werden, hat nur eine der befragten Personen geglaubt. Erraten. Es war ein Mann. Die absolut schrägste Aussage haben wir von einem unserer Parlamentarier aus der ganz rechten Ecke bekommen. Ich gebe zu, den fragen wir immer, wenn wir uns etwas Peinliches erhoffen. Er hat gesagt: „Ich bin ein Frauenfreund und kein Homosexueller!" In einem Satz alle Falsch- und Vorurteile zusammengefasst. Fast schon genial. Ich hoffe, er wird für etwas Aufregung sorgen. Ich habe sein Statement etwas größer setzen lassen als die anderen.

Dass Thomas Pauer in einer Wiener Innenstadt-Bar gesehen wurde, wen er dort getroffen hat oder auch nicht, habe ich, wie es die Verlagschefin ja angeblich wollte, weggelassen. Ist eigentlich nicht besonders wichtig. Dass sie jede Sekunde an seinem Image als Super-Macho bastelt, ist mir inzwischen klar. Die Gratis-U-Bahn-Zeitung hat ihm den Blattaufmacher gewidmet: *„Pauer liebt Wiener Frauen!"* Und dann kam ein Bericht, dass man zufällig und aus gut informierter Quelle und durch ganz intensive Undercover-Recherche herausgefunden habe, dass Pauer noch immer in Wien sei und sich vor Verehrerinnen nicht retten könne, vielleicht auch nicht möchte. Was mir am besten gefallen hat: ein Interview mit einem Kellner, der selbstverständlich anonym bleiben möchte. Er hat erzählt, dass in seiner Bar eine attraktive reiche Russin in flammend rotem Kleid auf ihren Liebhaber gewartet habe …

„Kann ich damit leben", hat Vesna gemeint, als ich ihr den Artikel vorgelesen habe.

Ich biege in unsere Gasse ein. Eine der Seitengassen der Wiener Innenstadt, in die sich nicht viele Touristen verirren. Angenehm ruhig. Zwei alte Damen führen ihre Hunde aus, die mit dem altrosa Kleid wohnt in unserem Haus. Ich grüße sie und ihren Pudel. Beide haben eine ausgesprochen ähnliche Frisur und freundliche kleine Augen. Ich hoffe für den Pudel, dass er nicht ganz so kurzsichtig ist wie sein Frauerl. Als ich sie zum letzten Mal gesehen habe, hat sie der Litfaßsäule zugewunken.

Mein Mobiltelefon läutet. Oskar, der mich überreden will, zu seinem Geschäftsessen nachzukommen? Nein, für ihn habe ich einen eigenen Klingelton. Ich kenne die Nummer nicht. Ich gehe trotzdem dran. Ich bin eben neugierig.

„Maggy Körmer. Ich habe Informationen für Sie."

Nicht schon wieder. „Danke, aber wir hatten leider schon Redaktionsschluss für diese Woche."

„Das wird Sie trotzdem interessieren."

Wird es nicht, ich wette.

„Thomas Pauer hat versucht, im Nouvel Grand Hotel eine Studentin zu vergewaltigen."

Kann doch wohl bloß ein Scherz sein. Eine Unterstellung. „Sie können so etwas nicht einfach behaupten. Auch wenn es sich um Thomas Pauer handelt. Das ist strafbar." Offenbar muss man diese Maggy Körmer vor ihren eigenen absurden Aktionen beschützen. Auch wenn sie Janas Röcke zu kurz findet. Was hat Sandra Alman gesagt? Sie hat jahrzehntelang für die Frauen gekämpft, das hat sie ein wenig verzweifelt gemacht.

„Strafbar ist, was er getan hat."

Ich sehe förmlich vor mir, wie ihre Hornbrille funkelt. „Und was haben Sie mit dem Ganzen zu tun?"

Ein kleines, unfrohes Lachen. „Ich wollte wissen, was er so treibt. Wir wollten eine Demo gegen ihn organisieren, bevor er Wien verlässt. Quasi als Abschiedsgeschenk. Ich war im Hotel, in dem er sich eingemietet hat. Und plötzlich rennt eine halbnackte, weinende junge Frau zur Rezeption."

Soll ich ihr glauben? Die alte Dame mit Pudel drängelt an mir vorbei. Ich bin in der Haustür stehen geblieben. Verzeihung.

„Ich rufe nicht viele an. Ich dachte, Sie hätten zumindest noch etwas mehr Bewusstsein als die meisten."

„Ich komme."

Das Nouvel Grand Hotel steht auf der anderen Seite des Donaukanals, keine zehn Minuten zu Fuß von hier entfernt. Besser, ich schaue nach, was dort wirklich los ist. Wenn dort was los ist. Ich hetze den Weg zurück, biege ab, über die Brücke. Ein hohes Gebäude aus Stahl und Glas, berühmt ist das Restaurant im obersten Stock. Ich war noch nicht dort, aber man soll einen großartigen Blick über Wien haben. Vielleicht werde ich einfach eine Kleinigkeit essen. Pauer ein Vergewaltiger? Passt irgendwie nicht zu ihm. Was kennzeichnet Vergewaltiger? Eben. Keine Ahnung. Ich weiß nur, dass es nicht immer Typen sind, die aussehen wie Neandertaler und einen ähnlichen Intelligenzquotienten haben. Was war mit diesem Strauss-Kahn? Bis heute ist nicht klar, ob er dieses Zimmermädchen zum Sex gezwungen hat. Wobei ich natürlich lieber der Frau glauben will. Aber wenn es um politische Ränke geht, ist vieles möglich. Ein widerlicher Typ scheint er jedenfalls zu sein, so einer, der einfach durchknallt, wenn er eine Frau sieht, die er möchte. Und er scheint fast jede zu wollen. Schon seltsam, dass jetzt wieder so etwas in einem Hotel geschehen sein soll. Andererseits: wo, wenn nicht in einem Hotel? Bietet sich ja richtiggehend an. Man erfährt es eben bloß, wenn es sich um einen Promi handelt. Und wenn ihn irgendjemand auffliegen lässt.

Ich komme näher, sehe zwei Polizeiwagen mit Blaulicht. Kann sein, dass Maggy Körmer doch die Wahrheit gesagt hat. Ich renne zum Eingang. Rechts die eindrucksvolle Rezeption, dunkles Holz und Stahl, dahinter einige schick uniformierte junge Frauen, die neugierig in eine Richtung starren. Üppige Polstergruppen, einige arabisch aussehende Menschen mit vielen Koffern. Die Frauen stehen, die Männer sitzen. Auch sie sehen in dieselbe Richtung. In der Ecke der Lobby ein Häufchen Menschen, Blitzlicht. Eine große Frau in Jeans und dunkler Jacke hält eine zierliche Frau, fast noch ein Mädchen, fest. Sie ist in eine Decke gewickelt, ihre dunklen lockigen Haare stehen wirr vom Kopf ab. Sie weint. Zwei Schritte abseits die offenbar allgegenwärtige Verlegerin Seifried. Sie redet auf einen Mann ein, der von zwei uniformierten Polizeibeamten flankiert wird. Neben ihnen ein Pressefotograf. Ich kenne ihn. Olabeck, einer, der alles knipst, das er kriegen kann, und es dann dem Meistbietenden verkauft. Maggy Körmer sehe ich nirgendwo. Thomas Pauer auch nicht. Dafür stehen noch zwei Frauen da, die eine mit einer Top-Figur und einem wilden Tattoo, das sich den ganzen Oberarm hinunterschlängelt, die andere mehr als mollig. Sie hat einen Profi-Fotoapparat in der Hand, weiß aber offenbar nicht so recht, was sie damit tun soll.

„Ich verlange sofort, dass Sie die Fotografen entfernen. Und dass die Lobby geräumt wird!", faucht Farah Seifried. „Nehmen Sie die junge Frau mit. Auf ihre unfassbaren Unterstellungen werden wir später reagieren!"

Aha, ihr Gegenüber ist offenbar Kriminalbeamter.

Farah Seifried sieht mich. Ihre Augen werden zu schmalen Schlitzen. „Ich werde verhindern, dass irgendetwas darüber in die Medien kommt! Jeder, der etwas über diese infamen Lügen schreibt, wird angezeigt!"

Ich gehe näher hin. „Worum handelt es sich überhaupt?"

Jetzt starren mich alle an.

„Ich wollte bloß eine Kleinigkeit essen und dann hab ich das Blaulicht vor der Eingangstür …"

„Blaulicht?“, Farah Seifried schreit einen der Uniformierten an, ist kurz davor, die Beherrschung zu verlieren. „Machen Sie es sofort aus!“

Die Frau, die die Weinende in der Decke festhält, antwortet: „Sie haben uns keine Befehle zu geben. Wir sind zu einem Notfall gerufen worden. Da gibt's eben Blaulicht.“

Die junge Frau weint heftiger. Dann blickt sie auf, schaut mich an. „Er hat versucht, mich zu vergewaltigen!“ Tränen in den dunklen Augen.

„Das ist eine infame Lüge!“, schreit Farah Seifried.

Der Fotograf knipst, was das Zeug hält. Und auch die füllige Frau macht jetzt einige Bilder.

„Es ist keine Lüge!“, fährt die junge Frau fort. „Ich bin zu ihm, weil ich an einer Hausarbeit über Rollenbilder in den Medien schreibe, er hat bei uns an der Uni einen Vortrag gehalten. Er hat gesagt ...“

„Sie müssen das jetzt nicht alles erzählen“, meint die Kriminalbeamtin mütterlich. „Es ist besser, sie kommen mit und geben uns das in aller Ruhe zu Protokoll.“

„Ich will aber erzählen“, widerspricht die junge Frau und zieht die Decke enger um sich. Die Polizeibeamtin lässt sie los, sie taumelt, steht dann da.

„Ich werde Sie klagen!“, faucht die Verlagschefin. „Für alles, was Sie hier öffentlich behaupten!“

„Es ist wirklich besser, wenn wir woanders reden“, versucht es die Beamtin noch einmal.

„Damit das dann vertuscht wird? Nur weil er ein Promi ist? Sicher nicht! Ich weiß, wie so etwas funktioniert.“ Die junge Frau hebt trotzig ihr Kinn. Schaut nicht aus, als könnte man sie einfach so einschüchtern. Gut so.

„Bei uns wird nichts vertuscht.“ Das ist die Stimme des Kriminalbeamten in Zivil.

Dumm, dass ich keinen Fotoapparat mithabe. Aber mein Mobiltelefon. Andererseits: Was bin ich? Eine Paparazza? Eine Sensationsreporterin? Ich ziehe das Telefon trotzdem raus, stelle es auf Kamera. „Darf ich?“, frage ich das Mädchen in der Decke. Wie alt kann sie sein? Zwanzig?

„Natürlich!“, sagt sie mit jetzt ziemlich fester Stimme. „Es soll alles dokumentiert werden.“

Seifried packt mich am Unterarm. „Wenn Sie das fotografieren, ist die Zusammenarbeit meines Verlages mit Ihrer Redaktion mit sofortiger Wirkung beendet. Und ich klage Sie!“

Ich sehe die Verlagschefin an. „Ich habe niemanden verurteilt, ich habe niemanden beschuldigt. Ich versuche mir ein Bild zu machen. Und jetzt lassen Sie gefälligst meinen Arm los."

„Er hat es aber getan!", ruft die zierliche junge Frau.

„Sie sind also Studentin?", will ich wissen.

„Ja, ich studiere Publizistik und Politikwissenschaft. Ich heiße Nicole Moser. Ich wollte mit ihm über meine Hausarbeit reden. Ich hab mir nichts Böses gedacht. Ich bin auf sein Zimmer. Das heißt, das ist eine der großen Suiten, ganz oben. Er war zuerst auch total normal. Wir haben uns zum Schreibtisch gesetzt. Ich hab meinen Block und mein Aufnahmegerät ausgepackt. – Das muss noch oben liegen! Da muss alles drauf sein!"

Der Kriminalbeamte nickt dem einen Uniformierten zu, flüstert ihm etwas ins Ohr und schickt ihn weg.

„Wo ist Thomas Pauer überhaupt?", frage ich.

„Können Sie sich vorstellen, in welchem Zustand er ist? Nach solchen Anschuldigungen?", faucht seine Verlegerin.

„Wir haben Spurensicherer da. Sie sind bei ihm", ergänzt die Kriminalbeamtin.

„Und wann war alles nicht mehr normal?", frage ich Nicole.

„Er hat gesagt, dass er mir erklären will, was er mit dem Buch meint, was daran so gut ist, wenn ein Mann endlich wieder ein Mann sein darf. Ich hab nicht verstanden, worauf er hinauswill. Er ist immer näher gekommen. Ich ... ich hab mich nicht getraut, etwas zu tun, hab noch immer gehofft, dass ich mich täusche. Dann hat er mich gepackt und zu küssen versucht."

„Das macht er nie!", schreit die Verlegerin.

„Küssen?", frage ich.

„Sich jemandem aufdrängen! Er kann sie alle haben! Alle! Sie stehen Schlange! Warum sollte er sich die Kleine nehmen wollen?"

„Ich hab gesagt: Nein, das möchte ich nicht. Und er hat gesagt, dass ich den besten Sex kriegen werde, den ich je im Leben gehabt habe. Ich wieder: Nein. Und er ist halb auf mir drauf gesessen und hat versucht, mich auszuziehen."

Ich sehe, wie einige Gestalten vom Eingang her auf uns zueilen. Kollegen.

„Ich muss das fragen: Er hat Sie vergewaltigt?" Ich sehe der Studentin ins Gesicht. Sie schließt die Augen.

„Er hat es versucht. Er hat es mit allem Drum und Dran versucht. Ich hab mich gewehrt. So gut es gegangen ist. Wir haben gekämpft … ich hab mich befreien können … bin hinaus …“

„Und Sie glauben wirklich, dass dieses Püppchen Thomas Pauer gewachsen gewesen wäre, wenn er wirklich etwas von ihr gewollt hätte?“ Ich habe den Eindruck, dass Farah Seifried demnächst kollabiert. Sie ist hochrot im Gesicht. Nichts ist geblieben von der kühlen Erfolgsfrau.

Jetzt haben auch die Polizeibeamten die neuen Medienleute entdeckt.

„Aus! Ende der Vorstellung! Keine sagt mehr etwas, alle Beteiligten kommen mit, die anderen gehen am besten heim. Es wird mit Sicherheit morgen eine Presseerklärung geben.“ Der Kriminalbeamte wirkt nicht, als würde er Widerspruch dulden. Nicole beginnt wieder zu weinen. Mehr Blitzlicht. Fotograf vom „Blatt“ und Regina. Wer hat sie verständigt? Auch Maggy Körmer? Mit der muss ich mich später beschäftigen …

Ich gehe zu Farah Seifried. „Lassen Sie mich mit Thomas Pauer reden. Oder wollen Sie, dass ich bloß die Version der einen Seite kenne?“

Sie schüttelt zweifelnd den Kopf. „Ich fürchte, er ist nicht in der Verfassung.“

„Sie können nicht mit ihm reden, er steht uns für erste Ermittlungen zur Verfügung“, ergänzt der Kriminalbeamte.

„Festgenommen?“

„In seinem Hotelzimmer für weitere Aussagen.“

Die Polizistin in Zivil legt einen Arm um die Studentin. Ohne Widerrede lässt sie sich mitnehmen. Dahinter die Beamten in Uniform. Sie schirmen Nicole Moser, so gut es geht, von den Medienleuten ab.

„Ich muss zu Thomas Pauer“, sagt seine Verlegerin.

„Sie kommen besser mit, wir brauchen eine offizielle Aussage“, antwortet der Kriminalbeamte.

„Das alles hat ein Nachspiel!“, ruft sie. Es ist wie ein letztes Aufbäumen. Dann bewegt auch sie sich zum Ausgang. Der Kriminalbeamte geht Richtung Lift. Die Journalisten bestürmen ihn. „Was war los? Wir haben gehört, Pauer soll jemanden vergewaltigt haben? War das die Frau in der Decke? Wer ist sie?“

„Es wird ermittelt. Ich kann momentan absolut nichts bestätigen. Es wird morgen eine offizielle Stellungnahme geben, das kann ich versprechen.“

Die schlanke Frau mit dem Tattoo sagt mit lauter Stimme: „Sie hat erzählt, dass er versucht hat, sie zu vergewaltigen. Er ist über sie hergefallen."

„Und wer sind jetzt Sie?", fragt ein Reporter, den ich nicht kenne.

„Eine Kollegin."

Sie ist nicht eben unauffällig. Ich habe sie noch nie gesehen. Den anderen Journalisten scheint es genauso zu gehen. Dann zähle ich zwei und zwei zusammen: Maggy Körmer. Kriegt was mit, verständigt zuerst Frauen von einem feministischen Blatt, dann mich. – Dann die anderen? Die können auch über eine undichte Stelle bei der Polizei gekommen sein. Würde erklären, warum sie ein paar Minuten später dran waren.

„Von welcher Zeitung seid ihr?", flüstere ich der üppigen Fotografin zu.

„Von keiner. Wir arbeiten freiberuflich. Für alle möglichen Zeitschriften."

„Feministische?"

„Ja klar."

Der Kriminalbeamte hat unterdessen telefoniert, zwei weitere Polizisten in Uniform tauchen auf. Der Reporter vom „Blatt" holt den Lift. Der Kriminalbeamte sprintet hin und hat ihn rechtzeitig am Ärmel.

„Das ist Behinderung der freien Presse."

„Das da ist unbefugtes Eindringen in ein Gebäude. Oder haben Sie etwa ein Zimmer?"

„Dann nehme ich eben eines."

„Dann gehen Sie am besten zuerst zur Rezeption." An uns alle gewandt fügt er hinzu: „Sie haben verstanden? Einer meiner Kollegen bleibt hier. Nur falls jemand versucht, zum Zimmer von Pauer zu kommen."

„Ewig können Sie ihn hier aber nicht festhalten", mault der vom „Blatt".

„Habe ich auch nicht vor. Er ist übrigens nicht festgehalten, sondern steht uns bloß zur weiteren Befragung zur Verfügung."

Ganz schön clever, der Typ. Ich muss Zuckerbrot, den Leiter der Mordkommission, fragen, ob er ihn kennt.

Meine Kollegen verteilen sich in den üppigen Polstersesseln. Man will wenigstens ein Foto vom Superstar. Und mutmaßlichen Möchtegern-Vergewaltiger. Regina kommt zu mir. Ich erzähle ihr, was ich weiß. „Und wer hat dich informiert?"

„Die Info ist über den Chef vom Dienst gekommen, offenbar irgendwelche nicht ganz offiziellen Kontakte."

Wie ich es mir gedacht habe. „Ich glaube nicht, dass sie mit Pauer durch die Hotelhalle gehen. Die fahren in die Tiefgarage", überlege ich.

„Es gibt Seitenausgänge", sagt unsere Fotografin.

„Ja, aber bei den Liften in der Halle lauern sicher auch ein paar unserer Kollegen."

„Also Tiefgarage?"

„Wäre das Beste."

„Mein Chef ist übrigens stinksauer auf dich, aber das weißt du ja schon." Regina grinst. „Er ist sonst wirklich ein umgänglicher Typ, aber da hast du ihn am falschen Fuß erwischt. Ich finde es bloß witzig, dass er auch noch überall empört herumerzählt, dass du ihn heimgeschickt hast. Wirft ja irgendwie kein besonders gutes Licht auf ihn, oder?"

„Sein Problem. – Wie kommst du in die Tiefgarage?"

„Ganz einfach, mein Auto steht dort. Ich hab ja nicht gewusst, was los ist, und ob ich womöglich noch woanders hinmuss. – Du bleibst da?"

„Für alle Fälle. Aber zuerst telefoniere ich mit der Redaktion. Wir müssen schauen, was wir noch im Heft unterbringen. Ein paar Zeilen und ein Foto sind sicher drin."

„Ich überspiel ihnen, was ich bisher hab – hoffentlich hab ich in der Tiefgarage ein Netz." Regina nickt mir zu und verschwindet. Es fällt nicht auf, bei all dem Durcheinander. Die beiden feministischen Journalistinnen haben sich entschlossen, nahe dem Hauptausgang Position zu beziehen. Nicht dumm, so kriegen sie auch mit, was draußen passiert. Noch immer stehen zwei Polizeiwagen in der Auffahrt. Kein Renommee fürs Hotel. Andererseits: Vielleicht denken die Passanten, dass da eben ein Super-Promi abgestiegen ist. So einer, der immer Polizeischutz hat. Eigenartig, dass sich keiner vom Hotelmanagement hat blicken lassen. Vielleicht aber auch nicht. Die wollen mit so etwas kaum in Verbindung gebracht werden. Jetzt erst erinnere ich mich, dass Sandra Alman erzählt hat, ihr Mann sei hier Küchenchef. Seltsamer Zufall, dass ausgerechnet da … Eigentlich gar nicht seltsam. Das „Nouvel Grand" ist momentan das neueste und angesagteste Fünfsternehotel in Wien. Klar, dass der Bestsellerautor hier absteigt. Farah Seifried wird wohl auch ein Zimmer genommen haben. Aber das wird mir niemand von der Rezeption bestätigen. Kann es sein, dass der Chefkoch seine Frau verständigt hat und die dann Maggy Körmer? Unwahrscheinlich.

Ich lächle der Tätowierten zu. „Wisst ihr, wo Maggy ist?"

„Keine Ahnung. Sie hat bloß gesagt, dass wir sofort herkommen sollen. Und dass sie nicht warten kann. Sie war im Hotel, um zu klären, ob Pauer noch da ist. Es hätte morgen eine Demo geben sollen."

„Er ist ihr Feindbild Nummer eins, oder?"

Meine Kollegin sieht mich an. „Ist auch kein Wunder, oder?"

Ich ziehe mich in eine Ecke der weitläufigen Halle zurück. Ich will ungestört telefonieren, aber ich möchte dabei die zentralen Lifte und die Eingangstür im Blickfeld haben. Meinen Kollegen vom „Blatt" sehe ich nicht mehr. Vielleicht sind er und sein Fotograf auf die gleiche Idee gekommen wie Regina und ich. Oder er ist in die Redaktion, weil er die Änderungen für die Morgenausgabe schreiben muss. Auch wenn das „Blatt" Pauer bisher zum Helden stilisiert hat: Die Vergewaltigungsgeschichte wird sicher groß gespielt. Sex, Verbrechen und Promi: Was will die Volksseele mehr?

Ich erreiche den Chef vom Dienst und erfahre, dass eigentlich jemand von der Chronikredaktion im Hotel sein sollte. „Ich hab bisher bloß Regina gesehen. – Warum hat mich niemand angerufen?"

„Die Chronik hat die Info gekriegt."

Das erklärt freilich vieles. Nach unserem Auftritt in der heutigen Redaktionssitzung hätte der Chronikchef sicher großes Vergnügen daran gehabt, mich auszubremsen.

„Warum bist du dort?", fragt mich der Chef vom Dienst.

„Ich hab eine Info gekriegt. Aus anderer Quelle. Ich hab mit dem Opfer reden können. Nicht allein, aber es waren zu diesem Zeitpunkt nur zwei freie Journalistinnen da und Olabeck, der Fotograf. Wie viel können wir ändern?"

„Ich hab die Seite vor deiner Reportage freigekriegt. Das mit dem Korruptions-Untersuchungsausschuss ist morgen ohnehin Schnee von gestern. Die Leute wollen schon nicht mehr wissen, wer noch alles Geld genommen hat."

„Wie viel Zeit habe ich?"

„Der erste Teil der Bundesländerausgaben ist gedruckt. Aber Ostösterreich und den Straßenverkauf kriegen wir noch, wenn wir alles bis Mitternacht fertig haben."

Ich sehe auf die Uhr. Halb elf. Geht sich aus. „Hat Regina schon Fotos überspielt?"

„Hat sie. Aber sie hat gesagt, ich soll warten. Sie will Pauer."

„Ich hab welche mit dem Mobiltelefon gemacht, da bin ich ganz nah an der Studentin dran. Ich hab sie gefragt, sie will, dass alles rauskommt und nichts vertuscht werden kann." Es kommt mir trotzdem nicht ganz richtig vor, Bilder des Opfers zu veröffentlichen. Sie wird unter Schock stehen. Sie kann schon morgen ganz anders darüber denken. Aber vielleicht kriegen wir ja ohnehin noch ein Foto des Bestsellerautors. „Ich warte noch eine Viertelstunde und renn dann in die Redaktion, okay?", frage ich.

„Wunderbar. Zum Glück ist es nicht weit."

Dummerweise habe ich keinen Laptop mit, alles passt doch nicht in meine große Tasche. Aber ich habe einen guten, alten Block. Ich kann notieren, was jedenfalls im nächsten Heft stehen soll. Zuerst sehe ich mir die Bilder an, die ich in der Hotelhalle gemacht habe. Die meisten sind zu vergessen. Ich habe eine sehr gute Kamera am Mobiltelefon, aber ich habe nicht ruhig genug gehalten und das Licht war auch nicht besonders. Verwackelt. Zwei sind passabel. Auf einem sieht man die zierliche Studentin, die von der Polizeibeamtin gehalten wird, davor Farah Seifried, die heftig mit der Hand herumfuchtelt. Das andere ist eine Nahaufnahme von Nicole. Ihr Gesicht, ein Kratzer auf der linken Wange, wirre dunkle Locken, große verstörte Augen, die Decke, die sie vor der Brust zusammengezogen hat. – War sie nackt darunter? Mira, das tut nichts zur Sache. Du jagst nicht Sensationen, sondern so etwas wie die Wahrheit. Die ist allerdings viel schwieriger zu erwischen. Wenn es sie überhaupt gibt.

Bewegung vor der Tür, der Reportertross rennt hin, drängelt, Blaulicht, Blitzlicht. Ich sehe gerade noch die Rücklichter der Polizeiwagen. Mein Telefon läutet.

„Sie sind wirklich durch die Tiefgarage. Zwei andere Fotografen waren auch da, aber ich hab Glück gehabt, ich hab die besseren Bilder, glaube ich."

„Wir haben bis Mitternacht Zeit."

„Okay, dann fahr ich gleich in die Redaktion. Willst du mit?"

„Super, ich komm runter."

Ich gehe zu den Aufzügen. Christof aus der Chronikredaktion. Mit ziemlicher Verspätung. Er sieht mich an wie eine Fata Morgana.

„Ich hab mit dem Opfer schon geredet. Wir haben Fotos von Pauer. Es ist alles geregelt. Wir tauschen eine Seite."

„Aber …“

„Warum hast du so lange gebraucht?“

Er druckst herum. „Ach was, ich hab die Scheiß-Hotels verwechselt, momentan wird ja dauernd irgendein Luxusschuppen aufgesperrt.“

Ich grinse. „Ich sag's nicht weiter. Du kannst heimfahren. – Aber du solltest den Chef vom Dienst anrufen.“

„Danke.“

Ich drücke den Liftknopf.

„Wo wollen Sie hin?“, bellt mich ein Polizeibeamter in Uniform an.

Christof ist interessiert stehen geblieben. „Es sind doch schon alle weg, Sie brauchen nichts mehr zu bewachen, ich fahre in die Tiefgarage zu meiner Fotografin.“

Der Polizist besteht darauf, mich zu begleiten. Als ob ich Lust hätte, mich zur Suite von Pauer durchzuschnüffeln und dort nach Spuren zu suchen.

„Unglaublich das Ganze“, sagt Regina, als sie aus der Tiefgarage braust.

„Wie hat er ausgesehen?“

„Er hat einen ziemlichen Kratzer im Gesicht. Den Rest zeig ich dir gleich.“

„Ich gebe dir mein Mobiltelefon, schau nach, ob brauchbare Fotos dabei sind.“ Ich krame es aus der Tasche. Und habe eine Idee. Ich wähle die Nummer von Maggy Körmer.

Sie geht sofort dran.

„Mira Valensky da. Danke. Das Ganze wird im Großteil unserer morgigen Ausgabe drin sein. Warum sind Sie fortgegangen?“

„Waren noch andere Medien da?“

„Die zwei Kolleginnen, die Sie verständigt haben. Und ein Fotograf, der überall auftaucht. Und um einiges später dann ein ganzer Pulk an Journalisten. Offenbar über eine undichte Stelle bei der Polizei. Wie meistens.“

„Sehr gut. Fernsehen?“

„Kein Fernsehen. Warum sind Sie nicht geblieben?“

„Können Sie sich das nicht vorstellen? Wenn ich dort auftauche und sage, was ich mir denke, dann wird das sofort wieder eine Sache Emanze gegen Pauer-Mann. Und das kann ich nicht brauchen. Darum geht es jetzt nicht. Es geht darum, dass das nicht vertuscht werden darf. Da muss ich nicht meinen Senf dazugeben. Vergewaltigung ist etwas, da gibt es zum Glück inzwischen einen breiten Grundkonsens in der Gesellschaft. Der übrigens mit unserer Hilfe errungen wurde. – Aber bitte: Aus dieser Geschichte lassen Sie mich raus. Es ist besser so."

Hätte ich ihr gar nicht zugetraut. Und: Sie hat recht.

Regina parkt in der Garage unter unserem Redaktionsgebäude und greift nach meinem Mobiltelefon. „Viel Zeit haben wir nicht mehr. Gerade noch eine Stunde."

„Ich geh mit in die Fotoredaktion. Ich muss noch einmal telefonieren."

Diesmal dauert es länger, bis jemand drangeht. Ich kann mir nicht vorstellen, dass Jana schon schläft. Vielleicht hat Vesna sie für eine ihrer Nachforschungen eingeteilt. Da ist natürlich nichts mit Telefonieren.

„Mira? Was ist los?" Laute Musik im Hintergrund.

„Bist du bei ‚frauen.com'?"

„Immer häng ich dort auch nicht rum. Ich bin in einem Jazzclub. Und frag jetzt bitte nicht, ob er feministisch ist."

„Ist er?"

„Nein!", schreit sie und es klingt ausgesprochen gut aufgelegt.

„Ich hab da vor kurzem jemand kennengelernt. Er spielt Saxofon. Und wie …"

Es tut mir richtig leid, sie aus ihrer guten Stimmung zu holen. „Thomas Pauer hat offenbar versucht, im Nouvel Grand Hotel eine Studentin zu vergewaltigen."

„Sag das noch einmal!"

„Maggy Körmer hat mich angerufen. Das ‚Nouvel Grand' ist doch das Hotel, in dem der Mann von Sandra Alman kocht, oder?"

„Warte, ich renn schnell vor die Tür, da ist es zu laut. – Was soll das miteinander zu tun haben? Sandra ist sicher privat keine Freundin von Maggy. Unwahrscheinlich, dass ihr Mann sie kennt. – Wer war die Studentin?"

„Ich weiß nicht viel. Sie heißt Nicole Moser. Studiert Publizistik und Politikwissenschaft. Eine kleine Zarte mit dunklen Locken. Anfang zwanzig. Ist sie dir auf der Uni begegnet?"

„Mira, weißt du, wie groß die Wiener Uni ist?"

„Sie wollte eine Hausarbeit über Rollenbilder in den Medien schreiben."

„Es könnte sein, dass ich sie schon gesehen habe." Das kommt jetzt ganz klar, ohne Musik im Hintergrund.

„Und? Wo? Wer ist das?"

„Sie war vor ein paar Tagen im ‚frauen.com'. Damals, als du eine Stunde zu spät gekommen bist."

„An dem Tag war doch auch Maggy Körmer da. Haben die beiden einander gekannt?"

„Keine Ahnung. Bei uns ist immer ein Kommen und Gehen ... Dass sie zu diesem Pauer aufs Hotelzimmer ..."

„Er hat an der Uni einen Vortrag gehalten."

„Ja, hab ich gesehen. Auf der Publizistik. Sie haben die Ankündigung auch bei uns ausgehängt. Aber ich bin natürlich nicht hin. – Der hat sie vergewaltigt?"

„Er hat es versucht. Sie konnte fliehen."

„Arg."

„Gibt's sonst noch etwas, das du mir sagen kannst? Irgendwelche Verbindungen, Zusammenhänge? War Nicole in eurer Szene aktiv?"

„In unserer Szene, wie das klingt ... nein, nicht dass ich wüsste. Ich hab sie, glaube ich, an diesem Tag zum ersten Mal gesehen."

„Ist sie durch irgendetwas aufgefallen?"

„Nein, sie hat bloß zugehört und wenig gesagt. Ich glaube, sie hat für ihre Hausarbeit recherchiert. Wir sind ein offenes Haus."

„Hast du sie gemeinsam mit Maggy Körmer gesehen?"

„Habe ich nicht. Aber ich häng der nicht immer an den Lippen, wie du vielleicht schon gemerkt hast. – Warum fragst du das alles? Glaubst du dieser Nicole nicht?"

„Natürlich glaube ich ihr. Aber jetzt ist unsere ganze Journalistenmeute hinter ihr her. Und der ‚Alpha'-Verlag auch. Die Verlagschefin hat schon klargemacht, dass sie alle klagen wird, die das mit der versuchten Vergewaltigung in Umlauf bringen."

„Spinnt die? Glaubt die, man kann das vertuschen?"

Regina deutet auf mein Telefon, dann auf die Uhr. Höchste Zeit. „Danke, wir reden morgen weiter, wir müssen das alles noch in die neue Ausgabe bringen", sage ich zu Jana, unterbreche die Verbindung und drücke unserer Fotografin das Gerät in die Hand.

Soll ich schreiben, dass Nicole vielleicht auch bei „frauen.com" über Rollenbilder in den Medien recherchiert hat? Ist eigentlich nicht wichtig. Aber es unterstützt, was sie in der Hotelhalle gesagt hat. Sie hatte nichts vor, als Material für eine Hausarbeit zu sammeln. In der feministischen Szene scheint sie nicht besonders aktiv zu sein. Gut so. Sonst wäre sie womöglich unglaubwürdig geworden. – Was denkst du da, Mira? Dass man einer Feministin, wenn sie von einem durchgeknallten Männchen vergewaltigt wird, von vornherein nicht glaubt? Ist doch irre.

Eine Viertelstunde vor Mitternacht sind wir mit unserer Story fertig. Offenbar ist bislang nichts im Radio oder im Fernsehen gekommen. Die Presseagenturen haben ein paar magere, ziemlich zurückhaltende Infos und einige eher schlechte Fotos geschickt. Unsere Geschäftsführung scheint von den Neuigkeiten nichts zu wissen, jedenfalls ruft keiner an. Weder ich noch der Chef vom Dienst, noch der Chefredakteur, den wir natürlich verständigt haben, brennen darauf, sie zu informieren. Redaktionelle Entscheidung ohne allzu große Auswirkung auf die Produktionskosten. Dafür mit Sicherheit gut für die Auflage. Klar, die Tageszeitungen können schon etwas in ihren Frühausgaben bringen. Das „Magazin“ wird ab Mittag verkauft. Wir haben mehr Platz. Und ich war beinahe hautnah dabei. Außerdem ist Regina ein hervorragendes Bild gelungen: Polizist am Steuer, auf der Rückbank Pauer mit einem breiten Kratzer im Gesicht. Er sieht verstört, beinahe wirr aus dem Seitenfenster. Neben ihm der Kriminalbeamte. Wir haben es wieder einmal geschafft. Dann bremse ich mich ein. Eine junge Frau wäre fast vergewaltigt worden. Das ist kein Grund für Glücksgefühle.

[5.]

Am nächsten Vormittag hat uns ein neuer Medienhype rund um Thomas Pauer, den blonden Bestsellerautor, erreicht. Wer glaubt, dass er nun bei allen unten durch ist, täuscht sich. Es wird spekuliert: Hat er oder hat er nicht? Unsere nächste Ausgabe erscheint erst in einer Woche, aber natürlich muss ich dranbleiben.

Für fünfzehn Uhr hat die Landespolizeidirektion eine Pressekonferenz angekündigt. Das Interesse scheint so groß zu sein, dass die Pressestelle ersucht, ja rechtzeitig da zu sein.

Das „Blatt" hat ein Interview mit Farah Seifried. Sie schwört, dass alles eine Intrige sei. Thomas Pauer könne so viele Frauen haben, dass er wirklich keine nötigen müsse. Sie macht klar, dass jede Rufschädigung geklagt werde. Dazu gibt's dann ein Foto, wahrscheinlich von Olabeck, dem freien Fotografen. Es zeigt Nicole, etwas verschwommen, er musste stark zoomen und das Licht war mies, aber das gibt dem Bild erst eine besondere Note. Unwirklich. Große Augen, fest geschlossener Mund. Seltsamerweise kein Kratzer auf der Wange. Haben sie ihn wegretuschiert? Es wird auch berichtet, dass sie halbnackt in die Hotelhalle gestürzt sei, behauptet habe, der Bestsellerautor habe sie vergewaltigen wollen. Aber übrig bleibt: Eigentlich ist ihm eher zu trauen als ihr. – Oder reagiere ich da bloß übersensibel? Auch ich habe natürlich geschrieben, dass Farah Seifried im Namen ihres Autors alle Vorwürfe zurückweist. Gehört sich so.

Für das deutsche „Mega"-Magazin war zu früh Redaktionsschluss, um auf die Vergewaltigungssache noch reagieren zu können. Sie haben eine Art Best-of-Pauer-Sprüche abgedruckt. Titel:

„Das musste einfach aus mir raus!"

Der Text ist gespickt mit Zweideutigkeiten:

„Wenn Thomas Pauer seinen Bestseller nicht geschrieben hätte, dann wäre er wohl – wie und wo auch immer – geplatzt. Im Exklusiv-Interview mit ‚Mega' erklärt er noch mal ganz locker, worum es ihm bei seinem ganz besonderen Männer-Motivations-Buch geht:

Pauer: ‚Seien wir doch ehrlich: Saftstau ist Kraftstau! Du kannst nicht alles bei dir behalten, wenn du beinahe übergehst.'

Mega: ‚Das könnte man jetzt ziemlich eindeutig interpretieren.'

Pauer: ‚Wir sind doch immer Männer, egal, ob es ums Schreiben oder um Sex geht. Und ich hab nun absolut keine Lust mehr, mich dafür dauernd zu entschuldigen, dass ich ein Mann bin. Was raus muss, muss raus!'

Mega: ‚In den letzten Jahren waren die Männer angesagt, die sich sensibel geben.'

Pauer: ‚Angesagt bei wem? Seien wir doch ehrlich: Welche Frau will wirklich einen weichen Typen, der sie bloß anjammert? Ich meine: Hunderte und Tausende stehen Schlange, wenn ich wo auftrete. Die sind begeistert! … Und mehr. ‚Ich habe kein Höschen an', hat mir erst gestern wieder eine zugeschrien. Die kriegen nicht mehr, was sie brauchen, wenn Sie verstehen.'

Mega: ‚Und was ist mit den Feministinnen? – Oder sollte ich das Wort besser gar nicht erwähnen?'

Pauer: ‚Feministinnen sind für mich keine richtigen Frauen. Entweder sie sind ohnehin lesbisch oder sie gehören einmal so richtig durchgefickt – sorry, aber auch das muss einmal gesagt werden. Dann gäb's sicher weniger frustrierte Emanzen. Es ist überhaupt so: Es gibt eine Menge Frauen, denen fehlt einfach guter Sex, dann wären sie viel besser drauf.'

Mega: ‚Und den wollen Sie ihnen geben?'

Pauer: ‚Ich hab 'ne tolle Frau. Nein, ich will den Männern klarmachen, dass sie sich endlich wieder trauen sollen. Seit Jahren werden wir dargestellt wie Unholde. Das ist doch eine Sauerei! Bei dem zwischen Männern und Frauen geht es nicht um einen Diskutierclub. Wir müssen endlich wieder in die Offensive gehen, auch wenn's um Sex geht! Die Frauen warten bloß darauf.'

Mega: ‚Bei Ihnen daheim haben also Sie die Hosen an.'

Pauer: ‚Nicht immer!' (lacht) ‚Meine Frau ist richtig stark. Sie traut sich sogar bei den Kindern zu bleiben.'"

Das hat er auch im Interview mit mir gesagt, der Rest freilich war doch deutlich weniger Saft-Kraft-Macho. Man muss ihn offenbar herausfordern. Dann kommt's. Was hat er gesagt? Feministinnen fehle einfach guter Sex. Schon ziemlich tief. Aber da war noch etwas anderes … Ich lese noch einmal: *„Und ich hab nun absolut keine Lust mehr, mich dafür dauernd zu entschuldigen, dass ich ein Mann bin. Was raus muss, muss raus!"* Wie weit reicht das? Bis zur Vergewaltigung? Wenn was rausmuss und sie nicht will und er doch ein Mann ist und endlich in die Offensive gehen sollte, weil sie eigentlich darauf wartet?

Jedenfalls scheint der Typ ein Chamäleon zu sein. Bei mir hat er einigermaßen zivilisiert gewirkt. Passt sich der jeweiligen Umgebung an. Zumindest in der Wortwahl. Was sagt das über ihn aus? Vielleicht, dass man ihn ziemlich schwer einschätzen kann. Und dass ihm ziemlich viel zuzutrauen ist.

Vesna ist für mich unterwegs, um herauszufinden, ob sie Pauer in Untersuchungshaft genommen haben. Das werde ich zwar am Nachmittag ohnehin hören, aber wer weiß: Vielleicht ergibt sich eine Möglichkeit, ihn irgendwo zu treffen. Keine Ahnung, ob sie ihn nach Deutschland ausreisen lassen.

Ich sitze in der Redaktion und sehe die neuesten Meldungen durch. Angriffe gegen Pauer aus der linken, der grünen und der feministischen Ecke. Die sozialdemokratische Frauenministerin besteht darauf, dass Frauen, die Nötigung und Missbrauch anzeigen, geglaubt werden müsse. Verteidigung von Pauer durch einen Minister der Konservativen. Kernaussauge: Auch für einen Mann gelte die Unschuldsvermutung. Verschwörungstheorien von weiter rechts, nach dem Motto: Der ist hineingelegt worden! Von den Emanzen! Das sei wohl klar. Maggy Körmer hat mit ihrer Einschätzung recht behalten. Dumm scheint sie nicht zu sein. Und auch nicht mediengeil. Wenn sie sich meldet, dann um ihrer Sache Gehör zu verschaffen. Na ja. Denk an ihre E-Mail. Mühsam ist sie trotzdem.

Telefon. Jana.

„Ich hab mit der Schwester von Nicole Kontakt aufnehmen können", sagt sie.

„Wie ist dir denn das gelungen?"

„Kenn ich mich mit Nachforschungen aus oder nicht?"

Dumme Frage, sorry. Jana ist Vesnas Tochter. Das merkt man in vielerlei Hinsicht. „Wo ist Nicole?"

„Sie wird seit Stunden einvernommen. Ihre Schwester meint, die lassen sie auch zu ihrem eigenen Schutz bei der Polizei. Vor ihrem

Haus lungern an die zwanzig Journalisten herum, auch aus dem Ausland, auch Fernsehteams. Sie haben ein Einfamilienhaus nicht weit von Valentin entfernt."

„Gute Lage."

„Ihr Vater hat eine Baufirma. "

„Und Nicole ist Feministin?"

„Keine Ahnung. Sie studiert Politikwissenschaft und Publizistik. Ihre Schwester sagt, dass sie sich in der letzten Zeit mit Fragen der Geschlechtergerechtigkeit beschäftigt."

„Geschlechtergerechtigkeit?"

„Mira, lass uns jetzt nicht über Wörter streiten. Also: Sie ist keine Dumpfbacke, daher interessiert sie sich auch für Frauen- und Männerrollen. So wie neunzig Prozent von allen, die Politikwissenschaft studieren. Und fünfzig Prozent von denen, die Publizistik studieren. – Hat das ‚Magazin' auch jemanden, der vor ihrem Haus wartet?"

„Natürlich nicht, wir lauern keinen Vergewaltigungsopfern auf. Ich bin es, die für unsere Story zuständig ist. Und abgesehen davon: Das nächste Heft erscheint erst in einer Woche. – Kannst du die Schwester fragen, ob mir Nicole ein Interview gibt? Ich verspreche, dass ich nur schreibe, was sie erzählen möchte."

„Keine Ahnung, ich werde es versuchen. Sie ist ziemlich sympathisch. Studiert Medizin."

„Ist dir irgendwas eingefallen, das Nicole bei ‚frauen.com' gesagt hat?"

„Nein. Was soll das? Sie ist das Opfer, nicht der Täter."

„Klar. Lies das ‚Magazin' und du wirst sehen, dass ich das auch so dargestellt habe."

„Okay. Ich melde mich wieder."

„Danke, Jana."

„Weißt du eigentlich, wo Mam ist? Sie hebt nicht ab."

„Ich hab mit ihr in der Früh telefoniert, seither nicht mehr. Sie wollte für mich klären, ob Pauer in Untersuchungshaft ist. Aber das macht sie wohl über den Computer, wie ich sie kenne."

„Egal, sie wird sich schon melden. Ciao!"

Vesna geht auch bei mir nicht dran. Auf dem Festnetz von „Sauber! Reinigungsarbeiten aller Art" läuft bloß ein Band, das dazu auffordert, eine E-Mail zu schicken. In vertraulichen Angelegenheiten sei es am besten, einen persönlichen Termin zu vereinbaren. „Ich danke für Ihre Geduld", sagt Vesna am Ende des Textes. Ihre Stärke ist Geduld nicht gerade. Fran, Janas Bruder, wollte seine Mutter dazu überreden, den Text von einem Mann ohne Akzent, am besten von ihm, sprechen zu lassen. Das wirke seriöser. Vesna hat vehement abgelehnt. „Erstens ist Frau vertrauenswürdig. Bei Putzen sowieso, aber bei Nachforschungen auch. Und zweitens, wenn ich habe einen Akzent, trauen sich auch Türken und so und geben mir Auftrag. Und für alle es wirkt, dass ich bin sicher nicht teuer." Ich grinse ins Telefon. Das war wieder einmal typisch Vesna. – Wo ist sie? Das Haus von Nicoles Eltern ist in der Nähe von Valentins Villa. Vesna ist vor einiger Zeit zu ihm gezogen. Nach langem Überlegen. Aber das war bei mir und Oskar auch nicht viel anders.

Ich habe Jana gesagt, dass ich es bin, die sich im „Magazin" um die Reportage kümmert. Das stimmt. Zumindest bis jetzt. Heute Nachmittag soll entschieden werden, wie wir weiter mit dem Thema umgehen. Unser Chefredakteur sei „außer Haus", hat mir seine Sekretärin mitgeteilt. Ach ja, es gibt noch anderes als unseren Pauer-Mann und die versuchte Vergewaltigung. Sollte ich im Gedächtnis behalten.

Ich schaue auf die Agenturmeldungen. Das ist interessant. Alpha Books kündigt eine Stellungnahme an. Heute Nachmittag, sechzehn Uhr. Nur eine Stunde nach der Polizei-Pressekonferenz. Ort wird keiner genannt, offenbar handelt es sich um ein schriftliches Statement. Oder ist Seifried so durcheinander, dass sie auf den Ort vergessen hat? Kein Wunder. Dem Verlag rennen die Medien sicher auch die Türen ein. – Während ich hier in der Redaktion sitze und überlege. Ich sollte zu Sandra Alman fahren. Ich hätte Jana fragen sollen, wann sie bei „frauen.com" ist und wo ich sie sonst erreichen kann. Aber ob sich das vor der Pressekonferenz noch ausgeht?

Wichtig ist, dass mir die Chronik die Story nicht wegschnappt. Ich hänge an unserem „Magazin", auch wenn mir die Geschäftsführung auf die Nerven geht. Ich will, dass ordentlich berichtet wird. Auch im Interesse von Nicole. Mehr noch im Interesse von … von wem eigentlich? Von „uns Frauen"? Als ob es da nicht unzählige verschiedene Ansichten und Zugänge zum Leben gäbe. Jedenfalls sollten wir uns nicht von irgendwelchen Typen unterbuttern lassen. Und ich mich vom Chronikchef, diesem aufgeblasenen Männchen, schon gar nicht.

Ich rufe den Chefredakteur an.

„Feldner?"

„Ich bin's, Mira. Bist du wirklich außer Haus?"

„Bin ich. Beim Zahnarzt."

„Du Armer, das ist ja noch schlimmer als eine Konferenz mit der Geschäftsführung."

Der Chefredakteur lacht und ist auf einmal wieder der, den ich recht gern mag. „Du hast leicht reden."

„Heute müssen sie uns ja loben. Wir haben alles im Blatt, samt Gewinnspiel. Und die jüngsten Entwicklungen auch."

„Hast du hervorragend gemacht, Mira. Das mit dem Gewinnspiel ist natürlich etwas dumm … der Hauptpreis ist ein Abendessen mit ihm."

„Es gibt genug, die da auch jetzt noch drauf stehen."

„Lass das ja nicht deine feministischen Freundinnen hören."

„Wen meinst du? Droch?"

Er lacht schon wieder. Machen die das bei seinem Zahnarzt mit Lachgas? Das wäre vielleicht etwas für mich. Ich bin schrecklich feig, wenn es um meine Zähne geht. Ich frage ihn trotzdem etwas anderes: „Werde ich die Story behalten? Ich bin am Recherchieren. Mit etwas Glück bekomme ich sogar ein Interview mit dem Opfer. Kann sein, dass das eine meiner … Freundinnen einfädeln kann."

„Die Woche ist noch lang …"

„Das ist mir klar. Und auch, dass mein Liebling aus der Chronikredaktion alles tun wird, um mir die Geschichte abzujagen. Aus Prinzip. Und er hat die Unterstützung des Geschäftsführers. Und die vom Fotochef."

„Du solltest dich eben nicht immer mit allen anlegen, Mira."

„Ich würde viel lieber ins Veneto fahren oder was kochen oder ins Kino gehen … aber ich hab einen Job. Und den will ich gut machen. Warum auch immer."

„Ich werde tun, was in meiner Macht steht. Wir sollten uns um zwei in der Redaktion treffen. Ich hoffe, ich kann dann noch sprechen. Mir kommt vor, meine Backe bläst sich gerade enorm auf."

„Danke! Nimm noch ein wenig Lachgas! Und bring mir für alle Fälle auch welches mit!"

Er lacht. Er lacht schon wieder.

SMS. *„Komm runter. Vesna".*

Superkryptische Botschaft wieder einmal. Runter vom Lachgas? Ich will ihr schon zurückschreiben, aber es ist doch praktischer, schnell vors Redaktionsgebäude zu schauen. Ich nehme für alle Fälle meine Tasche und renne durchs Großraumbüro. Es ist heute nur spärlich besetzt. Wie meist am Tag, an dem das „Magazin" rauskommt. Der nächste Redaktionsschluss in wunderbarer Entfernung. Nützt mir nichts.

Vesna steht tatsächlich vor der Tür.

„Ich habe Neuigkeiten, die man kann nicht übers Telefon oder Mail sagen. Würden zu viele gerne wissen." Sie macht eine Pause. Sie weiß, dass sie mich damit wahnsinnig macht. Ich versuche mich in Schweigen.

„Du willst Nachricht nicht hören?"

Ich schweige weiter.

Sie spielt mit ihrem Mobiltelefon, murmelt.

„Also, was ist?", platzt es aus mir heraus. Bei diesem Spiel bin ich chancenlos gegen sie.

„Thomas Pauer hat alle über Lebensumstände getäuscht. Er ist Österreicher."

„Er hat ein Jahr in Österreich studiert. Publizistik."

„Nein, er ist Österreicher, er hat österreichischen Pass und er lebt meistens in Villa bei Korneuburg. Gemeinsam mit Frau, zwei kleinen Kindern und Schwiegermutter."

„Und warum hat er in Wien dann ein Hotelzimmer?"

„Das eben ist unter anderem die Frage", fährt meine Freundin fort.

„Und warum tut er so, als wäre er Deutscher?"

„Er hat gearbeitet in Deutschland, zirka zwanzig Jahre. Und vielleicht man hat gefunden, deutscher Mann macht für Bestseller mehr her als österreichischer Mann."

Ich will schon zur Ehrenrettung der Österreicher ansetzen, stoppe dann aber. Wäre auch ein wenig lächerlich.

„Warst du bei der Villa? Ist seine Frau da?"

„Ich habe gehabt genau drei Stunden Zeit. Du hast gesagt, ich soll klären, ob er in U-Haft ist. Ich habe gemacht viel mehr, was willst du noch?"

Ich grinse und winke zwei Redakteurinnen zu, die an uns vorbei ins Gebäude gehen. „Dir traue ich es zu. – Und er hat die ganze Zeit über in Korneuburg gewohnt?"

„Nein, er hat schon auch Wohnung in Berlin. Er hat vor vier Jahren neue Frau geheiratet, das steht in offizieller Biografie. Sie ist aus Österreich. Das steht nicht, ist aber kein Geheimnis. Ihre Mutter hat Villa. Und seit Kinder da sind, sie sind mehr da als dort."

„Wie hast du das herausgefunden?"

„Vor allem Meldedaten. Und: Sie wollen jetzt Villa sanieren. Da gibt es Zuschüsse. Da man muss Namen und Wohnort und noch viel mehr bekannt geben. Ein paar gute Fragen, ein paar Daten verknüpfen und man erfahrt, wer wo und mit wem wohnt. Ich weiß, warum ich bin mit Schriftlichem so vorsichtig."

„Vielleicht ist es längst vorbei mit seiner Ehe und sie ist heim zu Mama. Wäre bei den Sprüchen, die er klopft, kein Wunder. Deswegen hat er auch das Hotelzimmer. Ich muss dich lesen lassen, was er in ‚Mega' gesagt hat."

„Oder man will nicht, jemand weiß, dass er in Korneuburg wohnt."

„Man? Das wäre dann wohl die Verlegerin Farah Seifried. Sie tut eine Menge für sein Image. Er soll als Deutscher auftreten. So einer macht bestenfalls Urlaub bei uns."

„Jemand wie Supermann Pauer? Der macht Urlaub in Ibiza und dann irgendwo auf Seychellen mit Tieftauchen und so", widerspricht Vesna. „Zumindest offiziell."

Es gibt freilich noch eine andere Möglichkeit. Die ist weniger spektakulär. „Was, wenn er einfach gern seine Ruhe hat? Alle rennen ihm nach, in Korneuburg kennt ihn keiner."

„Jetzt man kennt ihn auch dort", widerspricht meine Freundin.

„Das ist wahr, wir sollten dringend hin, bevor die anderen davon Wind kriegen."

Vesna wiegt den Kopf. „Wenn es ist nicht schon geschehen. Ich kann gut Sachen verbinden, aber ich glaube nicht, man muss dafür Genie sein. Kommen auch andere auf die Idee. Es reicht, es hat ihn jemand gesehen beim Einkaufen oder beim Spazieren. Der kennt einen Journalisten oder jemanden, der einen Journalisten kennt, und schon …"

„Pauer beim Einkaufen?" Ich grinse. „‚Es musste raus aus mir', hat er dem ‚Mega' gesagt, und das war noch das Harmloseste."

Vesna grinst zurück: „Vielleicht er hat Power-Shopping gemeint … – Ich habe bessere Idee: Ich kläre Umfeld in Korneuburg. Inzwischen wir reden mit seiner ersten Frau."

„Sag nicht, dass die auch Österreicherin ist?"

„Ist sie. Er hat ganz jung geheiratet. Noch während Studium. Sie lebt in Wien. Arbeitet in Apotheke."

„Und das alles hast du so schnell rausgefunden?"

„Nicht wirklich ein Problem. Wahrscheinlich sie ist jetzt in Apotheke. ‚Silberner Engel', Neunter Bezirk. Habe ich im Internet entdeckt.

Ganz legal. Sie heißt auch Pauer, ein paar Daten verbinden, Facebook ansehen, dann noch etwas Erfahrung und Glück und … Fran hat mir gutes Programm geschrieben. Bin schon sehr froh, wenn er ist zurück von Semester in Kalifornien."

„He, dein Sohn hat ein ganz seltenes Stipendium für Computerwissenschaft gekriegt."

„Schon wahr. Aber er fehlt. Auch für Nachforschungen."

Wir gehen einfach rein und sehen uns um. Der „Silberne Engel" ist keine der großen, prunkvollen Apotheken. Freundliches Ambiente mit der richtigen Mischung aus Neu und Alt. Hohe Regale mit schönen Keramikgefäßen. Ich habe mich immer gefragt, was in denen drin ist. Davor eine moderne Verkaufstheke mit weinrot glänzender Oberfläche. Einige Verkäuferinnen oder Apothekerinnen, einige Kunden. Das heißt, in der Mehrzahl sind es Kundinnen. – Weil Männer weniger Zeit haben? Weil sie sich weniger um ihre Gesundheit kümmern? Auch das verwendet Pauer gegen uns Frauen: dass wir älter werden. Vesna steuert zielsicher auf eine Frau mit hochgesteckten rötlichen Haaren zu. Anders als Vesna bin ich zu kurzsichtig, um ihr Namensschild zu entziffern. Das also ist Pauers erste Frau. Ihre Figur kann man unter dem weißen Mantel nur erahnen, dick ist sie nicht, auch nicht extrem schlank. Eher Durchschnitt. Wohl Mitte vierzig. Die Kundin, die sie gerade bedient, erkundigt sich ausführlich nach verschiedenen homöopathischen Mitteln gegen Schnupfen. Und dass sie gehört habe, es gäbe für jeden Typ etwas Spezielles, das wirke. Und alles andere wirke nicht.

„Dann nehmen Sie doch einfach Echinacea. Das ist zwar nicht homöopathisch, aber pflanzlich, es stärkt die Abwehrkräfte. Es ist der Saft des Sonnenhuts."

„Und das hilft?"

Die Frau antwortet mit einer Engelsgeduld. „Es unterstützt. Wenn Sie rasch etwas gegen die Symptome tun wollen, dann gibt's anderes."

„Das ist aber nicht homöopathisch."

„Nein. Aber teilweise auf Pflanzenbasis."

„Das ist mir zu riskant."

„Kommen Sie zu mir rüber!", ruft uns eine andere Frau hinter der Verkaufstheke zu. Ihr Kunde, ein Mann weit über siebzig, zieht gerade zufrieden mit einem Sack voller Medikamente ab.

Ich deute Vesna, sie zuckt mit den Schultern, ist sichtlich nicht begeistert, geht dann aber zu der freien Verkäuferin. Hoffentlich entscheidet sich die Frau vor mir endlich, sonst muss auch ich woanders hin. Wir wollten so wenig Aufmerksamkeit wie möglich. Ganz klar ist mir ohnehin noch nicht, wie ich es anlegen werde, mit Pauer-Frau eins über ihren Exmann zu reden.

Glück gehabt! Die Kundin entscheidet sich für zwei homöopathische Präparate und das Echinacea-Produkt. Sie zahlt, die Apothekerin lächelt mich freundlich an. Jetzt kann auch ich ihr Namensschild lesen: „Mag. Franziska Pauer".

Ich beuge mich ein wenig vor. „Mein Name ist Mira Valensky. Bitte schicken Sie mich nicht gleich weg."

Sie sieht mich besorgt an, beugt sich zu mir her, flüstert: „Ich kann Ihnen nur Medikamente auf Rezept geben. Wir haben keine Drogenersatzstoffe, die wir so abgeben können, es geht einfach nicht."

Ich starre sie einigermaßen fassungslos an. Die hält mich für einen Junkie auf Entzug. – Wie sehe ich heute aus? Aber das ist jetzt nicht wichtig. Ich schüttle den Kopf. „Das ist ein Irrtum, es geht um etwas ganz anderes. Um Ihren ersten Mann."

Ihr Lächeln verschwindet. „Wir sind geschieden. Ich kommentiere nicht, was er macht."

„Sie wissen, dass er gestern Abend versucht haben soll, eine junge Frau zu vergewaltigen?"

Jetzt ist sie es, die mich anstarrt. „Und Sie sind sicher nicht auf Drogen?"

„Ich bin Journalistin. – Und ich würde gern mit Ihnen sprechen. Ich schreibe natürlich nur, womit Sie einverstanden sind."

„Das kann ich mir nicht vorstellen." Sie senkt den Kopf, scheint nachzudenken. „Kommen Sie mit!", sagt sie dann.

„Können Sie so einfach weg von hier?"

„Das geht schon, mir gehört die Hälfte des Ladens."

„Ich hab eine Freundin mit", ich deute auf Vesna. Die scheint gerade zu zahlen.

„Auch schon egal." Franziska Pauer zeigt mir, wie ich um die Verkaufstheke herumkomme, führt mich dann durchs Lager in einen kleinen Büroraum. Er wird dominiert von einem großartigen Bild: graue Striche wie Flügel, dazwischen Rot. Ein trotz allem aufstrebender Vogel, zerzaust, aber mutig.

„Unser silberner Engel, ich habe ihn von einem Kunden bekommen. Ein ziemlich bekannter Maler übrigens, ich sollte das Bild gar nicht ungesichert hier haben und dann noch darüber reden."

Vesna steht inzwischen neben mir. „Hat aber nichts mit Exmann zu tun, oder?"

Franziska Pauer schüttelt den Kopf. „Ich hab überhaupt nichts mehr mit ihm zu tun. Wir sind seit fünf Jahren geschieden. Keine Unterhaltsansprüche, keine Kinder, keine Berührungspunkte mehr. Nur neunzehn Jahre gemeinsame Vergangenheit."

„Er hatte wohl Affären …", werfe ich vorsichtig ein.

„Was haben Sie damit gemeint, er hätte versucht, eine Frau zu vergewaltigen? – Das alles ist jetzt natürlich kein offizielles Interview."

Ich nicke und erzähle die Geschichte, so gut ich kann. Auch, dass wir ihn zufällig in einer Bar getroffen haben und seine Verlegerin versucht, ihn als Frauenhelden zu verkaufen. Trotz Neufamilie in Korneuburg.

Die Apothekerin schüttelt den Kopf, sieht uns dann an. „Jetzt habe ich ganz vergessen, Ihnen einen Platz anzubieten." Sie zieht einen dritten Stuhl zu den beiden, die bei einem runden Tischchen stehen. Auf dem Tisch eine Vase mit orangefarbenen Rosen.

Ich deute auf die Blumen. „Ein Anlass?"

Sie lächelt. „Nein, ich mag Blumen. Ich schaue immer, dass welche da sind. Vielleicht ein Gegengewicht zu den vielen Krankheiten und Wehwehchen, die mich sonst umgeben. – Ich weiß, dass man so etwas nie sagen sollte, aber es passt nicht zu ihm. Das mit der Vergewaltigung."

„Sie haben Buch gelesen?", will Vesna wissen.

Die Apothekerin nickt. „Natürlich war ich neugierig. Und natürlich wollte ich auch wissen, ob etwas über unser früheres Leben drinsteht. Direkt oder indirekt."

„Und?" Das sagen Vesna und ich gleichzeitig.

„Direkt auf keinen Fall. Indirekt … Ich habe mich gefragt, wie sich unsere Ehe auf sein Frauen- und Männerbild ausgewirkt hat. Aber ich bin ratlos. Er war nie ein besonderer Macho, auch nicht das, was man unter einem ‚harten Typ' versteht. Ich hab mein Studium gemacht, dann meinen Job, bin mit ihm nach Berlin, als er sich dort bessere Aufträge als Journalist erwartet hat. Ich bin sicher kein Heimchen, aber auch keine Frau, die sich ständig mit der sogenannten Frauenbefreiung beschäftigt. Vielleicht hab ich nie begriffen, wie er ist."

„Vielleicht er hat sich verändert", wirft Vesna ein.

„Ja, das hat er sogar sicher."

„Haben Sie zufällig gelesen, was er in der heutigen Ausgabe von ‚Mega' sagt?", will ich wissen.

Sie schüttelt den Kopf. „Ich habe mir vorgenommen, das alles nicht zu genau zu verfolgen. Hat eben, wie gesagt, nichts mehr mit meinem Leben zu tun."

„Er hat da so Sprüche losgelassen wie: ‚Saftstau ist Kraftstau' und dass gewisse Frauen einfach guten Sex bräuchten, dann wären sie nicht so frustriert – wobei er sich um einiges deftiger ausgedrückt hat."

Sie hört gar nicht auf mit dem Kopfschütteln. „Das kann nur Teil des Marketings fürs Buch sein, so war er nie. Ich würde sagen ... er war nie besonders aktiv, wenn es um Sex ging. Schon damals nicht, als er jünger war."

„Und wenn sich das mit neuer Frau geändert hat?", fragt Vesna.

Ich sehe sie warnend an. Wir sollten die Apothekerin nicht verärgern. Abgesehen davon will ich sie auch nicht kränken. Es muss nicht lustig sein, wenn der Ex ein Buch über die ach so notwendige Männerbefreiung schreibt, Macho-Sexthesen inklusive.

Sie lacht. „Hab ich mich auch schon gefragt, wie viel das Buch mit seiner jetzigen Frau zu tun hat. Wenn es etwas mit ihr zu tun hat, dann war sie es, die ihn endlich erfolgreich gemacht hat. Und wohlhabend. – Aber ich weiß es nicht. Er war Sportmoderator, als er sie kennengelernt hat. Sie hat in einem Reisebüro gejobbt, hat irgendeine Ausbildung zur Tourismusmanagerin gemacht. Er wollte eine Reise buchen. Na ja. Wie es eben so geht. Sie war damals einundzwanzig und für sie war ein Mann aus dem Fernsehen, auch wenn es nur ein kleiner Privatsender war, wohl etwas Besonderes. Ich war damals zweiundvierzig."

„Er hat öfter schon Freundinnen gehabt?", fragt Vesna.

„Nein, ich glaube nicht. Ich weiß, dass es die Ehefrau angeblich immer als Letzte erfährt, ich weiß auch, dass er gut aussieht, ich hab mich ja auch einmal in ihn verliebt. Aber er war in Richtung Frauen nicht besonders interessiert. Es hat ihn viel mehr gekümmert, endlich einen guten Job beim Fernsehen, bei einem der großen Sender zu bekommen. Endlich als Journalist Erfolg zu haben. – Wissen Sie, wie viele sogenannte Journalisten in Berlin rumrennen? Viele können von ihrem Job nicht einmal leben. Als er dann wenigstens die Sportnachrichten moderieren durfte, hat er zum ersten Mal so viel verdient, dass er sich selbst erhalten konnte. Mehr war's allerdings auch nicht."

„Sie haben ihn unterstützt?"

„Ich hab es nicht so gesehen. Wir haben jung geheiratet. Wir haben eben zusammengehört. Und als angestellte Apothekerin verdienst du zwar nicht üppig, aber auch nicht schlecht." Sie schlichtet die Rosen neu, zuckt zurück. Blutstropfen auf ihrem Daumen. Sie lacht. „Jetzt müsste ich wohl für hundert Jahre in Tiefschlaf sinken und dann kommt mein Prinz und küsst mich wach und wir feiern Hochzeit … Ich hab mich immer gefragt, was Kindern da erzählt wird. Und warum alles immer mit der Hochzeit aufhört."

Ich lächle Franziska Pauer an. „Ich mich auch. Spannend werden die Geschichten danach."

„Mein Exmann hat sich für ein ganz anderes Buch entschieden. – Bevor Sie mich fragen, wie ich zum Inhalt stehe: Es ist absurd, dass er ‚die Männer' pauschal als benachteiligt hinstellt. Aber das würde ich niemals öffentlich sagen. Wahr ist, dass er sich immer wieder benachteiligt gefühlt hat. Weil er nicht begriffen hat, dass auch Frauen einen Auftrag oder einen Job kriegen können, um den er sich beworben hat. Er ist schon mit der männlichen Konkurrenz schlecht zurechtgekommen, und mit der weiblichen dann gar nicht. – Das Kapitel mit dem Sex … das wundert mich einfach. Und das mit der Vergewaltigung noch viel mehr." Sie seufzt. „Aber natürlich kann ich nicht wissen, wie er sich verändert hat."

„Wann Sie hatten zum letzten Mal Kontakt?", fragt Vesna.

„Weihnachten. Wir haben vereinbart, dass wir zumindest einmal im Jahr voneinander hören lassen. Diesmal war es nicht mehr als eine lange E-Mail. Er hat mir erzählt, dass er dran ist, einen Bestseller herauszubringen. Aber so etwas hat er seit zwanzig Jahren behauptet. – Wenigstens war es eine rasche und einvernehmliche Scheidung. Keinerlei gegenseitige Ansprüche."

„Was jetzt ist schade", fügt Vesna trocken hinzu.

„Tja, wenn kein Geld da ist, tut man sich leichter mit der Großzügigkeit, das ist schon wahr. Ich hätte auch nie vermutet, dass er zu Geld kommt. Ich hatte eher den Verdacht, dass ich einmal für ihn zahlen muss. Ob es sein kann, dass ich ihm zu wenig zugetraut habe? – Wir haben uns hier in Wien scheiden lassen, wir waren ja beide österreichische Staatsbürger. Zufällig bin ich damals beim ‚Silbernen Engel' vorbeigekommen, hab hereingeschaut und die Besitzerin hat mir erzählt, dass sie ganz dringend eine Teilhaberin sucht – übrigens auch eine Scheidungsgeschichte. Ich bin mehr oder weniger gleich in Wien geblieben. Etwas Abstand war gut. Und ich wollte der Neuen ja doch nicht dauernd über den Weg laufen. – Was sagt sie eigentlich zu den Vergewaltigungsvorwürfen?"

„Keine Ahnung, das Ganze ist ja erst gestern Abend passiert."

„Schon verrückt, dass ich nicht einmal wusste, dass die Mutter seiner Frau eine Villa bei Korneuburg hat. Und dass sie zumindest teilweise da leben. – So geht es: Man hat viele Jahre miteinander verbracht und dann ... Aber das passt schon. Ich muss zugeben, ich war nicht todtraurig, als das mit unserer Scheidung passiert ist. Wir hatten nur mehr so nebeneinanderher gelebt. Und sein ewiges Geraunze, dass er nicht ausreichend gewürdigt und anerkannt wird, ist mir auf die Nerven gegangen. Gekränkt war ich, das schon. Aber wer ist das nicht, wenn man gegen eine ausgetauscht wird, die zwanzig Jahre jünger ist?"

Ich sehe auf die Uhr. Ich muss schauen, dass ich die Polizei-Pressekonferenz nicht verpasse.

Die Apothekerin sieht mich erschrocken an. „Ich weiß auch nicht, warum ich Ihnen plötzlich mein gesamtes Vorleben erzähle. Tut mir leid, das wollten Sie so ausführlich wohl gar nicht wissen. Ich bin durcheinander, das wird es sein. Zuerst dieses Buch und jetzt diese Vorwürfe ... Vielleicht hab ich ihn doch nie ausreichend unterstützt?"

„Vielleicht wir Frauen fragen uns immer, ob wir sind schuld?", entgegnet Vesna.

„Ich freue mich sehr, dass Sie sich für uns Zeit genommen haben. Und ich hab das Gefühl, ich kenne ihn jetzt doch um einiges besser", sage ich.

Sie sieht nachdenklich auf ihre Rosen. „Und ich habe das Gefühl, dass ich ihn vielleicht nie gekannt habe."

„Gibt es irgendetwas, das ich schreiben kann? Ich versuche einfach, mir ein umfassendes Bild zu machen. Ich will auch zu ihm fair sein."

„Das finde ich gut. Wenn er versucht hat, eine Frau zu vergewaltigen, dann werde ich ihn nicht in Schutz nehmen. Ich kann auch nicht behaupten, dass ich mir sicher bin, dass er so etwas nie tun würde. Das kann man nie sein. Aber was Sie vielleicht schreiben könnten, ist, dass ich mich wundere. Dass es nicht zu dem Mann passt, den ich gekannt habe. Und dass er sexuell nie besonders aktiv war. Er war viel mehr daran interessiert, endlich als Journalist Anerkennung zu bekommen."

Ich schreibe mit und nicke. „Ich schicke Ihnen die Passage, bevor sie veröffentlicht wird."

„Ja. Danke. Ist in diesem Fall ganz gut. – Was nicht heißt, dass ich Ihnen misstraue. Ich lese die meisten Ihrer Reportagen mit großem Vergnügen."

Jetzt werde ich doch glatt ein wenig rot. Mit Lob kann ich nicht so gut umgehen. Vielleicht auch eine Frauenkrankheit? Na ja, man sollte wohl nicht alles durch diese Brille betrachten.

[6.]

Vesna hat sich in der U-Bahn von mir verabschiedet. Es gibt ja immerhin auch noch ihr Reinigungsunternehmen, um das sie sich kümmern muss. Wir waren uns einig. Die Apothekerin hat versucht, die Wahrheit zu sagen. Aber natürlich fragt sich, wie objektiv sie ihren Exmann sehen kann. Und will. Jedenfalls spannend, dass Sex für ihn früher kein besonders wichtiges Thema gewesen sein dürfte.

„Hatte eben mit Karrieremachen genug zu tun. Ich sage dir, da es gibt viele Typen, die reden über Sex, gehört eben dazu, aber haben keine Zeit und auch nicht Lust. Aber über Vergewaltigung sagt das nichts, gerade solche knallen durch", hat Vesna beim Aussteigen festgestellt. Ich winke ihr nach.

Telefonsignal. Ich telefoniere ungern in der U-Bahn.

„Wo bist du eigentlich?"

Erst jetzt sehe ich aufs Display. Mein Chefredakteur. Oje. Ich wollte mich mit ihm um zwei in der Redaktion treffen. Da kann ich noch so viel herausfinden, wenn dann jemand anderer die Reportage macht … „Ich bin in zehn Minuten da. Ich hab ein Interview mit der ersten Frau von Pauer. Lebt in Wien."

„Wow. Weißt du was? Ich komm runter zum Türken an der Ecke. Mir knurrt der Magen."

„Geht mir auch so."

Eine halbe Stunde später ist klar, dass ich den „Fall Pauer", wie sie ihn jetzt bei uns nennen, behalten darf. – Vorausgesetzt, ich mache keine Hetzkampagne gegen ihn und beleuchte alle Seiten. Habe ich vor. Aber ich habe auch nicht vor, einen Möchtegern-Vergewaltiger zu schonen. Zu meinem großen Bedauern muss ich Klaus die letzten Börek unserer

Vorspeisenplatte lassen. Es ist höchste Zeit, zur Polizei-Pressekonferenz zu rennen. Regina ist schon dort und ich habe eine Praktikantin beauftragt, mir einen Platz zu besetzen. Aber ich möchte doch selbst hören, was die Ermittler sagen.

Der Pressekonferenzsaal der Landespolizeidirektion ist so überfüllt, dass ich es beinahe nicht schaffe, nach vorne zu kommen. Anders als bei dem Gedränge vor der Lesung von Pauer im Museumsquartier lässt man mich aber durch, als ich sage, dass für mich schon ein Platz reserviert sei. Die vordersten zwei Reihen sind voll mit Kameraleuten und den dazugehörenden Reportern. Fünfzehn, zwanzig Fernsehteams zähle ich. Das hier ist ein international interessanter Skandal: „Der neue Super-Mann als Vergewaltiger?" CNN, RAI, BBC, natürlich so gut wie alle deutschen Sender. Daneben, dazwischen, dahinter die Fotografen. Regina steht gleich neben dem CNN-Team. Sie ist eben ein Profi. Und sie kann sich durchsetzen. Stimmengewirr. Ich stelle mich auf die Zehenspitzen, um unsere Praktikantin zu finden. Na ja. Der Platz, den sie ergattert hat, ist nicht optimal, aber es geht. Immerhin dritte Reihe. Wenn ich zwischen den Kameras von ORF und SAT 1 durchschaue, kann ich sogar den Pressekonferenztisch sehen.

„Darf ich auch bleiben?", fragt mich die junge Frau. Ich habe ihren Namen vergessen.

„Klar, du musst dir eben einen Stehplatz auf der Seite suchen. Vielleicht sieht man von dort ohnehin besser. – Wie heißt du?"

„Zen Prikopetz."

„Wie bitte?"

„Z-E-N und dann Prikopetz. Ich heiße eigentlich Kreszentia. Nach meiner Großmutter. Zenzi. Ich nenne mich Zen."

„Wie dieser Buddhismusableger. – Ist da nicht die Großmutter besser?"

„Nix gegen meine Großmutter, aber da bin ich anderer Meinung."

„Studierst du Publizistik?"

„Nein, ich bin auf der Fachhochschule für Journalismus."

„Schade."

„Warum?"

„Weil Nicole Moser – du weißt, wer sie ist?" – bestimmtes Nicken – „weil sie Publizistik studiert."

„Ist mir zu theoretisch. Dafür ist es bei uns viel schwieriger, einen Studienplatz zu kriegen."

„Und wie stehst du zum Fall?"

„Ich hab noch nie einen Vergewaltiger gesehen. Meinst du, er ist auch dabei? – Äh … Sie. 'tschuldigung."

„Kannst schon Du zu mir sagen. Er ist sicher nicht dabei. So etwas gibt es nur in schlechten Filmen. Er ist auch nicht in U-Haft. Sein Verlag hat eine Presseerklärung angekündigt. In einer Stunde."

„Die warten ab, was die Polizei sagt, oder?"

„Schaut so aus."

„Kann ich mit dorthin?"

Jetzt weiß ich, was ich vergessen habe. Zu klären, ob es doch eine Pressekonferenz gibt oder ob es sich bloß um ein schriftliches Statement handeln wird.

Ein Mann und zwei Frauen nehmen am Pressekonferenztisch Platz. Die Polizeisprecherin kenne ich. Kompetent und aufgeschlossen, keine dieser Witzfiguren, die in schlechtem Beamtendeutsch versuchen, alles zu vertuschen. Auf dem Namensschild des Kriminalbeamten, der im Nouvel Grand Hotel war, lese ich: „Chefinspektor Hermann Salcher". Die zweite Frau kenne ich nicht, bei ihr handelt es sich offenbar um die zuständige Staatsanwältin. Kameras leuchten auf, Blitzlichtgewitter. Hätte irgendein unbekannter Hotelgast versucht, eine junge Frau zu vergewaltigen, das Interesse wäre wohl deutlich geringer. Ein paar Lokalreporter, vielleicht ein Kamerateam.

Was folgt, ist das Übliche: Man werde in alle Richtungen und ohne Ansehen der Person ermitteln, man müsse die Spuren erst auswerten.

„Thomas Pauer wurde auf freiem Fuß angezeigt. Er hat sich verpflichtet, mit den Behörden zusammenzuarbeiten." Chefinspektor Salcher sieht ins Publikum. „Ich mache jetzt etwas, das bei uns nicht üblich ist, aber es ist mir ein Anliegen: Ich bitte Sie, weder ihn noch vor allem das mutmaßliche Opfer zu verfolgen. Es wird Ihnen klar sein, dass sich die junge Frau in einer Ausnahmesituation befindet. Sie werden von ihr auch nichts Zweckdienliches erfahren können, das nicht schon bekannt ist. Sollte es doch welche geben, die ihr nachstellen, und sollten dabei rechtliche Grenzen überschritten werden, gehen wir dagegen mit aller Entschiedenheit vor. Es ist kein Kavaliersdelikt, einen Menschen zu jagen."

Die Pressesprecherin nickt. „Ich bitte nun um Fragen!"

Stimmengewirr, nichts zu verstehen. Die Polizeisprecherin deutet auf eine Fernsehreporterin in der ersten Reihe.

„Warum wurde Thomas Pauer nicht in Untersuchungshaft genommen?", fragt sie.

Die Pressesprecherin sieht die Staatsanwältin an. Die räuspert sich und antwortet: „Untersuchungshaft darf nur verhängt werden, wenn dafür einer der wenigen taxativ aufgezählten Gründe vorliegt. Wir können davon ausgehen, dass weder Fluchtgefahr noch Verdunkelungsgefahr besteht. Und Wiederholungsgefahr wohl auch nicht."

„Was macht Sie da sicher?", schreit eine Frau von weit hinten nach vorne.

„Ein klassischer Sexunhold ist er wohl nicht!" Die Staatsanwältin nestelt an ihrer modischen Brille. Ob sie schon Kontakt mit der umtriebigen Verlegerin von Alpha Books hatte? Ob ihr sonst jemand nahegelegt hat, den Shootingstar der Buchszene nicht allzu hart anzugreifen? Und: Was bitte ist ein klassischer Sexunhold? Typ Quasimodo mit Schaum vor dem Mund? Oder gibt's solche nicht auch mit Anzug und Krawatte und Bilderbuchkarriere?

Einige lachen trotzdem. Die Pressesprecherin schaut eher unglücklich drein. Kein Wunder. Außerdem eignet sich der Sager hervorragend für einen Titel. Mit Pech wird „klassischer" und „wohl" auch noch weggelassen: „Ein Sexunhold ist er nicht!"

„Hat man das Aufnahmegerät von Nicole Moser sichergestellt?", rufe ich nach vorne. Viele Blicke in meine Richtung. Vielleicht hätte ich mir das aufheben sollen. Davon wissen nur die, die ganz am Anfang an diesem Abend dabei waren. Aber: Ich will in erster Linie, dass es nicht verschwindet. Wobei mir der Ermittler nicht so wirkt, als würde er aus Begeisterung für den Bestsellerautor und seinen Verlag schlampig arbeiten.

Chefinspektor Salcher sieht mich an. „Ja. Hat man. Es wird noch ausgewertet. Erwarten Sie sich allerdings nichts Großes. Es ist ausgeschaltet worden. Noch bevor es zu den tätlichen Auseinandersetzungen gekommen ist."

Pauer muss es abgedreht haben, bevor er über die Studentin hergefallen ist. Er ist kein Idiot. – Oder doch? Wer macht sich schon über ein junges Mädchen her, wo er doch, wie seine Verlegerin sagt, jede haben kann? – Weil es ihn reizt, wenn er eine nicht sofort haben kann? Weil er seine eigenen Thesen bis zum Exzess lebt? Männer sollten endlich wieder aktiv werden, Frauen warten darauf ... – Und wie passt das mit dem zusammen, was uns seine erste Frau erzählt hat?

„Wurde Pauer schon vernommen?“, die Frage kommt von einem deutschen Reporter.

„Ja“, sagt Salcher.

„Hat er gestanden?“

„Nein.“

„Könnten Sie das konkretisieren?“

„Konkreter geht es doch nicht.“

Der Ermittler hat einen gewissen Witz. Gefällt mir.

„Er streitet also alles ab. Wie erklärt er die Kratzer in seinem und im Gesicht von Nicole? Es sollen auch Möbel zu Bruch gegangen sein, sie ist halbnackt geflüchtet. Was sagt er dazu?“

„Etwas, auf das ich momentan aus ermittlungstechnischen Gründen nicht eingehen kann.“

Es folgen viele Detailfragen über Beweismittel, über persönliche Einschätzungen, die allgemein und professionell nichtssagend beantwortet werden. Ich versuche über mein Smartphone herauszufinden, wie das mit dem Statement von Alpha Books ist. Aber ich scheitere. Ich kriege keine ordentliche Internetverbindung zustande. Ich sollte nicht immer alles allein machen wollen. Ich hätte jemanden aus der Redaktion bitten können, sich um das, was der Verlag sagen will, zu kümmern. Aber irgendwie habe ich den Eindruck, dass ich mir selbst ein Bild machen muss. Es passt so vieles nicht zusammen. Und eine der Schlüsselfiguren, da bin ich mir ganz sicher, ist die Verlegerin Farah Seifried. Farah. Was für ein eigenartiger Name. Hat man sie nach Farah Diba, der letzten persischen Kaiserin, genannt? Was für einen Anspruch erzeugt so ein Name?

Noch immer Frage- und Antwortspiele rund um Details, die eigentlich keinen interessieren oder ohnehin klar sind. Ich stehe auf, arbeite mich zu unserer Praktikantin durch und flüstere ihr ins Ohr, dass sie alles möglichst gut verfolgen solle. Sie nickt eifrig und deutet auf ihr Aufnahmegerät. Auch einige meiner Kollegen sind aufgestanden und wollen raus.

Anruf bei unserer Sekretärin. Ja, sie sehe sofort nach. Ja, das Pressegespräch gäbe es. Und zwar gar nicht weit entfernt. Sie nennt mir den Namen eines Hotels.

„Wer ist dabei?“

„Es steht bloß Farah Seifried ‚und andere‘.“

Zu Fuß bin ich schneller als mit der Straßenbahn, es sind nicht einmal zwei Stationen. Etwas Ausdauer habe ich ja noch, auch wenn ich schon zu lange nicht mehr laufen war. Man sollte ein neues Wort erfinden. „Business-Jogging". Ich habe das Gefühl, ich betreibe diese Sportart seit gestern fast ununterbrochen.

Alpha Books hat den großen Hotelsaal gemietet. Nicht ohne Grund. Hier drängen sich mindestens ebenso viele Journalisten wie bei der Polizei-Pressekonferenz. Ich atme laut aus. Gerade noch geschafft. Ich kenne die schlanke Dunkelhaarige von „Alpha", die aus der Öffentlichkeitsabteilung. Sie telefoniert hektisch. Ich flüstere ihr trotzdem zu, dass ich einen Platz brauche.

Sie sieht mich zweifelnd an.

„Sie wollen, dass ich ordentlich berichte, oder?" Manchmal muss man eben mies sein. Ich habe kein besonders schlechtes Gewissen dabei. Ihre Chefin arbeitet auch mit allen möglichen Tricks.

Sie deutet auf einen Stuhl in der zweiten Reihe, auf dem ein „Reserviert"-Schild liegt. Ich will gar nicht wissen, für wen das gedacht war. Ich bedanke mich artig und setze mich. Sieht so aus, als wäre am Podium Platz für vier Leute. Noch ist von Seifried nichts zu sehen. Mitarbeiterinnen von Alpha Books versuchen, die Journalisten zu beschwichtigen, ihnen Plätze zuzuweisen, sehen immer wieder auf die Uhr, wirken überfordert. Ist ja auch kein Wunder. Derartige Pressekonferenzen sind im Verlagsgeschäft selten. Üblicherweise kommen Redakteure, die sich über einen Termin mit dem Autor freuen, angenehme Fragen stellen, vielleicht etwas mehr übers Privatleben wissen wollen, als ihr Gegenüber preisgeben will, aber das ist es dann auch schon. – Wen hat Farah Seifried mit? In einer Minute ist es sechzehn Uhr. Ich gehe einmal davon aus, dass die Deutschen pünktlich sind. Anders als wir im kleinen schlampigen und für sie südländischen Österreich. Oder zumindest Ostösterreich. Ich hätte Regina verständigen sollen. Aber der Termin ist offiziell ausgeschrieben, also wird die Redaktion schon jemanden schicken. Oder will mir der Fotochef eins auswischen? So weit geht er wohl doch nicht. Trotzdem: Keiner zu sehen von unserer Crew.

Die Flügeltüren gehen auf. Eine Horde von Fotografen und Kameraleuten mit Scheinwerfern und Blitzlichtern im Rückwärtsgang. Sie müssen die Verlagsleute irgendwo draußen erwischt haben. Wieder einmal frage ich mich, ob ich bei so etwas mitspielen will. Es sieht so aus, als wäre dieser Chefinspektor Salcher in Ordnung. Soll er also ermitteln. Die Medienhysterie hat nichts mit der Empörung über eine der allerschlimmsten Straftaten zu tun, nur mit der Sensation, die eine versuchte Vergewaltigung in diesem speziellen Fall ist.

Ich bleibe trotzdem. Die Kameraleute verteilen sich vor, hinter, neben dem Podium. Plötzlich eine laute Stimme: „Wenn nicht alle Medienvertreter sofort den Podiumsbereich verlassen, gehen wir wieder." Das ist Farah Seifried. Anders als gestern klingt sie autoritär und selbstbewusst.

Noch immer wird wie verrückt gefilmt und fotografiert, aber die Meute zieht sich zurück, zumindest bis vor die erste Stuhlreihe. Ich stehe auf. Jetzt kann ich sehen, warum der Einzug der „Alpha"-Leute derart große Aufregung verursacht hat: Neben Seifried sitzt Thomas Pauer, neben ihm seine Frau. Sie hält ihn an der Hand, so, dass alle es sehen können. Ist sie freiwillig da? Sie tut mir leid. Sie sieht sehr jung aus, jünger als auf den wenigen Pressebildern, die es von ihr gibt, jünger als sechsundzwanzig. Und dann ist da noch ein Mann, den ich nicht kenne.

„Einen schönen Nachmittag, meine Damen und Herren. Üblicherweise haben unsere Pressekonferenzen einen anderen, weit angenehmeren Zweck. Da stellen wir Bücher vor. Aber wir wollen uns auch dann nicht den Medien verweigern, wenn es um unfreundliche, um nicht zu sagen kriminelle, Anschuldigungen geht." Die Verlagschefin redet frei.

„Ich fasse die wichtigsten Fakten zusammen: Thomas Pauer hat sich gestern um zwanzig Uhr mit einer Studentin der Publizistik getroffen, um ihr ein Interview für eine Hausarbeit zu geben. Die Initiative zu diesem Treffen ging allein von ihr aus. Die Begegnung ..."

Hat sie alles einstudiert oder ist sie wirklich derart beherrscht, dass sie auch unter diesen Umständen geschliffen formulieren kann?

„... fand in seiner Hotelsuite statt, so wie die meisten der vielen Treffen, die Thomas Pauer bei seinem Wienaufenthalt zu absolvieren hatte. Die Suite hat einen eigenen Büroraum. Die Tür zum Schlafzimmer war, nur um diversen Spekulationen vorzubeugen, geschlossen."

Pauer sieht beinahe ausdruckslos auf die versammelten Medienleute. Rummel ist er gewohnt, so einen aber nicht. – Hat sie ihm ein Beruhigungsmittel gegeben? Muss man so etwas durchstehen, wenn man ein „echter Mann" ist? Seine Frau hat große helle Augen, sie starrt konzentriert geradeaus.

„Die Studentin hat zuerst einige Fragen gestellt. Plötzlich hat sie angefangen, meinem …“ Sie stockt. – Meinem was? Was wollte sie sagen?

„… Herrn Thomas Pauer eindeutige Avancen zu machen. Sie hat gemeint, dass sie noch nie so richtig guten Sex gehabt habe, und ob das stimme, was er in seinem Buch geschrieben hat. Er hat versucht, höflich abzuwehren, aber sie wurde immer aufdringlicher.“

Pauer nickt langsam mit dem Kopf.

„Als er sie schließlich gebeten hat, zu gehen, begann sie, mit Gegenständen zu werfen, sich auszuziehen und Herrn Pauer auch körperlich zu attackieren.“

Hinter mir höre ich leises Kichern. „Wenn sie uns jetzt auch noch erzählt, dass sie ihn fast vergewaltigt hätte …“

Stirnrunzeln bei Seifried. „Das ist alles andere als komisch. Es geht um die Ehre eines unbescholtenen Mannes, der noch dazu in der Öffentlichkeit steht. – Er hat die Frau aus dem Zimmer gedrängt, sie ist davongelaufen. Den Rest kennen Sie wahrscheinlich. Ich kann nur so viel hinzufügen, dass wir den Ermittlungen der Behörden gelassen gegenüberstehen und sie in jeder Beziehung unterstützen. Immerhin geht es auch um den Ruf unseres Verlags.“

Erste Fragen, Zwischenrufe, wo sie denn gewesen sei, warum Pauer nicht jemanden aus dem Hotel verständigt habe, ob er die Studentin nicht durch sein Buch herausgefordert hätte.

Farah Seifried hebt die Hand. „Für einige Fragen wird nachher Zeit sein. – Thomas?“ Sie wirft ihm einen festen Blick zu.

Thomas Pauer räuspert sich. „Ich würde nie und unter keinen Umständen eine Frau nötigen. Was gestern geschehen ist, war gegen mein Buch gerichtet. Ich soll mundtot gemacht werden, weil ich geschrieben habe, was vielen nicht passt: dass Männer längst diskriminiert werden. Es ist höchste Zeit, dass wir uns wieder selbstbewusst als Männer fühlen.“ Pause. Seifried sieht ihn auffordernd an. Offenbar soll er noch etwas sagen. Er ist irritiert, hat wohl den Faden verloren.

„Seine Frau Carina, die völlig außenstehend und unschuldig in diese wüsten Vorwürfe mit hineingezogen wurde, möchte auch noch Stellung nehmen“, fährt Farah Seifried, jetzt doch etwa aus dem Konzept gebracht, fort.

Die junge Frau räuspert sich. Schlank, brünette lange Haare, die im Nacken zusammengebunden sind, feines Gesicht. Dezentes dunkelblaues Kostüm. Ganz junge Ehefrau und Mutter. „Ich …“, das kommt sehr zaghaft. Sie holt tief Luft. „Ich vertraue meinem Mann voll und ganz. Ich weiß, dass er so etwas nie tun würde. Niemals! Ich stehe hinter ihm." Sie reckt das Kinn nach vorne und erntet ein anerkennendes Nicken der Verlagschefin. Die redet rasch weiter:

„Dr. Lothar Gürtler ist Anwalt. Ich habe ihn hinzu gebeten, um eventuelle juristische Fragen zu klären. Ich wiederhole, was ich schon gestern gesagt habe: ‚Alpha' wird und muss zum eigenen Schutz alle klagen, die unwahre Gerüchte über den Verlag oder unseren Autor Thomas Pauer und seine Familie verbreiten. Es wird keine Ausnahme geben. Auch nicht für Medien."

„Was soll das sein?", ruft ein Kollege vom Fernsehen. „Ein Maulkorb?"

„Nicht im Geringsten. Die Aufforderung, keine Unwahrheiten zu verbreiten."

„Thomas Pauer ist eine Person öffentlichen Interesses. Wir haben die Aufgabe, zu berichten."

„Und ich habe die Aufgabe, meinen Autor vor falschen Anschuldigungen zu schützen."

„Warum lassen Sie eigentlich die ganze Zeit Ihre Verlagschefin reden?", rufe ich dazwischen. „Wenn ich Ihr Buch richtig verstanden habe, sollen sich Männer doch endlich wieder selbst behaupten!"

Gelächter im Raum. Seine Frau sieht mich entsetzt an. Ich geniere mich ein bisschen.

„Weil …", setzt Farah Seifried an.

„Weil", fällt ihr Thomas Pauer ins Wort, „sie das viel besser und mit mehr Distanz als ich zusammenfassen kann. Ein Mann zu sein, bedeutet nicht, von nichts getroffen und bewegt zu werden."

Geraune. War leider eine verdammt gute Antwort.

„Wenn wir jetzt schon bei der Auseinandersetzung um ‚Sei ein MANN!' angelangt sind, dann möchte ich noch etwas anfügen", fährt die Verlagschefin fort. „Wir haben ohne große Probleme herausfinden können, dass Nicole Moser Kontakte zur militanten feministischen Szene hat. Ich möchte sie ihrerseits nicht beschuldigen, aber sollte das wirklich ein Zufall sein? Selbstverständlich hatte Herr Pauer aus diesem Eck mit Kritik an seinem Buch zu rechnen. Dass sie allerdings so brutal ausfallen würde, darauf waren wir nicht gefasst."

„Sie werfen Frau Moser indirekt vor, den Vergewaltigungsversuch inszeniert zu haben?", fragt eine deutsche Journalistin.

Farah Seifried scheint sie zu kennen. Sie sieht sie unfreundlich an. „Drehen Sie mir nicht das Wort im Mund um, Frau Gehmeier. Ich beschuldige niemanden. Ich stelle bloß fest. Die Dame hatte engen Kontakt zur feministischen Szene."

„Damit bringen Sie alle, die gegen das Buch sind, unter Generalverdacht, ist Ihnen das bewusst?", fährt die Journalistin fort.

„Das ist selbstverständlich nicht meine Absicht. Wir stellen uns jeder Kritik. Solange sie sachlich ist."

„Ich hätte noch eine Frage an Herrn Pauer", werfe ich mich dazwischen.

Alle sehen mich an. Seine Frau hält ihn noch immer an der Hand. Wahrscheinlich soll es ihre Verbundenheit symbolisieren. Auf mich wirkt es freilich, als fühlten sich beide sonst verloren.

„Waren Sie Ihrer Frau immer treu?"

Er starrt mich an. Starrt dann seine Verlagschefin an. „Das geht nun doch deutlich zu weit!", faucht die. Sehr schön, ich habe sie aus der Reserve gelockt.

„Würde ich üblicherweise auch finden", erwidere ich so locker wie möglich. „Aber da der Verlag offenbar eine Menge tut, um das Image seines Autors als überaus potenten Frauenhelden, um nicht zu sagen Sexprotz, zu fördern, drängt sich die Frage auf."

„Ich war …", beginnt Pauer.

„Das tut nichts zur Sache", fällt ihm Farah Seifried ins Wort. „Es geht nicht um einvernehmlichen Sex, es geht um den Vorwurf der versuchten Vergewaltigung. Und das sind nun wohl zwei grundverschiedene Themen."

„Wahr ist schon, dass Sie mir unter dem Siegel der Verschwiegenheit erzählt haben, Thomas sei ein toller Hecht", ruft der Redakteur vom „Blatt". Ich bekomme also Schützenhilfe aus einer ungewöhnlichen Ecke. Sollte mir zu denken geben.

„Da haben Sie mich gewaltig missverstanden. Ich habe Ihnen erzählt, dass es sehr viele Frauen gibt, die Herrn Pauer anhimmeln. Ihm manchmal auch nachstellen. Ich habe nichts über sein Verhalten gesagt."

„Er war mir immer treu", sagt seine Frau mit lauter und ein wenig schriller Stimme. Noch eine Ehefrau, die es zuletzt erfährt? Irgendjemand ruft denn auch etwas Entsprechendes, es wird gelacht. Ich denke an das, was mir seine erste Frau erzählt hat. Wodurch hat er sich verändert? Früher war er sexuell zurückhaltend. Jetzt hält er es nicht aus, wenn ihn eine Studentin abweist. Aber: Bei derartigen Übergriffen geht es weniger um Sex als um Macht. Das sollte ich eigentlich wissen.

Farah Seifried erhebt sich, auch die anderen stehen auf. Einige Journalisten sprinten nach vorne. Auf Englisch, Italienisch, Französisch wird ihr zugerufen, dass man noch ein kurzes Statement brauche. Der Bodyguard, der mich schon in die Halle im Museumsquartier begleitet hat, taucht auf. Heute trägt er ein neutrales Sakko, kein „Sei ein MANN!“-T-Shirt. Und er hat zwei Kollegen dabei. Sie drängen die Journalisten zurück. Ich steige auf meinen Sessel, um den Tumult besser beobachten zu können. Sie lotsen die kleine Gruppe rund um Seifried nach draußen. Jetzt müssen sie sich wohl stundenlang irgendwo im Hotel verbarrikadieren, bevor sie einigermaßen in Ruhe wegkommen. Oder sie haben eines dieser großen Autos mit getönten Scheiben in der Tiefgarage.

Pressekonferenz vorbei, vieles bleibt offen. Die wichtigste Frage ist: Kann es Nicole Moser gelingen, sich gegen die geballte Macht von „Alpha“ durchzusetzen? Die Standpunkte liegen klar auf dem Tisch. Bloß: Wo liegt die Wahrheit?

[7.]

Wir sagen Jana lieber nichts. Wer weiß, es ist ihr recht. ‚frauen.com‘ ist offenes Haus. Für Frauen in jedem Alter. Auch für Frauen, die von anderswo sind. Für die besonders. Weil sie sonst wenig Platz haben. Also ich kann hingehen“, erklärt mir Vesna.

„Und wenn Jana dort ist?“

„Sie ist nicht, sie ist auf der Uni.“

„Du solltest nicht ohne sie …“

„Ist Quatsch. Ich bin ihre Mutter. Und in letzter Zeit sie versucht dauernd, mir zu sagen, was ich tun soll. Ich mache, was ich will. Ist auch Feminismus, oder?“

Ich grinse. „Ist einfach Vesna.“

„Reicht. Du wartest irgendwo in der Nähe und wenn es passt, du kommst. Aber besser, ich frage zuerst allein herum. Oder höre zu. Bei Journalistin alle sind vorsichtiger. Vielleicht weiß jemand, wo man kann Nicole finden. Und ob sie mit dieser Maggy mehr zu tun gehabt hat.“

„Ich glaube Nicole“, mache ich klar.

„Ich auch, aber man muss Umfeld klären.“

Wir lehnen an einem Würstelstand. Neben uns einige Steirer, die laut verkünden, ihre Krainer daheim sei viel besser als die Käsekrainer da und überhaupt sei Graz viel schöner als Wien.

„Mein Name ist Krajner“, sagt Vesna unvermittelt. „Ich bitte um etwas mehr Ruhe und Respekt vor Wurst aller Art.“

Die Gruppe starrt sie an. Dann gehen die Stänkerer kopfschüttelnd davon.

„Des war a Guata!“, schreit der Wirt aus dem Stand. „Die haben schon zehn Bier getrunken und waren nicht mehr zum Weiterkriegen! Den muss ich mir merken! Kriegst a Würschtl. – Was hätt’st denn gern?“

Vesna grinst. „Ich heiße wirklich Krajner. Rest ist mir so eingefallen. Bitte Burenwurst."

Wir verputzen die Wurst gemeinsam, mit viel frischem Kren schmeckt sie wunderbar. Einen gesunden Magen braucht man dafür, das schon.

„Also gut", fasse ich zusammen. „Ich lasse dich vorgehen und komme dann nach. Du hörst dich um. Ich will Sandra Alman nicht verärgern. Außerdem hat sie ziemlich gute Menschenkenntnis, glaube ich."

„Genau die brauchen wir. Du wirst mit ihr reden. Oder auch wir beide, je nachdem."

„Die Seifried hat tatsächlich von einem militanten feministischen Umfeld gesprochen, in dem Nicole Moser unterwegs sein soll. Ich weiß ja nicht, was sie darunter versteht, aber ‚frauen.com' ist es kaum", überlege ich.

„Die macht einfach Stimmung. Und Nicole kann sich nicht so gut wehren wie Star."

„Da hast du recht. Vielleicht gelingt es Jana, mir über ihre Schwester ein Interview zu vermitteln."

„Zirka hundert Journalisten würden gerne Interview mit ihr machen. Aber auch dafür es ist besser, zuerst wirkliche und angedichtete Umstände überprüfen. Ich sollte ins Hotel. Vielleicht sie brauchen Zimmermädchen …"

„Und dafür hast du Zeit?"

„Nicht ich, Jana ist sowieso besser. Jüngere sie nehmen gerne. Und sie ist schon jetzt in Sache mit drin."

Mir ist nicht ganz wohl bei dem Gedanken. Eigentlich wäre es mir lieber, die nächsten Tage ein wenig auf Distanz zu gehen. Nicht Opfern oder Tätern aufzulauern, keine weiteren Verwandten zu quälen. – Aber das habe ich ja ohnehin nicht vor. Was ich eigentlich möchte, ist einfach wieder einmal ein friedlicher Abend. Mit Oskar. Mit gutem Essen. Auch gern mit Vesna und ihren Zwillingen. Von mir aus auch mit Oskars Tochter Carmen. – Und ich wollte den Rechtsmediziner Karl Simatschek anrufen. Warum, hab ich im Moment allerdings vergessen.

„Du murmelst vor dich hin, so alt du bist noch nicht, auch wenn du wirst bald fünfzig", spöttelt Vesna.

„Man sollte mit den Vorfeiern beginnen. Spontane Feste, einfach so. Ist mir viel lieber als eine große Sache."

„Weil dann auch nicht groß auffallt, du bist halbes Jahrhundert alt."

„Ich verspreche dir, Vesna: Ich werde es plakatieren. In der Redaktion. Von mir aus auch bei unserem Haus. Und wenn das auch zu wenig ist, werde ich ein Inserat schalten. – Vielleicht begreifst du dann, dass mir der Fünfziger wirklich wurscht ist!"

„Also Vorfeier. Klingt sowieso gut. Zumindest zum Üben. Wo? Wann?"

„Ich wollte Karl Simatschek anrufen, es hatte sogar irgendwas mit ‚Sei ein MANN!' zu tun. Nicht mit der Vergewaltigungsgeschichte, ich hatte die Idee schon davor ... Ich komme nicht darauf, deswegen habe ich gemurmelt ..."

„Leiche wir haben zum Glück noch keine."

„Jetzt weiß ich es wieder! Ich hab überlegt, ob Pauer schwul sein könnte. Vielleicht macht er deswegen gar so ein Getöse um Sex und Mannsein und so. Und zu dem, was seine erste Frau erzählt hat, würde es auch ganz gut passen. Er war sexuell nie besonders aktiv. Vielleicht hat sie da etwas nett umschrieben."

„Unsinn. Sie hätte gesagt. Und Pauer hat zwei Kinder. Und außerdem versucht, Frau zu vergewaltigen."

Ich grinse. „Vielleicht gibt's auch perverse Schwule?"

Vesna schüttelt mit gespielter Strenge den Kopf. „Das ist nun wirklich gar nicht korrekt. Klingst wie Chef von Chronik, von dem du dauernd erzählst."

„Für den sind alle Schwulen pervers."

Etwas später müssen wir unsere Pläne ändern. Sandra Alman ist heute Abend nicht bei „frauen.com". Vesna will trotzdem hin und hören, was über die Vergewaltigungssache geredet wird. Ich finde, ich bin genug herumgehetzt. Ich fahre heim, genieße die Ruhe. Schön, wenn die Tage so lang sind. Die letzten Sonnenstrahlen fallen durch die Glasfront zur Dachterrasse. Ich öffne die Tür, gehe nach draußen, Gismo dicht neben mir. Die Töpfe mit den Kräutern haben sich in den letzten Wochen üppig entwickelt, dreierlei Sorten Basilikum, Thymian, Ananassalbei und Koriander. Der Rosmarin hat beinahe mediterrane Ausmaße. Ich streife darüber, schnuppere. Eigentlich wollte ich ja das Wichtigste des heutigen Tages zusammenschreiben. Ich könnte den Laptop auf den Gartentisch auf der Terrasse stellen ... Aber erst drehe ich noch eine Runde, gieße alles, was trocken ist, lasse mir Zeit. Das gibt's auch, ruhiges Leben ohne Skandale und Anschuldigungen, ohne Übergriffe und Untergriffe. Einfach in der Spätnachmittagssonne stehen, die Katze streicheln, über die Dächer von Wien schauen. Luxusleben. Ich bin mir dessen bewusst. Klar, dass ich mir eine Wohnung wie diese nie leisten könnte. Aber ein guter Wirtschaftsanwalt verdient eben entsprechend. – Gerecht? Wahrscheinlich nicht. Oskar arbeitet viel, aber um so viel mehr als eine fleißige Putzfrau arbeitet er auch nicht. Die Frage ist: Welche Leistung zählt was? Und warum? Und: Wo bliebe der Ansporn, wenn alle gleich viel verdienen würden? Ginge es dann bloß um die Freude an der Arbeit? Oder würden alle so wenig wie nur irgendwie möglich tun? Und: Was kriegen die, die das alles verordnen? Bisher hat es immer welche gegeben, die am Ende gleicher waren. Vielleicht geht es ohnehin nur um so etwas wie ein bisschen mehr Gerechtigkeit, ohne dass einer bestimmen darf, was das genau ist. Gismo schnurrt und streicht mir um die Beine. Es gibt Wesen, die können sehr gut ohne Arbeit und ohne gesellschaftliche Anerkennung glücklich sein. – Und wie ist das mit mir? Momentan bin ich rundum zufrieden. Ich will gar nicht an meine Reportage denken. Aber auf Dauer? Ich bin neugierig. Ich will wissen, was hinter dem schönen Schein lauert. In gewisser Weise liebe ich die Herausforderung, auch wenn ich lange nicht so mutig bin wie Vesna.

Wie wichtig sind Geld und Anerkennung? Thomas Pauer hatte viele Jahre den Eindruck, von beidem zu wenig zu bekommen. Was löst das bei einem Menschen aus? – Womit ich doch wieder beim Thema wäre. Ich seufze, halte mein Gesicht noch eine Minute in die Sonne, gehe dann in unseren großen Wohnraum und setze mich an den Schreibtisch. Es war nicht klar, wie lange ich heute unterwegs sein werde. Also hat Oskar versprochen, sich ums Abendessen zu kümmern. Ich starte den Laptop. Meine Hände duften immer noch nach Rosmarin und Basilikum. Wenn ich schon daheim bin, könnte ich trotzdem kochen. Irgendwas Rasches mit vielen Kräutern. – Mira, du willst dich nur vorm Arbeiten drücken! – Ertappt, antworte ich mir selbst. Etwas mit Kräutern … Ich stehe auf, gehe zum Kühlschrank, überlege …

Ich habe aus dem Weinviertel ein schönes Stück Schweinsschopfbraten mitgebracht, bei Eva in der Nähe gibt's diese großartigen Mangalitza-Wollschweine. Eigentlich sind sie viel zu nett, als dass man sie essen dürfte. Aber das Fleisch vergammeln zu lassen, ist auch keine Lösung. Wiegt mindestens zwei Kilo, das Stück, egal, den Rest können wir kalt essen. Ich heize das Rohr auf neunzig Grad vor und brate das Fleisch unterdessen in einer Pfanne auf dem Herd rundherum scharf an. Pauers junge Frau. Steht sie wirklich zu ihm? Warum? Weil sie ihn liebt? Weil sich das so gehört? Weil sie keine andere Chance hat?

Ich gehe auf die Terrasse. Gismo rollt sich genießerisch auf dem Boden. Sonnenwarme Ecke. Am liebsten würde ich mich zu ihr legen. Ich zupfe feine Ästchen vom Rosmarin, nehme viel vom Basilikum und Koriander. Den Rosmarin schneide ich klein, vermische ihn mit Meersalz und Olivenöl und reibe das angebratene Fleisch damit ein. Ab ins Rohr. Jetzt die anderen Kräuter schneiden. Nicht allzu klein und mit einem scharfen Messer, damit die zarten Blätter nicht gequetscht werden. Mein bestes Olivenöl dazu und ziehen lassen. Das kommt erst ganz kurz vor dem Anrichten übers Fleisch. In zwei Stunden gibt es einen wunderbaren Kräuterbraten. Und Oskar wird für den Rest sorgen. Ich bin gespannt, was er mitbringt.

Wenig später hat mich die Story doch wieder gefangen. Ich schreibe auf, was ich heute gehört habe, was mir wichtig vorgekommen ist, was seltsam war. Ich notiere, mit wem wir dringend reden sollten. Sandra Alman. Natürlich Nicole. Wenn es klappt, ohne ihr auflauern zu müssen. Pauer. Wird wohl nicht gelingen, aber ich muss es probieren. Immerhin ist er auf freiem Fuß. Und wir sind die auflagenstärkste Wochenzeitung im Land. Seine zweite Frau … wenn sie ihn kennengelernt hat, als er Sportmoderator beim kleinen Privatsender war, dann hat sie sich nicht in sein Geld verliebt. Damals sei er zum ersten Mal selbst über die Runden gekommen, hat die Apothekerin erzählt. Aber vielleicht hat die neue Liebe etwas anderes geglaubt. Jedenfalls hat er die Frau gewechselt … weil er von der ersten schon lange wegwollte, es aber aus finanziellen Gründen nicht konnte? Hat ihn das geprägt? – Was bewirkt Abhängigkeit bei einer Frau, das sollte ich mich genauso fragen. – Wie abhängig ist die neue Frau von ihm? Zwei kleine Kinder. Ihre Mutter dürfte wohlhabend sein. Eine Villa bei Korneuburg. Die sie allerdings laut Vesna gerade renovieren lassen. – Mit welchem Geld? Vielleicht weiß meine Freundin das. Es könnte ein entscheidender Punkt sein. Kann man voll hinter seinem Mann stehen, wenn er versucht hat, jemanden zu vergewaltigen? Ich überlege, wie das bei mir und Oskar wäre. Absurd. Allein die Vorstellung, er könnte eine Frau zum Sex nötigen, ist einfach absurd. – Weil man nichts denken darf, das nicht sein soll? Nein. Weil es eben tatsächlich Männer gibt, bei denen das absurd ist. Oskar ist einer davon. Hunderttausendprozentig.

Unter „Seltsames + Sex“ notiere ich:

- Pauers große Sprüche über Sex, samt supergrausigen Machofantasien über frustrierte Feministinnen.
- Er lebt heimlich in einer Villa bei Korneuburg, offiziell hat er in Wien eine Hotelsuite und ansonsten lebt er in Berlin.
- Alle glauben, er ist Deutscher, dabei ist er Österreicher.
- Seine erste Frau Franziska sagt: Er war nie besonders interessiert an Sex.
- Seine Verlagschefin verkauft ihn als Super-Mann, der sich vor den Frauen nicht retten kann.
- In der Pressekonferenz sagt sie, Frauen rennen ihm nach, aber er ist treu.
- Wie stehen Farah Seifried und Thomas Pauer zueinander?????????

Inzwischen duftet der Schopfbraten verführerisch. Ich sehe auf die Uhr. Gleich ist es acht. Oskar hat sich noch nicht gemeldet. Er wird eben aufgehalten worden sein, das kommt vor. Wir haben beide Jobs, die nicht zu den klassischen Bürozeiten enden. Gut so. Allzu viel Routine erdrückt mich. Und für eine Beziehung ist sie auch nicht gut.

Ich habe Vesna versprochen, eine Art Vorfeier zu organisieren. Natürlich habe ich in den nächsten Tagen mehr als genug zu tun, aber wenn ich mich um Interviews bemühe, dann kann es sein, dass ich ohnehin warten muss, bis ich sie kriege. Ein Essen mit Oskar und Vesna und Jana. Ihr Bruder Fran, das Computergenie in der Familie, ist ja momentan in Kalifornien. Dafür ist Carmen da. Oskars spät gefundene Tochter. Es hat Vorteile, eine Frau zu sein: Man erfährt nicht erst nach mehr als zwanzig Jahren, dass man ein Kind hat. Carmen hat in der Schweiz Italienisch und Politikwissenschaft studiert. Und jetzt gerade in Wien ihr Umweltmanagement-Studium abgeschlossen. Zwischen Jana und ihr gibt es immer wieder Spannungen, vielleicht weil Jana sich deutlich leidenschaftlicher mit Politik beschäftigt als Carmen. Fran hingegen hat Oskars Tochter die letzten Male mit ziemlicher Bewunderung angesehen. Attraktiv ist Carmen ja auch wirklich. Und sympathisch. Tja, ich habe ihr meine ehemalige Wohnung überlassen. Ob sie nach ihrem Dritt-Studium in Wien bleibt? Das könnte ich sie bei so einem gemeinsamen Essen fragen.

Ich gehe noch einmal auf die Terrasse. Inzwischen hat sich die Sonne hinter den Dächern der Stadt versteckt. Angenehm warm ist es trotzdem. Ich sehe mich nach Gismo um und lächle. Sie wälzt sich noch immer wie eine junge Katze auf dem Boden. Sechzehn Jahre ist sie jetzt. Ich sehe erneut hin: Die wälzt sich nicht wohlig, die zuckt. Sie hat etwas. Ich renne die paar Schritte zu ihr, hocke mich nieder. Sie miaut leise und starrt mich an. Ich berühre sie vorsichtig, sie fährt zusammen. Gismo, Katze, was ist? Sie hat Schmerzen. Das eine Hinterbein ist unnatürlich abgewinkelt. Ich taste es ab. Sie faucht leise. Mehr um mir zu sagen, dass das jetzt aber wirklich sehr wehtut, als um mir zu drohen. Früher hätte sie mir in so einer Situation die Krallen reingehaut, da bin ich mir sicher. Ich hebe sie hoch. Gismo, was ist? Warum glaube ich immer, dass wir einander verstehen, und jetzt, da es wichtig ist, habe ich keine Ahnung, was du mir sagen willst? Du hast nichts Schlimmes, versprich es! Vielleicht einen Sonnenstich. – Kriegen Katzen so etwas? Sie war sechzehn Jahre in der Sonne und hat nie einen gekriegt. Kann es mit dem Alter zu tun haben? Ein Schlaganfall? Bitte nicht! Ich versuche sie auf die Beine zu stellen. Sie maunzt und lässt sich wieder fallen. Ich taste ihre anderen Beine ab. Sie zuckt. Idiotisch, Mira. Du bist keine Expertin. Sie muss zur Tierärztin, und das ganz rasch! Katzen haben sieben Leben, heißt es. Wie viele hat meine Gismo schon verbraucht? Als sie jung war, ist sie von einem Auto angefahren worden. Ich renne hinein, suche nach der Nummer der Tierärztin, finde sie nicht gleich, fluche, finde sie dann doch, rufe an. Beruhigende Stimme am anderen Ende. Ja, sie sei da. Die Ordinationszeit sei zwar schon vorbei, aber sie warte ohnehin auf einen Hund. Ich solle Gismo einfach im Katzenkorb herbringen. – O nein! Den Katzenkorb habe ich hergeliehen, einer Kollegin, letzte Woche. Dann solle ich Gismo in eine Schachtel legen. Jedenfalls auf irgendetwas mit einem festen Boden. Ich merke, dass mir Tränen übers Gesicht rinnen. Meine starke eigensinnige verfressene Gismo ganz armselig in einer Schachtel … ganz abgesehen davon, dass ich keine Schachtel habe. Ich renne wieder auf die Terrasse. Gismo liegt da und miaut leise. Ganz anders als sonst. Etwas mit festem Boden … unser Frühstückstablett. Ich rufe ein Taxi. Ich schaffe es nicht, jetzt selbst Auto zu fahren. Außerdem möchte ich mich um Gismo kümmern. Komm, Alte. – Nein, gar nicht so Alte … Ich habe eine Decke aufs Tablett gelegt, jetzt hebe ich sie vorsichtig hinauf. Kein Widerstand. Das macht mich besonders verzweifelt. Gismo lässt sich nichts gefallen. Üblicherweise. Bis jetzt. – Und was, wenn sie unsere Wohnung nie mehr wiedersieht? Stopp. Gar nicht daran denken. Vielleicht kann sie Gedanken lesen. Du wirst wieder gesund, Gismo! Das ist nur irgendein dummer Anfall. Ich fahre mit dem Lift nach unten. Zum Glück ist das Taxi schon da und der Fahrer fragt nicht viel.

Zehn Minuten später sind wir bei der Tierarztpraxis. Nicht so eine schicke in der Innenstadt samt Friseur und Fitnessabteilung, sondern eine bodenständige im Parterre eines Siebzigerjahre-Wohnhauses. Ich komme hierher, seit ich Gismo winzig und durchnässt gefunden habe. Die Tierärztin legt meine Katze ganz vorsichtig auf den Operationstisch. Allein das: die arme Gismo auf diesem Edelstahlmonster. Ausgeliefert. Sie schaut ihr mit einem Gerät in die Augen, sie horcht sie ab, ich traue mich kaum zu atmen. Sie tastet das noch immer seltsam angewinkelte Hinterbein ab. Gismo faucht. Diesmal schon kräftiger, kommt mir vor.

Die Tierärztin sieht mich an.

„Ja?", sage ich mit trockenem Mund.

„Sie hat sich das Bein verstaucht. Das ist alles. Sie ist nicht mehr jung, hat wohl schon ein wenig Arthritis, und sie ist erschrocken. Deswegen wollte sie nicht aufstehen, und natürlich tut so etwas sauweh. Aber an sich ist sie noch immer sehr gut beisammen."

Ich schlucke. „Sie sind sicher?"

„Sie haben einen größeren Schock als Ihre Katze, nicht wahr?" Sie geht zu einem Medikamentenschrank, zieht eine Spritze auf, redet beruhigend auf Gismo ein und drückt die Spritze ins Fell. Ein Schrei und gleichzeitig ist Gismo auf den Beinen und die Tierärztin hat einen langen Kratzer an der Hand und Gismo springt vom Operationstisch, fällt, rappelt sich wieder auf, hüpft auf drei Beinen in eine Ecke und starrt uns böse an.

„Ich hab ihr Aktivitätspotenzial unterschätzt", sagt die Tierärztin und lacht. „Jedenfalls ist die Spritze drin. Es ist etwas gegen Schmerzen, das sie gleichzeitig beruhigt."

Ich gehe langsam auf Gismo zu. Sie duckt sich, fixiert mich. „He, es geht dir gut. Es ist bloß deine Hinterpfote. Wo bist du wieder rauf? Du bist nicht mehr die Jüngste, du musst mit dem Springen aufpassen!" Ich stelle das lächerliche Tablett samt Decke neben sie. Sie schnüffelt. Bleibt, wo sie ist.

„Haben Sie zufällig Oliven im Haus?", frage ich die Tierärztin.

„Oh, klar, sie liebt ja Oliven. – Ich denke schon. Ich bin gleich wieder da. Wenn eine Frau mit einem Hund kommt, sagen Sie ihr einfach, sie soll bitte einen Moment warten."

Ein Hund, das hätte jetzt gerade noch gefehlt. Andererseits: Gismo hat schon einige Hunde in die Flucht geschlagen. Damals war sie jünger. Und ohne verletzte Pfote.

Ich streichle meine Katze vorsichtig, aber immer, wenn ich sie hochheben oder Richtung Tablett bugsieren will, sträubt sie sich und faucht. Es gab Situationen, da war mir das egal, da habe ich sie eben etwas energischer angefasst. Heute kann ich das nicht.

Plötzlich wird ihr Hals lang, die Augen werden groß, der Schwanz steht steil nach oben, die Schwanzspitze vibriert. Der flammend rote Streifen quer über ihrer Brust leuchtet. Und die Tierärztin steht da, mit einigen schwarzen Oliven in der Hand. Sie legt sie vorsichtig auf die Decke auf dem Tablett und schon fällt Gismo über die erste her.

„Sie wird ohnehin ruhiger werden, die Spritze wirkt gleich."

Für die nächsten Tage bekomme ich noch Tabletten mit, ich weiß, worin ich sie am besten verstecke. Während der Taxifahrt döst meine Katze. Daheim erwartet uns ein wunderbarer Duft nach Rosmarin und Schwein. Ich schiebe das Tablett in eine der Lieblingsecken von Gismo, sie ringelt sich auf der Decke ein und scheint keine Schmerzen mehr zu haben. Die Schiebetüren zur Terrasse sind noch offen. Ich sehe mich draußen um. Wir haben ein Regal, in dem Polster, Übertöpfe und alles mögliche andere Zeug gestapelt sind. Jetzt liegt das meiste auf dem Boden. Gismo hat es irgendwie geschafft, bis ins vierte Fach auf gut einen Meter achtzig Höhe zu klettern, wollte es sich wohl auf den Polstern gemütlich machen und ist dabei abgestürzt. Klare Sache. Wenn nur alle Fälle so einfach zu lösen wären.

Oskar kommt nur wenig später, beladen mit zwei großen Papiersäcken. Er hat beim Chinesen eingekauft und fragt mich, was da so köstlich duftet. Ich zeige ihm meinen Schopfbraten und übergieße ihn mit dem Kräuteröl.

„Warum hast du nicht angerufen, dass du kochst?", fragt er.

Ich erzähle ihm von den Ereignissen der letzten Stunde, und nachdem er Gismo ausführlich gestreichelt hat, einigen wir uns darauf, dass wir einander doch nicht in jeder Kleinigkeit telepathisch verstehen. Kein Problem. Besser zu viel zum Abendessen als zu wenig. Wir machen uns über die China-Köstlichkeiten her. Der Kräuterschopf schmeckt auch kalt. Oskars Bedingung: Er darf das Schwein wenigstens kosten. Gismo schläft ihre Verletzung weg und wir genießen es, heute ganz sicher keine Aufregungen mehr zu haben.

Am nächsten Tag hat Vesna in der Nähe des Naschmarkts zu tun. Ich treffe mich mit ihr auf einen Sprung im Café Museum. Neu renoviert und trotzdem mit altem Charme, so etwas gibt es. Wir hocken in einer der Nischen und sie erzählt, dass gestern Abend bei „frauen.com" nicht besonders viel los war. Wenn wir gedacht haben, dass die dort große Solidaritätskundgebungen mit Nicole Moser organisieren: Fehlanzeige.

„Natürlich man ist empört, dass gewisse Medien eher Pauer als Mädchen glauben. Aber die meisten kennen sie nicht. Und an dem einen Abend hat sie nicht viel gesagt angeblich. Diese Maggy war gestern auch nicht da. Dafür mir haben junge Frauen erzählt, wie sie ewig lange Vorträge macht, denen niemand will zuhören. – Muss auch nicht lustig sein, du bist älter und weißt viel und die Jungen finden das öd."

Ich nippe an meinem Cappuccino. „Kommt in den besten Familien vor."

„Natürlich man will Nicole unterstützen. Ist interessante Mischung an Frauen dort, viele von der Uni, Lehrerinnen, Krankenschwester, zwei von Caritas, aber auch von anderen Ländern, gebildet und gar nicht gebildet. Man überlegt, was ist beste Art, Nicole zu helfen. Man will Hysterie nicht noch anheizen. Und: Zu viel Geschrei sieht aus, als man würde Zweifel haben."

„Und? Gibt es die?"

„Nein, niemand zweifelt. Ist aber auch kein Wunder. Gibt genug bei denen, die kennen Gewalt selbst. Junge Frau, ihr Onkel hat sie regelmäßig vergewaltigt. Hat sie erzählt. Wird einem ganz anders, wenn sie das ruhig sagt."

Ich nicke. „Woher stammt sie?"

„Du glaubst, aus Ausland? Du täuschst dich. Ist aus Tirol. Kleines Dorf. Zum Glück Cousine hat in Wien Arbeit gehabt. Sie haben Onkel angezeigt. Mir hat Mitarbeiterin von ‚frauen.com' erzählt, dass das so eine Sache ist: Vergewaltigungen gibt es mehr unter Österreichern als unter Menschen, die von anderswoher sind. Zumindest Vergewaltigungen außerhalb von Ehe. Von Vergewaltigungen in der Ehe man weiß wenig. Und bei denen von anderswoher noch weniger. Frauen haben oft nicht das Gefühl, dass sie was sagen dürfen. Dass es jemanden gibt, zu dem sie können gehen. Was ist, wenn sie Mann anzeigen? Familie weg, Einkommen weg, Abschiebung zurück nach irgendwo, wo noch mehr wütende Familie lauert."

Ich seufze. „Damit sollte ich mich beschäftigen. Das macht mehr Sinn, als dem Skandal hinterherzujagen."

Vesna schüttelt den Kopf. „Wenn er wird überführt, es ist wichtiges Zeichen: Es ist gut, wenn man sich wehrt."

„Ja, wenn es so läuft. – Weißt du, ob Jana Kontakt zu Nicole bekommen hat?"

„Habe ich noch nichts gehört von ihr. Werde ihr sagen, dass ich bei ‚frauen.com' war."

„Du hast denen nicht erzählt, dass du ihre Mutter bist?"

„Muss ich? Ich habe gesagt, ich bin neugierige Putzfrau. Ist nicht gelogen."

„Und Sandra Alman, die Leiterin, ist nicht aufgetaucht?"

„Eine, die gestern zuständig war, hat gesagt, sie hat sich nächste Tage frei genommen."

„Mit ihr wollte ich dringend reden."

„Ich weiß. Deswegen ich habe ihre Mobilnummer." Meine Freundin lächelt und schiebt mir einen Zettel herüber. „Ich muss los. In Firma. Vielleicht Jana ist zu Hause und sie hat auch Neues. Aber habe viel zu tun. Nachforschungen werden immer mehr. Ich habe schon überlegt, ich stelle Detektiv ein und ich mache quasi offiziell zweites Büro. Aber ich kenne keinen Detektiv, den ich mag und vertraue."

„Was Interessantes dabei?"

„Nicht wirklich. Übliches. Firmenchef glaubt, man bestiehlt ihn. Konkurrent will Überprüfung von anderem Gebrauchtwagenhändler. Frau will unbedingt, dass ich bespitzle Ehemann – nicht weil er andere Frau hat, sondern weil er heimliches Konto hat. Und natürlich laufen Putzaufträge auch weiter. Gibt wenige, die sind schnell und zuverlässig in der Branche. Ich kann Aufträge aussuchen inzwischen. – Wenn ich irgendwie Zeit habe, ich sehe mich bei Villa bei Korneuburg um, aber ich kann nicht versprechen."

Ich nicke. Wäre natürlich großartig, aber ich darf Vesna nicht zu sehr mit hineinziehen. Früher war es ab und zu möglich, dass sie vom „Magazin" unter dem Titel „freie Mitarbeit" für Nachforschungen bezahlt wurde, aber die neue Geschäftsführung hat das abgestellt. Man will sparen. Wie überall. Und: Man hat Angst, dass rauskommen könnte, unsere Wochenzeitung beschäftigt eine illegale Privatdetektivin.

„Streichle Gismo von mir, es geht ihr sicher bald wieder ganz gut. Ich bringe nächstes Mal große Packung Oliven. Zu Genesung.“ Sie küsst mich auf die Wangen und damit ist sie fort.

Das mit Gismo habe ich ihr natürlich als Erstes erzählt. Kann schon sein, dass anderes wichtiger ist, aber meine Katze ist mir eben nahe. Gismo humpelt übrigens auf drei Beinen herum, ist fast wieder die Alte und maunzt nach Trost, am besten in Form von Futter. Oskar will ihr heute Hühnerherzen mitbringen. Ich bin glücklich, dass es sie noch gibt. Sie ist ein Teil meines Lebens. – Weil ich keine Kinder habe? Unsinn. Weil ich sie eben mag.

Ich überlege, ob ich die Morgenzeitungen gleich im Café Museum lesen soll. Wie in jedem guten Wiener Kaffeehaus gibt es eine ziemlich umfassende Auswahl. Ich habe noch nicht gefrühstückt. Oskar hat Gerichtstag und musste zeitig weg. Ich brauche in der Früh eigentlich nichts, aber das Würstel am Nebentisch riecht verführerisch. Ich lasse mir die Karte bringen und bestelle Wurst und gleich auch noch eine Buttersemmel. Die Zeitungen lese ich dann trotzdem nicht hier. Ich will die entspannte Morgenstimmung verlängern. Außerdem: Wenn ich sie in der Redaktion lese, kann ich mir gleich am Laptop Notizen machen. Sollte es abseits der zu erwartenden Hysterie etwas Bemerkenswertes geben.

Eineinhalb Stunden später sitze ich wirklich ganz brav an meinem Schreibtisch, neben mir einen Stapel druckfrischer Medien. Zen Prikopetz hat sie mir zurechtgelegt. Und sie hat auch eine Zusammenfassung der gestrigen Polizei-Pressekonferenz geschrieben. Echt nett. Und ziemlich gut. An ihren Namen werde ich mich schon noch gewöhnen. Immerhin besser als die unsäglichen Verbindungen von Vornamen irgendwelcher exotischer Schauspielerinnen oder Sängerinnen mit doch deutlich bodenständigeren Nachnamen. Beyoncé Vospischil. Madonna Schulze. Kylie Himmelkreuzpointner. Liebe Güte. Leider hat Zen heute einen anderen Auftrag bekommen. Sie recherchiert Preisunterschiede bei diversen Supermärkten. Eine typische Praktikantinnenarbeit. Ich werde den Chefredakteur fragen, ob er sie mir zuteilen kann. Für die Zeit, in der es um Thomas Pauer und die versuchte Vergewaltigung geht.

Es dauert nur Minuten und ich bin nicht mehr so gut drauf. Entweder hat man von Pauer und Co. zu wenig Spektakuläres erfahren, oder man fürchtet sich doch vor den Drohungen seiner Verlegerin. – Was hinter ihrem Namen steckt, möchte ich auch noch klären. Aber dazu ist jetzt keine Zeit. Jedenfalls haben sich die Boulevardzeitungen auf Nicole Moser konzentriert. Und da es inzwischen in Wien gleich drei davon gibt, die auf Teufel komm raus um die Gunst des Massenpublikums kämpfen, muss man offenbar noch tiefer als sonst greifen.

Das „Blatt" titelt: *„Wollte sich Lesbe rächen?"*

Im Text kann man dann lesen, dass die *„von einem Detektiv des ‚Alpha'-Verlags als Radikalemanze enttarnte angebliche Studentin"* offenbar vorgehabt habe, am Beststellerautor *„ein Exempel zu statuieren"*. Wie? Indem sie ihn vergewaltigen wollte und er ihr mit knapper Not entkommen ist? Nun sei sie *„untergetaucht"* und *„verweigert sich den dringenden Fragen von Polizei und Medien"*.

Ich schüttle wütend den Kopf. Sie hat ihre Aussagen gemacht und wurde von den Medien verfolgt, kein Wunder, dass sie nicht gefunden werden will. Und Farah Seifrieds bösartig gemeinte Bemerkung, Nicole Moser sei eine radikale Feministin, hat man im „Blatt" einfach noch weiter verschärft.

Ganz am Ende des Artikels kann man dann noch lesen: *„Der Bestsellerautor Thomas Pauer, der mit seinem Buch über die Befreiung der Männer international Aufsehen erregt hat, wurde auf freiem Fuß angezeigt. Die Staatsanwaltschaft sah keine ausreichenden Gründe, um ihn in Untersuchungshaft zu nehmen. Für ihn gilt selbstverständlich die Unschuldsvermutung. Die zuständige Staatsanwältin fasste es so zusammen: ‚Ein Sexunhold ist er nicht.'"*

Wie ich es mir gedacht habe. Und: Er wurde nicht in Untersuchungshaft genommen, weil dafür ganz bestimmte Haftgründe erforderlich sind, und nicht weil man zu wenige Verdachtsmomente gegen ihn hat! Aber wer kann das schon unterscheiden? Ich habe immerhin in grauer Vorzeit Rechtswissenschaft studiert.

Seltsamerweise taucht auch in der Gratiszeitung die Sache mit der Lesbe auf. Der Verdacht liegt nahe, dass Seifried unter dem Siegel der Verschwiegenheit zusätzlich Gerüchte gestreut hat. Viel Platz ist in diesem Blatt ja nicht, also konzentriert man sich aufs angeblich Wesentliche: *„Das ist Brutalität! Lesbe gegen Pauer-Mann!"* Ähnlich wie in einem Sportbericht wird dann beschrieben, wie *„Super-Mann"* Pauer und

„Kampflesbe" Nicole Moser gegeneinander antreten. Mit wechselseitigen Beschuldigungen. Wobei das, was die Verlegerin sagt, mit dem, was Pauer sagt, einfach vermischt wird. Gut, manchmal ist es auch nicht einfach zu trennen. Jedenfalls stehen auf der einen Seite die Kritikerinnen des Buches, *„die um ihre Emanzipation kämpfen"*, und auf der anderen Seite *„alle, die faire Chancen für Männer verlangen"*. Na super. Leicht auszumachen, auf welcher Seite sich die meisten wiederfinden wollen. Im Text ist dann zwar nur davon die Rede, dass *„die junge Frau, die behauptet, fast vergewaltigt worden zu sein, angeblich der militanten feministischen Szene nahesteht und Lesbe sein soll"*, aber zu Beginn des Artikels war für solche fast feinsinnigen Unterscheidungen natürlich kein Platz. Dafür wird ein konservativer Promi-Anwalt befragt, der feststellt: *„Fast vergewaltigt gibt es genauso wenig wie ein bisschen schwanger! Aufgehetzt von verordneter Political Correctness und einschlägigen Frauenzirkeln, diffamieren immer mehr Frauen männliche Avancen, so ritterlich sie auch sein mögen, als Übergriff. Es ist wichtig, dass die Rechtsprechung diesen Tendenzen nicht Vorschub leistet, sondern sich an die Fakten hält."*

Wenn ich das lese, werde ich sofort selbst zur militanten Feministin. Ich sehe mich schon, gemeinsam mit Vesna und Jana und vielen anderen, in hohen Stiefeln – vielleicht doch mit etwas Absatz – durch die Straßen ziehen. Okay, dabei muss ich doch wieder grinsen. Ist vielleicht der Unterschied zwischen mir und dem Männer-Gesocks, das da jetzt herauskriecht: Ich kann immer noch lachen. Auch über mich. Die nehmen sich todernst. Und ihre Männlichkeit erst recht.

Die dritte Boulevardzeitung hat ein Interview mit Carina Pauer erobert. Oder Seifried hat es ihr strategisch geschickt zugeteilt.

„Ich stehe voll und ganz hinter meinem Mann!"

„Die Frau des Bestsellerautors Thomas Pauer ist verzweifelt. Nie im Leben würde ihr Mann eine andere Frau zum Sex nötigen. Im Exklusiv-Interview gewährt sie uns Einsichten in ihr tägliches Leben zu viert:

‚Mein Mann ist ein liebevoller Vater. Wir haben zwei wundervolle Kinder. Rita ist eineinhalb und Simon ist drei. Sie waren echte Wunschkinder. Als ich meinen Mann zum ersten Mal gesehen habe, wusste ich: Mit ihm möchte ich leben! In den letzten Jahren durften wir jede Menge Glück genießen. Er liebt es, bei seiner Familie zu sein. Wann immer er Zeit hat, geht er mit den Kindern spazieren. Und er ist es, der das Sonntagsfrühstück macht. Weil er mich verwöhnen möchte. Dabei hat er beinahe

Tag und Nacht an seinem Buch geschrieben. Es war ihm wichtig, dass die Welt endlich die Wahrheit hört, dass niedergeschrieben wird, was so viele denken: nämlich dass es keinen Grund gibt, Männer länger als Menschen zweiter Klasse zu behandeln. Dass man sie endlich wieder Männer sein lässt. Aber diese Wahrheit scheinen gewisse Kreise nicht auszuhalten. Ich bin sehr stolz auf meinen Mann und werde ihn auch in schweren Zeiten unterstützen!'"

Keine Fragen, daher sind auch keine Antworten notwendig. Und kein Hinweis auf die Villa bei Korneuburg. Okay, sie möchten nicht unbedingt Medienleute anlocken. Ist verständlich. Dafür gibt's ein Foto, das die glückliche Familie Pauer in einem Park zeigt. Neben einem Stapel seiner Bücher. Vielleicht ist es dieses Detail, das mich fast sicher macht: Dieses „Interview" hat Farah Seifried der Zeitung einfach zugeschickt. Carina musste es nicht persönlich geben. Allerdings: Sie könnte sich ja dagegen wehren. Oder ist das in der jetzigen Situation zu viel verlangt?

Die Zeitungen mit etwas mehr Qualitätsanspruch befassen sich vor allem mit der Frage: „*Bestsellerautor als Vergewaltiger?*" Einigermaßen sachlich wird darüber berichtet, was im Nouvel Grand Hotel vorgefallen sein soll, was die Polizeibehörden dazu sagen und wie Verlegerin Seifried und ihr Schützling Angriff als die beste Verteidigung sehen. Was die ausländischen Medien so schreiben, lese ich kurz im Internet nach. Es unterscheidet sich kaum von den heimischen Berichten. Und zwar in der ganzen Bandbreite. Zwischen „*Wiener Emanzenkampf mit allen Mitteln*" und der Frage, ob Thomas Pauer seine Macho-Sex-Thesen in der Realität vielleicht bis zum Äußersten auslebt, ist alles dabei. Ach ja, und die Ikone der deutschen Feministinnenszene hat natürlich auch einige Interviews gegeben. Kernsatz: „*Einem Mann, der erfolgreich Unsinn erzählt, wird selbst dann noch geglaubt, wenn eine Frau halbnackt aus seinem Zimmer flieht? Ungeheuerlich!*" Da hat sie eindeutig recht. Auf alle Fälle hat der Skandal bis zu amerikanischen Medien seinen Niederschlag gefunden. Und es wird angekündigt: Demnächst erscheine „Sei ein MANN!" auch in den USA. Mehr Aufmerksamkeit hätte Pauers Bestseller im Vorhinein wohl kaum bekommen können. Kann es sein … ich schüttle den Kopf, verwerfe den Gedanken sofort wieder, schreibe ihn aber wenig später doch in den Laptop:

Kann Farah Seifried hinter der Sache stecken? Kann sie Thomas Pauer gezwungen haben, über die Studentin herzufallen? In zwei Wochen erscheint sein Buch in den USA. Schon jetzt sprechen alle darüber. Wenn es gelingt, die versuchte Vergewaltigung als Intrige einiger Feministinnen abzutun, hat man auf ganzer Linie gewonnen.

Ich schüttle den Kopf, will den Absatz wieder löschen. Dann verziere ich ihn am Anfang und am Ende mit einer Reihe Fragezeichen. So passt es.

Jana meldet sich am Nachmittag. Ob ich die unglaublichen Zeitungsmeldungen gesehen hätte? Ob ich Zeit für einen Ausflug habe?

„Wohin?"

„Mam kommt auch mit. Mehr kann ich dir jetzt noch nicht sagen. Ich bin auf der Uni. Aber so um acht am Abend können wir los."

Sie klingt schon gleich kryptisch wie ihre Mutter. Ist es ihr womöglich gelungen, ein Treffen mit Nicole zu organisieren? Oder zumindest mit ihrer Schwester? „Ich hab Zeit."

„Wir holen dich ab. – Daheim oder in der Redaktion?"

„Daheim. Ich möchte nach Gismo schauen."

„Oh, sag ihr ..." Sie lacht. „Was sagt man einer Katze schon? Also streichle sie von mir. Bis dann."

[8.]

Ich weiß, dass Vesna eine gute Autofahrerin ist. Sie hat sogar einmal erzählt, dass sie als junges Mädchen gemeinsam mit ihrem Bruder in Bosnien bei Rallyes gestartet sei. Ich glaube ihr. Trotzdem: Entweder sie fährt zu schnell oder ich bin zu feige. Vor allem, wenn sie aus der Stadt draußen ist und auf kurvigen Landstraßen so richtig Gas geben kann, tut sie es. Sie ist dann voll konzentriert. Das heißt, sie reagiert auch nicht auf irgendwelche Einwände, Bitten, Befehle.

Wir sind im Weinviertel, irgendwo zwischen Poysdorf und der Grenze zu Tschechien. Ich weiß inzwischen, was das Ziel ist: Wir sollen, wenn alles gut geht, Nicole Moser treffen. Ganz klar ist noch nicht, ob es klappt. Jedenfalls bin ich mir sicher, dass uns niemand gefolgt ist. Vesna kommt man nicht nach. Eventuelle Verfolger liegen längst in Äckern oder Büschen. An uns fetzt die Landschaft weiter in rasendem Tempo vorbei.

„Wäre dir lieber gewesen, wir hätten Motorrad genommen? Ich habe gesagt, das ist noch besser, aber Jana war dagegen", meldet sich die Rennfahrerin vor mir zu Wort. Ich sitze hinten. Da fühle ich mich wenigstens ein bisschen sicherer.

„Na toll. Es gibt also noch Schlimmeres. Auf deine Maschine wäre ich nie gestiegen."

Vesna lacht. Jana auch. Zwei zugewanderte Irre. „Ich werde dem Autohändler nie verzeihen, dass er dir zum Fünfziger einen Zulassungsschein geschenkt hat", rufe ich nach vorne.

„Vielleicht ist es das, was du brauchst! Zum Fünfziger ein Motorrad!", ruft Vesna zurück. Ich schaue auf den Tacho. Ihr alter, aber übermotorisierter Renault macht bei hundertvierzig eine Menge Lärm. – Hundertvierzig! Wir sind auf einer Landstraße!

„Wenn sie dich erwischen, bist du den Führerschein los!"
„Ich fahre nur außerhalb von Ort so."
„Wann sind wir endlich da?"
„Bald", beschwichtigt mich Jana. Sie hat Nicole über einen Studienfreund von Fran einen angeblich super-ortungssicheren Laptop besorgt. Und zum Dank dafür und weil die Schwester von Nicole zu ihr Vertrauen gefasst hat, bekomme ich das Interview. Jana hat sich allerdings ausbedungen, dass sie es durchsehen und eventuelle „Missverständnisse" beseitigen darf. Na gut. Ich habe eben nicht ihr großes Feministinnendiplom. Ganz abgesehen davon, dass ich ohnehin nicht vorhabe, die junge Frau so zu behandeln, wie es die Boulevardzeitungen tun.
Janas Mobiltelefon hat eine Navigationsfunktion, sie hält es in der Hand, gibt Vesna Anweisungen, die ich nicht verstehe. Wir biegen unvermittelt vor einem winzigen Ort in einen Feldweg ab. Kirche, wenige Häuser, nicht einmal ein Lagerhausturm. Dann nur mehr Wald. Vesna parkt das Auto unter einigen Bäumen.
„Den Rest machen wir zu Fuß", sagt Jana.
Ich stöhne. Da geht es ziemlich bergauf.
„Du hast noch Kondition von Joggen. Du musst bloß wieder regelmäßig machen", erklärt mir Vesna.
„Da hab ich keine schwere Tasche mit."
„Warum du auch schleppst ständig alles herum?"
„Weil ich es brauchen könnte."
Ich keuche hinter den beiden drein. Wissen sie, was sie tun? Was soll dieses Räuber-und-Gendarm-Spiel? Okay, es gibt zahlreiche Journalisten, die viel dafür gäben, ein Interview mit Nicole zu bekommen. Aber es ist doch ohnehin völlig klar, dass uns hier, am Ende der Welt, keiner überrascht. Wir könnten uns auch gemütlich ins Gasthaus setzen und miteinander reden. Falls es da eines gibt.
Ein Fußballfeld, auf zwei Seiten begrenzt von Wald, auf zwei von Feldern. Ein schmales helles Gebäude neben dem Platz. Ein Weg, der in den kleinen, für mich namenlosen Ort unter uns zu führen scheint. Ich wundere mich fast, dass mir die beiden nicht die Augen verbunden haben. Ich will es schon sagen, als ich ein Geräusch höre. So etwas zwischen Zischen und Schnaufen. Ich packe Vesna am Arm. Sie hat es auch gehört, schaut hinüber zum Fußballerhaus. Aber die Töne sind von woandersher gekommen. Vesna ist stehen geblieben. Wo können wir uns verstecken? Wie können wir fliehen? Bestenfalls durch den Wald. – Was

sollte das bringen? Der, der da schnauft, hat uns schon gesehen. Ist zumindest sehr wahrscheinlich. Jana sieht auf die Uhr. „Es ist zu früh, sie ist es sicher noch nicht", flüstert sie. Vesna packt mich am Arm und zieht mich ins Unterholz. Irgendwas krallt sich in meine Jeans. Beinahe hätte ich aufgeschrien. Aber es ist bloß eine Dornenranke. Jana ist neben uns. Durchs Gebüsch spähen wir auf den Weg.

„Ich kläre Lage, ihr bleibt hier", flüstert Vesna.

Was wird sie finden? Irgendwelche amerikanischen Journalisten mit Spezial-Ranger-Ausbildung, die sie niederringen, uns lautlos fesseln, aus mir herauspressen, wo Nicole ist. Militante Maskulisten, direkt aus Maggy Körmers Gruselkabinett entlaufen? Vesna schleicht am Unterholz entlang, Richtung Fußballfeld.

„Wann ...", flüstere ich Jana zu, aber die hebt bloß einen Finger an die Lippen und lauscht weiter. Gute fünf Minuten vergehen. An mir krabbelt eine Riesenameise hoch. Irgendwelche Vögel fliegen auf. Ein kleines Tier, wohl eine Maus oder so etwas, raschelt im Laub. Was mache ich, wenn Wildschweine kommen? Wenn die Wildsau Junge hat, ist sie gefährlich. – Vielleicht sind alle Frauen gefährlich, wenn sie Junge haben. Carina Pauer. Vielleicht ist sie gefährlicher, als ihre hellen Augen einen glauben machen möchten, sie kämpft um das Glück ihrer Kinder und ihrer Familie. Wie? Inzwischen ist es dämmrig geworden, halb zehn. Auch die langen Sommertage haben ihr Ende. Plötzlich ein lauteres Rascheln und unvermutet steht Vesna vor uns am Weg. „Kommt raus", sagt sie leise. „Alles in Ordnung. Nicole und Schwester sind in Fußballhaus. Wollten auch vorsichtig vor Treffen Lage klären."

Hat sie sich die letzten Tage über in diesem, zugegeben, wirklich abgelegenen Gebäude versteckt? Warum hat sie keiner entdeckt? Gibt es in dem kleinen Ort keine Fußballer mehr? Es dauert nicht lange, und ich habe zumindest auf Ersteres eine Antwort. Am Rand des Dorfes steht ein kleines Haus, in dem bis vor kurzem eine Großtante der Schwestern gewohnt hat. Jetzt ist sie im Altersheim. Die Moser-Mädels haben viele Sommer da verbracht. Und so sind sie auf die Idee gekommen, Nicole bis auf weiteres im Haus der Großtante unterzubringen.

„Es war irre, was plötzlich los war", sagt Nicole. Sie schaut besser aus als in der Nacht im Hotel, aber das ist schließlich kein Wunder. Der Kratzer im Gesicht dürfte nur oberflächlich gewesen sein, er ist kaum mehr zu sehen.

Wir setzen uns in die Fußballer-Garderobe. Es riecht nach Schweiß und Bier und altem Wurstbrot. Keine besonders anregende Kombination.

Nicoles Schwester Klaudia hat gemeinsam mit Vesna vor der Tür Wache bezogen. Ich bin froh, dass sie einen Spaltbreit offen steht. Das macht mir das Atmen leichter. Und Vesna das Zuhören.

„Ich will möglichst bald wieder weg von hier", sagt Nicole leise. „Im Haus fühle ich mich noch am sichersten. Aber natürlich geht es nicht, dass mich dort wer besucht, das könnte auffallen. Ich weiß nicht, wie lange ich das durchhalte. Habt ihr die heutigen Zeitungen gesehen? Klaudia wollte sie mir nicht geben, aber ich hab darauf bestanden. Ich muss wissen, was geschrieben wird."

Ich nicke. „Wie können die Zeitungen auf das mit der Lesbe kommen?"

„Von mir haben sie es nicht, von Klaudia auch nicht. Und von sonst jemandem können sie es auch nicht haben. Ich bin nicht lesbisch. – Das hab ich heute übrigens schon erklärt. Und natürlich hab ich dazugesagt, dass es keine Schande ist, lesbisch zu sein, sondern ganz normal und nichts, worüber man abartige Fantasien entwickeln muss."

„Wem haben Sie das gesagt?", frage ich und deute auf mein Aufnahmegerät.

Sie nickt. „Ich hab übers Internet natürlich Hunderte Anfragen gekriegt. Seit ich über Jana den Laptop bekommen habe, kann ich ja wenigstens schauen, was los ist. Einer Journalistin hab ich geantwortet. Sie scheint von einer Frauenzeitung aus Deutschland zu sein."

„‚EMMA'?"

„Die kenne ich natürlich. Nein, eine unbekannte, ich kann mich nicht genau an den Namen erinnern, irgendwas mit FEM und moove. Sie hat auch nicht viele Fragen gestellt, sie wollte bloß wissen, was ich zu den schaurigen Medienberichten sage, denen zufolge ich lesbisch und eine militante Feministin bin. Es war die einzige, der ich geantwortet habe. Ich bin ja nicht verrückt. – Wenn eure ‚Magazin'-Ausgabe erscheint, bin ich übrigens nicht mehr da."

„Wohin gehen Sie?"

„Ich weiß noch nicht …"

„Was haben Sie der Journalistin gesagt? Kann ich es auch verwenden?"

„Ja, kein Problem, ich hab es ausgedruckt, ich hab den Zettel da."

Sie hält ihn dicht ans Gesicht, um lesen zu können: *„Ich bin keine Lesbe, aber ich finde nichts Schlechtes daran, ich kenne Lesben, die ich sehr* *mag. Ich finde es ganz normal, es ist auch keine Krankheit. Wenn Lesben etwas Besonderes sind, dann nur, weil sie diskriminiert werden. Und was das mit der ‚militanten Feministin' angeht: Ich habe noch nie eine getroffen, ich weiß auch nicht, was das sein soll: Frauen, die mit Waffengewalt für Gleichberechtigung kämpfen? Ich glaube nicht, dass es das gibt. Jedenfalls nicht bei uns. Ich trete für faire Chancen für Frauen ein, das ist klar. Aber das tun viele Frauen, die denken und reden können.*"

Ich nicke. „Was sagen Sie dazu, dass Pauer alles abstreitet?"

„Das war zu erwarten. Ich hoffe, es gibt genug Beweise, die meine Aussage stützen. Ich habe der Polizei alles haarklein erzählt. Mehr kann ich nicht tun."

„Die Chefin von Alpha Books hat behauptet, dass Sie die versuchte Vergewaltigung inszeniert haben."

Nicole schüttelt wild den Kopf. Inzwischen kann ich nur mehr ihre Umrisse sehen. Es wird dunkel, und natürlich machen wir kein Licht. „Das ist schlimm, ganz schlimm. Ich kann mir das nur so erklären, dass sie versucht, ihren Starautor zu schützen. Und das Buch. Wahrscheinlich hat er ihr gegenüber auch alles geleugnet."

„Wo war die Verlagschefin eigentlich in dieser Nacht? Sie war nicht in Pauers Suite?"

„Nein, natürlich nicht. Die Tür zum anderen Zimmer war zu … aber sie war sicher nicht da, was hätte das auch für einen Sinn gehabt. Nachdem ich geflohen und in die Halle bin, und die mir an der Rezeption eine Decke übergeworfen haben, ist sie gleich da gewesen, noch vor der Polizei."

„Wer hat überhaupt die Polizei verständigt?"

„Ich weiß nicht … Auf der Polizei haben sie mich gefragt, ob ich das selbst war. Ich war es nicht, das konnte ich auch mit meinem Mobiltelefon beweisen. Der Anruf ist offenbar nicht vom Hotel gekommen, sondern von einem Telefon, das man nicht verfolgen konnte."

„Wertkartenhandy ohne Anmeldung", wirft Jana ein. „Da kann man nur den Standort orten, aber man kennt den Besitzer nicht. Und der Standort war ja klar."

„Vielleicht hat eine der Rezeptionistinnen von ihrem Privathandy aus angerufen?", überlege ich.

Jana schüttelt den Kopf. „Dann hätte die Polizei Nicole wohl kaum gefragt, ob sie es war, die angerufen hat. Die haben die Rezeptionistinnen sicher befragt."

„Vielleicht wollte es eine nicht zugeben“, überlegt Nicole. „Mir ist vorgekommen, sie waren mit der Situation total überfordert, sie wollten mir helfen, aber sie haben Angst gehabt, dass das im Hotel zu viel Aufsehen macht. Sie wollten mich in das kleine Zimmer schieben, in dem sie die Gepäckstücke aufheben.“

„Und Sie wollten das nicht?“

„Ich weiß nicht … ich hatte Angst. Totale Angst. Ich war durcheinander. Ich glaube, ich habe mich unter Menschen sicherer gefühlt. Mir war egal, wie ich aussehe. Aber wo viele Leute sind, kann mir nichts passieren.“

„Und Farah Seifried war dann als Erste da.“

„Ja. Sie hat mich angesehen und gefragt, was das Theater soll. Ich war so durcheinander, ich hab bloß geweint.“

„Aber an der Rezeption haben Sie erzählt, was passiert ist.“

„Ja, das war vorher. Die Verlegerin ist dann auch zur Rezeption und hat auf die dort eingeredet. Und dann ist die Polizei gekommen, faktisch gleichzeitig mit dem Fotografen, dann die beiden Journalistinnen und dann sofort Sie.“

„Kennen Sie Maggy Körmer?“

„Nein.“

„Doch“, mischt sich Jana ein. „Du hast sie bei ‚frauen.com‘ gesehen. So eine Alte, die die Weisheit mit dem Löffel gefressen hat. Eine Massive mit roten Haaren und Hornbrille.“

Vielen Dank, Maggy Körmer ist maximal ein paar Jahre älter als ich.

„Ach die. Ja. – Was ist mit ihr?“

„Sie haben Sie im Hotel nicht gesehen?“, mische ich mich ein.

„Nein, warum?“

„Weil sie mich verständigt hat. Allerdings von ihrem Mobiltelefon aus, ganz offen, es hat nicht einmal eine Rufnummernunterdrückung.“

„Was hat sie im Hotel gemacht?“

„Sie wollte klären, ob Pauer wirklich noch da ist. Sie wollte eine Demo vor dem Hotel organisieren.“

„Das sieht ihr ähnlich“, meint Jana. „Als ob es was bringen würde, wenn ein paar Frauen vor dem Luxushotel stehen und Transparente hochhalten.“

„Waren Sie jemals bei so etwas dabei?“, frage ich Nicole.

Sie schüttelt den Kopf. „Das mit den Demos ist echt überholt. Zumindest in dieser Form. Ist übrigens auch Teil meiner Hausarbeit über

Geschlechterrollen in den Medien." Eine Pause. „Na ja, und so ist dann auch das mit Pauer passiert."

„Er hat am Publizistikinstitut einen Vortrag gehalten?"

„Ja, er hat ein Jahr lang in Wien studiert, hat uns der Institutsvorstand erzählt. Er hat gesagt, wir dürfen mit ihm diskutieren. Dafür waren dann aber bloß knappe zehn Minuten Zeit. Ich bin einfach hin zu Pauer und hab ihn gefragt, ob wir uns treffen können."

„War er da irgendwie seltsam?"

„Nein. Überhaupt nicht. Zumindest ist mir nichts aufgefallen. Seine Managerin war mit, die hat sich geärgert. Sie hat gesagt, dass er für so etwas keine Zeit hat und dass er jetzt weitermuss. Aber plötzlich hat sie gesagt, na gut, wenn ich um acht im Hotel bin, dann geht sich das aus."

„Das heißt, eigentlich haben Sie den Termin mit Frau Seifried ausgemacht?"

„Ich denke, das ist üblich bei solchen Autoren. Er hat genickt und mir zugelächelt. Ich mag sein Buch natürlich nicht, aber er war … nicht einmal unsympathisch."

Ich nicke. „Blond, muskulös, blauäugig."

Nicole sieht mich empört an. „Wollen Sie damit sagen, ich bin selbst schuld? Ich bin ihm nachgerannt?"

Ich schüttle beschwichtigend den Kopf. „Mir hat er nach unserem Interview auch zugelächelt. Er wollte mich sogar an der Hotelbar treffen. Gehört wohl zu seiner Macho-Mache."

Nicole sieht mich zweifelnd an.

„Mein Interview war natürlich vor … dem Abend im Hotel", stelle ich klar.

Der Blick bleibt. Du liebe Güte! Sie kann sich nicht vorstellen, dass er mich auch so angesehen hat. Ich grinse. „Ich bin noch nicht tot. Ich bin ein weibliches Wesen. Das reicht, damit er seinen Charme spielen lässt."

„Oh, ja, natürlich." Aber sie sieht drein, als würde sie es nicht glauben.

„Gibt es noch irgendetwas, was Sie sagen wollen? Eine Botschaft? Ein Detail an dem Abend, an das Sie sich erinnern?"

Nicole schüttelt langsam den Kopf. „Die Polizei hat mich fast einen ganzen Tag lang befragt. Immer wieder, bis ich schon kaum mehr gewusst habe, was ich sage. Es ging alles so schnell. – Eine Botschaft …" Sie überlegt. „Wir Frauen dürfen uns nicht unterkriegen lassen. Nicht von gewalttätigen Männern. Nicht von den Medien. Und auch nicht von einem absurden Buch wie ‚Sei ein MANN!'"

„Nenn das Buch nicht", sagt Jana. „Du machst mit jeder Nennung Werbung dafür."

„Ja. Das stimmt", überlegt Nicole. „Nicht von einem Buch, das Männer auffordert, in jeder Beziehung die Sau rauszulassen."

Jetzt nickt Jana zufrieden.

Wir sehen, wie sich Nicole und ihre Schwester langsam und ohne Taschenlampe den Weg Richtung Dorf entlangtasten. Dann fängt sie die Dunkelheit ein. In den meisten Häusern brennt kein Licht. Wohnt da niemand? Gehen sie zu Bett, sobald es finster wird?

Es ist halb elf. Vesna sperrt das Vereinshaus zu und legt den Schlüssel, wie vereinbart, auf das hohe kleine Fensterbrett neben der Tür. Dort scheint er immer zu sein. Solange wir beim Gebäude sind, ist das Weiterkommen einfach. Es ist weiß gestrichen, das reicht, um sich zu orientieren. Aber dann ist kaum mehr etwas zu sehen. Waldweg. Schritt für Schritt habe ich das Gefühl, ich stolpere über etwas. Aber es ist Vesna, die strauchelt und sich gerade noch fängt. „Dummer Stein", zischt sie.

„Ich hab auf meinem Mobiltelefon eine Taschenlampen-App", zische ich zurück.

„Wer nicht?", antwortet Jana.

„Ich schalte sie ein."

„Aber nur ganz schwach", gesteht mir Vesna zu.

Wenig später huschen drei Glühwürmchen am Waldrand entlang, jedes mit einem Gerät, das weit mehr kann als telefonieren, sie steigen in ein Auto und fahren los. Jetzt wieder ohne Licht.

„Ich bitte dich, Vesna! Dreh die Scheinwerfer auf!"

„Ich fahre nur ganz langsam."

„Wenn man uns so sieht, sind wir besonders verdächtig."

„Aber ohne Licht sieht man uns nicht. Ich mache gleich hell, vorne bei Kreuzung."

Die erste Straßenlaterne ist noch gut zweihundert Meter entfernt. Wir schaffen es trotzdem, irgendwie, bis nach unten und Vesna dreht die Scheinwerfer auf und gibt Gas. Wieder einmal.

Am nächsten Morgen weiß ich, dass sich Nicole getäuscht hat. Die Journalistin, die angeblich für ein Frauenblatt arbeitet, entpuppt sich als mein Kollege vom „Blatt". Er hat sie reingelegt. Und er hat das Interview entsprechend umgestaltet.

„Exklusivgespräch mit Nicole Moser! Pauers Kontrahentin wehrt sich: Es ist nichts Böses, Lesbe zu sein!"

Er hat exakt alles verdreht, was sie ihm, in Wirklichkeit in einer E-Mail, mitgeteilt hat:

„‚Ich finde nichts Schlechtes daran, Lesbe zu sein', gesteht die angebliche Studentin im Exklusivgespräch. ‚Ich liebe Lesben, ich finde das ganz normal. Lesben sind etwas Besonderes, deswegen werden sie diskriminiert. Natürlich geht mich das als ‚militante Feministin' etwas an: Sollen Frauen mit allen Mitteln für Gleichberechtigung kämpfen? Ich sage bloß, ich kämpfe für Frauen!'"

Eine nahezu geniale Verkürzung. Ich sollte versuchen, mit Nicole Kontakt aufzunehmen. Ich muss Jana nach ihrer E-Mail-Adresse fragen. Und ob es eine besondere gibt, über die sie sich gleich meldet.

Aber so weit komme ich gar nicht. Als ich in meine E-Mails schaue, finde ich eine ohne Absender. Dass es so etwas gibt.

Die Message ist kurz: *„Das Interview ist zurückgezogen. Tut mir leid. Ich kann keinem mehr trauen. Suchen Sie mich nicht, ich bin bereits woanders."*

Ich verstehe sie. Sie fühlt sich gehetzt, vorgeführt, benutzt, noch immer missbraucht. Immer, immer wieder. Aber ich bin auch wütend. Wie kommt sie auf die Idee, mich mit dem Typ vom „Blatt" zu vergleichen? Jana erreiche ich nicht. Sie muss mit ihr reden, ihr klarmachen, dass es wichtig ist für Nicole, in einem großen Medium eine faire Plattform zu haben.

Ich ackere mich durch die anderen Zeitungen. Details aus dem Leben von Thomas Pauer, es wird getan, als hätte er seit Jahren wie besessen am Buch geschrieben, alles zurückgestellt, selbst seine Karriere, bewusst als bescheidener Sportmoderator gearbeitet, nur um sein großes Werk veröffentlichen zu können.

Außerdem ist nun doch jemand dahintergekommen, dass Pauers Schwiegermutter ein Haus bei Korneuburg hat. *„In schweren Zeiten wie diesen kümmert sich Carinas Mutter rührend um die zwei Kinder, die von all dem Medienrummel zum Glück noch nichts mitbekommen."* Ich muss klären, ob er die Renovierung der Villa zahlt.

Mit seiner ersten Frau hat noch immer niemand gesprochen. Ich muss mich schön langsam entscheiden, was ich in der nächsten Ausgabe schreibe. Das Wichtigste ist das Interview mit Nicole. Vorausgesetzt, ich darf es bringen. Dann die Darstellung der ersten Frau von Pauer. – Entlastet ihn in gewisser Weise eher, dass er angeblich sexuell nicht besonders aktiv war. Aber es gehört eben auch dazu. Interessant ist, dass die Verlegerin schneller in der Hotelhalle war als die Polizei. Hat Pauer sie angerufen? Kann natürlich sein. Oder hat sie gewusst, was vorgeht? Wie? Warum ist sie nicht eingeschritten?

Ich habe noch gestern quasi offiziell um ein Interview mit Pauer angefragt. Ich bin nicht einmal bis zu Farah Seifried durchgedrungen. Man werde mich auf die Liste setzen, hat mir die Öffentlichkeitsabteilung mitgeteilt, die sei freilich ziemlich lang. Vielen Dank auch. Ich kann ja unseren Geschäftsführer fragen, ob er bei „Alpha" intervenieren kann. Bis vor kurzem hatten wir offenbar ziemlich gute Beziehungen zum Verlag. Dass Pauer etwas Neues sagen würde, bezweifle ich allerdings. Schon gar nicht, wenn seine Managerin dabei ist.

Ich hole das Aufnahmegerät heraus und fange trotz allem an, mein Interview mit Nicole abzutippen. Ich werde einen eigenen Kasten zur Reportage stellen: Dort werde ich das, was Nicole der angeblichen Frauenzeitschrift gemailt hat, dem gegenüberstellen, was dann im „Blatt" tatsächlich erschienen ist. Ich werde mit unserem Chefredakteur klären, ob das rechtlich in Ordnung ist. Ich würde den Typ vom „Blatt" zu gerne vorführen, aber ich muss vernünftig sein. Ohnehin seltsam, dass mir diese Woche noch keiner unserer Bosse dreinreden wollte. Das Thema soll jedenfalls auf die Seite eins. – Was mache ich, wenn Nicole bei ihrem Rückzieher bleibt?

Ich habe gar nicht gemerkt, dass Droch zu meiner Dschungelecke gerollt ist. „Schiebst du diese Blätter zur Seite oder willst du, dass mich die Monster verschlingen?"

Ich schaue auf und grinse. Ein vertrautes, gutes Gesicht in all dem Wahnsinn. Gerade kein Feminist, aber Männer, die ihre Frauensolidarität dauernd vor sich her tragen, waren mir ohnehin immer verdächtig. Streber der besonderen Art, die auch noch auf Lob warten. Droch ist einfach ein vernünftiger Mensch. Er ist sogar einer der klügsten Menschen, die ich kenne. Ich schiebe die Philodendronblätter weg und er rollt neben meinen Schreibtisch.

„Ist das nicht irre, was sie mit Nicole anstellen?", frage ich ihn.

Er widerspricht mir ausnahmsweise nicht. „Ich bin da, weil die im obersten Stock wollen, dass jemand deine Reportage gegenliest."

Ich nicke. So etwas habe ich mir schon gedacht. „Und Klaus hat dich ausgesucht, weil er weiß, dass ich das noch am ehesten akzeptiere und dass du andererseits darauf achtest, dass mein heißes Frauentemperament nicht mit mir durchgeht."

„Wie gut du uns durchschaust", spöttelt Droch.

Ich bin froh, die Geschichte mit ihm durchsprechen zu können. Er hört mir aufmerksam zu. „Mit dem Interview hättest du natürlich einen Riesenknüller. Allerdings wird Nicole Moser so noch mehr durch die Medien gezerrt, das muss dir klar sein."

„Ist mir bewusst. Aber ich schreibe wenigstens, was sie wirklich sagt."

„Manchmal macht es gar nicht so viel Unterschied, was wahr und was falsch ist, was zählt, ist, in der Öffentlichkeit vorgeführt zu werden. Hält sie das aus?"

Ich sehe ihn an, versuche mich an Nicoles Gesicht zu erinnern, gestern im Halbdunkel. Habe seltsamerweise immer wieder ihre Gestalt in der Hotelhalle vor Augen: der frische Kratzer, die dunklen Augen, der schmale Körper, eingewickelt in eine Decke. „Ich denke, sie hat sowieso keine Wahl mehr. Da ist es besser, es wird wenigstens fair über sie berichtet."

„Wirst du das Interview auch bringen, wenn sie es nicht will?"

Ich schüttle langsam den Kopf. „Egal, ob das rechtlich möglich wäre: Das werde ich nicht."

Droch lächelt. „Das ist gut so. Und ich werde für dich klären, ob du ihre echte E-Mail dem gegenüberstellen kannst, was heute im ‚Blatt' steht. Wäre mir eine große Freude, dieser Art von Journalismus eins auszuwischen."

Ich sitze und starre auf den Laptop. Natürlich zerre ich Nicole mit dem Interview weiter vor den Vorhang. Aber ich bin mir fast sicher, dass ich es nicht wegen der Sensation mache, nicht, weil ich dann die Nase vorn habe unter den vielen, die mit ihr reden wollen. Es geht darum, die Sachen ins richtige Licht zu rücken. – Weiß ich, was genau das richtige Licht ist? Das vielleicht nicht, aber ich weiß, dass es viele gibt, die ganz andere Interessen haben als auch bloß eine Annäherung an die Wahrheit.

Telefon. Ich sehe aufs Display. Maggy Körmer. Ich habe immer wieder versucht, sie zu erreichen. Sie ist nie drangegangen.

Morgen werde es am Heldenplatz, den man für diesen Tag in „Heldinnenplatz" umtaufen werde, eine große Frauendemonstration geben, erfahre ich.

„Wir müssen ein klares Zeichen gegen diesen Gewaltausbruch des Maskulismus setzen", macht die Aktivistin klar. „Ich nehme an, Sie finden es genauso unerträglich, wie momentan berichtet wird."

Finde ich. Aber warum bringt mich diese Frau immer dazu, meine Position infrage zu stellen, wenn sie sich mit ihrer deckt?

„Ich habe sehr wohl wahrgenommen, dass Sie versucht haben zu differenzieren, soweit das eben in einem strikt quotenorientierten Medium möglich ist."

Und Zensuren möchte ich von ihr schon gar keine. – Sei nicht ungerecht. Sie nimmt wenigstens wahr, dass du dich bemühst. Zu sagen brauche ich ohnehin nichts, Maggy Körmer redet weiter:

„Es wird eine groß angelegte basisdemokratisch organisierte Demonstration gegen Gewalt gegen Frauen sein, von Einzelfrauen, Frauengruppen und auch gewissen parteipolitischen Frauenorganisationen. Wir möchten niemanden ausschließen. Wir müssen unsere Stärke zeigen. Wir werden es uns nicht gefallen lassen, dass ein Opfer auf das Abscheulichste vorgeführt, missinterpretiert, verspottet wird. Außerdem sind wir dafür, dass die Strafen für Vergewaltigung deutlich angehoben werden. Momentan bekommt jeder Möchtegern-Bankräuber ein paar Jahre, während Vergewaltiger einige Monate mit einer Fußfessel herumlaufen dürfen. Ich nehme an, Sie werden berichten."

„Natürlich wird von unserer Redaktion jemand dabei sein. Die Demo ist knapp vor Redaktionsschluss. – Haben Sie eigentlich Kontakt mit Nicole Moser?"

Zur Abwechslung Schweigen in der Leitung. „Nein", kommt es dann. „Das ist auch nicht notwendig. Ich muss sie nicht kennen, um ihr zu glauben."

„Sie haben Sie bei ‚frauen.com' getroffen."

„Tatsächlich? Ich bin dort nicht eben häufig."

„Schon ein Glück, dass Sie an besagtem Abend im Nouvel Grand Hotel waren."

„Da haben Sie recht. Sonst hätte die Sache von Anfang an vertuscht werden können."

„Haben Sie eigentlich die Polizei verständigt?"

„Das hatte ich vor. Aber gerade als ich mit meinen Telefonaten fertig war, haben vor der Tür zwei Einsatzfahrzeuge gehalten. Es war also nicht mehr notwendig. Mir war es wichtiger, die Öffentlichkeit in Form von Medien zu aktivieren. Das bietet bei solchen Dingen die beste Garantie dafür, dass nicht alles unter den Teppich gekehrt wird."

„Nicole Moser hat es nicht gerade mit einer durchgehend wohlwollenden Öffentlichkeit zu tun."

„Das sind eben die Auswüchse unserer Mediengesellschaft. Die ihrerseits nur ein Indiz für die immer brutalere Maskulistenbewegung sind. Männer sammeln sich, um alles in Richtung Selbstbestimmung der Frauen zu unterbinden."

„Warum konnte ich Sie in den letzten Tagen nicht erreichen?"

„Weil ich mich zurückgezogen habe, um die morgige Demonstration vorzubereiten. Und weil ich es – Stichwort Macho-Presse – für klüger hielt, aus der Schusslinie zu gehen. Eine radikale Feministin, als solche verstehe ich mich, und darauf bin ich stolz, sollte unter den gegebenen Umständen nicht die erste Verteidigerin des Vergewaltigungsopfers von einem der Anführer dieser Brutalo-Männer sein. Ich weiß über Medienmechanismen einigermaßen Bescheid, Frau Valensky."

„Sie sind also eine radikale Feministin. Was ist das?"

Stille in der Leitung. „Sie wollen das veröffentlichen?"

„Ich weiß noch nicht. Vielleicht. Natürlich nur mit Ihrer Zustimmung."

„Gut. Also dann: Unter einer radikalen Feministin verstehe ich eine Frau, die mit vollem Einsatz und ohne Rücksicht auf ihre persönliche Befindlichkeit für die volle Machtteilhabe und Gesellschaftsgestaltung von Frauen eintritt. Also: Es geht um viel mehr als die sogenannte Gleichstellung. Es geht darum, dass Frauen das Recht haben müssen, die Spielregeln der Männer abzuschaffen, die Gesellschaft mitzugestalten und sie zu verändern. Was wohl mehr als notwendig ist. Gerade wenn wir uns Europa und die EU ansehen. Wer ist in allen Krisenstaaten an der Macht? Männer!"

„Ist Nicole Moser Ihrer Meinung nach auch so eine radikale Feministin?"

„Ist das jetzt Teil des Interviews?"

„Ja."

„Ich kenne die Frau nicht. Ich nehme nicht an, dass sie sich bisher intensiv mit Machtstrukturen und ihrer notwendigen Veränderung beschäftigt hat. Dazu ist sie wohl auch noch zu jung. Aber ich wünsche mir, dass es bei ihr und bei vielen anderen dazu kommt."

„Jetzt haben Sie mit ganz schön vielen Worten Nein gesagt."

„Manches Nein braucht eben viele Worte."

Ich verspreche ihr, zur Demo zu kommen. – Und füge im Geist hinzu: oder Zen zu schicken. Maggy Körmer kündigt an, mir eine Mail mit Infomaterial zu schicken.

Viel wichtiger ist es, Jana zu erreichen. Sie muss Nicole dazu bringen, ihren Widerruf zurückzunehmen. Ich werde die Titelseite entwerfen und ich werde das Interview schreiben. Wenn ich es ihr schicke und es gefällt ihr, wird sie ihre Meinung ändern. – Und was, wenn sie einfach nirgendwo mehr vorkommen möchte? Die Anzeige gegen den Bestsellerautor läuft, ihre Aussagen wird sie wohl nicht zurücknehmen. Was hat sie gesagt? Dass dieser Pauer gar nicht so unsympathisch gewirkt habe. Und noch was … sie war irritiert, dass er auch bei mir versucht hat, seinen Charme spielen zu lassen. – Bloß weil sie nicht glauben kann, dass er eine Beinahefünfzigjährige eines Blickes würdigt? Mira, versteig dich nicht in psychologische Deutereien.

Apropos Beinahefünfzigjährige: meine Vorfeier. Ich habe sie versprochen. Ich kann nicht kneifen, sonst glaubt Vesna erst recht, ich habe ein Problem mit dem herannahenden runden Geburtstag. Außerdem: Ein bisschen Idylle am häuslichen Herd ist zwar nicht gerade der Radikalfeminismus, den sich Maggy Körmer wünscht, dafür aber genau das, was ich brauche, um bei gesundem Menschenverstand zu bleiben. Ich habe noch heute und morgen, um meine Reportage zu machen. Die Frauendemo kann vor allem gute Bilder bringen, vorausgesetzt, es kommen wirklich viele auf den „Heldinnenplatz". Was geredet wird, ist absehbar. Und stimmt wohl ohnehin ziemlich mit dem überein, was ich mir denke. Die Sache mit dem Vergewaltiger, der nur sechs Monate Haftstrafe bekam und sie mit Fußfessel ableisten konnte, ist durch alle Medien gegangen. Was sagt es über eine Gesellschaft aus, wenn sie sexuelle Gewalt nicht so schlimm findet wie einen mittelgroßen Diebstahl? Zen hat eine Riesenfreude, dass ich sie hinschicke und die besten Sager auswählen lasse. – „Sager": Geht es auch bei mir bloß um „Sager"? Na ja, wenn etwas auf den Punkt gebracht wird, ist es eben leichter zu verstehen. Muss deswegen nicht immer dumm sein. Ich werde in der Redaktion sein, auf ihren Text warten und ihn einbauen. Netterweise beginnt die Demo schon um fünf am Nachmittag. Maggy weiß, dass sie so auch noch einige Tageszeitungen vor Redaktionsschluss erreicht. – Organisiert wirklich sie die Demo? Wer ist sonst noch dabei? Was macht Maggy Körmer eigentlich beruflich? Als ich sie vor einigen

Tagen gegoogelt habe, ist sie bloß im Zusammenhang mit diversen Frauenaktionen aufgetaucht. Offenbar hat sie an einem Uni-Institut Vorträge über Feminismusgeschichte gehalten. Aber davon kann man wohl nicht leben. Soll ich sie noch einmal anrufen? Besser, ich warte auf ihre E-Mail.

Am Abend nach dem Redaktionsschluss gibt's dann zum Ausgleich das Familienessen. Weil das Leben eben zum Glück viele Seiten hat. Ich sollte sehen, ob alle Zeit haben. – Nein! Die Sache mit Nicole ist wichtiger. Ich versuche es noch einmal bei Jana. Keine Antwort. Dann bei Vesna. Bloß der Anrufbeantworter. Mira, die müssen auch nicht rund um die Uhr für dich verfügbar sein.

Ich mache mich an die Arbeit und schreibe ein Interview, das so etwas wie die wahre Geschichte der Nicole Moser werden soll. Ich durchstöbere unser Archiv nach Fotos und finde eines, das ich selbst gemacht habe und das perfekt für die Seite eins passen würde: Man sieht Farah Seifried im Profil, vor allem aber ihre Hand in Großaufnahme, die vor einer schmalen, in eine Decke gehüllten Gestalt herumwedelt. Nicole bleibt im Hintergrund und ist trotzdem zentral. Der Titel muss so sein, dass er auch bei uns in der Chefetage akzeptiert wird. Also knallig. Und trotzdem treffend.

„‚Magazin' – exklusiv: Nicole packt aus!"

Ich schüttle wütend den Kopf und lösche ihn wieder. Das klingt, als hätte sie etwas zu gestehen.

„‚Magazin' – exklusiv: Jetzt redet Nicole!"

Schon besser.

„Jetzt redet Nicole!" und kleiner darunter: *„Exklusiv im ‚Magazin'!"*

Das passt. Die nächsten zwei Stunden arbeite ich konzentriert. Es macht mir Spaß, unser Gespräch im Fußballerheim verständlich, aber ohne inhaltliche Verzerrungen rüberzubringen. Darum geht es eigentlich.

„Wo dieses Gespräch stattgefunden hat, muss geheim bleiben. Auch deswegen, weil Nicole Moser seit Tagen von sensationsgierigen Reportern gejagt wird. Vieles, was ihr in den letzten Tagen unterstellt wurde, hat mit der Realität nichts zu tun. Wir geben der Studentin, die beinahe vergewaltigt wurde, die Chance zu sagen, wie es wirklich war. Und was sie bewegt."

Der Titel im Blattinneren wird: *„Wir dürfen uns nicht unterkriegen lassen!"*

Ihre Schlussbotschaft habe ich in einen Rahmen gestellt:

„Wir Frauen dürfen uns nicht unterkriegen lassen. Nicht von gewalttätigen Männern. Nicht von den Medien. Und auch nicht von einem Buch wie ‚Sei ein MANN!'"

Ich habe Wort für Wort geschrieben, was sie mir gesagt hat. Stopp. Mist. Der letzte Satz. Jana wollte nicht, dass man das Buch erwähnt. Nicole hat den Satz geändert. Beinahe hätte ich es übersehen. Gar nicht gut. Ich will ja, dass Nicole sieht, dass ich alles in ihrem Sinn mache. Ich fahre das Band ein Stück zurück.

„Nenn das Buch nicht", höre ich Jana etwas verschwommen sagen. „Du machst mit jeder Nennung Werbung dafür."

„Ja. Das stimmt." Das ist Nicole. Kurze Pause. „Nicht von einem Buch, das Männer auffordert, in jeder Beziehung die Sau rauszulassen."

Okay, so lautet der Satz. Ich tausche ihn aus.

Selbst wenn ich eine offizielle E-Mail-Adresse von Nicole hätte, ich hätte Bedenken, ihr das Interview zu schicken. Was wäre, wenn es jemand abfangen würde? Soll ich in den winzigen Ort an der niederösterreichisch-tschechischen Grenze fahren? Ich weiß nicht einmal genau, wo er liegt. Außerdem hat sie mir ja geschrieben, dass sie schon weg ist. Stimmt das? Und: Wo ist sie dann?

Ich hinterlasse Jana an allen möglichen Orten Nachrichten. Sie soll sich ganz schnell und ganz dringend bei mir melden.

Vielleicht finde ich Jana bei „frauen.com". Ich habe freilich keine Ahnung, wer dort mit wem in Verbindung steht. – Werde ich schon neurotisch? Kann sein. Aber kein Wunder. Jana hat mir die Nummer von Sandra Alman gegeben. Die wollte ich ohnehin anrufen. – Was, wenn Jana und Vesna gemeinsam mit Nicole unterwegs sind? Ins nächste, hoffentlich sichere, Versteck? Ich seufze und wähle. Die Leiterin von „frauen.com" geht sofort dran.

Nein, es tue ihr leid, sie habe keine Ahnung, wo Jana stecke. Sie selbst sei auch gar nicht in Wien, sondern in Italien.

„Haben Sie mitbekommen, was hier los ist?"

„Sie meinen, in diesem Vergewaltigungsfall? Natürlich. Ich bin erst gestern weg. Und ich bin ja auch nicht aus der Welt."

„Für morgen ist eine Großdemonstration geplant."

„Hoffentlich wird sie wirklich groß. Ich hab die Infos schon über meinen Verteiler geschickt. Und die bei ‚frauen.com' machen das natürlich auch."

„Aber Sie werden nicht dabei sein?“

„Das geht sich leider nicht aus, ich fahre erst am Morgen danach zurück.“

„Was …“

Sandra Alman lacht. „Sie fragen sich, was ich in Italien tue, während es daheim Frauendebatten und eine wichtige Demo gibt. Na ja. Die paar Tage waren lange geplant. Ich treffe meinen Bruder, der in Rom lebt. In Treviso. Einer wirklich hübschen Stadt im Veneto.“

„Kenne ich, ich liebe das Veneto“, rufe ich nahezu begeistert, setze an, mit ihr über Essen, Campari statt Aperol und einiges mehr zu reden, und rufe mich in letzter Sekunde zur Ordnung. „Wir sollten über den Fall sprechen.“

„Tut mir leid, jetzt nicht. Ich werde gleich abgeholt. Wir besuchen eines der Lieblingsweingüter meines Bruders. Er ist Weinhändler.“

Ich habe eine Idee. Sie hat gesagt, sie fährt übermorgen früh zurück. „Haben Sie Lust, am Abend zum Essen zu kommen? Keine Ahnung, was es geben wird, Jana und ihre Mutter Vesna werden auch da sein. Und wenn Ihr Mann Zeit hat, freue ich mich natürlich. Ich habe mich ohnehin schon gefragt, was an diesem Abend im Hotel los war …“

„Eine Art von … Recherche-Essen?“, fragt die Leiterin von „frauen.com“ offenbar ein wenig amüsiert.

„Ich will Sie nicht aushorchen, ich schwöre es. Das ist sowieso der Abend nach Redaktionsschluss. Wir könnten über alles Mögliche plaudern, auch übers Veneto.“

„Klingt nicht schlecht. Und ich mag Jana sehr. Ich muss allerdings noch meinen Mann fragen, am Abend kann er selten weg. Auch wenn er eigentlich so etwas wie der Ober-Chef über die verschiedenen Küchen des ‚Nouvel Grand‘ ist. – Und über das, was im Hotel los war, weiß er wenig. In der Küche merkt man nicht, was vorne in der Halle passiert.“

„Ist schon in Ordnung.“

„Ich schicke Ihnen heute noch eine SMS mit Zusage oder Absage, passt das?“

„Wunderbar. – Nur eine Frage noch: Wie gut kennen Sie Nicole Moser?“

„Gar nicht gut. Ich hab sie einmal bei uns gesehen, und das ist mir auch erst nachher klar geworden. Sie ist gekommen, weil sie an einer Arbeit über ‚Frauenrollen in den Medien‘ oder so schreibt.“

„Sie haben mit ihr darüber gesprochen?“

„Nein, ich glaube, sie hat mit Maggy Körmer darüber geredet."

„Seltsam, die sagt, dass sie Nicole nicht kennt. Oder zumindest nicht bewusst wahrgenommen hat."

„Kann sein, dass ich mich täusche. Wir hatten an diesem Abend parallel zwei Kurse. Und unser offenes Diskussionsforum. Ich kann nicht überall sein. Vielleicht hab ich etwas verwechselt. – Ist das wichtig?"

„Wohl nicht, ich versuche einfach, das Umfeld zu klären."

„Jana ist eine großartige junge Frau, aber lassen Sie sich nicht von ihrer Abneigung gegen Maggy anstecken. Es hat eben jede ihren besonderen Stil. Und Maggy hat große Verdienste um die Frauenbewegung. Sie kann nur einfach nicht besonders gut mit jüngeren Frauen."

„Hat sie eigentlich auch einen Job?"

Sandra Alman lacht. „Sozusagen einen Brotberuf? Ja. Sie ist momentan bei der Gemeinde Wien und leitet das Referat für Internationalen Studentenaustausch. Ausgerechnet."

„Momentan?"

„Sie ist nicht sehr anpassungsbereit, das haben Sie vielleicht schon gemerkt. Die Leute von der Gemeinde Wien haben es gut gemeint, aber … – oh, mein Bruder, ich muss los. Ich melde mich! Und: Danke für die Einladung!"

Ich sitze da, spiele mit meinem Mobiltelefon und überlege. Warum habe ich Sandra Alman spontan zu unserem Abendessen eingeladen? Ich wollte einen Abend abseits der ganzen Debatte. Sie ist sympathisch. Und ich will einige Sachen klären. Auch für mich selbst. Reicht es, dafür zu sein, dass Frauen nach ihren eigenen Vorstellungen leben dürfen? Oder müsste man auch etwas tun? Müsste ich mehr tun? Kämpfen? Wie? Du liebe Güte. Wörter wie „Kampf" gehen mir immer auf die Nerven, egal wofür oder wogegen gekämpft wird. Hat für mich etwas mit Schusswaffen zu tun. Und ich kann Waffen nicht ausstehen. Um genau zu sein, ich fürchte mich vor ihnen. In meinen Anfangstagen im „Magazin" wollte ein Abgeordneter bei mir Eindruck schinden und hat behauptet, ich würde unbedingt eine Pistole brauchen, er würde dafür sorgen, dass ich eine kriege, samt den notwendigen Papieren. Er hat gedacht, ich finde das toll. Nein danke. – Und wie ist es mit dem „Kampf für Freiheit?" Ich bin dafür, aber nur, wenn dadurch für andere keine neue Unfreiheit entsteht. Ach was, wahrscheinlich werden die beiden ohnehin absagen. Und wenn nicht: Es wäre spannend, mit ihrem Mann zu reden. Klar, auch übers Hotel und wie die Dinge dort laufen. Vielleicht kennt er ja jemanden, der am Abend an der Rezeption Dienst gehabt hat. Aber vor allem übers Kochen. Übers Essen. – Bist du verrückt, Mira? Weiß du eigentlich, dass du soeben einen der bekanntesten Köche Österreichs zum Abendessen eingeladen hast?

Eben. Er ist Koch. Und kein Gourmetkritiker. Ganz abgesehen davon, dass ich mich weder um einen Job bewerbe noch eine Privat-Haube anstrebe. Und außerdem: Vielleicht brauche ich einfach wieder einmal eine ganz andere Herausforderung?

Von den üblichen Herausforderungen bekomme ich an diesem Tag noch genügend. Jana und Vesna sind weiter verschollen, dafür will man in der Chefredaktion dringend wissen, wie weit ich mit meiner Reportage bin. Und ob Droch von mir schon die Texte bekommen habe. Die in der Geschäftsführung seien etwas nervös, erklärt mein Chefredakteur mit einem beschwichtigenden Lächeln. Wir stehen in seinem Büro. Auf dem Schreibtisch das übliche Chaos. Mit ein Grund, warum er mir sympathisch ist. An sich. Meistens. Wenn er mich nicht unter Druck setzt. Oder sich von unseren Geldgebern unter Druck setzen lässt.

„Interveniert Alpha Books bei unseren Bossen?“, will ich wissen. So etwas läuft meistens über die Geschäftsführung, nicht über die Redaktion.

„Schaut so aus“, murmelt mein Chefredakteur. „Mich hat die Verlegerin auch schon angerufen.“

„Hast du ihr gesagt, dass ich ein Interview mit Pauer möchte? Immerhin wollten sie doch am Anfang mit uns kooperieren.“

„Ich habe es ihr ausgerichtet, natürlich. Sie hat ganz kühl geantwortet, dass es dafür von Vorteil wäre, du würdest im Sinn von ‚Alpha‘ berichten. Hm. Sie hat es natürlich ‚die Wahrheit schreiben‘ genannt.“

„Entzückend. Es ist klar, dass sie meine Reportage nicht sehen, bevor das ‚Magazin‘ erschienen ist. In diesem Fall wäre das besonders schlimm, sie würden Gegenstrategien …“

„Natürlich ist das klar. – Aber warum Gegenstrategien? Ich bin dein Chefredakteur und ich weiß auch noch nichts von dem, was du planst.“

„Weil es eben … etwas heikel ist. Dafür ein Riesenknüller, wenn es klappt.“

„Wenn es klappt? Könntest du mich bitte einbeziehen?“

Ich seufze. „Droch weiß Bescheid. Er ist meiner Meinung.“

Klaus sieht mich an. „Ich dachte … du vertraust mir." Das kommt beinahe traurig. – Oder ist es gekränkte Männlichkeit? Unsinn. Ich sollte mich auf diese Verallgemeinerungen nicht einlassen.

„Ich vertraue dir. Meistens", füge ich dann hinzu. „Aber es hat da ein paar Situationen gegeben, da hatte ich das Gefühl, die Geschäftsführung ist für dich wichtiger als die Redaktion."

Klaus fährt sich mit dem Finger über die Nase. „Es ist nicht immer ganz einfach. Ich bemühe mich. Glaubst du mir wenigstens das?"

Ich nicke. Und dann erzähle ich. Wahrscheinlich bin ich einfach ein wenig naiv. Der Chefredakteur hört mir zu. „Ich halte dir die Daumen", sagt er zum Schluss.

„Kein Wort zu irgendwem?"

„Ich bin ja nicht verrückt. Ich will die Story. Sie ist richtig gut. Und sie wird Auflage machen. – Was will ich mehr?" Er grinst, drückt mich schnell an sich und gibt mir einen Kuss auf die Wange. Ich gehe und fühle mich wie Jeanne d'Arc, die in die Schlacht reitet. Oder eben wie sonst eine Heldin.

[9.]

Ich bringe Droch einen USB-Stick mit dem Interview und Vorschlägen für die Titelseite. Wahrscheinlich bin ich übervorsichtig, aber E-Mails können leicht abgefangen werden und ich habe keine Lust, in eine Falle zu laufen. Ich bin mir nicht sicher, welches Spiel unser Chronikchef spielt. Wenn sich die von Alpha Books um ihn bemühen … er ist eitel … aber solche Verdächtigungen sind wohl doch unfair.

Der Fotoredaktion, die ebenfalls drängt, will ich auch noch nichts über den Blattaufmacher verraten, seit ich weiß, wie der Leiter tickt. Und seit ich mich mit ihm angelegt habe. – Bin ich besser als Maggy Körmer, die überall Feinde wittert? Besser vielleicht nicht. Aber anders.

Droch verspricht mir, alle, die mehr wissen wollen, hinzuhalten. Einigermaßen beruhigt setze ich mich wieder an den Schreibtisch und beginne am Text der Reportage rund um das Interview zu basteln, samt meinem Gespräch mit der ersten Frau von Pauer und dem manipulierten Interview, das im „Blatt" erschienen ist. Dafür brauche ich allerdings leider noch die Zustimmung der Geschäftsführung. Da geht es auch um eine grundsätzliche Entscheidung des Hauses: Greifen wir ein anderes Medium direkt an?

Ich bin gerade dabei, die Stimmung bei der Pressekonferenz von Alpha Books zu schildern, als ich eine SMS bekomme. Jana! Endlich! – Aber es ist Sandra Alman:

„Mein Mann und ich kommen gerne, danke für die Einladung! Bitte noch die Adresse und die Uhrzeit schicken! Ganz herzliche Grüße aus dem Veneto, Sandra"

Veneto. Das wäre jetzt etwas. Bei Gianni im Garten sitzen, Grande Sprizz trinken, ein paar Runden im Pool schwimmen, sich auf ein ausgiebiges Essen in diesem neuen Fischlokal freuen …

Oh. Ich sollte mir besser überlegen, was ich koche. Weil total versagen möchte ich bei einem Spitzenkoch als Gast natürlich nicht. Irgendetwas, das er nicht alle Tage bekommt. Und das es in seinen Restaurants nicht gibt. Gulasch. Ha, witzig. Obwohl: Ich weiß von meinen Koch-Freunden Manninger und Billy, dass die meisten Spitzenköche Deftiges oder zumindest kräftig Gewürztes lieben. Gegengewicht zu dem Feinen, das sie tagtäglich zu zaubern haben.

Nein. Zuerst wird die Reportage fertig gemacht. Zumindest soweit das schon möglich ist. Morgen kommt dann die Demo dazu. Und wer weiß, was sonst noch.

Ich arbeite weiter, bin gegen halb sieben fertig. Das Großraumbüro hat sich schon ziemlich geleert. Schön langsam mache ich mir Sorgen um Jana und Vesna. Was, wenn ihnen etwas zugestoßen ist? – Vielleicht Kidnapping durch einen ehrgeizigen deutschen Boulevardreporter? „Zeig mir, wo sich diese Nicole versteckt oder ich blase deiner Mutter das Licht aus, Baby!“ Unsinn. Autounfall. Vesna fährt wieder einmal wie verrückt. Ist mit Nicole auf der Flucht vor den Medien. Sie stürzen einen Abhang hinunter. Ich sollte meine Fantasie zügeln, bloß: Wie geht das? Die beiden können mich rund um die Uhr erreichen. Kein Grund, hier länger zu warten. Trotzdem sehe ich noch schnell die neuesten Agenturmeldungen durch. Kein spektakulärer Unfall, keine Geiselnahme.

Ich stehe wieder einmal vor dem Kühlschrank und überlege. Neben mir Gismo, zwar auf drei Beinen, aber hungrig. Unmöglich. Sie hat ein ganzes Beutelchen Futter für die Katze in reifen Jahren verschlungen. Andererseits: was für ein Glück. Ihr geht's eindeutig wieder gut. Aber ich darf sie trotzdem nicht allzu sehr verwöhnen, sonst glaubt sie, das muss für immer so bleiben. – Für immer? Was ist schon für immer? – Und warum haben sich Vesna und Jana noch nicht gerührt? Ich habe beiden eine Nachricht geschickt. „Bin jetzt daheim und ab acht mit Oskar im Kopiaste.“ Das großartige zypriotische Lokal, das ich letztes Jahr entdeckt habe. Bei einem Abendessen mit einem anderen Mann. – Rein geschäftlich natürlich. Trotzdem irgendwie schade, dass der Generalleutnant einen Job bei der UNO in New York angenommen hat. Einen Top-Job, wie das so schön heißt. Vielleicht hätte er besser nach

Zypern gehen sollen, um zu schauen, dass dort nicht alles aus dem Ruder läuft nach der Bankenpleite. Demos, in der die deutsche Kanzlerin als neuer Hitler dargestellt wurde. Viele seien an der Krise mit schuld, hat mir der Besitzer des „Kopiaste“ erzählt, alle hätten über Beziehungen Kredite genommen, aber jetzt suche man nach Sündenböcken. Die Deutschen. Die Türken sowieso. Die EU. Die Ausländer, die keine Touristen sind. Und die Reichen, die hätten ihr Geld, wie überall sonst, rechtzeitig in Sicherheit gebracht.

Okay, ich werde die Welt nicht retten, zumindest nicht heute. Nicht einmal mein Generalleutnant kann so etwas. Was soll ich also übermorgen kochen? Ich entdecke, dass Oskar mindestens drei Kilo Hühnerherzen eingekauft hat. Gismo maunzt leise. „Arme kranke Katze braucht dringend was zu essen!“ Das verstehe ich. Aber als sie dagelegen ist und gezuckt hat, habe ich sie nicht verstanden. Vielleicht bin ich ganz gut alltagstauglich, aber nicht katastrophentauglich. Im Radio habe ich vor kurzem gehört, dass es so etwas wie ein „Helden-Gen“ geben soll. Ich habe es nicht, da bin ich mir sicher. Vesna könnte es haben. – Hat sie das Helden-Gen in irgendeine ausweglose Situation getrieben? Unsinn, ich glaube nicht an die dominierende Macht der Gene. Ich gebe Gismo fünf Hühnerherzen, sie verschlingt sie entzückt und mit zitternder Schwanzspitze.

Es läutet. Ich wollte mich mit Oskar doch beim Zyprioten treffen. – Wieder ein Missverständnis? Ich gehe zur Tür, keiner da. Gegensprechanlage. „Vesna. Vesna und Jana.“

War das wirklich die Stimme von Vesna? „Du hast doch einen Schlüssel“, antworte ich.

Ungeduldig komm es zurück: „Ja, aber komme ich nicht von Büro!“

Es ist tatsächlich Vesna. Ich bin erleichtert. Und wie. Es scheint nichts passiert zu sein. Es ist bloß wieder einmal mein Katastrophenhirn, das mir einen Streich gespielt hat.

„Wir haben Nicole gesucht“, erzählt Jana wenig später. „Sie hat mir eine Mail geschickt, dass das Interview nicht erscheinen darf und dass sie woandershin geht. Ich hab ihr sofort zurückgeschrieben. Keine Antwort. Ich habe mit ihrer Schwester geredet. Die war auf der Uni, hat von nichts gewusst und war ganz aufgeregt. Sie hat gemeint, Nicole packt das nicht länger mit den Medien und den Angriffen gegen sie.“

„So wir sind sie suchen gefahren“, ergänzt Vesna.

„Und?“, werfe ich ein.

Die beiden schütteln den Kopf. „Ist verschwunden wie vom Erdboden.“

„Sie hat wohl gesehen, was einige deutsche und internationale Zeitungen heute geschrieben haben“, überlegt Jana.

Heute habe ich gar nicht so genau nachgelesen …

„Sie schreiben vor allem, dass es einen Grund haben muss, dass sich Nicole versteckt“, erzählt Jana. „Und dass es Hinweise aus dem Justizministerium geben soll, dass die Ermittlungen gegen Thomas Pauer demnächst eingestellt werden.“

„Und was, wenn jemand Nicole entführt hat?“, überlege ich.

„Jemand von ‚Alpha‘ oder jemand von Medien?“, fragt Vesna nach.

„Zu Klaudia hat sie gesagt, dass sie den Mund gehalten hätte, wenn sie gewusst hätte, was auf sie zukommt“, erzählt Jana.

Ich habe einen Verdacht … „Es kann nicht sein, dass ihr sie im Büro versteckt habt? Oder bei Jana?“

„Wie du kommst darauf“, fährt mich Vesna an.

Jana lächelt. „Wir haben genau das überlegt. Und es Nicole über ihre Schwester vorgeschlagen. Aber sie antwortet nicht. Sie ist wirklich verschwunden.“

„Man sollte die Polizei verständigen.“ Schon als ich den Satz sage, weiß ich, dass wir darüber noch gründlich nachdenken müssen. „Ich treffe mich gleich mit Oskar im ‚Kopiaste‘. Reden wir dort weiter.“

Jana sieht auf ihr Mobiltelefon. „Wenn sie sich meldet … Ich bekomme meine E-Mails da drauf. Also ist es egal, wo ich bin.“

Vesna nickt. „Und ich habe Hunger. Und zwar großen. Zypriotische Meze ist genau das Richtige dagegen. Erinnert mich irgendwie an die Essen, die meine Tante Djula gerne gemacht hat. Mindestens fünfzehn verschiedene Dinge, aber in viel größerer Portion. Hat aber auch hundertdreißig Kilo gewogen.“

„Warum kenn ich diese Tante gar nicht?“, will Jana wissen.

„Weil sie ist geplatzt.“

„Das ist nicht dein Ernst!“

„Nein. Ist nach Australien. Und dort hat sich Spur irgendwo verloren. Wie von bald wem.“

Ich muss allzu betreten dreingesehen haben. Die beiden lachen los.

„Du denkst an meinen Vater“, sagt Jana. „Klar würde ich ihn manchmal gerne kennen, aber dann denke ich mir wieder, so kann ich mir vorstellen, dass er ein guter Typ ist und dass nur der Krieg alles auseinandergerissen hat."

„War gar nicht so übel", sagt Vesna und schaut ihre Tochter mit einem selten mütterlichen Blick an. „Zumindest er hat mir gemacht wundervolle Zwillinge. – Ab und zu wundervolle", schränkt sie ein.

Jana gibt ihrer Mutter einen Kuss und bei so einer Szene muss Gismo natürlich dabei sein. Sie humpelt her und wird von allen gestreichelt. Und dann geht's los. Oskar wartet sicher schon.

Es wäre ein schöner und beinahe entspannter Abend, würden wir nicht immer wieder auf unsere Mobiltelefone schauen. Oskar ist mit uns einer Meinung: Man sollte abwarten, ehe man die Polizei verständigt. Wir wissen auch nicht, wie viel Klaudia ihren Eltern erzählt hat. Vielleicht hat die Familie ohnehin längst mit den Behörden geredet. So viele Menschen sind inzwischen in die Sache verwickelt …

In der Früh fahre ich zeitiger als sonst in die Redaktion. Ich habe Jana das Interview und den Entwurf für das Titelblatt mitgegeben. Sie wollte beides noch in der Nacht an eine spezielle E-Mail-Adresse von Nicole schicken. Aber noch gibt es keine Antwort. Unsere großen Zeitungen bringen das, was am Vortag in den internationalen zu lesen war. Wieder einmal typisch. Aber es könnte eine einfache Erklärung haben: Farah Seifried dürfte vorgestern vor allem die deutschen Medien gefüttert haben. Man spekuliert über das Verschwinden von Nicole – keiner weiß, wie sehr sie inzwischen verschwunden ist. Und man schreibt über Gerüchte, dass die Ermittlungen eingestellt werden. Ich sollte dringend mit Zuckerbrot reden. Er ist der, den ich im Polizeiapparat am besten kenne. Und dem ich vertraue. Auch wenn wir einige Male ganz schön zusammengekracht sind. Hat eben mit unseren doch ziemlich unterschiedlichen Jobs zu tun. Journalistin und Mordkommissions-Chef.

Natürlich gibt es auch Zeitungen, die anders berichten. Dort wundert man sich über den Umstand, dass Pauer so getan hat, als wäre er Deutscher. Und fragt sich, in welcher Beziehung er noch vorgeben könnte, ein anderer zu sein. Da klingt doch glatt so etwas wie gekränkter Nationalstolz mit.

Ich habe noch eine Frist bis heute Mittag. Dann muss ich wissen, ob ich das Interview mit Nicole bringen kann oder nicht. Aber das darf nicht das Wichtigste sein. Entscheidend ist: Wo ist Nicole? Geht es ihr gut?

Zen war total begeistert, dass sie die Frauen-Demo mehr oder weniger allein übernehmen darf. Regina wird dabei sein und fotografieren. Und mir erzählen, wie es gelaufen ist. Aber ich traue unserer jungen Praktikantin schon zu, dass sie ihre Sache gut macht. Erfahrung ist nicht übel, sie kann allerdings auch hemmen. Und ich würde mich um die Demo sicher nicht mit dem gleichen Enthusiasmus kümmern wie die Studentin. Inzwischen gibt es dazu einen Berg an Unterlagen und Statements. Maggy Körmer scheint als eine von mindestens zwanzig Personen auf, die die Demo organisieren. Geht so etwas wirklich im Kollektiv? Oder gibt es bloß einen basisdemokratischen Anspruch, den man zumindest nach außen wahren muss? Einen Vorteil hat so eine große Gruppe natürlich: Es fällt schwer, jemand Einzelnen herauszugreifen und vorzuführen. Wobei die Demonstration ohnehin eine breit unterstützte Sache sein dürfte. Ihr Titel lautet: „Stoppt Gewalt gegen Frauen!" Dem können sich zum Glück wohl fast alle anschließen.

Mich wundert es kaum, dass ich gegen elf eine E-Mail von Maggy Körmer kriege mit dem Titel: *„Breiter Protest gegen verwässerte Demo!"*

„Presseaussendung. Aufgrund der Vorkommnisse der letzten Stunden sieht sich Maggy Körmer gemeinsam mit einem Kollektiv von freien Frauen gezwungen, ihre Unterstützung für die heutige Demonstration gegen Gewalt gegen Frauen aufzukündigen. Natürlich richtet sich ihr Kampf weiterhin gegen jede Form der körperlichen, seelischen oder gesellschaftlich-institutionalisierten Gewalt gegen Frauen. Aber, so Maggy Körmer: ‚Dafür zu plädieren, dass man Frauen wenigstens nicht schlagen und vergewaltigen sollte, muss uns viel zu wenig sein. Es ist eine Verharmlosung der kollektiven Missachtung von Frauen und ihrer Rechte. Wir fordern die sofortige Verhaftung von Thomas Pauer. Er ist bloß ein weiteres Beispiel dafür, wie in unserer Gesellschaft mit männlichen Tätern umgegangen wird, die über Macht und Sozialprestige verfügen.'"

Sie hat recht. Und trotzdem steht sie wieder abseits. Sie hat es nicht leicht mit sich und ihrem Umfeld. – Wer hat es schon leicht? Ich warte auf ein Lebenszeichen meiner Interviewpartnerin, zu der ich unter allen Umständen fair sein möchte. Ich muss mir überlegen, was ich ansonsten bringe. Das Interview mit Franziska Pauer zum Beispiel. Aber die will sich ganz sicher nicht auf dem Titelblatt mit einer Schlagzeile wie „Früher war Pauer Sex egal!" wiederfinden. Dafür gebe ich mich nicht her. Was ich sicher schreibe: dass Farah Seifried eigenartig früh in der

Hotelhalle war. Wer hat sie verständigt? War ihr Zimmer neben seinem? Hat sie alles gehört? Warum ist sie nicht eingeschritten? Und dass Thomas Pauer auf seine Kosten die baufällige Villa seiner Schwiegermutter renovieren lässt. Immerhin hat er damit viele an der Nase herumgeführt. – Wobei noch? Könnte man sich fragen. Vesna hat inzwischen geklärt, dass die glückliche Familie Pauer in Wirklichkeit meistens bei Korneuburg und nicht in Berlin lebt. Trotzdem. Echte Sensation ist da keine dabei. Ich bin so unruhig, dass ich erst im Nachhinein bemerke, dass ich fünf Seiten Papier zerknüllt habe. Ein paar Demo-Unterlagen, die ich mir ausgedruckt habe. Kein Problem. Aber … ich kann nicht bloß dasitzen und warten.

Ich gehe zu Droch hinüber. Er meint, wir könnten mit der Verlegerin Seifried und ihrer Rolle aufmachen. „Aber dann haben wir sie natürlich am Hals", fügt er hinzu. Ich nicke. Keine angenehme Vorstellung. Und wenn man es sich recht überlegt, hält sie ihrem Starautor einfach den Rücken frei. Der kann seine Sprüche klopfen, Frauen anfallen, und wenn es kompliziert wird, versteckt er sich hinter ihr.

Droch verspricht mir, mit seinem Freund Zuckerbrot über den Ermittlungsleiter im Vergewaltigungsfall zu sprechen. Morgen haben die beiden ihr traditionelles wöchentliches Mittagessen. Das gibt es jetzt schon seit mehr als dreißig Jahren.

„Unglaublich", grinse ich.

„Wir waren immer flexibel. Bei Urlaub, Hochzeitsreisen – bei ihm waren es gleich zwei –, bei schwerwiegenden beruflichen Vorkommnissen haben wir unsere Treffen ausfallen lassen", präzisiert Droch.

Es muss schön sein, einen so fixen, verlässlichen Freund zu haben. Ich habe Oskar. Ich habe Vesna. Ich habe Droch. Ich … ich muss jetzt nicht alle meine Freundinnen und Freunde aufzählen, ich habe ein anderes Leben, das ist es. Und keinen Platz für rituelle Mittagessen. Irgendwie schade. Etwas ewig Gleiches kann auch beruhigen. Ich sage es Droch. Der lacht.

„Und das von Mira, die Routine und Alltag nicht aushält."

Ich fühle mich ertappt. „Ja, ist wirklich ein neuer Gedanke für mich."

„Hat vielleicht etwas damit zu tun, dass du fünfzig wirst."

„Jetzt fang nicht auch noch du damit an. Alle löchern mich, was ich zum Geburtstag machen will, und möchten wissen, ob es mir ohnehin nichts ausmacht, fünfzig zu werden. – Es macht mir gar nichts aus, nur damit du nicht auch noch fragst!"

Droch lacht immer noch, er streckt die Hand nach mir aus, tätschelt meinen Unterarm.

„Meine Mira bleibt immer jung", sagt er mit selten weicher Stimme.

„Es macht mir wirklich nichts aus!", wiederhole ich und versuche die eigenartige Stimmung zu vertreiben. Beinahe hätte ich Tränen in den Augen gehabt. Aber sicher nicht wegen meines Geburtsdatums. Schon eher, weil ich einfach müde und aufgeregt und überfordert bin. Was, wenn sich Nicole nicht meldet?

Droch hat ein feines Gespür für Stimmungen. Er spottet ausnahmsweise nicht, sondern tätschelt mich nur noch einmal kurz und sagt dann: „Und jetzt rausch ab, du hast was zu tun. Du machst das schon!"

Ich mach das schon. Mache ich das schon? Ich habe es nicht in der Hand. Das ist es, was mich am meisten nervt. Und dass ich nicht weiß, wie wir mit dem Verschwinden der Studentin umgehen sollen. Ist ihr etwas zugestoßen? Können wir es verantworten, der Polizei nichts zu sagen? Auch ihren Eltern nichts zu sagen? Die Eltern, so viel weiß ich von Jana, sind inzwischen in ihrem Appartement in Kroatien. Die Töchter haben sie dazu überredet, in Wien war es nicht auszuhalten, immer noch Kamerateams und Fotografen, die vor dem Haus herumlungern. Wären Klaudia und Nicole bloß mitgefahren.

Ich sehe die E-Mails durch, die in den letzten zehn Minuten hereingekommen sind. Der Pressesprecher der Staatsanwaltschaft lässt mitteilen, dass es „im Fall Moser noch weitere Erhebungen gibt". Verklausuliert heißt das: Was die Zeitungen schreiben, ist Unsinn, das Verfahren gegen Thomas Pauer wird nicht eingestellt. Wobei uns Oskar gestern klargemacht hat, dass das mit einer versuchten Vergewaltigung eine schwierige Sache ist. Wenn es zu einer Anklage kommt, muss der Richter prüfen, ob es ein ernsthafter Versuch war. Wobei die früher unterschiedlichen Delikte der sexuellen Nötigung und der Vergewaltigung seit einiger Zeit zu einem zusammengefasst worden sind, weil es eben viele Arten sexueller Übergriffe gibt, die nicht so einfach voneinander abzugrenzen sind. Jedenfalls: je weniger handfeste Beweise, desto weniger Chance auf eine unbedingte Verurteilung. Jana hat ziemlich sauer reagiert, da wäre es also am besten, man ließe sich vergewaltigen und könne nachher Spermaspuren nachweisen, was? Oskar hat bloß den Kopf geschüttelt. Und Vesna hat ihrer Tochter zugezischt, dass sie manchmal „wirklich sehr blöd" sei. Hoffentlich gibt es auch Sachbeweise und nicht bloß die einander widersprechenden Aussagen. Das mit dem Aufnahmegerät scheint ja nichts zu sein. Pauer hat es wohl rechtzeitig und unbemerkt ausgeschaltet. Ich würde trotzdem sehr gerne hören, was drauf ist. Aber das ist sicher nicht drin.

Ich scrolle in meinem Posteingang nach unten.

Eine E-Mail ohne Absender. Und ohne Betreff. Ich traue sie mich fast nicht zu öffnen.

„Bringen Sie den Beitrag! Ich hab ihn gelesen. Bitte suchen Sie nicht nach mir, tut mir leid, wenn ich alle beunruhigt habe. Ich muss nachdenken. Ich bin im Ausland. Bitte das niemandem sagen. Herzliche Grüße, Nicole.

PS: Danke, Sie haben wirklich versucht, mich zu verstehen. Entschuldigung, alles ist sehr kompliziert.“

Warum die Entschuldigung? Keine Ursache! Ich renne zu Droch, bringe ihm die gute Nachricht, gemeinsam gehen wir zum Chefredakteur. Zehn Minuten später ist die Titelseite in der Grafik, Klaus selbst wird sich weiter darum kümmern und mir Bescheid geben, falls das mit dem Handy-Foto und dem Titel nicht klappt.

Jetzt brauche ich am späteren Nachmittag nur mehr Bilder, Stimmungsbericht und einige Sager von der Demo einzufügen. Ich habe irgendwie das Gefühl, ich bin es Maggy Körmer schuldig, auch ihre Position zu Wort kommen zu lassen. Ich widme ihr einen kleinen Artikel, der auf der Seite stehen wird, die für die Frauen-Demonstration reserviert ist. Und ich versuche, ihre etwas abgehobene Sprache ohne Bedeutungsänderung dem Sprachgebrauch unserer Leserinnen anzupassen.

Am Nachmittag habe ich Zeit, mir über das Menü für morgen Gedanken zu machen. Zugesagt haben: Oskar und Vesna und Jana und Carmen und Sandra Alman und ihr Mann Hannes Brunner. Droch hat leider Konzertkarten. Karl Simatschek habe ich auch eingeladen. Per SMS. Vor zwei Jahren war er noch im steirischen Vulkanland. Jetzt gehört er zu den vielen Wochenend-Pendlern. Seit einiger Zeit arbeitet er als Rechtsmediziner in Wien. Offenbar wird auch in der Justiz immer mehr gespart, er hat gemeint, wenn er in der schönen Steiermark bliebe, würde er bald verhungern. – Oder wird dort so wenig gemordet? Ich weiß, dass sich Rechtsmediziner lange nicht nur mit Toten beschäftigen. Aber es ist doch ein Kern ihrer Arbeit. Und, was Karl angeht, ist die klassische Forensik sein Spezialgebiet. Er hat noch nicht geantwortet.

Für das Menü habe ich schon eine Idee: Es wird aus vielen Gängen bestehen, dafür werde ich sie auf zwei, maximal drei Komponenten beschränken. Dazu gibt's einfach viel gutes Bio-Brot.

Morgen werde ich mir freinehmen, sonst schaffe ich das nicht. Endlich wieder einmal ein Tag, an dem es ums Kochen und Essen geht. Besonders tröstlich nach Zeiten wie diesen. Und seit ich weiß, dass Nicole nichts passiert ist, habe ich auch die Ruhe dafür. Hm. Ich sollte nicht vergessen, dass Nicole eine Menge geschehen ist. Und dass es ihr wohl gar nicht gut geht. Aber ich habe daran keine Schuld. Im Gegenteil. Morgen können die Menschen zumindest lesen, was Nicole selbst sagt. Mehr kann ich nicht tun.

Ich tippe in den Laptop:

Paradeiser + Melone + Balsamico, kalter Schweinsschopf + Kräuter, Zucchiniblüte + Sardelle, Hühnerherzen + Thymian. – Da kann ich gleich einen Teil der viel zu vielen Hühnerherzen verwenden, die Oskar gebracht hat. Für Gismo bleiben immer noch genug. Fisch + Pfeffersalz, Erdäpfel + Steinpilze, Lamm + Olive, Ingwerschaum + Knusperschokolade, Ziegencamembert + Schwarzbrot.

Das Dessert muss ich erst ausprobieren. Wäre nicht die erste Nachspeise, die bei mir schiefgeht. Aber ich habe vor einiger Zeit einen wirklich guten Ingwerlikör gemacht. Viel geschnittenen Ingwer mit einem Stück Zitrone samt Schale, braunem Zucker und Wasser eine Viertelstunde kochen lassen, dann überkühlen und mit der gleichen Menge an karibischem Rum ansetzen. Vier Wochen ziehen lassen, abseihen. Schmeckt wunderbar würzig nach Ingwer. Und ist gar nicht besonders süß. Und ich habe ein total einfaches Rezept für ein Schäumchen entdeckt: Drei Eiklar mit halb Likör und halb Prosecco mischen, in eine ISI-Schlagobersflasche füllen, gut schütteln, und raus kommt ein feiner Schaum. Sollte ich heute testen.

Ich werde eine Einkaufsliste schreiben. Ich rufe mich zur Ordnung und schaue pflichtschuldigst in meine Mails. – Was, wenn Nicole wieder einen Rückzieher macht? Jetzt ist es zu spät. Aber sie hat ohnehin nichts geschickt. Dafür Jana. Oh! Auf die habe ich total vergessen! Ich bin unmöglich. Jana fragt mich, ob die Mail angekommen und alles okay sei. Ich atme durch. Ich verstehe die Botschaft. Nicole hat also auch mit ihr Kontakt aufgenommen. *„Und wie"*, schreibe ich zurück und prüfe, wer sich sonst gemeldet hat. Nichts Wichtiges dabei. Und noch keine Mail aus der Chefredaktion mit der fertigen Seite eins. Aber das wäre wohl auch zu viel verlangt.

Irgendwie muss sich da etwas verheddert haben. Mein Menü ist verschwunden. Ich habe es in eine E-Mail gestellt und wollte es an meine eigene Adresse schicken. Damit ich es auch daheim habe. Ich gehe auf „Gesendete Elemente“.

Und bekomme gleichzeitig eine neue Nachricht vom Chefredakteur herein.

„Danke, liebe Mira, für das ausgezeichnete Menü. Ich weiß nicht, wie ich mir das auch nur virtuell verdient habe, aber wenn du es kochst, ist es sicher großartig! Ich hoffe, du bist heute bis Redaktionsschluss trotzdem da bzw. erreichbar! Kulinarische Grüße von ein paar Zimmern weiter, Klaus“

O du liebe Güte, da habe ich ihm versehentlich meinen Menüentwurf geschickt! – Ich könnte ihn auch zum Essen einladen. Nein. Für dieses Mal sind es genug Gäste.

Die Demonstration hat laut Polizei fünftausend Teilnehmer, laut Veranstalterinnen zehntausend. Die Wahrheit liegt wohl irgendwo dazwischen. Ist schön, wenn die Wahrheit dazwischen liegt und nicht ganz woanders. Ich sehe erste Bilder davon in den Fernsehnachrichten. Zen meldet sich immer wieder, sie ist ganz begeistert, auch von der Stimmung. Egal, ob das Motto etwas zu allgemein war oder nicht: schon gut, wenn viele gegen Gewalt an Frauen auf die Straße gehen.

Die Berichte, die mir Zen von unterwegs über ihr iPad schickt, sind etwas zu euphorisch. Aber das kriege ich schon hin. Und Regina hat auch bereits angerufen. Sie ist auf dem Weg zurück, hat genug Fotos, unter anderem eines von einem Transparent, auf dem „No Pauer, dirty Man!“ steht. „Echt gut“, sagt Regina. „Es sind eine Menge junger Mädchen rundherum, richtig bunt und gut drauf.“

Eine halbe Stunde später weiß ich, dass ich dieses Foto groß nehme. Egal, ob es unserem Bestsellerautor eine direkte oder indirekte Bühne gibt: Es ist lebendig, deutlich und hat Witz. Ich glaube, das gefällt auch Jana.

Wenn ich gehofft habe, den nächsten Tag ungestört mit Kochen verbringen zu können, dann habe ich mich getäuscht. Das „Magazin“ hat eine Vorabmeldung rausgegeben: Wir haben das große Interview mit Nicole!

Ich bin gerade beim Karmelitermarkt, als ich einen Anruf von Chefinspektor Salcher kriege. Wo denn Nicole Moser sei? Ich wisse es nicht, antworte ich wahrheitsgemäß.

„Ich gehe davon aus, dass Sie mit ihr tatsächlich ein Interview geführt haben. Also müssen Sie sie getroffen haben", stellt der Ermittlungsleiter fest.

„Wird sie gesucht?"

„Wir reden nicht über Einzelheiten unserer Erhebungen."

„Das ist keine Einzelheit."

„Also gut. Sie ist nicht zur Fahndung ausgeschrieben. Ich wollte nur mit ihr reden. Wir sind davon ausgegangen, dass sie uns zur Verfügung steht. Sie möchte ja schließlich, dass Pauer angeklagt wird."

„Haben Sie mitbekommen, wie sie von gewissen Medien behandelt wird?" Ich schlendere an den Ständen mit Früchten und Gemüse vorbei. Wunderbar, es gibt Zucchiniblüten mit ganz kleinen Zucchini dran. Diesmal werde ich sie füllen.

„Hören Sie mir überhaupt zu?", kommt es aus der Leitung.

„Ich bin einkaufen", gebe ich zurück.

„Sie gehen einfach …"

„Auch ich hab ein Privatleben. Und Sie werden mitbekommen haben, wie man Nicole behandelt. Kein Wunder, dass sie untergetaucht ist. – Haben Sie versucht, mit ihrer Schwester Kontakt aufzunehmen?"

„Ja. Aber die ist eine genauso harte Nuss wie Sie."

„Oh, danke. Sie können Nicole über ihre Schwester eine E-Mail schicken. In ein paar Tagen ist der gröbste Medienhype hoffentlich vorbei, dann wird Nicole sicher wieder zurückkommen."

„Sagen ausgerechnet Sie, wo das ‚Magazin' ihre Story hat."

„Es wird Wind rausnehmen, wenn endlich die Wahrheit geschrieben wird."

Lachen. „Und Sie kennen die Wahrheit? Herzlichen Glückwunsch. Wir kennen sie noch nicht."

„Ich glaube Nicole."

„Glauben heißt nichts wissen. In diesem Sinne … danke trotzdem. Übrigens: Gar so unmenschlich sind wir gar nicht. Ich verstehe die junge Frau schon. Aber sie soll sich, in ihrem eigenen Interesse, so schnell wie möglich bei uns melden. Richten Sie ihr das aus."

„Ich werde es versuchen." Jetzt aber wirklich einkaufen. Als ich beinahe alles beisammen habe, ein Anruf von Klaus.

„Wir haben Anfragen von allen möglichen Fernsehstationen. Sie wollen Interviews, du sollst über dein Treffen mit Nicole Moser erzählen. Es wird sogar spekuliert, dass ihr in Schweden miteinander geredet habt. Ich weiß nicht, wie die auf Schweden kommen, aber vielleicht wegen Hochburg der Gleichstellung von Frauen und so."

„Ich koche heute ein großes Menü."

„Das, was du mir gestern versehentlich geschickt hast?"

„Exakt. Dafür brauche ich Zeit. Sie sollen bringen, was im ‚Magazin' steht."

„Es wäre eine gute Werbung für uns, wenn du mit ihnen redest."

„Ich will Nicole nicht zusätzlich an die Öffentlichkeit zerren."

„Das haben wir schon gemacht."

Ich seufze. „Okay. Ich muss noch zum Fleischhauer. Sag allen, dass ich nicht weiß, wo Nicole ist. Und wenn, dann erzähle ich davon, wie belastend der Medienrummel für das Opfer ist. Mein Auto steht in der Karmelitergarage. In einer Stunde bin ich weg. Wer vorher kommt, kriegt ein kurzes Interview. Man muss mich eben anrufen, dann kann ich sagen, wo ich genau bin. – Und vergiss nicht: Ich schaff das nur auf Deutsch und Englisch."

„Kannst du nicht auch Italienisch?"

„Ja, Essen bestellen."

Klaus lacht. „Ist jedenfalls eine Bombengeschichte. Die ersten Hefte sind jetzt gerade im Straßenverkauf. – Und fair ist sie auch noch", fügt er rasch hinzu.

„Hast du übrigens gelesen, dass seine erste Frau meint, Pauer sei sexuell nie besonders interessiert gewesen?", will ich wissen.

„Ja. Komische Sache. – Wie schaut sie denn aus?"

„Spinnst du?"

„Sorry, drängt sich so auf."

„Sie ist durchaus attraktiv, eben gleich alt wie er. Seine jetzige Frau ist mehr als zwanzig Jahre jünger."

„Scheint gewisse Männer wieder munter zu machen."

„Sie sagt, er war schon als Junger so."

Eine Dreiviertelstunde später verstaue ich meine Einkäufe im Kofferraum. Niemand hat sich gemeldet, ich kann gut damit leben. So werden die anderen Medien einfach unsere Story nacherzählen. – Und wenn sie es nicht tun? Unwahrscheinlich. Es ist schon eine kleine Sensation, dass sich Nicole zu Wort gemeldet hat. Mobiltelefon. Ich seufze und gehe dran. Aber es ist mein Kollege vom „Blatt", der sich darüber aufregt, dass ich seine verfälschte Geschichte der originalen E-Mail von Nicole gegenübergestellt habe. Quasi als Paradebeispiel für den Stil gewisser Medien. Überraschenderweise hat die Geschäftsführung nichts dagegen gehabt.

„Tja, dumm, wenn die Wahrheit ans Licht kommt." Ich kenne den Typ schon so lange, mich kann der nicht einschüchtern.

„Wir prüfen gerade eine Klage, nur dass du es weißt!"

„Damit weiß ich das jetzt. Vielen Dank auch!"

„Du kannst mich nicht so …"

„Ich kann dich. Und mach daraus ja nicht: Du kannst mich … das würde ich nie sagen! Ciao!"

Und Ende. – Und ein Kamerateam an der Straßenecke. Samt Chefredakteur. Ich hole Luft. Tut ohnehin irgendwie auch gut, so wichtig zu sein. Oder so wichtig genommen zu werden. Aber Zeit habe ich wenig.

Ich weiß nicht, ob die BBC-Leute nach einer Viertelstunde glücklicher sind, sie haben mir seriöse Fragen gestellt und ich habe geantwortet. Mein Englisch ist etwas eingerostet. Ich habe ziemlich viel Zeit in New York verbracht, aber das ist ewig her. Damals habe ich als Lifestyle-Reporterin fürs „Magazin" begonnen. Quasi als Korrespondentin aus der Metropole des Lifestyle, musste ja keiner wissen, dass mich das gar nicht so besonders interessiert hat.

Ich werde nicht mehr ans Telefon gehen, beschließe ich, als ich heimkomme. Ich stelle es auf lautlos. Dann bemerke ich entzückt, dass Gismo wieder – vorsichtig, aber doch – mit allen vier Pfoten aufsteigt. Wer was von mir will, kann in der Redaktion anrufen. Und meine SMS und meine E-Mails werde ich zwischendurch schon kontrollieren.

Als Erstes muss jetzt aber das Lamm ins Rohr.

Ich habe bewusst eine Lammschulter ausgewählt und sie auslösen lassen. Sie soll lange und langsam im Rohr backen, da ist es gut, wenn das Fleisch auch Fett und Sehnen hat. Olivenöl in einen schweren Bräter, grobes Meersalz drauf, Schulter im Ganzen darin wälzen. – Nicole hat gemailt, dass sie im Ausland ist. Stimmt das? Hat sie niemand erkannt, als sie Österreich verlassen hat? Laut Klaudia hat sie kein Auto. Zuerst fällt Pauer über sie her und dann die Medien. Was ist schlimmer? Es gibt Dinge, die kann man nicht miteinander vergleichen.

Rund ums Fleisch lege ich große schwarze Oliven mit Kern, so trocknen sie beim Backen weniger ein. Jetzt nur mehr einige Rosmarinzweige, und dann den gut schließenden Deckel drauf und ab ins Rohr. Zuerst bei 250 Grad zum Anbraten, dann bei 90 Grad. Und das, bis gegessen wird. Ich sehe auf die Uhr. Es ist gleich eins. Noch Zeit genug. Für das Lamm, und für mich, um den Rest vorzubereiten.

Der Schweinsschopf ist ja fertig. Er hat zwei Tage im Kühlschrank gezogen. Ich brauche ihn nur mehr dünn aufzuschneiden und vor dem Anrichten mit frischem Basilikum-Koriander-Öl zu beträufeln.

Ich habe mir die Liste mit dem Menü an die Kühlschranktür gepinnt.

Paradeiser, Melone: Beides wird in dünne Scheiben geschnitten, auf große Teller gelegt, leicht gesalzen und mit echtem Balsamico veredelt. Balsamico traditionale, der über Jahre in verschiedenen Holzfässern gereift ist. Angenehmerweise gibt es einen Produzenten bei Klosterneuburg, der das mindestens so gut kann wie die in Modena. Aber er hat ja auch dort gelernt. Im Hauptberuf ist er übrigens Opernsänger. Und begonnen hat er als Polizist. Was es nicht alles so gibt.

In jede Zucchiniblüte kommen bloß etwas Käse und drei eingelegte Sardellen. Wichtig ist, dass bei denen die Qualität stimmt. Sie dürfen nicht zu salzig sein und sie sollten in gutem Olivenöl liegen. Ich koste eine. Meine Fischchen stammen aus Spanien, denen dort geht's zwar wirtschaftlich nicht besonders gut, aber vom Essen verstehen sie etwas.

Der Bio-Ziegencamembert, den ich auf dem Karmelitermarkt gekauft habe, liegt schon in einem Eck der Arbeitsfläche. Er soll bis zum Abend gemütlich weiterreifen.

Sieht aus, als käme ich wirklich nicht in Stress. Ich gehe zum Laptop. Sechsundzwanzig neue Mails! Ein herkömmlicher Briefkasten wäre übergequollen. Über meine E-Mail-Adresse in der Redaktion bin ich faktisch für alle erreichbar. Das Heft ist erst seit zwei Stunden am Markt.

„Grausliche Emanze, wenn man dich ansieht, dann weiß man, warum du die Männer hasst! Weil dich keiner will!" Na entzückend.

„Nicole ist eine Hure. Ich habe das der Polizei schon mitgeteilt. Sie können von mir immer nähere Details erfahren!" Was folgt, ist eine Telefonnummer. Ich werde mich hüten.

„Gib es zu, du stehst auf diesen Pauer! Der kann es dir so richtig besorgen!" Ein Hotmail-Absender. So eine Adresse kann man rasch und quasi anonym kriegen.

Maggy Körmer. *„Danke, dass Sie meine Presseerklärung zumindest auszugsweise veröffentlicht haben. Ich würde Sie bitten, mich bei Veränderungen des Textes in Zukunft zu kontaktieren."* Was soll das jetzt? Ich habe nichts am Inhalt verfälscht, ich habe nur das eine oder andere Wort vermieden. Sagt sie jetzt danke, oder regt sie sich auf? Quatsch. Ist nicht weiter wichtig.

„Vielen Dank, dass Sie endlich das Opfer zu Wort kommen lassen. Es war höchste Zeit!" Juhu. Solche Meldungen gibt es auch.

„Ich fühle mit der Studentin. Ich bin selbst ab dem Alter von fünfzehn Jahren vergewaltigt worden. Ich habe nie die Möglichkeit gehabt, mich dagegen zu wehren. In den letzten Jahren hatte ich immer mehr psychische Probleme, die darauf zurückzuführen sind, obwohl alles schon mehrere Jahrzehnte zurückliegt. Ich war auch schon bei einem Anwalt, aber der hat mir nicht geglaubt. Als letzte Möglichkeit sehe ich jetzt, dass ich mein Leben aufschreibe und als Buch veröffentliche. Sehr geehrte Mira Valensky, ich setze auf Sie, Sie werden mir mit Ihrer Bekanntheit und Ihrem Ruf sicher helfen können!" O du liebe Güte. Wie soll ich ihr helfen? Wie geht man mit so etwas um? Oder ist die Frau bloß neurotisch? Darf ich so etwas denken? Ich gebe zu, ich habe überhaupt keine Lust, mich mit ihr in Verbindung zu setzen. Aber sie hofft auf mich, irgendjemand muss ihr doch helfen. Ich werde später darüber nachdenken. Oder heute Abend Sandra Alman fragen.

„Die Frauen sollen nicht auf der Straße protestieren, sondern in sich gehen und beten! Der Mord an ungeborenen Kindern muss aufhören." Wohl einer von den blassen Typen mit brennendem Blick, die vor Kliniken zum Schwangerschaftsabbruch lauern. Kinder, Küche, Kirche. Das Programm gibt's immer noch.

„So sieht die Wahrheit der ‚Benachteiligung' von Männern aus! Management.Report 2012 der Arbeiterkammer Wien: Im Vorstand der österreichischen Top-200-Unternehmen sind nur 5,1 Prozent Frauen vertreten. Bei den börsennotierten Unternehmen liegt der Frauenanteil sogar unter diesem Durchschnitt. Hier werden nur vier Frauen (1,7 Prozent) im Vorstand gezählt! Bitte berichten Sie darüber!" Die Mail ist von einem Mann gekommen. – Ein gutes Zeichen? Ja. Doch.

Ich muss zurück zu meinem Menü.

Den Ingwerschaum habe ich gestern ausprobiert, er funktioniert tatsächlich. Und schmeckt. Mein Anklang an die Molekularküche.

Wenn auch ohne irgendeines ihrer mehr oder weniger chemischen Zusatzmittelchen. Na gut, der Hype rund um flüssigen Stickstoff und Kunstsubstanzen ist ohnehin vorbei. Wenn sogar Ferran Adrià seinen Zaubertempel zusperrt und ein Buch darüber schreibt, was er und seine Köche dort gegessen haben … echte fette Aioli und so Zeug. Mir rinnt das Wasser im Mund zusammen. Die Schokolade: Da habe ich mir etwas ausgedacht, das auch ich als Dessert-Muffel hinkriegen könnte. Was ist, wenn ich Strudelteig nehme, ihn einfach in Quadrate schneide, rasch backe und darauf dann dunkle Schokolade pinsle? Müsste eigentlich knusprig sein … und dazu dann der Schaum. – Nur dumm, dass im Backrohr schon das Lamm ist. Falscher Ablauf, Mira! Ich hätte zuerst den Strudelteig backen müssen! Andererseits: Ganz oben im Rohr ist noch Platz. Ohnehin Zeit, die Temperatur auf 90 Grad zu reduzieren. Ich warte einfach, bis sie von 250 auf rund 200 Grad gesunken ist, schneide unterdessen den Strudelteig in Quadrate, lege zwei Lagen übereinander auf eine Silikon-Backmatte. Rein ins Rohr und schauen, was draus wird. Ich werde Oskar jedenfalls bitten, dass er Schokoeis mitbringt.

Da schreibt mir eine Frau, die vor Jahrzehnten missbraucht worden ist … und bis jetzt darunter leidet. Und offenbar von keinem ernst genommen wird. Und da will jemand, dass ich berichte, wie wenige Frauen bei uns in Top-Jobs sind. Ist das nicht zweitrangig, im Verhältnis zu Vergewaltigungen? Nein. Ist es nicht. Beides ist auf seine Weise wichtig.

Da gelingt einem bisher eher erfolglosen Sportjournalisten ein Mega-Bestseller, weil er behauptet, es seien die Männer, die unterdrückt werden. Ich hätte mir das Buch nie gekauft. Ich wäre auch nicht auf die Idee gekommen, darüber zu schreiben. Aber weil es alle tun … Das genau ist die Frage: Was hat dazu geführt, dass sich so gut wie alle, auf welche Art auch immer, damit beschäftigen? Weil der berühmte „Geschlechterkampf" eben immer zieht? Oder weil sehr geschickt eine Medienmaschinerie angeworfen wurde, gefüttert mit der richtigen Mischung aus Sex, provokativen Sprüchen, Sehnsüchten und Ängsten?

Wird schon so sein, dass der eine oder andere Mann unfair behandelt wird. Aber in der Realität sind es vor allem Frauen, denen Gewalt angetan wird. Und die sich mit den schlechteren Jobs zufrieden geben müssen. – Wobei sie ja angeblich ohnehin besser heimgehen und beten und Kinder kriegen sollten.

Oh, Mist, jetzt hätte ich den Strudelteig fast übersehen! Die Stücke ganz vorne sind schon ziemlich dunkel, aber die meisten der Quadrate gehen noch. Und sie sind wirklich knusprig. Okay, für den fertigen Strudelteig kann ich nicht viel.

Ich lasse einiges von der achtzigprozentigen, wunderbar würzigen Schokolade aus dem steirischen Vulkanland zergehen. Mit einem Induktionsherd kein Problem, bloß die Warmhaltestufe wählen, die Schokolade in einen Topf geben und rühren. Einen guten Schuss Ingwerlikör, das verbindet die Schokolade gleich mit dem Schaum, und noch ein Stück Kokosfett dazu, das macht die Schokolade knusprig. Überkühlen lassen. Mit einem Fettpinsel auf die Strudelteigquadrate streichen. Und schauen, ob es so wird, wie ich mir das vorgestellt habe.

Eine ziemliche Patzerei. Wenig später habe ich auch mich und einen Teil der Arbeitsfläche mit Schokolade angemalt. Nichts Schlimmeres soll passieren.

Karl Simatschek hat sich noch immer nicht gemeldet. Wir haben uns damals, als es um den dubiosen Schönheitschirurgen und seine Geld- und Machtträume ging, sehr gut verstanden. Richtig schade, dass er schwul ist. – Schade? Sei froh. Du hast Oskar. Und Karl ist ein Supertyp, weil er ist, wie er ist. Ich war mit ihm in der Schokomanufaktur unterwegs, wir haben uns stundenlang durchgekostet. Er steht auf alles, was mit Schokolade zu tun hat. So wie Gismo auf ihre Oliven. Ich schicke ihm eine SMS und merke, dass auf meinem Mobiltelefon mehrere neue Botschaften drauf sind. – Wie kommen die Leute zu meiner Privatnummer? Okay, es hat sich Jana gemeldet, die mich für meine Reportage lobt. – Wenn sie sogar ihren Maßstäben entspricht … Und meine Mutter hat mir eine Nachricht geschickt. *„Wir sind sehr stolz auf dich. Haben dich gerade im Fernsehen gesehen.“* Komisch, das Team war doch von der BBC. Ich werde das nachher klären. Tut aber jedenfalls gut. *„Komm zu uns, du würdest genau in unseren versauten Laden passen!“* Das klingt schon weniger nett. *„Gib acht! Wir lassen uns nicht mehr länger unterdrücken! Ein Mann ist hinter dir her, aber anders, als du denkst …“* Ein Durchgeknallter. – Oder doch eine Drohung? Vergiss es, Mira.

Hühnerherzen, darum sollte ich mich kümmern. Ich greife bloß Richtung Fleischlade und schon ist Gismo neben mir. Okay, du kriegst fünf davon als Zwischendurch-Snack, aber auf der Terrasse. Dann tanzt du mir nicht dauernd zwischen den Beinen herum. Und ich muss sowieso Thymian holen.

Mit Hühnerherzen in der Hand könnte man Gismo zu allen möglichen Kunststücken bringen. Sie richtet sich auf, versucht auf einem Bein zu stehen, das andere kann sie doch noch nicht so belasten, kommt ins Straucheln und krallt sich an meinem Unterschenkel fest. Das kommt davon, wenn man in Shorts kocht! Blutiger Kratzer. Gismo ist noch immer voll konzentriert auf die Innereien, mein Schrei war ihr total egal. Ich fluche, sie flitzt vor mir auf die Terrasse. Ich stelle die Hühnerherzen in eine Ecke, begutachte meine Schramme. – Nicole hatte einen Kratzer im Gesicht. Hat es bei ihr eigentlich noch andere Zeichen von körperlicher Gewalt gegeben? Eine Polizeiärztin wird sie untersucht haben. Allein das stelle ich mir fürchterlich demütigend vor. Ich werde überfallen, danach werden die Spuren an meinem Körper vermessen. Andererseits: Wie sonst sollte man sozusagen objektive Beweise sammeln? Ich plündere meine Thymian-Töpfe, es wird genug nachwachsen. Wenn das mit dem Heilen bei Menschen nur auch so einfach wäre. Scheint nicht so, als wäre es immer bloß eine Frage der Zeit. Es gelingt mir, knapp vor Gismo die Terrassentür zuzuziehen. Sie sieht mich empört an. Sie will nicht draußen bleiben. Die paar Herzen hat sie natürlich längst verschlungen. Und sie weiß, dass es in der Küche mehr gibt, viel mehr.

Ich schneide Zwiebeln und röste sie in Olivenöl an, ich halbiere die Hühnerherzen, wasche sie gut durch, tropfe sie auf Küchenpapier ab. Dann gebe ich sie gemeinsam mit den ganzen Thymianzweigen in den Topf. Viel Knoblauch feinblättrig schneiden, gemeinsam mit einem ganzen Chili dazu, ein paarmal umrühren. Mit etwas Weißwein ablöschen. Diesmal habe ich rechtzeitig nachgesehen, ob wir einen Rest haben. Gefunden habe ich etwas Ideales: Eiswein – nichts industriell Aufgemotztes, sondern einen voller Extrakt und Süße aus dem Weinviertel. Mit Hühnersuppe, die ich immer eingefroren habe, ergänzen und dann ganz langsam köcheln lassen, so lange, bis die halben Hühnerherzen fast zerfallen.

Wieder ein Blick auf meine E-Mails. Einige neue aus der Kategorie „zum Ärgern zu blöd", zwei mit Tipps, worüber ich noch berichten sollte, eine, die mich auffordert, meinen Platz in der Redaktion einem kompetenten Mann zu überlassen. – Muss ich denen allen eigentlich antworten? Mit so einer Flut an Reaktionen habe ich es noch nie zu tun gehabt. Ich werde mir einen Standard-Satz einfallen lassen, der für alle passt: „Herzlichen Dank für die wertvollen Anregungen. Mit freundlichen Grüßen, Mira Valensky". Da ärgern sich die Richtigen und die anderen können es ernst nehmen. Sehr gut.

Telefoncheck. Beinahe bin ich enttäuscht, dass nur eine neue SMS drauf ist. So schnell geht es mit der Öffentlichkeit und dem Ruhm und so …

Die dafür ist von Karl Simatschek. *„Ich wäre zu gern gekommen, träume noch immer von deinem Huhn mit Mole. Bin aber in Sardinien auf einem Rechtsmediziner-Kongress. Auch nicht schlecht um diese Jahreszeit! Sonnige Grüße, Karl (melde mich, wenn ich zurück bin)."*

Sardinien … das klingt gut …

Ich koste die Schokoladenteile. So knusprig, wie ich mir das vorgestellt habe, sind sie leider nicht geworden. Aber sie schmecken gut. Und gemeinsam mit dem Schaum ergeben sie eine interessante Kombination. Mehr ist bei mir dessertmäßig einfach nicht drin.

Inzwischen ist es kurz nach vier. Unglaublich, wie die Zeit vergeht. Ich röste ganze schwarze Pfefferkörner trocken im Wok. Wenn sie zu duften beginnen, sind sie fertig. Das hat mir eine junge Vietnamesin beigebracht, sie stammt schließlich aus dem Land, in dem der Pfeffer wächst. Jetzt nur noch mit dem Mörser zerkleinern und mit Fleur de Sel und etwas Limettensaft mischen. Ein ganz besonderes Gewürz. Damit werde ich den Fisch einreiben. Ich bin ja an sich eine Freundin der Meeresfische, aber auf dem Karmelitermarkt habe ich heimische Zanderfilets entdeckt. Dem, was in riesigen Aquakulturen am Meeresrand gezüchtet wird, sind sie jedenfalls überlegen. Und mit der Meersalzmischung ernenne ich sie einfach zu ganz besonderen Meeresfischen. – Unsinn. Ich sollte sie sein lassen, was sie sind. Diese Erkenntnis trifft wohl auf eine ganze Menge Dinge zu. Und auf Menschen. Männer und Frauen.

Wieder fröhlicher mache ich mich daran, Bio-Erdäpfel zuzustellen und die kleinen Steinpilze zu putzen.

[10.]

Der Tisch ist, wie ich das am liebsten habe, mit frischen Kräutern geschmückt. Das Lamm duftet im Ofen. Alles andere ist weitgehend vorbereitet. Ich sehe noch einmal meine Liste durch. Ich sollte eine Menükarte schreiben.

Ich gehe zum Laptop und tippe:

Paradeiser + Melone + Balsamico
Mangalitza-Schopf + Kräuter
Zucchiniblüte + Sardelle
Hühnerherzen + Thymian
Zander + Pfeffersalz
Erdäpfel + Steinpilze
Lamm + Olive
Ingwerschaum + Knusperschokolade
Ziegencamembert + Schwarzbrot

Sieht gut aus. Schmeckt hoffentlich auch so. Nicht nur, weil ein Spitzenkoch kommt, sondern auch wegen der anderen.

Ich gehe zum Gefrierschrank und sehe nach, ob das Eis schon fest ist. Ich bin so zwischendurch noch auf eine Idee gekommen: Paradeisereis zur ersten Vorspeise. Ich habe Tomatenmark in etwas Olivenöl angeröstet, es überkühlen lassen und mit ein wenig Obers glatt gerührt. Dann einfach den Rest vom Obers mit Sahnesteif nicht zu fest aufschlagen, die Paradeisercreme einrühren und frieren.

Ich gebe den Druckbefehl, neben Oskars Schreibtisch springt der Drucker an. Schöne neue drahtlose Welt. Wenn ich schon am Computer bin, sollte ich noch einmal einen Blick auf die E-Mails werfen. Der Sturm ebbt ab. Gut so. Die Aufgeregten und Betroffenen melden sich gleich oder lassen es bleiben. Ich wünsche Nicole, dass der Medienhype bald vorbei ist. Man kann davon auszugehen. Zumindest solange nichts Neues passiert. Vielleicht bis zum Prozess.

Eine Absenderadresse mit pppauer und einem deutschen Servernamen. E-Mail-Adressen lassen sich eben rasch basteln. Ich kann auch später lesen, was da für ein Unsinn drinsteht. Zum Beispiel morgen. Dann bin ich doch zu neugierig dazu.

„Guten Tag, Frau Valensky. Ich habe gesehen, dass Sie um ein Interview mit mir angefragt haben. Ich reise übermorgen zu einem Literaturfestival nach Gavoi in Sardinien. Dort könnte es sein, dass ich Zeit finde, mit Ihnen zu sprechen. Mit freundlichen Grüßen, Thomas Pauer.“

Ist das jetzt echt? Ich google und finde tatsächlich ein Literaturfestival in den sardischen Bergen. „L'Isola delle Storie“ – Insel der Geschichten. Was es nicht alles gibt … Unter den teilnehmenden Autoren ist auch Thomas Pauer aufgelistet. Bisher hat sich Alpha Books immer via Öffentlichkeitsabteilung bei mir gemeldet. Wie finde ich heraus, ob es wirklich Thomas Pauer ist, der mir geschrieben hat? Ich antworte.

„Herzlichen Dank. Ich bin sehr daran interessiert. Wie Sie verstehen werden, muss ich wissen, ob es sich bei der E-Mail-Adresse um Ihre handelt oder ob sich jemand einen Scherz mit mir erlaubt. Ich bitte daher um Rückruf.“ Dazu dann noch meine Telefonnummer und freundliche Grüße.

Sardinien. Karl Simatschek ist in Sardinien. Versucht er mich aus irgendeinem Grund zu foppen? Aber auch wenn die Sache mit dem Bestsellerautor und der versuchten Vergewaltigung um die halbe Welt gegangen ist … Warum sollte Karl wissen, dass ich ein Interview mit Pauer will? Es ist naheliegend. Nur: Was soll das für ein Scherz sein? Da ist es noch wahrscheinlicher, dass mich jemand anderer dorthin locken will. – Um mich auszubremsen? – Um mir einen Vortrag über die wahre Berufung der Frau zu halten? Hm. Ich könnte Karl in Sardinien treffen. Ein netter Gedanke. Es täte mir ausgesprochen gut, rauszukommen. Ob das „Magazin“ die Recherchekosten übernimmt? Wenn ich wirklich ein Interview mit Pauer kriege, wohl schon. Trotzdem fragt sich: Warum sollte er ausgerechnet mir eines in Aussicht stellen? Es hat genug Medienleute gegeben, die deutlich freundlicher über ihn und sein Buch berichtet haben. Und ich hatte nicht den Eindruck, dass mir Farah Seifried besonders gut gesonnen ist. – Warum hat er sich gemeldet und nicht sie?

Es läutet. Vesna und Jana sind die Ersten, die kommen.

Eigentlich sollte heute Abend ja mein Essen im Mittelpunkt stehen. Stattdessen starren wir zu dritt auf den Bildschirm und überlegen, ob die E-Mail tatsächlich von Pauer stammt und was das bedeutet. – Darf er überhaupt ausreisen? Immerhin wird gegen ihn ermittelt. Wenig später analysiert Oskar die Nachricht mit uns, ohne neues Ergebnis. Zumindest das mit der Ausreise kann er uns erklären: Wenn man davon ausgeht, dass ein Verdächtiger zurückkommt und für notwendige Ermittlungen zur Verfügung steht, kann man ihn auch ins Ausland lassen. Je schwerwiegender ein Fall, desto eher verhängt die Staatsanwaltschaft ein Ausreiseverbot.

„Das heißt, sie stufen den Fall als nicht besonders schwerwiegend ein", stellt Jana fest.

„Es scheint so", sagt Oskar diplomatisch.

Jana holt Luft und sagt dann doch nichts. Ich bin ihr dankbar. Was kann Oskar für unsere Justiz?

„Oh, eine Menükarte!", ruft Vesna.

„Viel appetitlicher, wenn wir uns damit beschäftigen", stimmt Jana zu. Sieht aus, als wären alle um einen friedlichen Abend bemüht. Das wäre nett, wirklich sehr nett.

Es läutet wieder. Diesmal kommen Sandra Alman, ihr Mann und Carmen. Sie haben sich zufällig vor der Tür getroffen. Carmen kennt Brunner, das stellt sich bei der allgemeinen Begrüßerei heraus.

„Na klar", lacht sie. „Ich bin letztes Jahr einige Male bei ihm essen gewesen! Großartig!" Oskars Tochter war eine Zeit lang mit einem doch deutlich älteren Energiemanager liiert. Als seine Firma in Turbulenzen kam, ging auch ihre Beziehung in die Brüche. Es hat ihr nicht gefallen, dass er mit der Situation überfordert war. – Was für ein Männerbild hat Carmen?

Dann sitzen wir alle am Tisch und sie studieren die Menükarte und Sandra Alman erzählt von den Weingütern, die sie im Veneto besucht hat. „Mein Bruder schafft es nicht, ein paar Tage einfach nichts zu tun. Für mich ist Weinverkosten ja pures Vergnügen, für ihn gehört es zur Arbeit, aber das ist sein Problem."

Sie hat uns drei hervorragende Weine mitgebracht, das Weingut Ornella Molon aus Campodipietra kennen wir sogar, für uns gehört es zu den besten der Gegend. Aber das Veneto ist eben eine unserer Lieblingsgegenden. Wahrscheinlich sollte ich besser einige Tage dorthin, statt in die sardischen Berge.

Ich stehe auf und schneide Fleischparadeiser und die schon geschälte und halbierte Zuckermelone in dünne Scheiben. Überlappend auf große Teller legen, etwas Meersalz und schwarzen Pfeffer darauf, in die Mitte eine Kugel Paradeisereis, dann diesen ganz besonderen Balsamico darüber träufeln. Dickflüssig ist er und im Aroma gar nicht zu vergleichen mit den hunderterlei Balsamico-Glace-Dingern, die es in den Supermärkten gibt.

Ich trage die ersten beiden Teller zum Tisch. Im Servieren bin ich nicht eben ein Profi. Brunner springt auf, um mir zu helfen.

„Nutzen Sie die Chance, einmal sitzen bleiben zu können!", lache ich.

„Ich bin das so gewohnt", antwortet er und hat schon drei Teller in Händen.

Oskar schenkt jungen, fruchtigen Welschriesling ein. Wir haben beschlossen, dass Evas Weine diesen Abend begleiten sollen. Während sie selbst momentan gerade auf einer Weinmesse in Moskau ist. Neue Märkte, neue Herausforderungen. Wenig Winzeridylle. – Was sie wohl zu „Sei ein MANN!" und den Folgen sagt? Wir freilich reden jetzt über die Reife von Paradeisern und über Balsamico. Es scheint so, als wollte niemand das Thema anschneiden, das uns in den letzten Tagen so intensiv beschäftigt hat.

„Genau darum geht es: Gerichte aufs Wesentliche zu reduzieren", lobt mich Brunner.

„Aber bei euch gibt es wahre Kunstwerke", meint Carmen.

Was heißt das jetzt? Dass mein Essen keines ist? Na gut. Ist ja wahr.

Brunner seufzt. „Ich finde, weniger wäre oft mehr. Aber die Geldgeber unseres Hotels sitzen im arabischen Raum. Und sie lieben die üppige französische Küche. Und das Höchste sind für sie ohnehin Verzierungen. Also noch ein Türmchen, noch etwas Gewickeltes, ein paar Tropfen von einem teuer klingenden Sößchen hier, eine exotische Fruchtspalte dort … Ich hab noch drei Jahre, dann gehe ich in Pension."

„Das wirst du nie aushalten!", lacht Sandra Alman.

„Ich werde deinen Bruder in Rom besuchen, Wein trinken, in der Hängematte liegen, nur für uns zwei kochen, und ab und zu meine ehemaligen Kumpels treffen."

„Du könntest ein eigenes Lokal aufmachen", schlägt Carmen vor.

Sandra Alman schüttelt den Kopf, dass ihre dichten grauen Haare fliegen. „Haben Sie eine Ahnung, was da an Arbeit dahintersteckt? Nur über meine Leiche."

„Vielleicht ein Kochprojekt für junge Frauen mit Migrationshintergrund, die dringend Arbeit und Ausbildung brauchen", überlegt Jana.

„Nur über meine Leiche!", antwortet Brunner und lacht. „Ich pfusche Sandra nicht in ihr Revier."

„Dabei hat er Sulka einen Lehrplatz gegeben", erzählt sie.

„Ja, aber nicht, weil sie eine junge Ausländerin ist, sondern weil sie gut ist. Die ist sogar sehr gut."

„Nur dass die meisten eben trotzdem keine Chance bekommen", merkt Jana an.

Ich stehe auf und kümmere mich um den zweiten Gang.

Schweinsschopf vom Mangalitza, hauchdünn aufgeschnitten, darüber Kräuteröl.

„Ich bin ein Koch und kein Wohltätigkeitsheini", sagt Brunner gerade. „Aber ich steh zu dem, was meine Frau macht. Mehr noch, ich bin stolz darauf. Und wenn ich es manchmal nicht so mit der ganzen Gender-Sache habe, dann hält sie das auch aus."

Diesmal ist Carmen schneller und hilft beim Tellertragen. Auch sie nimmt drei, als ob das nichts wäre. Ich komme mir unzulänglich vor. Dafür lobt Brunner das Schwein in den höchsten Tönen. Und der junge Veltliner passe ausgezeichnet dazu. Später werde ich ihn fragen, was es im Hotel für Gerüchte über den Abend gibt, an dem Pauer versucht hat, Nicole zu vergewaltigen. Vielleicht frage ich ihn aber auch nicht.

„Gibt's eigentlich einen besonderen Anlass für dieses wunderbare Essen?", will Sandra Alman wissen.

„Mira wird fünfzig", sagt Vesna mit einem breiten Lächeln. „Das ist aber nur Vorfeier. Sie muss üben, wie es ist."

Ich seufze theatralisch. „Es ist mir völlig egal. Nur glaubt mir das keiner. Und für ein gemeinsames Abendessen ist mir jeder Anlass oder auch keiner recht. Noch dazu, wo ich nach den letzten Tagen wirklich eine angenehme Abwechslung brauchen kann."

Sandra Alman sieht mich an. „Ich hab nachgelesen, Sie haben ein spannendes Interview und eine gute Reportage gemacht. Wirkt, als würde Ihnen das Spaß machen."

Womit wir doch beim Thema wären. „Es macht mir auch Spaß, aber es gibt so viele Fragen … was muss man, was darf man, was soll man … wen nützt du aus, wem hilfst du, was ist fair, durchschaust du, was gespielt wird …"

Jana lacht. „Und wie ist das überhaupt mit den Männern und den Frauen? Und dann hat sie auch noch diese Tochter ihrer Freundin, die ihr dauernd sagt, was geht und was echt nicht geht."

Ich lache auch. „Dich pack ich schon!"

„Ist ja auch höchste Zeit, dass du dich mit so etwas beschäftigst", ergänzt Jana.

Ich stehe auf. „Und schuld daran ist das Buch von Thomas Pauer."

„Einfach toll, was der Typ so alles draufhat", spottet Jana.

„Ich finde, er wirkt wie gecastet. Irgendwie nicht echt. Aber soll er doch schreiben, was er will. Wir leben in einer Demokratie, da kann es keine Denkverbote geben", merkt Carmen an.

Jetzt richtet sich Janas Spott gegen Carmen. „Ach", sagt sie süffisant. „Also reden wir darüber, dass Männer endlich voll die Sau rauslassen sollen. Weil sie eben Männer sind. Und dass es nicht beim Reden bleibt, haben wir ja schon gesehen."

„So hab ich das nicht gemeint. Und wenn mir einer so kommt, dann werde ich ihm das auch ganz klar sagen."

„Vorausgesetzt, du hast die Chance dazu und er will dir nicht gleich beweisen, was er für ein toller Hecht ist, und wenn es sein muss, mit Gewalt!"

„Du hältst also alle Männer für potenzielle Gewalttäter?", kontert Carmen.

Oskar bemüht sich um Deeskalation. „Das hat sie nicht gesagt, und man muss schon feststellen …"

Carmen lächelt ihren Vater an. „Du bist einfach zu nett. Aber ich mach mir das schon mit ihr aus."

„Vielleicht mit einem Ringkampf vor dem Haus", wirft Sandra Alman trocken ein.

Die beiden schauen sie an.

„Na ja, weil so, wie ihr jetzt diskutiert, wird nicht viel herauskommen."

„Mir hat eine Frau geschrieben, dass sie mit fünfzehn vergewaltigt worden ist. Das war vor Jahrzehnten, aber sie leidet jetzt noch darunter. Keiner scheint ihr zugehört zu haben. Jetzt will sie ein Buch schreiben und ich soll ihr helfen." Ich schaue in die Runde.

„Glaubst du ihr?", fragt Carmen.

„Was für eine Frage", antwortet Jana.

Ich sehe Sandra Alman an. Sie seufzt. „Aus so einer E-Mail kann man nicht viel ableiten. Auch wenn Jana das nicht gern hört: Natürlich gibt es Fälle, wo Menschen sich einbilden, missbraucht worden zu sein. Aber auch das hat einen Grund, das passiert nicht einfach so. Es kann

Missbrauch auf einer anderen Ebene gewesen sein ... Bitten Sie die Frau, sich bei uns zu melden. Es gibt Stellen, wo ihr natürlich zugehört wird. Inwieweit man helfen kann, ist eine andere Sache."

„Man muss Frauen also nicht unter allen Umständen glauben, wenn sie sagen, sie seien vergewaltigt worden", setzt Carmen nach.

Die Leiterin von „frauen.com" sieht sie an: „Was ich gemeint habe: Es steckt immer was dahinter, auch in so einem Fall."

„Wer Frauen nicht glaubt, schützt Gewalttäter", stellt Jana fest.

„Wie wär's mit Zucchiniblüten und Sardellen?", frage ich, und darauf können sich alle einigen.

Ich habe die Zucchiniblüten mit den winzig kleinen Zucchini dran schon gewaschen. Jetzt schiebe ich in jede Blüte drei Sardellenfilets, dazu ein dünne Scheibe jungen weißen Schafkäse, und heize zwei große Pfannen auf Höchststufe. Prosecco mit einem Eiklar und Mehl zu einem dünnen Teig rühren, die Zucchiniblüten durch den Teig ziehen und in etwas Olivenöl auf beiden Seiten goldbraun braten.

Es scheint so, als hätte sich die Auseinandersetzung am Tisch beruhigt. Die Leiterin von „frauen.com" kann mit so etwas offenbar ziemlich gut umgehen. Und ihr Mann: sympathisch. Okay, ich gebe es zu, Köche – aber auch Köchinnen – haben bei mir einen Bonus. Während die Blüten in der Pfanne bräunen, wasche ich schnell ab. So viele große Teller haben wir nicht, dass es für alle Gänge reicht. Carmen kommt zu mir in die Küchenzeile. „Ich wollte keinen Konflikt, aber Jana tut derartig überlegen und das nervt einfach. Dabei hab ich auf der Uni einen Sonderkursus in Gender Studies belegt."

Ich lächle. „Sie hat in diesem Club, den Sandra Alman leitet, immer wieder mit realen Beispielen von Gewalt gegen Frauen zu tun."

„Die ist übrigens super, die gefällt mir! – Vielleicht schau ich dort einmal vorbei."

Ich nicke. Jana wird keine große Freude haben. Wenn Carmen auftaucht, stiehlt sie schnell allen die Show. Fast einen Meter achtzig, blonde kurz geschnittene Haare, Modelfigur. Und mit einem hellwachen Verstand. Allerdings: Dort sind lauter Frauen. Da könnte der eine oder andere Bonus nicht so viel zählen wie sonst.

Sie hilft mir, die Teller zum Tisch zu tragen. Zu diesem Gang gibt es einen extrem trockenen würzigen Sauvignon Blanc.

„Wir füllen Zucchiniblüten mit einer Ricottacreme und servieren sie zu unserem Lammrücken", sagt Brunner ein wenig später. „Aber sie werden selten so knusprig, ich sollte Ihr Rezept ausprobieren. – Wenn ich darf. Ich lade Sie ein, wenn wir Ihre Blüten auf der Karte haben."

Ich lächle geschmeichelt. „Wir haben es leider noch immer nicht geschafft, zu Ihnen essen zu kommen. Dabei: Das Hotel ist nicht übel. Modern und trotzdem nicht kalt. – Ich kenne freilich bisher nur die Halle. Und da war ich abgelenkt." So, jetzt kann er erzählen, er muss es freilich nicht. Jedenfalls sehen ihn alle gespannt an.

„Kein Wunder, dass Sie abgelenkt waren. – Ich hab von der Sache erst etwas mitbekommen, als schon alles vorbei war. Unser À-la-carte-Restaurant war an diesem Abend gesteckt voll. Und wir hatten ein Bankett mit zweihundert Zahnärzten." Er grinst. „Da sollte sich zumindest keiner einen Zahn ausbeißen."

Jana will schon etwas sagen, ich merke, wie Vesna sie zurückhält. Es ist ganz still.

Brunner schaut in die Runde, wird ernst. „Ich weiß leider wirklich so gut wie nichts. In erster Linie sind es Gerüchte. Klar ist, dass der Wohnraum von Pauers Suite ganz schön verwüstet worden ist. Fensterscheibe kaputt, Stehlampe kaputt, Papiere auf dem Boden zerstreut, Laptop in einer Ecke, es hat ausgesehen wie nach einem Tsunami, sagen die Frauen vom Zimmerservice."

„Ein Glück, dass Nicole nicht mehr passiert ist", werfe ich ein.

„Ja", antwortet Brunner mit einem Seitenblick auf seine Frau. „Und dass sie sich trotzdem hat befreien können."

„Und Farah Seifried? Wo hat die gewohnt?"

„Sie hatte ein Zimmer auf der gleichen Etage. Aber sie wollte auch eine Suite, weil sie ja vom Hotel aus gearbeitet hat, und da war nur mehr eine am anderen Ende des Gangs frei."

„Sie hat die Auseinandersetzung also nicht hören können, wenn sie in ihrem Zimmer war?"

Brunner schüttelt den Kopf. „Es gibt da noch so ein Gerücht … aber ein Hotel ist natürlich voll von Gerüchten … Sein Bett soll nicht jede Nacht benützt worden sein."

„Er könnte bei seiner Familie in Korneuburg gewesen sein", gebe ich zu bedenken.

„Oder bei Managerin Seifried", ergänzt Vesna.

„Ist er eigentlich mit anderen Frauen im Hotel gesehen worden?"

„Er hat Interviews gegeben, auch in der Suite. Solche fürs Fernsehen haben sie in der Halle gemacht, Pauer umgeben von einer Schar

Bewunderinnen, abgeschirmt von einem Bodyguard und einigen Angestellten von ‚Alpha', und seine Managerin war auch da. Das habe ich selbst gesehen."

„Seifried hat sein Image als Draufgänger gefördert. Es war Teil ihrer Kampagne. Und sie dürfte so gut wie immer bei den Interviews dabei gewesen sein. – Weil sie weiß, dass er sich sonst vielleicht über Frauen hermacht? Weil sie ihn jedenfalls unter Kontrolle haben will?", denke ich laut nach.

„Was ich mich schon die ganze Zeit frage: Da schreibt ein Typ ein Buch für Männer, und die Frauen rennen ihm die Tür ein. Ist das nicht seltsam?", meint Brunner.

„Gefällt das Buch Ihren Köchen?", fällt mir ein.

„Na ja. Die meisten interessieren sich vor allem für die drei F."

Sandra Alman wirft ihrem Mann einen warnenden Blick zu.

Carmen grinst. „Kenn ich. Ich hab in der Gastronomie gejobbt: Frauen, Fußball, Formel 1."

Jana sieht sie spöttisch an. „Es gäbe da noch ein anderes F-Wort."

„Aber das Buch haben alle schon irgendwie mitgekriegt", redet Brunner weiter. „Und natürlich rennen die dummen Witze und die Sprüche. Wie man das am besten beweisen kann, dass man ein ‚richtiger Mann' ist. Und dass man sich jetzt endlich für nichts mehr zu entschuldigen braucht."

Oskar ist heute außergewöhnlich ruhig. Geht ihm unsere Debatte auf die Nerven? Ich werde ihn herausfordern. Nach drei Gläsern Wein werde ich schön langsam übermütig.

„Was ist eigentlich ein Mann?", frage ich und sehe ihn an.

„Habt ihr das nicht schon eure Leserinnen gefragt?", antwortet Oskar.

„Ja, aber ich will es von dir wissen."

Oskar stöhnt. „Lass dir lieber einen Schluck Wein nachschenken."

„Ich muss noch einen klaren Kopf haben", rufe ich und springe auf. Er ist ausgewichen. Vielleicht, weil die Frage ja wirklich idiotisch ist. Und biologisch zumindest in den meisten Fällen einfach zu beantworten. Und ansonsten gar nicht.

Die Hühnerherzen ziehen auf Warmhaltestufe auf dem Herd. Die Flüssigkeit hat sich reduziert, die Thymiannadeln haben sich gelöst, jetzt brauche ich nur mehr die großen holzigen Zweige herauszufischen. Großes Tablett. – Da ist vor kurzem noch Gismo drauf gelegen.

Inzwischen ist sie wieder genesen. Wie ich am Kratzer auf meiner Wade ganz schön spüre. – Sieben kleine vorgewärmte Schüsseln aufs Tablett. In jede etwas vom Ragout. Alles ganz puristisch. Nur ein frischer Thymianzweig drüber. Brot ist noch genug auf dem Tisch. Dazu gibt's einen jungen gekühlten Zweigelt.

„Man kann sich natürlich nicht für jeden Blödsinn damit entschuldigen, dass man ein Mann ist", sagt Oskar und sieht mich an, als würde er Lob erwarten.

Ich lächle. Er hat sich bemüht. „Da hast du jedenfalls recht."

„Wäre zumindest ein Anfang, wenn die Männer das begreifen", doziert Jana.

„Und alles Weitere sagen ihnen die Frauen", spottet Brunner. Er scheint den Umgang mit diesem Thema deutlich mehr gewohnt zu sein als mein Oskar.

„Aber sicher nicht. Nur: So dieses Ding, dass ein Mann ein Sexprotz sein und nicht diskutieren soll und dass ihm alle Jobs der Welt zustehen, während echt starke Frauen daheim auf die Kinder schauen, das lassen wir uns nicht mehr bieten", setzt Jana nach.

Die Diskussion dreht sich weiter und ich klinke mich aus. Irgendwas ist mir eingefallen, etwas, das mit meinem Kratzer, das heißt eigentlich mit den Kratzern in den Gesichtern von Nicole und Pauer zu tun hat. Dann weiß ich es wieder: „Nicole hatte einen Kratzer im Gesicht, Pauer auch. Seiner war bei der Pressekonferenz am nächsten Tag weg. Sie müssen ihn überschminkt haben. Und ihrer war zumindest auf dem Foto, das sie im ‚Blatt' gebracht haben, auch nicht zu sehen."

„Woher weißt du, wie Pauer an diesem Abend ausgesehen hat?", will Carmen wissen.

„Unsere Fotografin hat ihn in der Tiefgarage fotografiert. Wir hatten das Bild sogar im ‚Magazin'. Am nächsten Tag war von einem Kratzer nichts mehr zu merken."

„Aufgemalt werden sie sich die Kratzer nicht haben", meint Jana. „Sie hat sich gewehrt und ihn gekratzt."

„Ja. Aber warum hat er sie im Gesicht gekratzt?"

„Weil er sie festhalten wollte."

„Niemand hält jemanden am Gesicht fest."

„Es kann passiert sein, als sie fliehen wollte und sich geduckt hat."

„Ja. Das könnte sein."

Sandra Alman wirft mir einen eigenartigen Blick zu. „Warum fragen Sie?"

„Weil ich das Gefühl habe, Details könnten wichtig sein." Ich seufze. „Wenn man sie richtig zusammenfügt."

Ich brate den Fisch auf der Hautseite an, wende ihn und lasse ihn auf Warmhaltestufe glasig ziehen. Das Pfeffersalz mit Limette löst große Begeisterung aus und der Chardonnay auch. – Hat das „Blatt" Nicoles Kratzer einfach wegretuschiert, weil sie dann weniger nach Opfer aussieht? – Ich sautiere Steinpilze in Olivenöl, fülle sie in warme ausgehöhlte Erdäpfel. Ich bringe die Lammschulter in der Pfanne zum Tisch und dazu Cabernet und frisches Weißbrot. Der dumme Ingwerschaum fällt leider ein wenig in sich zusammen, das Strudelblatt hat sich durch die Schokolade mehr oder weniger aufgelöst, am besten schmeckt der Ingwerlikör über dem gut gekauften Schokoeis.

Dann ist es elf am Abend. Vor uns stehen Ziegencamembert und knusprig geröstetes hauchdünnes Schwarzbrot. Wir trinken Evas ganz besonders reifen und trotzdem trockenen Grünen Veltliner. Eine Kraftbombe, dezent unterstützt durch ein wenig Holz. Auch das kann diese Rebsorte, wenn man richtig mit ihr umzugehen versteht.

Sandra Alman ist hingerissen. Diesen Wein, das wisse sie ganz genau, würde ihr Bruder mit Freude ins Programm nehmen.

Ich lächle. „Eva hat viel zu wenig davon, um ihn an einen Händler abzugeben. Auch wenn es nett wäre, Wein aus dem Weinviertel nach Italien zu verkaufen. Am liebsten würde ich ihn gleich selbst nach Rom bringen …"

„Wir könnten einen Familienausflug machen", schlägt Carmen begeistert vor. „Natürlich auch mit Vesna." Kurze Pause. „Und mit Jana."

Italien. Da klingelt etwas bei mir. Oder, besser gesagt, es hat nicht geklingelt. Nämlich mein Mobiltelefon. Ich habe Pauer um Rückruf gebeten. Also scheint die Nachricht doch nicht von ihm gewesen zu sein. Ich gehe zum Laptop und schaue, ob dort eine Antwort gekommen ist. Einige Mails, mehr oder weniger Müll. Nichts von der angeblichen pppauer-Adresse. Ich nehme das Telefon, checke den Verlauf der Anrufe. Du liebe Güte! Ich habe es ja beim Kochen auf lautlos gestellt. Fünf Anrufe. Drei von einer unterdrückten Nummer. Und eine vom Chefredakteur. Samt nachfolgender SMS. Ich soll ihn gleich morgen früh anrufen. Und eine neue Nachricht auf der Mailbox. Ich gehe ins Vorzimmer. Da ist Ruhe.

„Thomas Pauer. Das ist mein Rückruf. Leider sind Sie nicht zu erreichen. Das mit Sardinien war ernst gemeint. Ich kann nichts versprechen, aber ich werde versuchen, dort Zeit für ein Interview zu finden. Vielleicht kann das einiges klarstellen. Guten Abend."

Ich winke Vesna. Auch sie hört die Nachricht ab. „Musst du nach Sardinien. Und ich komme mit. Wenn irgendwie geht."

Die anderen sehen uns erwartungsvoll an. Ich lächle etwas schief und erzähle.

„Der will dir bloß irgendwelche Lügenmärchen auftischen", sagt Jana. „Was heißt klarstellen? Du hast ein Interview mit Nicole gemacht und jetzt glaubt er, er muss seinen tollen Charme dagegensetzen."

„Seltsam ist nur, dass es Pauer selbst ist, der sich gemeldet hat. Bisher hat das alles die Verlagschefin oder die Öffentlichkeitsabteilung gemacht", überlege ich.

„Vielleicht glaubt sie, dass er dich besser persönlich einwickeln kann?", überlegt Carmen.

„Wer weiß, was er mit Mira vorhat", sagt Jana und grinst ein wenig.

„Na, er wird schon nicht über sie herfallen", meint Carmen trocken.

Etwas eigenartig, wie die über mich reden.

„Pauer ist nicht dumm", mischt sich Sandra Alman ein. „Es hat einen Grund, wenn er Ihnen jetzt ein Interview geben möchte."

„Er hat etwas zu vertuschen", korrigiert Jana.

„Ja. Aber irgendetwas muss ihn dazu gebracht haben, in die Offensive zu gehen. Ist Nicoles Interview dafür Grund genug?"

Es ist deutlich nach Mitternacht, als wir unsere Gäste verabschieden. Sandra Alman bietet mir im Vorzimmer das Du-Wort an und darauf einigen sich alle aufs Du und wir müssen noch ein Gläschen Quittenbrand trinken. Fährt ohnehin keiner mit dem Auto heim.

Eine seltsame Mischung an Tischgespräch war das, denke ich, nachdem wir zusammengeräumt haben und jetzt bei einem Abschluss-Whiskey sitzen. Gismo döst friedlich auf dem Sofa, sie ist am Abend ja auch ausgiebig gefüttert worden, von mir und anderen. Fast heimlich.

„Von Wein und Vergewaltigung bis hin zu Zucchiniblüten und Männerrollen", murmle ich Oskar zu. Er nickt. „Das passt zu dir." Ich bin zu müde, um zu fragen, wie er das meint.

Der nächste Tag verläuft einigermaßen hektisch. Ich werde von der Polizei aufgefordert, Auskunft über Nicoles Aufenthaltsort zu geben. Man habe mich gestern schon in der Redaktion gesucht. Na super. Deswegen wollte der Chefredakteur auch, dass ich mich gleich melde.

Jetzt brodeln natürlich die Gerüchte. Ich sei in den Fall verstrickt, heißt es im „Magazin“. Natürlich werde ich die Story nicht weiter betreuen können. Woher das stammt, ist leicht nachzuvollziehen. Ich mache Klaus klar, dass er den Chronikchef zur Rede stellen und das sofort beenden muss. Dann erzähle ich ihm im Eiltempo die Geschichte von Pauers E-Mail und bitte ihn, mich nach Sardinien zu schicken und mir gleich für morgen oder übermorgen einen Flug buchen zu lassen. „Wenn's um ein Interview mit Pauer geht, hat wohl nicht einmal die Geschäftsführung was dagegen“, grinst er.

Ich habe es eilig, ich muss zu Chefinspektor Salcher. Zuckerbrot hat mir übrigens ausrichten lassen, dass er der wohl beste Ermittler in der Gruppe „Sitte“ sei, den es in Wien gäbe. Vergewaltigung gehört zur „Sitte“. Kommt mir irgendwie eigenartig vor. So, als gäbe es da auch bei den misshandelten Frauen sittliches Fehlverhalten. Wir haben uns nicht im Landeskriminalamt, sondern in einem kleinen Café in der Nähe verabredet.

„Herzlichen Dank, dass Sie mich in der Redaktion gesucht haben“, sage ich nach den Begrüßungsformalitäten.

„Ich dachte, Ihr Ruf ist so tadellos, dass das sicher kein Problem ist.“

„Ich bin tadellos. Mit meinem Ruf ist es etwas anderes“, grinse ich.

„Ich bin einfach zu nachsichtig mit Nicole Moser umgegangen. Wir brauchen sie. Es gibt neue Ermittlungsergebnisse. Fragen Sie mich nicht, welche, ich kann Ihnen im Moment nichts dazu sagen. Ich muss mit ihr reden“, erklärt Salcher.

„Was für Ermittlungsergebisse?“

Salcher seufzt. Ich weiß, wann ich keine Chance habe.

„Ich hab keine Ahnung, wo sie steckt. Ich schwöre es.“

„Wir haben gehört, sie soll bei einer Verwandten auf dem Land sein.“

„Dann waren Sie doch sicher schon dort.“

„Wenn Sie das Nest an der tschechischen Grenze meinen, ja.“ Der Chefermittler der Gruppe „Sitte“ seufzt.

„Warum gehören Vergewaltigungen eigentlich nicht zur Abteilung ‚Leib und Leben‘?“, frage ich.

Er sieht mich aufmerksam an. „Wir arbeiten zusammen. Es hat nichts damit zu tun, dass wir Vergewaltigungen nicht sehr ernst nehmen. Es hat viel mehr damit zu tun, dass wir für das höchstpersönliche

Milieu, um das so zu nennen, besser ausgebildet sind. Und mehr Beamtinnen haben. Und mehr Erfahrung haben, wenn es um seelische Wunden geht. – Wo haben Sie Nicole getroffen?“

Er lässt sich nicht ablenken. Wenn sie das Versteck im Dorf ohnehin schon kennen … „Es war dort, in der Nähe der tschechischen Grenze.“

„Oh, dann brauchen wir Ihre Fingerabdrücke. Wir haben das Haus erkennungstechnisch behandelt.“

„Nicht nötig. Wir haben uns bei Nacht, wenn auch ohne Nebel, im Haus am Fußballplatz getroffen. Sie wollte am nächsten Tag weiter, hat sie gesagt. Aber nicht, wohin.“

„Warum hat sie ausgerechnet Ihnen ein Interview gegeben?“

Jetzt muss ich vorsichtig sein. Es könnte sein, dass sie von Jana und dem Laptop nichts wissen. „Wahrscheinlich, weil ich eine der Ersten war, die sie nach der versuchten Vergewaltigung gesehen hat. Und weil ich ihr schon damals hoffentlich nicht allzu schlimme Fragen gestellt habe.“

„Wir prüfen, ob sie, wie behauptet wurde, tatsächlich Kontakt zu radikalfeministischen Kreisen hat und ob sie von irgendjemandem in diesem Umfeld versteckt wird“, murmelt Chefinspektor Salcher.

„Wenn Sie mir erklären könnten, was das sein soll …“ Ich sehe ihn mit einer Mischung aus Strenge und Amüsement an, so wie Jana es tun würde.

„Kann ich nicht, gebe ich zu. Aber es gibt einige Frauen, die bezeichnen sich selbst so. Maggy Körmer, zum Beispiel. Könnten Sie sich vorstellen, dass sie unsere Zeugin versteckt?“

„Nicole ist Opfer.“

„Sie ist Zeugin in einem laufenden Verfahren. Sie haben doch Jus studiert, Sie sollten das wissen.“

„Strafrecht war nicht unbedingt mein Lieblingsfach. Nur der Professor war nett.“ Was die Wahrheit und nichts als die reine Wahrheit ist. „Ich kann mir nicht vorstellen, dass Nicole besonderen Kontakt zu Maggy Körmer hat. Maggy … sie mag junge Frauen offenbar nicht besonders. Sie sind ihr zu wenig ernsthaft, wenn es um die Frauensache geht.“

„Nicole hat an einer feministischen Arbeit geschrieben: Rollenbilder in den Medien.“

„Ist es feministisch, wenn man sich fragt, wie Frauen und wie Männer in den Medien rüberkommen? Ich hab sie bloß zwei Mal getroffen.

Einmal, gleich nachdem Pauer versucht hat, sie zu vergewaltigen. Und einmal, als sie mir in dieser Fußballer-Garderobe ihre Geschichte erzählt hat. – Warum darf Pauer eigentlich ins Ausland?“

Der Ermittler sieht mich neugierig an. – Kann es sein, dass er gar nichts von dem Literaturfestival weiß? Ich will ein Interview mit Pauer, ich hätte besser nicht davon anfangen sollen. Aber jetzt ist es wohl zu spät. „Er ist ab morgen bei einem Festival auf Sardinien. Kann man übrigens im Internet nachlesen.“

„Sie werden auch hinfahren?“

„Erraten. Ich liebe Literatur. Und italienische im Besonderen. Haben Sie Giancarlo De Cataldo gelesen? Ein großartiger Autor. Schreibt über die Verstrickungen des organisierten Verbrechens bis hin zu Polizei und Justiz.“

Salcher lächelt. „Der ist wirklich gut. Und er kennt sich aus, er ist immerhin Richter in Rom. – Haben Sie wirklich Lust, Pauer gemeinsam mit dem Tross nachzulaufen?“

Ich klimpere mit den Augen. „Er ist blond, er ist blauäugig und hat total tolle Muskeln. Er ist megaerfolgreich. Wer weiß, was der so alles draufhat? – Aber noch einmal: Haben Sie keine Sorge, ihn ausreisen zu lassen?“

„Die Staatsanwaltschaft hat keine Aufenthaltsbeschränkung verhängt.“

Das klingt so, also ob er gern eine gehabt hätte. „Weil Farah Seifried und die geballte Macht von Alpha Books an oberster Stelle deponiert haben, dass man einen internationalen Bestsellerautor nicht im kleinen Österreich festhalten darf?“

„So einfach ist das auch wieder nicht. Man kann ihn festhalten, aber man muss nicht. In diesem Fall. Er kommt wieder. – Was ich freilich von Ihnen wissen wollte: Wo ist Nicole Moser?“

„Schon eigenartig, der Täter – sorry, der mutmaßliche Täter – darf ausreisen, das Opfer wird gesucht.“

„Wenn Sie etwas verschweigen, könnte das als Behinderung unserer Arbeit gewertet werden“, kontert der Chefinspektor.

„Ich behindere Ihre Arbeit sicher nicht. Ich weiß nicht, wo sie ist.“

„Sollte Ihren doch noch etwas einfallen, Sie kennen das: Rufen Sie mich an, schicken Sie mir eine E-Mail. Und: Bitten Sie Frau Moser in jedem Fall, sich bei uns zu melden. Es ist auch in ihrem eigenen Interesse.“

„Ich hab keinen Kontakt zu ihr.“

„Ich glaube Ihnen nicht." Chefinspektor Salcher steht auf. „Ihre Berichterstattung hat mir übrigens gut gefallen. Ich sage das erst jetzt, damit Sie nicht glauben, ich wollte mich einschmeicheln."

Weniger gut hat mein Artikel der ersten Frau von Pauer gefallen. Als ich in die Redaktion unterwegs bin, kriege ich einen Anruf von ihr. Die Apothekerin klingt einigermaßen wütend. Hätte sie gewusst, was passiere, sie hätte mir sicher kein Interview gegeben.

Ich bin mir keiner Schuld bewusst. Ich habe nur geschrieben, was wir vereinbart haben.

„Haben Sie die heutigen Zeitungen nicht gesehen?"

„Ich hatte noch nicht viel Zeit."

„Einige haben zitiert, was ich Ihnen über Thomas gesagt habe. Dass er sexuell nicht besonders interessiert war."

„Klar, es entlastet ihn in gewisser Weise. Dagegen kann man nichts tun. Aber es wirft auch, zumindest unter sogenannten ‚echten Männern', ein eher schlechtes Licht auf ihn."

„Falsch! Die beschäftigen sich mit mir! Es gibt gleich zwei Zeitungen, die spotten, dass er bei mir eben keine Lust gehabt habe! Klar sollte ich da drüberstehen, aber witzig ist das nicht, wenn dein Sexleben besprochen wird. Wenn Sie die Blicke gesehen hätten, die mir einige Kundinnen zugeworfen haben ... richtig mitleidig!"

„Oh, an so etwas habe ich wirklich nicht gedacht. Das tut mir leid."

„Ich eben auch nicht. Alle anderen Interviewwünsche habe ich abgewimmelt. Und jetzt das! Bei seiner neuen jungen Frau sei das mit dem Sex offenbar ganz anders, hat einer geschrieben. Und dass ihn die attraktive junge Frau wohl auch zu dem Buch inspiriert habe. Zum Erfolg, um genau zu sein."

„Sie hätten ihn nicht zu so einem Buch inspirieren wollen."

„Das ist wahr. Aber dass er jetzt Erfolg hat und in der Zeit mit mir nicht, obwohl er es so sehr gewollt hat, das ärgert mich idiotischerweise doch."

„Ich habe mir gedacht, das mit seinem zumindest früheren Zugang zum Sex wäre einfach ein interessantes Detail. Zumal es nicht gerade zu dem passt, was er mit dem Buch vermittelt."

„Ist schon richtig. Aber die Journalisten schreiben einfach, was ihnen gerade in den Kram passt. Und ich hab die Blicke auszuhalten."

„Mir tut das wirklich leid. Wenn ich es geahnt hätte ..."

Franziska Pauer seufzt. „Ich hab es auch nicht geahnt. Ich weiß, ich hab zugestimmt, dass Sie das bringen. Es ist nur ... einfach peinlich. Man wird als alte erfolglose unattraktive Ex vorgeführt."

„Sie haben deutlich mehr drauf als die Junge", sage ich und meine es auch so. – Ob es sie tröstet?

Am Nachmittag gibt es dann eine Presseaussendung von Alpha Books: In einer Woche erscheint die englischsprachige Ausgabe von „Sei ein MANN!". Der amerikanische Verlagspartner hat sich entschlossen, die Startauflage von hunderttausend auf fünfhunderttausend Stück zu erhöhen. Wegen der enormen Nachfrage. Der Rummel um die versuchte Vergewaltigung hat Pauer also sogar noch genützt. Die Anzahl der E-Book-Downloads wird vom Verlag übrigens auf *„deutlich mehr als fünfhunderttausend"* geschätzt. Klar, da braucht man nicht in den Shop zu gehen und sich das Buch zu kaufen. Das womöglich einer geschrieben hat, der vor so gut wie gar nichts zurückschreckt.

[11.]

Flughafen Olbia. Helle, neue Halle mit viel Glas. „Willkommen an der Costa Smeralda" steht auf einem Plakat. Von einem Ferienparadies kann ich lesen, man sieht Palmen und Meer und glückliche junge schlanke Menschen. Ein Mann mit Dreitagebart blickt einer Frau im Bikini tief in die Augen. Da ist die Welt noch in Ordnung. Oder so. – Was tun die beiden, wenn sie nicht fotografiert werden? Du solltest nicht zynisch werden, Mira. In einer gut gestylten Bar mit hohen Stühlen und Holztischen stehen und lehnen und hocken Menschen und trinken Aperol-Sprizz. Viele deutsche Touristen. In ihrem Kielwasser die aus Österreich. Und die Russen. Die übernehmen gerne, was weiter westlich als schick gilt. Sind endlich auch dabei, können sich das und mehr leisten. Und für alle gilt: Der Urlaub kann beginnen …

Ich freilich bin wegen etwas anderem hier. Ich werde versuchen, mein Interview mit Thomas Pauer zu kriegen. Die Geschäftsführung des „Magazin" war großzügig: Sie hat mir Ticket und Leihwagen und Aufenthalt gezahlt – und mir mitgeteilt, dass ich dafür ein auflagenstärkendes Ergebnis mitzubringen habe. Drei Tage noch bis zum nächsten Redaktionsschluss.

Vesna konnte leider doch nicht mitkommen. Carmen hingegen hat sich angeboten, aber das habe ich, hoffentlich halbwegs elegant, abgewimmelt. Ich mag sie. Aber sie ist mir auch fremd. Und das macht es irgendwie anstrengend. Auch wenn sie Italienisch studiert und einen Sonderkursus in Gender Studies belegt hat. Ich werde mich schon allein durchschlagen. Mit Pauer kann ich ohnehin deutsch reden. – Vielleicht komme ich auch dahinter, warum er nie erzählt hat, dass er Österreicher ist. Wirklich bloß, weil es zu seinem Image nicht so gut passt? Oder ist da schon einmal, früher, etwas vorgefallen? Andererseits: Das würde die Polizei längst herausgefunden haben. Seinen Namen und seine Identität hat er ja nicht gewechselt. Er hat sich bloß verändert, angepasst.

Ich stelle mich beim Leihwagenschalter an. Ein Pärchen vor mir. Er spricht, sie schweigt. Deutsche, vermute ich. Er kann Italienisch.

Wie Farah Seifried dahintergekommen ist, dass ich zum Literaturfestival nach Gavoi fahre, weiß ich nicht. Hat Pauer ihr was erzählt? Weil er ihr alles erzählt? Gibt's bei uns in der Redaktion einen, der sie auf dem Laufenden hält? Auf alle Fälle hat sie mich angerufen und mir klarzumachen versucht, dass ich den Flug stornieren solle. Interview gäbe es sicher keines und man werde Pauer auch vor allen anderen „Zudringlichkeiten" zu schützen wissen. – Wer, bitte, ist oder war da zudringlich?

„Warum waren Sie beim Interview mit Nicole Moser eigentlich nicht dabei?", habe ich Seifried gefragt.

„Weil es kein Interview war, sondern bloß ein Treffen für eine Uni-Hausarbeit."

Klingt eigentlich ganz logisch. Aber: Ist es die ganze Wahrheit? Jedenfalls konnte Farah Seifried nicht verhindern, dass ich jetzt nach Gavoi unterwegs bin. Und ob ich das Interview bekomme, werden wir schon sehen. Jedenfalls täte sie gut daran, ihren Star nicht zu bevormunden, das habe ich ihr noch gesagt. „Könnte seinem Ruf als ‚echter Mann' schaden", habe ich hinzugefügt. Hat das den Ausschlag gegeben? Jedenfalls hat sie gefaucht, dass sie mich ohnehin nicht hindern könne und dass die letzte Entscheidung selbstverständlich bei Thomas Pauer liege.

Eine Viertelstunde später bekomme ich meinen Leihwagen. Einen nagelneuen schwarzen Fiat Panda. Nett, klein und sehr italienisch. Was ich zum Glück mithabe, ist mein Navi. Ist mir gerade noch in letzter Minute eingefallen. Die Gratis-Straßenkarte der Leihwagenfirma zeigt viele Restaurants und Hotels an, aber kein nachvollziehbares Straßennetz. Mir ist jedenfalls klar: Ich muss zuerst die Küste entlang und dann ins Landesinnere. Bergdorf in Sardinien. Ich stelle mir eine karge felsige Gegend vor, dazwischen Schafe und Ziegen und Hirten mit dunkel gegerbten Gesichtern. Oskar hat mir vorsorglich auch noch die Michelin-Route ausgedruckt. Keine Chance, dass er mich begleitet. Zu viele Termine, die sich nicht mehr verschieben ließen. Das Navi schlägt offenbar dieselbe Route vor, die sie im Michelin vorschlagen. – Aber braucht man wirklich zwei Stunden für einhundertdreißig Kilometer?

Olbia scheint so etwas wie eine zu schnell gewachsene Kleinstadt zu sein. Eine Mischung aus Tourismusindustrie und mediterraner Idylle. Ich konzentriere mich darauf, die richtigen Abzweigungen zu kriegen, freue mich über die blühenden Riesenoleander und bin schließlich auf der Autobahn. Dicht bewaldete Berghänge auf der einen, Küstenlandschaft auf der anderen Seite. Schön langsam stellt sich bei mir so etwas wie Urlaubsfeeling ein. Ach was, ich werde das Interview schon kriegen. Und wenn nicht, dann mache ich eben eine Reportage über den internationalen Bestsellerautor und mutmaßlichen Sexattentäter bei einem Festival in einem kleinen Bergdorf. – Wie man ihm hier wohl begegnet?

Gavoi dürfte so etwas wie ein Geheimtipp unter den italienischen Literaturveranstaltungen sein. Es sind ziemlich bekannte Autoren dabei. Viele sind aus Italien, gut ein Drittel kommt aus anderen Teilen Europas, auch Tess Gerritsen, die Thriller-Bestsellerautorin aus den USA, ist angekündigt. Lyrik, experimentelle Literatur, Erzählungen, Sachbuch, Krimis: alles bunt gemischt, dazu Diskussionen über gesellschaftspolitische Themen und ihre literarische oder journalistische Umsetzung. Über „Schreiben über die Krise" soll geredet werden, und eine der Diskussionsrunden heißt überhaupt bloß „Sull'inadeguatezza" – Über die Unzulänglichkeit. Zum Glück haben sie im Internet elektronische Wörterbücher. Und dann gibt's morgen eben eine Veranstaltung mit Thomas Pauer. „‚Sei ein MANN!' – Il mondo maschile?" – Welt der Männer? Samt Übersetzer. Offenbar kann Pauer auch nicht Italienisch. Oder zumindest nicht ausreichend. Die Veranstalter haben ihn sicher lange vor den Ereignissen der letzten Wochen eingeladen. Ob es ihnen recht ist, dass da einer sitzt, der schon bald wegen versuchter Vergewaltigung vor Gericht stehen dürfte? Die Neugierigen werden sich jedenfalls drängen. Immerhin: Sie haben ihn nicht ausgeladen.

Ich fahre durch eine Gegend mit Weinhängen, Äckern, kleinen Dörfern. Die Berge rundum sind freundlich bewaldet, hin und wieder kann man das Meer sehen. Ich habe mir das Landesinnere von Sardinien viel kahler und wilder vorgestellt. Ich überlege, ob ich nicht ein paar Tage Urlaub dranhängen könnte. Mein Rückflug ist noch nicht fix gebucht, ich weiß ja nicht, wann ich das Interview bekomme. Ich könnte es in dem Bergdorf schreiben – ich hoffe, die haben dort Internet –, schicken und dann an den Strand fahren. Einige Tage nur für mich.

Eine reizvolle Vorstellung. Karl Simatschek ist gestern abgereist, schade. Literaturfestival und Rechtsmedizinerkongress. Die Insel ist eben ein guter Platz, um den Sommeranfang so oder so zu gestalten. Es hat über dreißig Grad, die Klimaanlage meines Kleinwagens arbeitet auf Hochtouren. Ich flitze dahin, nicht besonders viel Verkehr. Auf der linken Seite eine Wiese mit unzähligen Schafen und Ziegen. Zu schade, dass ich mich in erster Linie auf die Straße konzentrieren muss. Die Insel gefällt mir, sie gefällt mir sogar sehr.

Nach rund einer Stunde nehme ich die Abzweigung Richtung Nuoro. Provinzhauptstadt. Ich hatte nicht viel Zeit, aber ein wenig habe ich mich schon vorbereitet. Ich dürfte im selben Hotel untergebracht sein wie Thomas Pauer. Einige Kilometer außerhalb von Gavoi. Allzu viele bequeme Übernachtungsmöglichkeiten wird es im Bergland Sardiniens nicht geben, nehme ich einmal an. Ich habe Glück gehabt. Unsere Sekretärin hat mit den Veranstaltern geredet – sie kann hervorragend Italienisch, hat in Rom studiert, dann aber doch nicht promoviert, sondern geheiratet, Kinder gekriegt und ist vor einiger Zeit, wie man so schön sagt, wieder eingestiegen. Und weil es ein Storno gegeben hat, konnte ich noch ins Festival-Hotel. Flexibel und flott seien die dort, hat unsere Sekretärin festgestellt. Und dass sie am liebsten mit möchte. Natürlich ist die Festivalleitung daran interessiert, dass auch ausländische Medien berichten. Wir haben niemandem gesagt, dass es mir vor allem um ein Interview mit Thomas Pauer geht. Ich werde, wenn es sich irgendwie ausgeht, auch etwas über das Festival selbst machen. „Einmal was anderes als die ewigen Salzburger und Bregenzer Festspiele im Sommer“, hat Uli gemeint, die momentan das Kulturressort leitet.

Jetzt wird die Gegend doch schroffer. Plötzlich ragen Bergtürme auf, die höchsten an den Spitzen kahl, felsig, unzugänglich. Keine Autobahn mehr, die Straße ist schmal. In Serpentinen winde ich mich bergauf, mein motorisierter Esel macht das sehr brav. Die Luft wird kühler. Eine Siedlung mit Steinhäusern in der Sonne, zwei alte Männer sitzen vor einer Bar und sehen, wer und was da vorbeifährt. Läden, ein Hinweis auf eine Käseerzeugung. Der sardische Käse ist berühmt, vielleicht sollte ich … Ich rufe mich zur Ordnung, weiter nach Gavoi. Zuerst das Interview, dann der Käse. Und all das Schöne, das mir Sardinien sonst noch bieten kann.

Wieder Bergstraßen, vor mir ein in die Jahre gekommenes blaues Lastauto. Unmöglich, es zu überholen, ich lasse mich zurückfallen, öffne die Fenster. Eine Geruchsmischung aus Diesel und etwas deutlich Aromatischerem. Ich sehe hinaus: wilder Rosmarin am Straßenrand. Ich lächle. – Und kann gerade noch verhindern, dass ich vor Schreck das Lenkrad verreiße. An mir zischt ein dunkler BMW vorbei. Er kann nicht wissen, ob ihm etwas entgegenkommt. Kurve auf Kurve. Zwischen den nächsten zwei Kehren sehe ich, wie er auch den Lastwagen überholt. Okay, viel Gegenverkehr gibt es wirklich nicht. Und mit Gottes oder sonst einem Segen … Ich habe Zeit. Ich werde in mein Hotel fahren, herauszufinden versuchen, ob Thomas Pauer schon da ist, und dann weitersehen. Das Festivalbüro ist im Rathaus untergebracht. „Municipio", das verstehe auch ich. Irgendwie fühle ich mich um Jahrzehnte zurückversetzt. Das da ist Teil eines italienischen Films, in einem kleinen Fiat die Bergstraßen entlang, alte Männer vor Bars, diese Ahnung vom Meer hinter den Felsen.

Gavoi scheint aus dem Berg gebaut zu sein. Hohe schmale Häuser aus Stein, steil den Hang hinauf. Wie alt sind sie? Hundert Jahre? Dreihundert? Fünfhundert? Jedenfalls zeitlos. Ich biege Richtung Zentrum ab. Mein Navi protestiert, es will geradeaus weiter, direkt zum Hotel. Ich will das nicht. Ich bin neugierig. Enge Straßen und Gassen, mit einem großen Wagen käme man gar nicht durch. Kopfsteinpflaster. Fenster mit grünen Fensterläden und bunten Blumen. Ganz oben an einer Mauer klebt ein winziger Balkon mit Schmiedeeisengitter. Von ihm aus sieht man sicher über den Hang hinunter ins Hochtal, fast bis zum Meer. Und dann: eine Absperrung. Ich öffne das Fenster, zwei junge Männer, die mir etwas zurufen, das ich nicht verstehe. Sie probieren es auf Englisch. Für das Festival sei der Großteil der Stadt gesperrt, autofrei, zum Hotel müsse ich die große Straße nehmen. Sie deuten nach unten. Kaum zu glauben, dass ich in so kurzer Zeit so weit heraufgekurvt bin. Ich nicke. Und das „Municipio"?

Da müsse ich den Wagen eben irgendwo parken und zu Fuß gehen, es sei nicht so weit, ein paar hundert Meter bloß. In mir kämpfen Neugier und Pflichtbewusstsein. Ich sollte so schnell wie möglich mit Pauer Kontakt aufnehmen. Aber mir hier, in dieser zauberhaften Bergstadt, die Beine zu vertreten … Außerdem bekomme ich ja vielleicht im Veranstaltungsbüro wichtige Informationen.

Der eine junge Mann, so ein richtig hübscher Italiener, rotes T-Shirt mit „L'Isola delle Storie" auf der Brust, deutet auf einen Vorsprung zwischen zwei Gassen. Da passe mein Kleiner locker hinein. Ich lache und bedanke mich, parke und mache mich an den Aufstieg. Zu Fuß spürt man den Stein erst so richtig. Steinpflaster unter den Füßen, neben und über mir die hohen aus Steinblöcken gebauten Häuser. Und trotzdem ist da nichts abweisend. Die dominierende Farbe ist goldbraun, manchmal auch beige. In jedem Innenhof Grün und Sommerblumen. Ich atme schneller. Es geht ganz schön bergan. An der Straßenecke ein Festivalplakat und einige Hinweise. Aha. Eine noch schmalere, noch steilere Gasse hinauf und dann müsste ich beim Büro sein. An der Hauswand rechts von mir ein großes Bild. Es zeigt eine Frau, die an einem Boot lehnt und in die Weite schaut. Das Boot ist längst nicht mehr fahrtauglich, liegt auf einer Wiese. Ein großartiges Foto. Ich gehe näher hin. Lese, dass es sich um eine italienische Autorin handelt. Einige Schritte weiter auf der anderen Seite der Gasse wieder ein Bild. Großer Mann in schwarzem Hemd, er steht vor einem Einbahnschild und deutet exakt in die andere Richtung. Ein deutscher Autor. Auch eine Art, Literatur herzuzeigen. Eine sardische Bergstadt und jede Menge Poesie.

Links, einige Stufen hinauf, an einem kleinen Platz, liegt das Rathaus. Es ist eines der wenigen Häuser, deren Front weiß verputzt ist. Die Sonne hat den Ort aufgeheizt, dazu das ständige Bergaufgehen … Ich schnaufe, wische mir mit einem Papiertaschentuch den Schweiß aus der Stirn. Egal. Ich mag es, wenn es warm ist. Vor einer Tür mit Perlenvorhang stehen einige Menschen unter einem Baum und rauchen. Klar, in Italien gibt es inzwischen ein viel strikteres Rauchverbot als in Österreich. Wäre mir vor einigen Jahren noch unmöglich erschienen.

Eine schlanke Frau mit grauen, kurz geschnittenen Haaren und lebhaften braunen Augen kommt auf mich zu. Weißes, weites Hemd, enge Hosen. Ich konzentriere mich. Ich will sie verstehen. Höchste Zeit, mehr Italienisch zu lernen als das, was man zum Einkaufen und Essenbestellen braucht. Aber sie spricht mich auf Englisch an. Irgendwie hat sie mich als Ausländerin enttarnt. Fast bin ich ein wenig enttäuscht, andererseits: In den nächsten Sekunden, spätestens dann, wenn ich antworte, wäre das ohnehin passiert.

Ich werde hinter den Perlenvorhang ins kühle Büro gebeten und bekomme alle Infos, die ich brauche: dass die einzelnen Veranstaltungen auf den verschiedenen Plätzen der Stadt stattfinden, dass es vom Hotel einen Shuttlebus nach Gavoi gibt, der alle Viertelstunden fährt, wohin ich mich wenden kann, wenn ich mit einem der Autoren ein Interview machen möchte, wo es Pressebilder gibt. Alles hervorragend organisiert. Zwei Frauen sitzen hinter Computerbildschirmen, ein jüngerer Mann telefoniert, kommt dann auf meine Gesprächspartnerin zu, flüstert ihr etwas ins Ohr. Sie scheint so etwas wie die Organisationsleiterin zu sein. Unaufgeregte Autorität. Von Thomas Pauer habe ich bisher nichts gesagt, ich weiß nicht, wie sie auf ihn reagieren. Ich habe keine Lust, mir ihre Sympathie zu verscherzen. – Ich könnte einfach eine Reportage für unsere Kulturseiten schreiben und dann ein paar Tage Urlaub machen. Schön wär's. Ist aber einfach nicht drin.

Die Chefin winkt mir zu, verschwindet zur Tür hinaus, kommt mit einer jungen, sehr attraktiven Italienerin wieder, stellt sie mir als Angelina vor. Offenbar wird hier das meiste von Frauen dominiert. Oder zumindest die Festivalorganisation. Was ja eigentlich nicht so überraschend ist. Da geht's um jede Menge Arbeit. Und sie ist wahrscheinlich nicht einmal sehr gut bezahlt, sondern hat mehr mit der Leidenschaft für die Sache zu tun.

Angelina spricht mich mit einem beinahe unmerklichen Akzent auf Deutsch an.

„Kann ich irgendetwas für Sie tun?"

Ich überlege, sage dann: „Die Fotos in den Gassen sind großartig. So sind die Autoren immer sichtbar."

„Ja, so etwas Ähnliches haben wir uns dabei gedacht. Es sind die, die im Vorjahr hier gelesen haben. Daniela fotografiert sie an Orten, die ihr für die Autorinnen und für Gavoi typisch vorkommen. Die Ausstellung ist inzwischen vom Festival nicht mehr wegzudenken."

„Nächstes Jahr wird dann auch Thomas Pauer hier hängen?"

Sie sieht mich an. „Wahrscheinlich. Oder auch nicht. An sich werden alle Autoren porträtiert. Ich treffe diese Entscheidung nicht."

„Er könnte verurteilt werden."

„Ja. Dabei finde ich, aber das ist jetzt privat und nicht die Meinung des Büros, sein Buch schon schlimm genug."

Ich nicke. „Wer hat ihn eigentlich eingeladen?"

Angelina lächelt. „Das ist, wie sagt man so schön auf Deutsch, dumm gelaufen. Sein Verlag hat angeboten, alle Kosten zu übernehmen. Unser Budget war nie üppig, und mit der Krise ist es noch geschrumpft. Da freut man sich über solche Kooperationen. Außerdem gab es bloß Vorinformationen über das Buch. Man hat sich gedacht, es wäre doch interessant, auf dem Festival über Geschlechterrollen zu diskutieren. Den Hype rund ums Buch hat keiner geahnt. Es wird auch in Italien wie verrückt gekauft, es ist Nummer eins auf den meisten Bestsellerlisten."

„Und nach dem Vergewaltigungsversuch wollte ihn niemand ausladen?"

„Na klar! Aber dann hat man sich gedacht, das bringt noch mehr Aufregung. Besser, man diskutiert mit ihm und er ist so schnell wie möglich wieder weg. Falls er zu dieser Zeit nicht ohnehin in Untersuchungshaft sitzt ... Das Dumme ist: Es gibt eine ganze Menge Medien, die sind nur wegen ihm gekommen."

„Österreichische? Deutsche?"

„Auch. Zum ersten Mal, seit wir dieses Festival machen, haben sich für morgen so gut wie alle großen Fernsehstationen Italiens angekündigt. Sieht so aus, als gäbe es nichts Wichtigeres auf der Welt. Wir haben den Platz schon limitieren müssen. Wer nicht akkreditiert ist, kommt gar nicht rein mit einer Kamera."

„Und Fans?"

„Ich weiß nicht ... Wir haben jedes Jahr Tausende Besucher. Wenn, fallen sie nicht auf. Ich hoffe, das bleibt so."

„In Österreich war er von einem ganzen Geschwader begeisterter Frauen umlagert, dabei schreibt er ja eigentlich gegen ihre Interessen", sage ich.

„Ich habe mich ein wenig vorbereiten müssen, ich werde seine Veranstaltung dolmetschen", seufzt Angelina. „Ich finde, er dividiert die Frauen geschickt auseinander: in die bösen Feministinnen, die die Männer unterdrücken, und in die guten Frauen, die starke Männer toll finden."

Genau das ist es. Mit ein Grund seines Erfolgs.

„Und er sieht gut aus", analysiert Angelina weiter.

„Finde ich eigentlich nicht", widerspreche ich.

„Ich auch nicht", sie lacht. „Aber im herkömmlichen Sinn eben. So ein Paradedeutscher." Sie stockt. „Bist du etwa auch wegen ihm da?"

Na super. Was soll ich jetzt sagen? Die Übersetzerin ist offen, sympathisch, die Festivalorganisatorin auch. Wenn ich ihnen die Wahrheit sage, habe ich verspielt. Wenn ich lüge ... „In gewissem Sinne. Aber nicht als Fan", sage ich dann.

Ich merke, wie Angelinas Blick distanzierter wird.

„Ich bin Journalistin vom ‚Magazin', das hab ich ja auch bei der Akkreditierung angegeben. Ich schreibe über den Fall, ich hab vor einigen Tagen ein großes Interview mit dem Opfer gebracht. – Außerdem werde ich auch übers Literaturfestival berichten, für unsere Kulturseiten."

„Na gut. Übersetzerin brauchst du ja keine, wenn es um ihn geht."

Ich lächle sie an. „Ich gebe zu, ich wäre nicht hergekommen, wenn es den Pauer und sein Buch nicht gäbe, aber ich finde die Atmosphäre hier großartig. Ich werde Gavoi nicht bloß als Hintergrund für eine Sensationsreportage nutzen, da kannst du ganz sicher sein."

„Ich weiß, dass die Liste mit den Interviewanfragen für Pauer ganz lang ist. Hast du schon eines vereinbart?"

„Halb und halb, in Wien. Er wollte mir ein Interview geben, offenbar, um das, was mir das Opfer erzählt hat, anders darstellen zu können. In dieser Form wird es das sicher nicht spielen. – Außerdem will seine Verlegerin nicht, dass er mit mir redet. Ich hab bislang zu kritisch berichtet."

„Na gut. Du musst dich nicht entschuldigen. Wir haben ihn ja auch eingeladen und jetzt ist er da. – Gibt es sonst noch etwas, das ich für dich tun kann?"

Der gute Kontakt ist trotzdem abgerissen. Ich hätte doch lügen sollen. – Hätte ich? „Ich fahre ins Hotel. Und dann komm ich wieder, ich will mir die heutigen Veranstaltungen anhören." Ich sage nicht dazu, dass ich zwischendurch versuchen werde, herauszufinden, wo Pauer steckt und ob wir am besten gleich reden können. Damit ich es hinter mir habe.

„Die laufen schon seit zehn am Vormittag."

„Was?"

„Na, die Veranstaltungen. – Vielleicht sehen wir uns ja wirklich. Es sind heute einige sehr interessante Autoren dabei. Auch aus Deutschland."

„Hat sich eigentlich herumgesprochen, dass Pauer gar kein Deutscher ist, sondern Österreicher?"

„Nein, so groß ist da für die meisten der Unterschied nicht. – Er ist gebürtiger Österreicher?"

„Er ist Österreicher, hat die Staatsbürgerschaft, scheint die meiste Zeit über in der Nähe von Wien zu leben und tut so, als wäre er Deutscher. Seltsam, nicht?"

Angelina lächelt. „Ich hab in Berlin und Frankfurt studiert. Nicht böse sein, bei vielen gilt Österreich als gemütlich, aber nicht eben am Puls der Zeit. Vielleicht hat es damit zu tun. Und: Der Markt in Deutschland ist um ein Vielfaches größer. Wahrscheinlich ist es gut, wenn der Eindruck entsteht, er ist mittendrin."

Das Hotel liegt im Hochtal, gleich neben einem See. Viele niedrige Gebäude, so, wie sie in die Gegend passen. Ich bekomme ein Zimmer ganz hinten in der Anlage, erster Stock, ein hagerer freundlicher Mann begleitet mich, sagt ab und zu etwas auf Italienisch, ich nicke. Ein wenig habe ich davon verstanden. Bilde ich mir zumindest ein. Frühstück scheint es zwischen sieben und zehn zu geben, Mittagessen ab eins. Er sperrt das Zimmer auf und verabschiedet sich. Wie meist in Italien ist es stockdunkel im Raum. Fensterläden gegen die Sonne und die Hitze dicht geschlossen. Es ist beinahe zu kühl hier drin. Ich kneife die Augen zusammen, kann eine Tür erkennen, fummle am Griff, sie ist offen. Winziger Balkon, Blick auf einige der Häuser der Anlage. Gras, das gerade beregnet wird, zerzauste Büsche, Wege aus roten Ziegeln. Ob Pauer schon da ist? Wohnt er wirklich auch hier?

Vom Badezimmerfenster aus kann ich durch hohe Bäume bis zum See sehen. Ich sollte mein Badezeug nehmen und hinuntergehen. Auf dem Schreibtisch finde ich eine Mappe mit Informationen für akkreditierte Medienleute. Ich komme mir vor, als hätte ich mich unter falschem Vorwand eingeschlichen. Ich schicke Oskar eine SMS. *„Da ist es wunderbar, wir müssen dringend gemeinsam nach Sardinien. Nur schade, dass auch Pauer da ist. Ti amo, Mira"*. „Ti amo" ist irgendwie viel leichter zu schreiben als „Ich liebe dich". Weniger abgenützt, weniger oft missbraucht. Zumindest im deutschsprachigen Raum.

Dann schicke ich auch Vesna eine Nachricht. *„Medienrummel um Pauer offenbar auch hier. Urlaubmachen wäre viel schöner, ciao aus bella Sardegna, Mira"*.

Ich gehe über den verlassenen gepflasterten Weg vor zum Haupthaus, finde die Rezeption unbesetzt, gehe hinüber zur Bar.

„Brauchen Sie etwas?", werde ich von dem Hageren auf Englisch gefragt.

Ob Pauer schon angekommen sei? Oh, das hätten schon viele von ihm wissen wollen. Nein, er komme angeblich erst in der Nacht. – Ob er etwas über das Buch von Pauer wisse? Natürlich. Man lebe hier ja nicht hinter dem Mond. In Italien seien viele Frauen stark, vor allem in der Familie. Was „Mama" sage, geschehe. Aber in der Wirtschaft und der Politik, da hätten die Männer das Sagen. „Ich glaube nicht, dass es Berlusconi noch gäbe, wenn die Frauen mehr mitreden könnten", meint er. Ich frage ihn nicht, ob er das gut oder schlecht fände.

Ich gehe auf die Terrasse und sehe mich um. Wunderbare Wärme. Wälder, Felder, grüne Berge. Das Hotel liegt mehr als siebenhundert Meter über dem Meeresspiegel, habe ich gelesen. Kaum zu glauben. Drei Männer sitzen unter einem Sonnenschirm und trinken Bier. Ich komme unauffällig etwas näher. Ich kenne keinen von ihnen und bin froh darüber. Ein Kleinbus hält. Ob das der Shuttle ist? Der Fahrer steigt aus, bleibt neben dem Auto stehen. Was heißt: Geht dieser Bus nach Gavoi? „A Gavoi?", versuche ich es. Er nickt und lässt mich einsteigen.

Inzwischen ist es später Nachmittag geworden, in den Gassen stehen Heurigentische und Bänke, viele Türen zu den Häusern sind offen, neben jeder ein handgeschriebenes Schild, was es hier zu essen und zu trinken gibt, in der Tür oder davor eine provisorische Verkaufstheke. Die meisten der Tische sind noch leer, aber ein verführerischer Duft zieht durch die Gassen. Viele Menschen. In großen und in kleinen Gruppen. Literaturfestival in Gavoi: Das scheint auch zu einem gewissen Teil ein Volksfest zu sein. Mein Magen knurrt. Nein, zuerst sollte ich mir etwas Kultur gönnen, dann Panini, Pasta, Pancetta und Vino.

Laut Programm ist die nächste Veranstaltung auf der Piazza Mesubidda, zwei italienische Autorinnen, von denen ich noch nie etwas gehört habe. Macht es nur noch interessanter. Sie sollen mit einer italienischen Journalistin reden. Italienisch. Das wird ein wenig das Problem sein, Mira. Ich wandere trotzdem wieder einmal bergauf, bewundere die überwältigende Aussicht über einen Garten mit Blumen und Kräutern hinweg ins Hochtal hinunter, mache ein paar Fotos. Vorbei an einer Bar, aus der Jazzmusik klingt. Vorbei an einer alten steinernen Kirche.

Auf der Piazza Mesubidda hat man die Höhenunterschiede geschickt genutzt. Oben das Podium, darunter, auf einem erstaunlicherweise beinahe ebenen Platz, zwei- oder dreihundert Leute, dicht an dicht auf weißen Plastikstühlen. Ich bin offenbar schon zu spät dran, auch wenn hinter mir weitere Menschen auf den Platz strömen. Ich bekomme von einem jungen Mädchen im Festival-T-Shirt eine Zählkarte in die Hand gedrückt und suche mir einen Stehplatz am Rand, lehne mich an die sonnenwarme Steinmauer. Der Mann auf der Bühne deklamiert ein Gedicht. Auch wenn ich es nicht verstehe, da bin ich mir ganz sicher. Die Sprache klingt, es ist fast wie Gesang, große Gefühle ohne Peinlichkeit unter die Leute, in die Bergstadt, übers Land hinaus. Ich lausche, fange einzelne Wörter auf und bin fasziniert.

Es dürfte sich bloß um das Vorprogramm gehandelt haben, tosender Applaus, drei Frauen nehmen auf der Bühne Platz. Ich blättere nach: *„Omaggio ad Andrea Zanzotto"* – Kann wohl nur Hommage bedeuten, ein Gedicht des großen italienischen Lyrikers zum Auftakt. Dann: viele schnelle Wörter auf Italienisch, Lachen im Publikum, manchmal auch Murmeln, ob es Zustimmung oder Ablehnung ist, kann ich nicht deuten. Nur ganz kurz wird aus den Büchern gelesen, es geht vor allem ums Gespräch. Die Moderatorin ist mehr als temperamentvoll, fordert die eine und die andere heraus, und zwischendurch schaue ich über die Dächer ins Tal, das eigentlich eine Hochebene ist.

Dann wird es dämmrig und ich gehe wieder durch die Gassen, allein, aber mit vielen Menschen um mich, also doch nicht allein. Ich suche einen Platz, um zu essen. Eine üppige Frau in Jeans und einer roten Bluse röstet eine Art von grobem Faschiertem in einer großen schmiedeeisernen Pfanne. Riecht hinreißend. Ich deute darauf und versuche es mit einigen italienischen Wörtern, die sie wohlwollend zu dem zusammensetzt, was ich sagen wollte. Hoffe ich.

„Vino?"

Ich nicke. „Vino bianco, per favore." Dafür reicht es noch.

Sie schüttelt den Kopf, weist mir aber einen Platz an. Am anderen Ende des langen Tisches sitzen einige Italienerinnen in meinem Alter, wir nicken einander fröhlich zu. Ich freue mich aufs Essen.

Ich blättere im Festivalprogramm, überlege, was ich für die Kulturseiten machen werde. Natürlich geht es hier auch um Themen, um Texte, um Autorinnen und Autoren. Aber das alles zusammen mit dieser Bergstadt aus Stein und Sonne und den offenen Türen und dem Essen in den Gassen und der Fotoausstellung ergibt eine ganz eigene Stimmung. Und von der will ich erzählen. Mal schauen, ob ich es hinbekomme. Größere Herausforderung als das, was ich üblicherweise mache.

Die Gastgeberin bringt mir einen Pappteller, auf dem ein Panino liegt. Ich sehe sie enttäuscht an. Ich wollte etwas von dem gebratenen Faschierten. Dazu kommt eine Flasche Rotwein. Liebe Güte, ich kann doch keine ganze Flasche trinken. Zumindest nicht jetzt und hier und wenn ich noch weitermuss und danach wieder zurück ins Hotel. Wäre schon gut, sich besser verständigen zu können. Die Frau muss meinen Blick gesehen haben. „Only red wine here. Better“, sagt sie dann. Und ich solle so viel trinken, wie ich wolle. Dann klappt sie das Panino auf und ich sehe, dass im Inneren des Brotes neben ein paar Scheiben vollreifer Paradeiser und etwas Rucola jede Menge von diesem duftenden gebratenen Faschierten ist. Ich nicke und strahle. Sie nickt und strahlt zurück. Es schmeckt großartig und ich frage sie, wie das heißt, und erfahre den Namen: Purpuzza. Unterstützt durch anschauliche Gesten beschreibt sie mir, wie man es zubereitet. Es sei ganz einfach: Das Fleisch hacken, mit Salz, Pfeffer und Weinessig mischen und stundenlang ziehen lassen. Dann in etwas Olivenöl in einer Pfanne braten und fertig. Das Ganze lebt offenbar von der Qualität seiner wenigen Zutaten. Wäre auch was für unser großes Menü gewesen. – Habe ich es wirklich erst vor zwei Tagen gekocht?

Ich schlendere durch die Gassen. Inzwischen ist es längst finster geworden, trotzdem steht noch eine Veranstaltung auf dem Programm. Die, deren Titel mir schon von Anfang an gut gefallen hat: „Sull'inadeguatezza“ – Über die Unzulänglichkeit. Bei all den Wichtigtuern auf dieser Welt besonders schön, einmal darüber zu reden.

Ich suche die Piazza Sant'Antiocru, diesmal bin ich eine halbe Stunde vor Beginn da. Großer Platz bei einer niedrigen alten Kirche, mit einem riesigen weißen Zeltdach überspannt, sicher vierhundert weiße Plastikstühle, gut die Hälfte ist schon besetzt. Trotzdem noch Zeit genug. Ich steige eine steile Treppe hinauf, gehe eine beinahe verlassene Straße entlang. Offenbar strömen deutlich mehr Menschen von den unteren Gassen her zum Platz. Ich genieße die laue Nacht und die vielen Stimmen, die von weit weg zu mir dringen. Wenn ich noch einen freien Stuhl ergattern will, sollte ich da aber nicht zu lange herumträumen. Ich suche einen Weg nach unten, ein winziges Gässchen, durch das sich eine Gruppe Italiener schiebt. Ein junges Mädchen mit einem blauen Kopftuch, das wie ein Piratentuch im Nacken verknotet ist, kommt mir entgegen, stutzt dann, dreht plötzlich um, stolpert in die Italienergruppe, drängelt sich durch. Die lachen. Ich laufe ihr nach, jetzt sind die Kommentare schon weniger freundlich.

Das kann nicht sein. Ich bilde mir ein … Ich schreie „Scusi!“, zwänge mich an zwei Frauen vorbei, sehe einen Schatten gerade noch um die Ecke huschen. Ich renne. Kopfsteinpflaster, Nacht. Meine Schritte hallen. In der Gasse niemand zu sehen. Ich habe sie verloren. Nur Lachen aus einem der offenen Fenster. – Moment einmal, ich bin da schon gegangen. Wenn ich die Steintreppe nehme, könnte ich ihr den Weg abschneiden. Ich keuche, ich hetze die Stufen nach unten, schlecht beleuchtet, ich stolpere, fange mich am Geländer. Da vorne! Sie ist nicht mehr als zehn Meter vor mir. „Nicole!“, schreie ich. „Bleib stehen!“ Sie rennt weiter, hat sich nicht umgesehen. – Weil ich schon spinne und sie gar nicht Nicole ist? Warum rennt sie dann vor mir davon? Ich laufe, was das Zeug hält. Zwei Männer starren mich neugierig an. Immer mehr Menschen, der Kopf da vorne, auf den muss ich mich konzentrieren, blaues Kopftuch, ich darf mich nicht abschütteln lassen, ich möchte wissen … und dann die größere Straße, Heurigentische, Bänke. Und das Mädchen: endgültig verschwunden.

Ich atme schwer und gehe auf und ab, sehe allen ins Gesicht. Aber wenn sie von mir nicht gefunden werden will, wird sie sich kaum hierher setzen und ein Panino essen. Sie hat mich gesehen und ist davongelaufen. Das heißt: Sie hat mich erkannt. Das heißt: Es war wirklich Nicole Moser. Sie wollte ins Ausland. – Aber ausgerechnet nach Gavoi? Um Pauer zu treffen? Zu welchem Zweck? Außerdem kommt der doch erst heute Nacht. Wenn der Hagere nicht gelogen hat. Oder hat man sie verschleppt? Sardinien war doch berühmt für seine Kidnapping-Fälle. In den sardischen Bergen gibt es Verstecke genug. Konnte sie fliehen? Vor wem? Farah Seifried, die als Ziegenhirtin verkleidet in den Bergen hockt? Und warum rennt sie dann vor mir davon? Mira, mit dir geht wieder einmal die Fantasie durch. Du hast Nicole nicht wirklich erkannt. Es war eine Gestalt, die ihrer ähnlich ist. Blaues Kopftuch, dunkle Locken. Es kann eine junge Italienerin gewesen sein. Du hast ihr nicht wirklich ins Gesicht gesehen. Sie hat sich zu schnell umgedreht. Wahrscheinlich ist das Mädchen auch gar nicht vor mir geflohen. Keine Ahnung, wer hinter mir gegangen ist. Vielleicht ein Mann, vor dem sie sich fürchtet? Vielleicht ihre Mutter? Vielleicht hat sie mich auch mit jemandem verwechselt?

Ich habe keine Ruhe mehr für „Unzulänglichkeiten“, ich fühle mich selbst so: zu wenig klug. Zu wenig schnell. Zu durcheinander. Von weitem höre ich, wie ein Autor auf Deutsch sagt: „Aber was bedeutet das alles gegen die Unzulänglichkeiten der Dialoge zwischen Frau und Mann?“ Lachen. Kann so ein Dialog tatsächlich nicht gelingen? Und wenn, dann bloß unzureichend? Ich will es nicht glauben. Ich halte auch das für ein Klischee.

Ich lehne mich an eine Hauswand. Warm ist sie, hat die Sonne gespeichert. Mein Atem geht wieder annähernd normal. Wo könnte ich nach Nicole suchen? Nirgendwo. Ich sollte Jana eine SMS schicken. Die Polizei hat mich nach dem Aufenthaltsort von Nicole gefragt. Was, wenn sie mein Mobiltelefon überprüfen? Auszuschließen ist das nicht. Außerdem will ich Jana nicht mit hineinziehen. Warum versteckt sich Nicole? Um dem Medienrummel zu entgehen. Und den vielen bösartigen Untergriffen. Es reicht doch schon, was ich in den letzten Tagen in meinem E-Mail-Posteingang gefunden habe. Gewisse Leute haben einen richtigen Hass auf Frauen. Zumindest auf solche, die ihre Meinung sagen. Und leben, wie sie wollen.

Ich bin müde, habe das Gefühl, zu viel Wein getrunken zu haben, suche die Stelle, an der der Shuttlebus hält, und fahre zurück ins Hotel.

[12.]

Am nächsten Morgen beschließe ich, hinunter zum See zu gehen. Vielleicht hilft das beim Denken. Oder es entspannt zumindest. Die Nacht hat Abkühlung gebracht, jetzt spürt man, dass wir in einem Hochtal sind. Tautropfen auf Grashalmen und auf winzigen gelben Blumen. Zum Schwimmen ist es mir zu frisch, einfach ein bisschen spazieren … meine Laufsachen habe ich ja nicht mit. Ruhig liegt das Wasser da. Es sieht nicht so aus, als gäbe es hier irgendeinen besonderen Badeplatz, einfach Wasser und Ufer und einige Enten. Ich finde einen Weg am See entlang, gehe auf Sand und Schotter, hinein in einen Wald. – Was, wenn mich hier jemand überfällt? Die Wahrscheinlichkeit ist nicht sehr hoch, zumindest nicht höher als bei uns. Wie heißt es so schön? Zu Tode gefürchtet ist auch gestorben. Ein Wasserlauf quert den Weg, ich werde übermütig und springe drüber. Und komme auf einem Stein auf und strauchle, stürze, kauere auf dem Boden. Mein Knie. Ich zittere. So schnell geht das. Es brennt. Ich versuche, das Bein zu bewegen, es geht, tut aber weh. Allerdings mehr außen als im Inneren, diagnostiziere ich. Ich fahre über die Stirn und merke, dass ich mir damit jede Menge feuchten Sand und Lehm ins Gesicht geschmiert habe. Die Turnschuhe sind nass. Ich schiebe meine Dreiviertelhose nach oben. Abschürfung. Mira, um so etwas macht man nicht so ein Trara. Ich halte den Atem an und fische ein Steinchen aus der blutenden Wunde. Geht ja. Dann rapple ich mich auf. Den Gelenken scheint nichts passiert zu sein. Nur ein blutiges Knie. Ist mir schon öfter im Leben untergekommen. – Wie weit bin ich vom Hotel weg? Höchstens einen Kilometer. Ich klopfe, so gut das eben geht, Staub und Sand und Lehm ab und mache mich auf den Rückweg. Langsam. Mit zittrigen Beinen vorsichtig über drei Steine balancierend über den Wasserlauf.

Plötzlich Schritte. Rasche Schritte hinter meinem Rücken. Sie kommen näher. Ich drehe mich erschrocken um. – Und sehe Thomas Pauer in die Augen. Schon wieder einer, der vor mir davonläuft? Blödsinn, er läuft auf mich zu, er wohnt im Hotel und er joggt.

„Wann machen wir unser Interview?", rufe ich.

Er bleibt nicht stehen, aber er wird ein wenig langsamer, läuft an mir vorbei. Zu schnell für mich, viel zu schnell. Vesna sollte dabei sein, die könnte mit ihm Schritt halten. Ich probiere es trotzdem, renne hinter ihm drein. Das Knie. Vielleicht habe ich mich doch mehr verletzt, als ich geglaubt habe. Es tut sauweh.

„Wie lange warten Sie da schon auf mich?", fragt er zu mir zurück, beinahe ohne jedes Keuchen. Er ist gut in Form, muss man ihm lassen.

„Ich hatte keine Ahnung, ich war bloß spazieren und bin gestolpert." Gratulation. Klingt echt nach einer supertollen Journalistin auf internationalem Recherchetrip.

Er wird noch langsamer. „Haben Sie sich wehgetan?"

Ich keuche, hole auf. Mein Knie brennt wie Feuer. „Nur das Knie."

„Soll ich Ihnen jemand schicken?"

„Nein, ich komm schon weiter. Was ist mit unserem Interview?"

Er schüttelt den Kopf. „Vorm Hotel wartet sicher schon die Meute."

„Und im Hotel Ihre Verlegerin."

Er grinst und trabt ganz langsam, so, dass ich keuchend und hinkend mitkann. So gelöst habe ich ihn bisher noch nie gesehen. Macht offenbar der Sauerstoff in der Früh. Oder er grinst wegen etwas ganz anderem. Wir sind hier allein. Ich bin verletzt. Was, wenn er … Quatsch. Ich bin eine fast fünfzigjährige Reporterin. Über so eine fällt man nicht her. Ich bin außerdem sicher nicht sein Typ, wenn ich an seine junge Frau und an Nicole denke. – Bei den meisten Übergriffen geht es nicht um Sex, sondern um Macht.

„Sie schauen so erschrocken, als wollte ich Ihnen etwas tun", sagt Pauer und bleibt stehen.

Ich schnappe nach Luft und stehe neben ihm. Strategie, schnell eine Strategie. Mobiltelefon aufdrehen. Irgendjemanden anrufen, am besten …

„Also gut." Er sieht auf seine Laufuhr. „Ich hab meine fünfzehn Kilometer. Wir sind gleich beim Hotel. Jetzt hab ich Zeit."

„Wo? Hier?"

Er scheint sich an meiner Unsicherheit zu weiden. Das gönnst du ihm nicht, Mira. Mobiltelefon. Ja.

„Klar. Oder wollen Sie es gemeinsam mit zehn Kollegen machen?"

Macht, darum geht es. Er hat die Übermacht. Aber nur, solange ich unsicher bin und mich fürchte. – Vielleicht ist es manchmal gut, sich zu fürchten, Mira. Ich lächle. „Wunderbar. Darf ich es mitschneiden?" Ich ziehe mein Mobiltelefon aus der Hosentasche, stelle die Aufnahmefunktion ein.

„Viel Zeit hab ich nicht." Das kommt jetzt schon wieder etwas unfreundlicher.

Mich macht es sicherer. „Offenbar haben Sie bei den Ereignissen an dem besagten Abend einen Kratzer abbekommen. Am nächsten Tag bei der Pressekonferenz war er nicht mehr zu sehen. Wie gibt es das?"

Er starrt mich an. Damit hat er nicht gerechnet. War auch nicht geplant, ist mir nur so eingefallen. Wegen des blutigen Knies wahrscheinlich. Dann lächelt er. Mich kriegst du so nicht. „Wegretuschiert. Er war nicht tief. Sie wollte nicht, dass ich wie ein angeschlagener Preisboxer aussehe. – Stopp!", ruft er sich selbst zur Ordnung. „Ich wollte nicht!"

„Farah Seifried scheint Ihnen ziemlich genau zu sagen, was Sie tun sollen und was nicht. Wie weit reicht das?"

Er sieht mich wütend an. Aber davonrennen geht wohl auch nicht. „Das können Sie schreiben: Ich habe großes Glück, eine derart kompetente und engagierte Verlegerin gefunden zu haben. Sie interessiert sich nicht bloß für die Verkaufszahlen meiner Bücher, die gut genug wären, sondern auch für den Menschen Thomas Pauer."

„Und wie weit geht das?"

„Werden Sie nicht unverschämt!"

„Nur eine Frage."

„Wir schätzen einander. Das ist in Zeiten wie diesen sehr viel. Deutlich mehr, als es in vielen Beziehungen gibt. Und falls Sie weiterfragen wollen: Ich bin sehr glücklich verheiratet."

„Warum geben Sie sich eigentlich als Deutscher aus, wo Sie doch Österreicher sind?"

Er holt tief Luft und seufzt dann. „Hab ich nie getan. War einfach ein Missverständnis. Ich habe so lange in Berlin gelebt, und dann noch mein Job als Moderator: Ich habe keine einschlägige Sprachfärbung mehr, also dachte jeder, ich bin Deutscher. Und dabei haben wir es dann belassen."

„Wir?"

„Das ist eine Spitzfindigkeit. Ich."

„Sie leben die meiste Zeit mit Ihrer Frau und den Kindern bei Korneuburg."

„Ist das ein Verbrechen? Korneuburg ist ein nettes Städtchen, außerdem bin ich ohnehin sehr viel unterwegs. Meine Schwiegermutter vergöttert die Kinder."

„Sie lassen ihre Villa renovieren."

„Wäre es besser, ich ließe sie verfallen? – Warum fragen Sie mich nichts über diesen … Abend?"

„Wollen Sie wirklich darüber reden? Geben Sie zu, dass Sie versucht haben, Nicole Moser …"

Er starrt mich wütend an. „Natürlich nicht, weil ich ihr nichts getan habe. Sie hat versucht, sich an mich ranzumachen. Haben Sie eine Ahnung, was ich seither auszuhalten habe? Alle sehen mich an wie ein Monster. Ich werde laufend einvernommen. Man lädt mich von vereinbarten Terminen aus. Ich musste unserem US-Verlagspartner eidesstattlich versichern, dass es keinerlei Übergriff gegeben hat. Falls ich doch verurteilt werde, muss ich eine Pönale in Millionenhöhe zahlen." Er starrt Richtung See. Zwei Frösche springen unbeeindruckt ins Wasser.

„Aber dem Buchverkauf scheint es gutzutun. Die Amerikaner lassen jetzt fünfhunderttausend Stück drucken. – Könnte es nicht auch mit Ihrem Buch und den Interviews zu tun haben, dass man Ihnen nicht glaubt? Von wegen ‚Saftstau ist Kraftstau' oder ‚Emanzen gehörten durchgefickt'. Oder, dass Männer endlich wieder in die Offensive gehen müssen, wenn es um Sex geht, weil die Frauen bloß darauf warten."

Er starrt mich an. War das jetzt zu viel? Ich sehe mich vorsichtig nach einer Fluchtmöglichkeit um. Am ehesten in den See. Ich bin eine gute Schwimmerin.

„Ich habe so etwas nie gesagt."

Ich sehe ihn verblüfft über so viel Dreistigkeit an. „Haben Sie Ihr Buch nicht gelesen?"

„So etwas hab ich nie gesagt und würde es auch nie sagen! Und dazu, dass wir Männer uns nicht länger genieren sollen, Männer zu sein, stehe ich!"

„Und Feministinnen sehen Sie als Feindinnen dieser neuen Männerfreiheit."

„Na so was", höhnt er. „Da habe ich bloß geschrieben, was sich neunzig Prozent der Menschen denken, Frauen und Männer."

„Weil das ja richtig sein muss. – Und der Journalist von ‚Mega' hat das Interview mit Ihnen frei erfunden?"

„Von ‚Mega'?"

„Die haben das mit Saft und Sex und so geschrieben."

„Ach ja. Die haben ... überinterpretiert. Ich hab das nie so gesagt. – Wissen Sie, wie ich es satthabe, als Sexmonster dazustehen? Wer hält so etwas aus? Daran sieht man ja gerade, wie mit uns Männern umgegangen wird. Wir stehen ununterbrochen unter Generalverdacht, etwas verbrochen zu haben."

„Bei Ihnen ist der Verdacht wohl ziemlich konkret. Und der Ermittlungsleiter ist übrigens ein Mann."

„Ich bin reingelegt worden." Er sieht mich an. „Vielleicht habe ich bald mehr für Sie."

„Was heißt: reingelegt worden? Von wem?"

„Ich kann darüber noch nicht reden. Nur so viel: Die ganze Sex-Geschichte ... ich werde da einiges klarlegen."

„Jetzt haben Sie die beste Gelegenheit dazu."

Er schüttelt wild den Kopf. „So einfach ist das nicht, wie Sie denken!" Er schlägt die Augen nieder, räuspert sich. „Ich ... ich habe sicher auch manches falsch gemacht. Ich werde ... – Es war übrigens sehr nett von Ihnen, dass Sie das mit meiner Exfrau gebracht haben. Die Einzige, die wenigstens gesagt hat, dass ich nicht so ein Klischee-Rammler bin."

„Wissen Sie, was passiert ist? Die Boulevardpresse hat sich über Ihre Ex lustig gemacht und geschrieben, dass Sie bei der nicht besonders scharf auf Sex waren, sei kein Wunder. Und sie muss die Kundinnen aushalten, die ihr in der Apotheke neugierige und mitleidige Blicke zuwerfen."

„Das ...", er wird richtig leise. „Das ist eine Sauerei, das können Sie gerne schreiben. Meine Frau war sehr attraktiv, sie ist es noch. Wir haben eben ... viel zu tun gehabt und hatten ein ganz durchschnittliches glückliches Sexleben."

„Aber Sie haben sie für eine um zwanzig Jahre jüngere Frau verlassen."

„Das hatte damit überhaupt nichts zu tun, wir haben so früh geheiratet, wir haben irgendwann nur mehr nebeneinanderher gelebt."

„Und dann kam diese junge Frau, die Sie angehimmelt hat."

Er lächelt. „Sie hat mich gar nicht angehimmelt am Anfang. Ich wollte eine Reise bei ihr buchen und sie hat gesagt, ich soll als Sportmoderator nicht so abscheuliche Hosen tragen. Außerdem erinnere sie meine Stimme an einen Frosch. Deswegen sei ich in der Wochenendwettershow viel authentischer."

Ob ich will oder nicht, ich muss auch lachen. Jeder Mensch hat eben verschiedene Seiten. – Neuigkeit, Mira. Hitler hat seinen Schäferhund geliebt. Vielleicht sogar Eva Braun.

„Kann es sein, dass Farah Seifried mit der Sex-Masche zu tun hat? Was für eine Rolle hat sie an diesem Abend wirklich gespielt? Mir wollte sie in Wien einreden, dass Sie der supertolle Hecht schlechthin sind und dass Sie sich vor Frauen nicht retten können – oder wollen."

„Lassen Sie Frau Seifried aus dem Spiel", sagt er plötzlich wenig freundlich. „Ich müsste längst unter der Dusche sein. Und ich muss das Interview vor der Veröffentlichung sehen und autorisieren."

„Sie oder Frau Seifried?"

Er stutzt. „Ich", sagt er dann. „Schicken Sie es mir an die private E-Mail-Adresse, die Sie schon haben."

Damit lässt er mich stehen und joggt davon.

„Wann haben Sie mehr für mich?", schreie ich ihm nach.

Aber nur mehr ich und der stille See, der Weg und der Wald. Eine morgendliche Halluzination? Ich halte mein Telefon noch in der Hand. Und mein Knie schmerzt höllisch.

Nachdem ich geduscht, zum Desinfizieren eine halbe Flasche Teebaumöl über mein Knie geleert habe und rieche wie eine ausgefallene Sumpfpflanze, gehe ich langsam in Richtung Haupthaus. Auf der Terrasse haben sich drei Kamerateams postiert. Der hagere Italiener, er steht heute wieder hinter der Rezeption, zuckt bloß mit den Schultern. „Que sera, sera", sagt er dann, grinst und beginnt, den alten Schlager zu singen: Was kommt, das kommt. Ein Orakel. Fragt sich nur, wofür. Jedenfalls scheint er den Trubel nicht so ernst zu nehmen.

Ich schaue, ob Pauer schon Interviews gibt, sehe aber nur eine der Frauen aus der Öffentlichkeitsabteilung hektisch telefonieren. Offenbar hat der Stopp bei mir seinen Zeitplan durcheinandergebracht. Ich jedenfalls habe mein Interview. Oder vielleicht auch bloß den ersten Teil davon. Falls da wirklich noch was von ihm zu erwarten ist. – Was könnte das sein? Jedenfalls dürfte er mit seinem Sex-Image nicht sehr glücklich sein. Kein Wunder, nach der versuchten Vergewaltigung. Entlastet ihn nicht gerade.

Eigentlich habe ich vorgehabt, nach dem Interview gleich wieder heimzufliegen. Aber jetzt … Ich werde mir seinen heutigen Auftritt ansehen. Den kann ich jedenfalls für meine Reportage brauchen. Ist doch interessant, wie er hier wahrgenommen wird. – Oder gebe ich ihm damit schon wieder zu viel Bühne? Reicht dafür nicht das Interview? Das Interessanteste an unserem Gespräch war wohl, dass er sich offenbar tatsächlich verfolgt und missverstanden fühlt. Oder er ist ein ausgezeichneter Schauspieler. Und dass er nicht immer froh darüber sein dürfte, wie Farah Seifried ihn verkauft. Gewehrt hat er sich freilich auch nie dagegen. Was heißt, er werde bei der Sex-Sache einiges klarlegen? Geht es dabei um die versuchte Vergewaltigung? Oder auch ums Buch und die Interviews? Fast hat es so gewirkt, als hätte er von dem im „Mega“ gar nichts gewusst.

Ich nehme ein Brioche, setze mich in eine Ecke der Terrasse, weit entfernt vom Trubel, aber so, dass ich doch alles sehen kann, und lasse mir einen Cappuccino bringen.

Ich hole meinen Laptop aus der Tasche und übertrage, was mir Thomas Pauer erzählt hat. – Welchen Passagen wird er seine Zustimmung geben? Welchen nicht? Ich sollte jedenfalls keine Schere im Kopf haben, ich schreibe alles so, wie ich es gefragt habe. Und wie er es gesagt hat, das natürlich auch.

Gegen vier bin ich fertig. Ich habe den Text auf drei USB-Sticks gespeichert und einen in meine Handtasche und den anderen in meinen Koffer gegeben. Auf der Terrasse gibt es eine drahtlose Netzwerkverbindung, man ist auch im sardischen Hochland nicht stehen geblieben. Aber ich schicke das Interview noch nicht ab. Warum, weiß ich selbst nicht. Interviews mit Pauer gibt es viele, nach dem heutigen und dem morgigen Tag wohl noch um einige mehr. So sensationell war unser Gespräch auch nicht, dass es jemand stehlen würde. Aber doch ganz interessant. Wahrscheinlich will ich nicht, dass man mich heim beordert. Ich warte. Ohne zu wissen, worauf.

Ich stecke den dritten USB-Stick in ein Kuvert mit meiner E-Mail-Adresse und bitte den freundlichen Italiener, ihn Pauer aufs Zimmer zu legen. Er hebt interessiert eine Braue und nickt dann. Ich bin gespannt, ob Pauer mit allem einverstanden ist. Bis zur Veranstaltung sind es noch vier Stunden. Es soll einen großen Hotelpool geben … Ich streife durch den verwilderten Garten. Hohe Bäume, dürres Laub auf dem Boden. Dahinter ein niedriges Gebäude. Und der Pool. Wunderbar, er ist wirklich groß, fünfundzwanzig Meter lang, nehme ich an. Rundherum eher skurriler Kunstrasen. Und einige Liegen. Außer einer italienischen Familie mit drei Kindern, einer schlanken Frau mit großem Hut, wallendem Kaftan und Sonnenbrille unter einem Sonnenschirm, die will wohl um alles in der Welt vermeiden, dass sie braun wird, sowie zwei Männern, die in einer schattigen Ecke leise und ununterbrochen aufeinander einreden, ist niemand da. Ich will gar nicht wissen, wer sie sind und was sie sich zu sagen haben. Klingt, als redeten sie Deutsch. Ich schnappe mir eine Liege und lasse mich kurz in der Sonne braten. Dann hole ich mir doch auch einen Sonnenschirm. Ich schätze die Temperatur auf deutlich über dreißig Grad. Soll ich mit meinem aufgeschlagenen Knie ins Wasser gehen? Ich tapse langsam zur Leiter, setze vorsichtig einen Fuß drauf, dann den anderen, klettere eine Stufe nach unten. Au, das zieht ganz schön. Aber es schmerzt eigentlich nicht. Wenn ich so viel schönes Wasser sehe, will ich rein. Ich tauche das Knie unter. Okay, brennt ein wenig, aber das ist alles. Ich mache einige vorsichtige Schwimmzüge. Herrlich! Nur das dumme Bein fühlt sich immer mehr an, als würde es durch Salzsäure gezogen. Nach zwei Runden klettere ich heraus und strecke mich wieder faul und ohne schlechtes Gewissen unter dem Schirm aus.

„Sicher nicht“, schreit die sonnenfest Verpackte in ihr Telefon. Ich sehe interessiert hin. Wenn mich nicht alles täuscht, dann ist das Pauers Frau. Und sie scheint alles andere als glücklich zu sein. Leider hat sie ihre Stimme wieder gedämpft, ich verstehe nicht, was sie sagt. Klar ist: Es handelt sich nicht eben um ein freundliches Gespräch. Sie faucht, dann schleudert sie das Telefon in die große Tasche neben ihrer Liege. Sie kramt wieder danach. Sieht sich um. Ich tue, als würde ich schlafen. Wird sie noch einmal telefonieren? Wie komme ich näher an sie heran? Jetzt hat sie ein Taschentuch in der Hand, schnäuzt sich, fummelt damit unter der großen Sonnenbrille herum, ohne sie abzunehmen. Mit wem hat sie gesprochen? Klar, es muss nicht Pauer gewesen sein. Sie steht auf, sieht sich noch einmal um und rauscht ab.

Als ich dann doch relativ spät zum Shuttlebus renne, sehe ich, dass er ziemlich umlagert ist. Auch die beiden Männer vom Pool wollen mit. Ich bekomme gerade noch einen Platz. Der Typ, der neben mir sitzt, hat ein Kärtchen umgehängt, das ihn als „Autore“ ausweist. Er nickt mir zu. „Frank Grohem. Mal schauen, was dieser Pauer sagt, damit man sich selbst ein Bild machen kann. Meine Weltsicht ist das nicht, nur damit das klar ist.“ Ich lächle und stelle mich auch vor.

„Eine der Jägerinnen des großen Stars?“ Das kommt einigermaßen spöttisch. „Ich hab schon Bestseller geschrieben, da hat der noch in die Windeln geschissen, mit Verlaub gesagt.“

Frank Grohem ... noch nie von ihm gehört.

Ich schlendere Richtung Piazza. Nicht mehr und nicht weniger Rummel als gestern. Knapp vor dem Eingang ein kleiner Vorplatz. Und dann schnappe ich nach Luft. Da ist Maggy Körmer. Ich täusche mich nicht. Feuerrote Haare, massive Gestalt mit funkelnder Hornbrille. Sie hält gemeinsam mit zirka zwanzig Frauen Transparente in die Höhe. Teils in Deutsch, teils in Italienisch. Teils in Englisch.

„Keine Bühne für Vergewaltiger!“ und: „Stoppt Gewalt gegen Frauen!“ Ich gehe rüber, sie winkt mir.

„Sie sind auch überall“, sage ich einigermaßen wertfrei.

„Ich muss überall sein“, antwortet sie. „Ist das nicht eine bodenlose Sauerei, dass der Typ da auftreten kann? Haben Sie keine Fotografin mit? Wenn es wahr ist, dann hält sein Auto hier. Er wird natürlich vorgefahren, der Star. Das werden gute Bilder, wenn wir zwei aufeinandertreffen!“

„Ich hab keine Fotografin mit.“

„Einen Fotoapparat aber.“

Ich ziehe meinen Fotoapparat heraus und schieße einige Bilder, gehe in die Hocke. Mist. Ich habe ganz auf mein zerschrammtes Knie vergessen. Ich stehe vorsichtig wieder auf.

„Ist Ihnen schlecht?“ Das kommt jetzt richtig besorgt.

„Nein, nur mein Knie. Ich hab es mir heute in der Früh in der Nähe des Hotels aufgeschlagen. Auf seinem Joggingpfad übrigens. Weil ich so dumm war, über einen Wasserlauf springen zu wollen. Ich hab Glück gehabt. Mir ist so gut wie nichts passiert. Dort könnte es Stunden dauern, bis einen jemand findet.“

Sie sieht mich spöttisch an: „Und er hat Sie dann gerettet?“

Was bin ich auch so idiotisch, davon zu erzählen. „Ich kann mich selbst retten.“

Zum Glück wechselt sie das Thema. „Sie sollten Fotos machen, wenn er ankommt. Das gibt mehr her.“

„Was bezwecken Sie mit dieser Aktion eigentlich?“, frage ich und deute auf die Transparente.

Maggy Körmer sieht mich fassungslos an. „Na was wohl? Ich will darauf aufmerksam machen, was das für ein Schwein ist. Ich will nicht mit schuld sein am endgültigen Sieg der Maskulisten. Das haben sich die Frauen nicht verdient."

„Auch seine Fans nicht?"

„Selbst die nicht. Sie wissen ja nicht, wie sie instrumentalisiert werden."

„Sie werden sie befreien", rutscht es mir heraus.

„Sagen Sie das nicht so zynisch. – Oder hat er Sie auch schon eingekauft? Hat Ihnen Alpha Books die Reise gezahlt?"

Ich funkle sie an. „Selbstverständlich, was glauben Sie?"

„Tut mir leid. Man weiß heutzutage gar nicht mehr …"

„Wer sind die Frauen, die hier mit Ihnen protestieren? Alle gemeinsam angereist?"

„Wir haben auch international Freundinnen und Netzwerke."

Die meisten sehen tatsächlich wie Italienerinnen aus. Einige in weiten T-Shirts mit schlabbrigen Jeans, andere nach der neuesten Mode gekleidet. Bunte Mischung. Es gibt eben viele Gründe und Lebensgeschichten, die zum Protest führen. Besonders jung ist keine mehr von ihnen.

Ich höre, wie sich jemand auf der Bühne räuspert. Dann wird etwas deklamiert. Ich habe inzwischen gelernt, dass es als Vorprogramm immer ein Gedicht gibt. Ich hätte es lieber in Ruhe gehört, als hier mit Maggy Körmer herumzustehen. Ich verstehe zwar nur einzelne Wörter, aber allein der Klang ist betörend. Und irgendwie ist das Pathos, mit dem es deklamiert wird, hier überhaupt nicht peinlich.

„Ich muss rein", sage ich.

„Sie hören sich das wirklich an?", antwortet Maggy Körmer.

„Ich höre mir das wirklich an. Und ich werde berichten. Und zwar, was ich möchte. Ganz selbstbestimmt." Ich lasse sie stehen. Sie hat mit so vielem recht. Und trotzdem …

Inzwischen ist der Platz gedrängt voll. Auf den Seiten stehen die Leute, fünfhundert werden schon gekommen sein. Heute Abend ist es drückend heiß. Viele haben Fächer mit und versuchen so, zu etwas kühlerer oder zumindest bewegter Luft zu kommen. Es scheint sich weniger um Fans von Thomas Pauer als um typisches Festivalpublikum zu handeln. Allerdings: An der Nasenspitze kann man auch niemandem ansehen, was er für eine Meinung zu „Sei ein MANN!" und seinem Autor hat. Ich arbeite mich nach vorne durch. Den akkreditierten Medienleuten hat man in den ersten Reihen Plätze reserviert. Nicht alle sind besetzt. Auf beiden Seiten der Bühne stehen Plattformen für die zahlreichen Kameras. Der Schauspieler hat die Bühne unter tosendem Applaus verlassen. Jetzt ist sie leer. Ich halte einer der Ordnungsleute des Festivals meinen Presseausweis unter die Nase, sie deutet auf einen leeren Stuhl, ich setze mich. Eine üppige Sechzigjährige auf der einen Seite, auch sie wedelt sich mit einem Fächer Luft zu. Sie trägt ein rosa Leinenkleid, das ein wenig zu eng ist. Auf der anderen Seite ein Mann Mitte vierzig mit einem Block auf den Knien. Seine Nationalität kann ich schwer erraten. Bei der Rosaroten bin ich mir hingegen fast sicher, dass es sich um eine Italienerin handelt. Plötzlich ein Zischen und ein seltsamer Sprühnebel. Glückliches Ächzen neben mir. Ich sehe irritiert nach oben. Nächste Portion. Kühles Wasser in fein zerstäubter Form. Was es nicht alles gibt.

Ein Mann betritt die Bühne. Gleichzeitig sehe ich, wie Farah Seifried aus dem Seiteneingang kommt und von einer der Organisatorinnen zu einem Randplatz in der ersten Reihe geführt wird. Neben ihr Pauers junge Frau. Der Mann teilt uns auf Italienisch mit, dass Pauer gleich kommen werde. Den Rest verstehe ich leider wieder einmal nicht. Dann Auftritt des Bestsellerautors, begleitet von der Übersetzerin Angelina. Die Arme. Das macht sie nicht mit großer Begeisterung, da bin ich mir sicher. Der Applaus ist nicht eben üppig, es gibt welche, die demonstrativ die Hände verschränken. Und von hinten höre ich auch Buh-Rufe.

Leider werden die Fragen von Pauers Gesprächspartner nicht laut auf Deutsch übersetzt. Im Programm habe ich nachgesehen, dass er Universitätsprofessor, Autor und Psychoanalytiker ist. Und dass er als eines der Aushängeschilder der kritischen italienischen Linken gilt. Er liest einen Absatz aus der italienischen Ausgabe von „Sei ein MANN!". Ein Raunen geht durchs Publikum. Es war irgendwas mit Sex, da bin ich mir fast sicher. Wobei: „Sesso" und „sessanta" und noch viele italienische Wörter klingen für mich ziemlich ähnlich.

Pauer holt Luft und beginnt. Was folgt, ist das Übliche. Ich habe es in den letzten Wochen gelesen und gehört und ich habe es seit heute teilweise auch auf Band: dass er ganz sicher nichts gegen den „Aufholprozess" der Frauen habe, aber inzwischen seien Männer benachteiligt. Und es sei nur gerecht, dass Männer endlich wieder sie selbst sein dürfen.

„Wir werden behandelt, als wenn wir behinderte Unholde wären!" Angelina stockt kurz und übersetzt weiter.

Das Publikum reagiert gelassen. Der Uniprofessor und Therapeut fragt ihn ganz ruhig etwas, das mit dem Abend im Hotel zu tun haben dürfte. Ich verstehe „Nouvel Grand". Pauer springt auf. „Es war ausgemacht, dass das Thema nicht zur Sprache kommt! Es geht ausschließlich um mein Buch!", ruft er. Geraune im Publikum, als Angelina übersetzt.

„Ich will mich nicht mehr länger rechtfertigen müssen! Ich habe es satt! Sie alle werden sich bald schon wundern! Vieles ist anders, als es aussieht!" Angelina übersetzt wieder, flüstert dann auf ihn ein. Er nickt und setzt sich wieder. „Scusi", sagt er dann, „aber Sie haben keine Vorstellung, welchem Druck ich ausgesetzt bin." Er versucht ein kleines Lächeln. „Und jetzt reden wir wieder über mein Buch." Und Angelina übersetzt und auch Farah Seifried lässt sich wieder auf ihren Platz nieder.

Als ich gegen Mitternacht beim Hotel ankomme, ist die Terrasse noch gut besetzt. Gruppen von Menschen, die trinken und lachen. Es hat sicher über zwanzig Grad. – Ob ich auch etwas wolle, fragt mich der Hagere, der hier alles zu machen scheint. Ich überlege.

„He, Frau Valensky, kommen Sie doch zu uns", ruft einer herüber. Der deutsche Autor, mit dem ich im Bus nach Gavoi gefahren bin. Der angeblich schon Bestseller geschrieben hat, als Pauer noch in die Windeln schiss. Ich bestelle ein Glas Vermentino und gehe zu seinem Tisch. Drei weitere Personen, die mir vorgestellt werden: die Leiterin des Goethe-Instituts in Rom, eine Journalistin aus Hamburg, ein Krimiautor, von dem ich erst vor kurzem ein Buch gelesen habe, das mir sehr gut gefallen hat. Sie schwätzen über den Abend und meinen, eigentlich sei dieser Pauer ziemlich langweilig gewesen.

„Er passt sich an", erkläre ich.

„Was, und die Leute hier sind langweilig?", dröhnt Frank Grohem.

„Nein, aber ihm ist klar, dass er bei diesem Festivalpublikum nicht mit sexistischen Sprüchen punkten kann. Und mit seinem Echte-Männer-Getue auch nicht."

„Zumindest werden die wenigsten zugeben, dass ihnen so etwas gefällt", grinst der Krimiautor.

„Sie sind wirklich wegen diesem Pauer hier?“, fragt mich die Journalistin aus Hamburg mit spürbarer Ablehnung.

Tja, sorry, es gibt eben nicht nur Journalistinnen, die sich mit der schönen Literatur beschäftigen. Aber das sage ich natürlich nicht. „Ich hatte ein großes Interview mit der Frau, die er versucht hat zu vergewaltigen.“ Wie gespreizt das klingt.

„Ja. Natürlich. Mit so etwas sind unsere Zeitungen voll.“

Ich habe keine Lust, mich zu rechtfertigen. Ich will ihr auch keinen Vortrag darüber halten, dass es wichtig ist, über so etwas zu berichten. Ich werde ihr auch nicht erzählen, dass ich mit viel mehr Freude eine Reportage über das Festival schreiben werde. Auf dem Tisch steht eine schlanke Flasche, vor allen sind kleine Gläser. Ob ich auch einen Mirto möchte, fragt mich die Chefin des Goethe-Instituts freundlich.

Ich nicke und erfahre, dass es sich dabei um den berühmtesten Likör der Gegend handelt, gewonnen aus den Beeren der Myrte. Ich habe es nicht so mit Likör. Ich koste vorsichtig. Süß, aber auch aromatisch: irgendwo zwischen Wacholder und Heidelbeere.

„Der große Mirto-Abend ist morgen“, erklärt sie. „Da holt der Festivalpräsident Gäste auf die Bühne, die müssen irgendeine Schande oder eine Perversion gestehen, und dann kriegen sie ein Glas Mirto. Und zum Schluss trinken alle und es ist ein Riesenspaß.“

Ich lache. Ich habe nach Wien gemailt, dass das mit dem Interview klappt. Nicht, dass ich es schon habe. Ist ja nicht ganz gelogen. Vielleicht. Ich werde übermorgen fliegen, frühestens.

Die Leiterin des Goethe-Instituts gähnt und entschuldigt sich, es sei ein langer Tag gewesen. Der Krimiautor und die Journalistin stehen mit ihr auf. Eine pummelige Kellnerin kommt und bringt einen Halbliterkrug Weißwein und einige Gläser.

„Vermentino“, sagt sie und stellt ihn vor mich hin.

„Eigentlich hab ich nur ein Glas bestellt“, murmle ich.

Frank Grohem lacht. „Die bringen da immer zumindest einen halben Liter. Ich glaube, weniger gibt es nicht, der Wein ist extrem billig, irgendwelche vier, fünf Euro.“

„Will noch jemand mittrinken?“, frage ich. Aber die drei verabschieden sich endgültig.

Grohem erzählt von seiner letzten Lesereise durch Korea und den Süden Chinas. Bücher sollte man schreiben, dann kommt man herum.

„Wie haben Sie Pauer heute empfunden?“, fragt er dann.

„Ich kenne seine Sprüche. Und, wie die anderen schon festgestellt haben: Er hat sich ziemlich zurückgehalten.“

„Außer, als ihn sein Gesprächspartner nach dem Abend im Hotel gefragt hat. Da ist er ausgerastet. Scheint etwas labil zu sein, der Gute“, meint Grohem und nimmt noch einen Schluck Vermentino. „Ist mir deutlich lieber als das Likörzeug.“

„Er fühlt sich absurderweise fast als Opfer“, ergänze ich. „Wobei … ich weiß nicht, ob Sie die Verlagschefin von ‚Alpha‘ kennen: Sie dürfte ziemlich an seinem Image beteiligt sein.“

„Farah Seifried? Die kennt bei uns jeder“, antwortet der Autor. „Das ist eine der wirklich Harten. Die könnte Männer schon auf die Idee bringen, dass es höchste Zeit ist, sich auf die Beine zu stellen.“

„Dabei war sie es, die den Bestseller herausgebracht hat.“

„Ja, die fürchtet sich auch vor nichts. – Außer vor dem Misserfolg. Und was ein Autor denkt oder fühlt, das ist ihr übrigens restlos egal.“

„Um Pauer scheint sie sich sehr zu kümmern“, werfe ich ein.

„Weil sie ihn unter Kontrolle haben möchte. Ich hatte mit der Dame ein paarmal zu tun. Alpha Books wollte einen meiner Romane über die Zwischenkriegszeit veröffentlichen. Er war ihr dann doch zu intellektuell. Die offizielle Version war natürlich, er passe nicht genau genug ins Verlagsprogramm. Und als ich ihr auf den Kopf zugesagt habe, sich nur um reißerische Bestseller zu kümmern, hat sie bloß gelacht.“

„Sie schreiben sehr erfolgreiche Bücher.“ Hat er ja selbst erzählt. Ich möchte, dass er weiterspricht.

„Natürlich, meinen ersten Bestseller habe ich bereits knapp nach Beendigung meines Studiums in den Siebzigerjahren geschafft. Es ging damals um die Wirtschaftswundergeneration und …“

„Und trotzdem hat Seifried Ihr Buch nicht genommen“, führe ich ihn wieder zurück.

„Seifried: Man nennt sie in der Branche die ‚kalte Königin‘. Sie stammt aus einer gutbürgerlichen Bonner Familie, die haben den Schah und seine junge Frau sehr verehrt und daher ihr Kind Farah getauft. Dabei war damals schon klar, was der Schah in Persien alles angestellt hat. Nicht so viel wie die Mullahs nachher, aber immerhin. Das politische Bewusstsein in Deutschland …“

„Farah passt also zu ihr“, werfe ich ein, bevor er allzu weit abschweifen kann.

„Und ob! Wissen Sie, was sie mir gesagt hat? Sie könne nicht nur internationale Bestseller, sondern auch Bestsellerautoren machen. Wenn Sie es wolle. – Und wenn der Autor wolle, habe ich hinzugefügt, das weiß ich noch. Sie hat richtiggehend geprahlt: Man brauche bloß eine Figur, die ins Bild passe, dann könne man sie verkaufen. Und dann brauche man ein Thema, auf das alle heiß seien. Wer es schreibe, sei zweitrangig. Und dann brauche man drei, vier wichtige Journalisten, die kooperieren. Die anderen sprängen dann schon auf. Klar, dass ich mit ihr nichts mehr zu tun haben wollte."

„Auf Pauer trifft das alles ganz gut zu."

„Natürlich", sagt Frank Grohem richtig zufrieden. „Unsere Branche ist leider lange nicht mehr das, was sie einmal war, seit die Konzerne ins Verlagsgeschäft eingedrungen sind. Und Macher wie diese Seifried."

„Macherin."

„Tja. Eine Frau ist sie, das lässt sich nicht verleugnen."

Der köstliche Vermentino ist ausgetrunken, Grohem bestellt Kaffee, will, dass ich bleibe, die Nacht sei noch jung und die Literatur ein unerschöpfliches Thema, aber ich verabschiede mich und nehme den gepflasterten Weg zum anderen Ende der Anlage. Warum er mir das über Farah Seifried erzählt hat? Kann sein, dass gekränkte Eitelkeit dabei ist. Alpha Books hat ihn abblitzen lassen. Und Gerüchte und böse Geschichten gibt es in der Buchbranche mehr als genug, das hab ich in den letzten Tagen mitbekommen.

Wunderbar laue Nacht. Ich nehme einen Seitenweg. Ich glaube, dass man von seinem Ende aus über den See sehen kann. Sardischer Bergsee im Mondlicht. – Klingt fast wie die erste Zeile eines der Gedichte, die auf den Plätzen Gavois deklamiert werden. Obwohl die vermutlich weniger romantisch sind und mehr von der Realität und von der Unzulänglichkeit der menschlicher Existenz handeln. Inadeguatezza. Ein Wort, das ich mir eigenartigerweise gemerkt habe.

Nur in wenigen Fenstern ist noch Licht. Ich gehe so lautlos wie möglich ums letzte Haus herum. Eine Tür fällt ins Schloss. Ich zucke zusammen. Stimmen. Sie kommen von oben, wahrscheinlich vom ersten Stock.

„Das kannst du dir abschminken! Es ist keine Zeit für Wehleidigkeiten!"

„Ich lasse mich nicht mehr länger als Monster behandeln! Ich habe ein wichtiges Buch geschrieben, ich will Respekt und …"

„Du? Du hast das Buch geschrieben? Alle wichtigen Passagen habe ich eingefügt! Glaubst du, dass sonst auch nur ein paar Menschen das Buch gelesen hätten?"

Seifried. Und Pauer. Klingt nicht gerade nach einer Liebesnacht. Klingt viel interessanter.

„Und so was will ein Mann sein! Wehe, wenn du irgendwas abschwächst! Du nimmst nichts von dem, was du gesagt hast, zurück!"

„Dinge, die gar nicht ich gesagt habe, sondern du! Wie ich das heute gehört habe: Saftstau ist Kraftstau! Ist doch unfassbar peinlich! Und natürlich hast du mir den Scheißdreck gar nicht zu lesen gegeben! Du gibst ohne meine Zustimmung keinen einzigen Interviewtext mehr raus! Nur damit das klar ist!"

Sieh an, da bin ich mit meiner Vermutung goldrichtig gelegen.

„Du bist es sicher nicht, der da anschafft! Wer hat dich gemacht? Und denk an unseren Vertrag!"

„Meinst du, ich will wegen dir ins Gefängnis gehen?"

Ein Krach und jetzt ist auch das Fenster zu. Ich schleiche näher. Nichts mehr zu verstehen. Wo ist Pauers Frau? Mein Herz klopft. Ich muss sofort aufschreiben, was ich gehört habe. Seifried hat also die provokanten Teile des Buchs selbst geschrieben oder schreiben lassen. Pauer will sein Image zurechtrücken, den Eindruck hatte ich schon heute in der Früh. Und auf der Piazza. Wie weit will er dabei gehen? Will er öffentlich machen, dass sie gewisse Passagen eingefügt hat? Hat er deswegen gesagt, dass er vielleicht schon bald mehr für mich hätte? Warum sollte er wegen Seifried hinter Gitter wandern? Bezieht sich das alles auf den Abend im Nouvel Grand Hotel? Was war dort wirklich los? Oder meint er bloß, ihre Sprüche in seinem Namen würden ihn eben auch im Verfahren zusätzlich belasten?

Ich tippe alles möglichst genau in meinen Laptop, und meine Fragen dazu. Danach sitze ich auf dem winzigen Balkon und wünsche, ich hätte noch ein Glas Vermentino. Ganz ruhig ist es jetzt wieder. Wer außer mir konnte den Streit noch hören? Wahrscheinlich niemand. Sieht so aus, als hätte man Alpha Books im letzten Gebäude untergebracht. Es hat wohl fünf, sechs Zimmer, das dürfte sich für die Verlags-Truppe samt Pauers ausgehen. Einer der beiden hat die Balkontür zugeworfen. Aber aufs Fenster haben sie eine Zeit lang vergessen. Die Mauern sind dick. Wenn man nicht unmittelbar hinter dem Haus steht, bekommt man nichts von der Auseinandersetzung mit.

Ich muss versuchen, Pauer morgen früh noch einmal zu treffen. Am besten, bevor er von seiner Joggingrunde zurückkommt. Ich krieche ins Bett, ziehe die Decke über mich und lasse die Tür zum Balkon weit offen. In der Nacht zieht kühle Luft von den Bergen herab.

[13.]

Ich schrecke auf. Mein Wecker. Ich habe viel zu kurz geschlafen und irgendetwas Wirres geträumt, an das ich mich nicht mehr erinnern kann. Ein Streit ... zumindest der zwischen Pauer und Seifried war Realität. Deswegen auch der Wecker. Damit ich noch einmal eine Chance habe, ihn beim Joggen zu erwischen. Oder besser danach. Fünfzehn Kilometer. Du liebe Güte. Ganz schön anstrengend, so ein Vorzeigemann zu sein. Ich dusche. Das Knie brennt immer noch abscheulich, ich muss aufpassen, dass ich mir beim Abtrocknen nicht den Schorf herunterrubble. – Ich sollte vor allem aufpassen, dass ich nicht zu spät zum Weg rund um den See komme. Ich hetze hinunter, dürres Laub überall, kein Wunder, dass es in Sardinien immer wieder Waldbrände gibt. Ich sehe mich um. Nur das ruhige Wasser, ein paar Enten und Frösche. Seltsam schnarrende Vogelgeräusche. So viel Natur ist mir etwas unheimlich. Ich gehe langsam Richtung Wald. Und höre Schritte. Richtig gedacht, Mira, juble ich. Jetzt muss es mir nur gelingen, ihn noch einmal zu stoppen. Wenn er offenbar ein paar Dinge loswerden will: warum nicht im „Magazin"? Warum nicht viel deutlicher als gestern?

Seltsam, heute ist er lauter. Und er spricht. Ich drücke mich an einen Baum. Da sind mehrere Menschen unterwegs. Um genau zu sein: ein Kamerateam, ein Pauer, eine Seifried und eine von den Pressefrauen. Die filmen ihn beim Joggen und seine Verlagschefin passt auf, dass er nicht aus der Rolle fällt. Was beim Joggen nicht so wahrscheinlich ist. Pauer erklärt im lockeren Lauf, wie wichtig ihm Bewegung sei. Wie sehr sie seinen Kopf frei mache. Dass Männer stolz auf ihren Körper sein sollten. „Und: Frauen wollen keine Weicheier", tönt er, ganz ohne zu keuchen. Der Mann ist zurück!

„Was machen Sie hier?", fragt mich Farah Seifried nicht eben freundlich.

„Ich wohne im Hotel. Ich gehe spazieren. Brauche ich dafür eine Erlaubnis?"

Sie versucht ein Lächeln. „Wohl nicht. Aber: Wir drehen hier."

„Habe ich gemerkt. Stört mich nicht weiter."

Die Verlagschefin sieht mich irritiert an. „Sie können jetzt sicher kein Interview kriegen."

Sie scheint nichts davon zu wissen, dass mir ihr Schützling schon eines gegeben hat. Vielleicht muckt er doch schön langsam auf.

Ich rufe in der Redaktion an, berichte dem Chefredakteur, dass ich ein Interview habe und einiges mehr, über das ich jetzt nicht reden könne. Ich würde den Flug morgen am frühen Nachmittag nehmen. Und die Kulturredaktion solle mir bitte auch Platz freihalten.

Oskar erzählt am Telefon, dass Gismo wieder ganz hergestellt sei, sie habe es geschafft, eine von zwei Knackwürsten zu klauen, die er braten wollte.

„Knackwürste? Willst du nichts Ordentliches essen? Du kannst doch kochen. Oder dir irgendwas kommen lassen."

„Ich liebe Knackwürste. Gismo offenbar auch."

So entdeckt man an seinem Mann immer wieder neue Seiten.

Ich nehme den Shuttlebus nach Gavoi, schlendere durch die steilen Steingassen, höre einer meiner Lieblingsautorinnen zu, die gemeinsam mit ihrer Gesprächspartnerin auf einem wundervollen Balkon über einem kleinen Platz sitzt und auf Italienisch über die Verbindungen zwischen Realität und Fiktion diskutiert. Zumindest glaube ich, dass es darum geht. – War Nicole mit dem blauen Kopftuch Realität? Was hat sie da gewollt? – Hier könnte man „Romeo und Julia" drehen. Ich schaue in die schmale Seitengasse und beobachte, wie eine Fotografin versucht, eine ältere Frau mit roten Haaren so auf der verfallenen Treppe zu positionieren, dass das Licht passt. Das könnte diese Daniela sein, überlege ich und habe eine Idee. Mit ihr sollte ich für die Story im Kulturteil reden. Quasi als Verbindungsglied zwischen der Bergstadt und ihren Autoren. Ich warte, bis die beiden fertig sind. Daniela packt einige Kameras auf die Schulter, schnappt sich das Stativ. Ich laufe hinüber. – Ob ich sie kurz interviewen dürfe, frage ich auf Englisch.

„Mich?“, fragt sie überrascht zurück. Und: Eigentlich habe sie gar keine Zeit, weil achtundvierzig Autorinnen und Autoren in drei Tagen so zu fotografieren, dass es zu ihnen und zu Gavoi passe und dass sich daraus auch noch großformatige Bilder machen ließen, das sei schon ein ziemlicher Stress. Sie hat auf Italienisch geantwortet, aber gemeinsam mit ihren lebhaften Gesten war das gut zu verstehen. Ich nehme ihr das Stativ ab und trabe einfach neben ihr her, zum nächsten Termin. Es dürfte sich um ein Haus weit oben am Berghang handeln, ununterbrochen geht es bergauf. Ich halte ihr mein Aufnahmegerät hin, wir reden in einer Mischung aus Englisch und Italienisch über das Festival und Gavoi und die so unterschiedlichen Menschen, die hierherkommen, um zu lesen, über Gott, oder besser über die Gesellschaft, und die Welt zu diskutieren und zuzuhören.

„Manchmal gehe ich nur so durch die Gassen und fotografiere. Einfach, was mir begegnet: Menschen, Hunde, Katzen.“ Sie lacht und deutet nach oben. Ein Turm aus Stein, ein schmales hohes Fenster. Ein Mann winkt.

„Mein nächster Autor“, sagt sie.

Was für ein Ort.

Am Abend sitze ich vor einer kleinen Osteria und bin restlos zufrieden. Alles, was die sardische Küche kann, wird als Vorspeisenvariation auf kleinen Tellerchen serviert, von geschmolzenem Käse über Kutteln, selbst eingelegtem Gemüse, würzigem Ricotta mit Kräutern, einer Art Rindfleischsalat bis hin zu einem wunderbar würzigen Prosciutto. Und dazu, wie immer, Pane Carasau, dieses wunderbare hauchdünne, knusprige sardische Brot. Danach Pasta fresca, hat irgendwie so leicht geklungen, ich bin ohnehin schon ziemlich satt. Die Sauce besteht in erster Linie aus feinem Olivenöl, rohen vollreifen Paradeiserwürfeln, Basilikum und etwas Käse. Einfach und großartig. Überhaupt kein Problem, hier allein zu sitzen. Es gefällt mir in gewisser Weise sogar. Ich beobachte die Menschen an den anderen Tischen und die beiden flinken Kellnerinnen, die zumindest den Eindruck erwecken, als würden sie ihre Arbeit mit großer Freude machen. Auch sie tragen T-Shirts mit dem Festival-Logo: „L'Isola delle Storie“.

Gerade als ich gezahlt habe, schlendert Frank Grohem mit einigen anderen die Straße herunter. Sie gingen jetzt zum Abschlussfest, ob ich nicht mitkommen wolle. Ich weiß nicht, ob ich wirklich dabei sein möchte oder lieber früh schlafen gehen sollte, immerhin muss ich morgen Vormittag Richtung Flughafen. Ewig schade.

„Ach, keine Widerrede, Sie kommen mit“, dröhnt Grohem. Ich lache und lasse mich überreden.

Das Fest im Giardino Comunale, der eigentlich weniger ein Garten als eine große mit Bäumen umstandene Wiese am unteren Ende des Städtchens ist, entpuppt sich als üppig-italienische Angelegenheit. Am Rand werden zehn halbe Ferkel gegrillt. Das Feuer in der Mitte, die Schweinehälften stehend aufgespießt, im offenbar gerade richtigen Abstand. In einem riesigen Topf über einer ebensolchen Gasflamme scheint Lammfleisch zu kochen. Auf der Bühne Musiker, die so etwas wie eine zeitgemäße Form sardischer Musik interpretieren. Irgendwo zwischen Jazz und Minimalistik, ich lausche hingerissen. An einer langen Bar aus Heurigentischen gibt es Rotwein und Wasser und Bier.

Ich hole Rotwein und kann wie alle anderen damit leben, dass der Becher aus Plastik ist. Der Inhalt passt. Die Musiker verabschieden sich. Applaus. Jetzt gibt's alte italienische Schlager aus der Konserve. Ich bin begeistert. Ich fotografiere, rede mit einem Mann, offenbar einer der Stadtpolitiker, so genau verstehe ich das nicht, sein Englisch ist ungefähr so gut wie mein Italienisch, aber wir sind uns einig, dass der Abend wunderbar und das Festival in Gavoi einzigartig ist. Vom Duft, der von den Schweinen ausgeht, gar nicht zu reden.

Helfer stellen eine Sitzgruppe auf die Bühne, bauen Mikrofone auf. Unter tosendem Applaus betritt ein eher kleiner Mann die Bühne. Dürfte sehr beliebt sein. Ein Schauspieler? Könnte auch ein Comedy-Star sein. Er begrüßt alle und dann verliere ich natürlich den Faden, das Wort „Mirto“ kann ich allerdings immer wieder verstehen.

„Unser Festivalpräsident. Selbst ein sehr bekannter Autor“, flüstert mir plötzlich jemand in hervorragendem Deutsch ins Ohr. Ich sehe überrascht zur Seite. Angelina.

„Bis das Essen fertig ist, wird er einige Autoren auf die Bühne bitten, sagt er. Die haben die Chance, köstlichsten Mirto zu bekommen: dann, wenn sie eine Perversion oder die Schande ihres Lebens gestehen. – ‚Vergogna‘, das heißt Schande“, fügt Angelina hinzu, und: „Auf diesen Abend freuen sich alle. Es ist immer total lustig.“

Ein Mann und eine Frau betreten die Bühne, heftiger Applaus auch für sie.

„Die stellen mit ihm die Fragen: zwei Schauspieler. Sie hat jede Menge Witz und ist total schlagfertig. Er ist auch sehr okay."

Unter großem Gejohle wird der erste Autor auf die Bühne geleitet.

„Sie haben das übrigens sehr gut gemacht mit Pauer", lobe ich Angelina.

„Du liebe Güte, ich soll ja bloß übersetzen. Egal, was jemand sagt. Auch wenn mir das nicht immer leichtfällt. Als er nach der Frage, was wirklich im Hotel passiert sei, aufgesprungen ist, habe ich gedacht, jetzt haut er ab, und was mach ich dann? Ich konnte ihn irgendwie zum Niedersetzen bewegen." Sie grinst. „Ich hab ihm zugeflüstert, dass Davonrennen ganz und gar unmännlich ist."

Ich grinse auch.

„Er hat zwar gemeckert, dass ihm das total egal sei und dass er diese dummen Klischees schon nicht mehr hören könne, aber er hat sich trotzdem brav hingesetzt. – Ich meine: Wer verbreitet denn solche Klischees, wenn nicht er?"

Auf der Bühne trinkt der Autor unter großem Applaus ein Glas Mirto leer. Was er gestanden hat, habe ich leider nicht mitbekommen. Wird schon nicht so schlimm gewesen sein. Jedenfalls ist viel gelacht worden.

Ich kneife die Augen zusammen, schaue überrascht zu einigen Stühlen am Rand. „Da vorne ist Pauer übrigens!", flüstere ich Angelina zu.

„Wirklich, und seine Frau ist auch da, ich hab sie vor der Veranstaltung kennengelernt. Dass der da herkommt, hätte ich nie gedacht", staunt sie.

Wenn es sich gestern am Pool um ein Telefonat zwischen Pauer und seiner Frau gehandelt hat, dann ist die Krise offenbar wieder ausgestanden. Oder zumindest will man den Anschein friedlicher Zweisamkeit erwecken. „Irgendwie wirkt er etwas angeschlagen", murmle ich.

„Ich verziehe mich lieber, sonst entdeckt er mich noch und ich muss dolmetschen", meint Angelina und verschwindet in der Menschenmenge.

Die nächste Autorin auf der Bühne ist eine Schweizerin, sie redet abwechselnd italienisch und deutsch und gesteht zum großen Gaudium des Publikums, dass sie ihrem zukünftigen Mann beim ersten Rendezvous in ihrer Wohnung eine abgelaufene Packung Instant-Thai-Reis als hausgemachtes Risotto aufgetischt hat.

„Wer kocht bei euch?“, fragt der Festivalpräsident.

„Er.“ Großes Gelächter. Sie hat sich ihr Glas Mirto verdient.

Ich schaue mich wieder nach Pauer um, aber er scheint seinen Platz verlassen zu haben. Ich habe ohnehin keine Lust, mit ihm zu reden. Der Bestsellerautor, der sich unters Volk mischt. Ich schlendere näher zu den Spanferkeln. Sie duften so, dass mir das Wasser im Mund zusammenläuft. Ein drahtiger Mann in einer langen Fleischhauerschürze prüft die Kruste mit einem Messer, er lächelt mir zu und macht eine begeisterte Geste: Bald gibt es Essen! Nicht dass ich noch hungrig wäre, aber diesem Schwein kann ich nicht widerstehen.

„Thomas Pauer!“, ruft die Schauspielerin. Ich sehe zur Bühne. Der Festivalpräsident sieht gar nicht besonders glücklich aus, aber dann klatscht er und lacht und meint, dass der ja wohl leider nicht da sei. Zumindest hab ich das so verstanden. Die blonde Schauspielerin schüttelt den Kopf, Lachen und Raunen im Publikum und dann Thomas Pauer, der auf die Bühne geht. Knapp gefolgt von Angelina. Die Arme. Unser Star verheddert sich in einem Kabel, fällt nahezu in seinen Sessel. Diesmal übersetzt Angelina laut auf Deutsch, was die Schauspielerin sagt, womöglich auch nur aus Verwirrung. „Ich habe mir dich gewünscht, weil du ein ganz besonders seltenes Exemplar unter unseren Gästen bist“, sagt die blonde Schauspielerin.

„Wieso?“, fragt der Festivalpräsident und starrt ins Publikum. „Sind da nicht jede Menge Männer?“ Das verstehe ich auch auf Italienisch.

Großes Gelächter und übermütige Buh-Rufe. Die haben Pauer heraufgeholt, um sich über ihn lustig zu machen. Nicht fein vielleicht, aber eine nette Rache dafür, dass er ihr Festival gestört hat.

So, und nun sei der Zeitpunkt gekommen, um seine große „Vergogna“ zu gestehen, die Schande seines Lebens.

Pauer lacht, versucht mitzuspielen. „Ich bin ein aufrechter Mann!“

Die blonde Schauspielerin springt auf, klatscht, ruft so etwas wie „nicht Schande genug“ und zieht ihm theatralisch ein Glas mit Mirto weg. Gelächter.

Zu wenig Schande, befindet auch der Festivalpräsident.

Pauer überlegt. „Ich hab heute schon drei Gläser von diesem großartigen Rotwein getrunken. – Oder waren es fünf?“ Wieder Lachen. Er macht das gar nicht so schlecht.

Zu wenig Schande, befindet der Schauspieler auf der anderen Seite, er habe sicher schon acht Gläser getrunken, oder mehr.

„Ver-go-gna! Ver-go-gna! Ver-go-gna!“, skandiert das Publikum und mir läuft es kalt über den Rücken. Klingt wie ein Lynchgericht, auch wenn es zum großen Teil lustig gemeint sein dürfte.

Pauer starrt ins Publikum. „Ich bin nicht, der ich bin!“, ruft er dann.

Angelina übersetzt. Das Publikum schweigt. Die paar, die kichern, verstummen auch.

„Tja, ob das gar so eine Schande ist ...“ Das kommt von der blonden Schauspielerin, Angelina übersetzt es. Wieder Gelächter.

Pauer greift zum Mirto-Glas, der Schauspieler schnappt es ihm weg.

„Ich bin nicht, der ich bin!“, ruft Pauer noch einmal, fast verzweifelt.

„Ein Fall wie Dr. Jekyll und Mr. Hyde?“, antwortet der Festivalpräsident. Aber nur wenige lachen.

„Und sie ist nicht, was ihr glaubt!“, schreit Pauer.

„Oh, bin ich doch“, antwortet die Schauspielerin und jetzt sei es Zeit, ihm endlich seinen Mirto zu geben, insgesamt sei das wohl Schande genug! Klatschen, Lachen, Buh-Rufe. Pauer trinkt und stolpert von der Bühne. Er dürfte wirklich deutlich zu viel vom Rotwein erwischt haben. Er tut mir beinahe leid. – Tickst du noch richtig, Mira? Der tut dir leid? Ist aber so. Ich verliere ihn im Trubel aus den Augen, wahrscheinlich führt ihn seine Frau ab. Der Festivalpräsident verabschiedet sich vom Publikum, viel Applaus. Musiker kommen auf die Bühne und spielen sardische Volksmusik. Stampfender archaischer Rhythmus, Trommel, Schellen, helle Flötentöne.

Bewegung in der Ecke, in der die Schweine brutzeln. Ich sehe, dass die ersten Stücke Spanferkel ausgeteilt werden. Üblicherweise hasse ich es, mich in der Schlange anzustellen. Aber für dieses Tier mache ich es gerne.

„Ich bin nicht, der ich bin!“ „Und sie ist nicht, was ihr glaubt!“ Ich habe die Sätze noch auf dem Fest in mein Mobiltelefon getippt. Eine Art von Geständnis? Farah Seifried scheint es zumindest geschafft zu haben, dass er nicht deutlicher geworden ist. Hat sich der Satz auf sie bezogen? Oder hat er mit seiner jungen Frau zu tun? – Was kann er sonst damit gemeint haben? Oder war er einfach betrunken?

Ich fahre die Küstenautobahn entlang, gleich bin ich in Olbia. Ich habe das Gefühl, zu früh abzureisen. Ich hätte Pauer mit dem Streit vorgestern Nacht konfrontieren sollen. Und wie er mit den kryptischen Sätzen auf dem Mirto-Fest zusammenhängt. Unwahrscheinlich, dass ich noch einmal an ihn herangekommen wäre. Oder doch? Er könnte bald mehr für mich haben, hat er gesagt. Er lebt meistens bei Korneuburg. Wir können ja in Österreich weiterreden.

Es tut mir trotzdem leid, dass ich schon wegmuss von hier. Aber ich komme mit Oskar wieder. Oder mit Vesna. Oder mit beiden. Einfach Urlaub machen.

Außerdem werde ich, sobald ich in Wien bin, Karl Simatschek anrufen. Er soll mir erzählen, wie ihm Sardinien gefallen hat. Vielleicht war er ohnehin schon oft hier. Seine Mutter ist Italienerin, das weiß ich. Schade, wie schnell man auch sehr sympathische Menschen nach großen Reportagen wieder aus den Augen verliert. Nur bei ganz wenigen ist das anders. Karl gehört hoffentlich dazu. Wir werden ein sardisches Abendessen machen. Auch wenn wir leider kein Spanferkel an offenem Feuer braten werden können. Meine Güte, war das Schwein gut. Das beste, das ich je gegessen habe: zarte und trotzdem knusprige Kruste, saftiges Fleisch und dazu dieses Aroma von würzig mit dem genau richtigen Holz Gegrilltem.

[14.]

Im Flugzeug habe ich an meiner Reportage für die Kulturseiten gearbeitet, fertig bin ich nicht geworden. Kein Wunder bei einer Flugzeit von eineinhalb Stunden. Ich bin in die Redaktion, man hat mich gebührend für die Dienstreise beneidet, ich habe mit Droch und dem Chefredakteur beratschlagt, was wir im nächsten Heft bringen. Leider habe ich von Pauer noch kein Okay für das Interview. Ich habe ihm eine E-Mail an seine persönliche Adresse geschickt: Es sei dringend und wenn ich keine Antwort bekäme, dann ginge ich davon aus, dass ich alles schreiben dürfe, was ich auf Band habe. Und wenn es darüber hinaus noch etwas gäbe, das er sagen wolle: Ich würde ihn fair behandeln, nichts kürzen, nichts verfälschen. Wahrscheinlich muss er einfach seinen Rausch von gestern ausschlafen. Oder er ist schon unterwegs zum nächsten Festival, zum nächsten Auftritt, zum nächsten Interview. – „Ich bin nicht, der ich bin!" Hätte er vielleicht gern.

Ob es wirklich Nicole Moser war, die ich in Gavoi gesehen habe? Ich werde es wohl nur erfahren, wenn sie es mir erzählt. Irgendwann nach dem Gerichtsverfahren. Morgen ist jedenfalls Redaktionsschluss. Der Streit zwischen Pauer und seiner Verlegerin … ich werde nicht direkt darüber schreiben. Aber ich werde klarmachen, dass das Verhältnis zwischen den beiden gespannt ist. Und dass es Hinweise darauf gibt, die deftigsten Passagen habe gar nicht er geschrieben. Ich bin gespannt, ob es bei den Ermittlungen über die versuchte Vergewaltigung Neues gibt. Ich treffe mich mit Jana kurz beim Türken ums Eck. Sie hat seit Tagen nichts von Nicole gehört. – Oder sagt sie mir nicht alles?

Ich schreibe die Reportage für die Kulturseiten fertig und habe dafür ein sehr nettes Foto gefunden: die Fotografin Daniela, wie sie den Autor am Turm fotografiert, im Hintergrund an der Hausmauer eines der großen Porträts aus dem Vorjahr. Uli gefällt, was ich gemacht habe. Sie will nächstes Jahr selbst nach Gavoi fahren. Ich scheine die Stimmung gut rübergebracht zu haben. Und: Ich kann nicht glauben, dass ich noch heute früh dort war.

Inzwischen ist es acht am Abend. Ich bin saumüde. Es war schon wieder eine kurze Nacht. Und dann ein intensiver Tag, und dann noch die Fliegerei. Ich klappe den Laptop zu, hoffe, dass sich Pauer meldet, ich trabe durch unser Großraumbüro. Der Chefredakteur kommt mir entgegen.

„Ich wollte gerade zu dir", sagt er.

Ich schüttle den Kopf. „Von mir aus komme ich morgen früher als sonst, aber jetzt will ich nur mehr heim und schlafen."

„Nicht einmal mehr kochen?"

„Nicht einmal meine Tasche auspacken. Das heißt, bis auf den Käse, den ich am Flughafen gekauft habe, den gibt's heute zum Abendessen." Ich freue mich auf Oskar.

„Es gibt da eine eigenartige Nachricht im Netz. Offenbar ein böser Scherz. Auf Facebook geistert das Gerücht, Pauer sei tot."

Ich sehe Klaus an. „Wünschen sich wohl welche. Oder zumindest, dass er den Mund hält. Vielleicht hat es etwas mit gestern Abend zu tun und dem, was er auf dem Abschlussfest gesagt hat: Ich bin nicht, der ich bin."

„Dass sozusagen der alte Pauer tot ist …", überlegt der Chefredakteur. „Glaubst du das?"

„Eigentlich nicht. Er war betrunken."

„Und wenn er einen Unfall gehabt hat?"

„Dann hätte ich das in der Früh im Hotel sicher erfahren." Ich mag heute einfach nicht mehr. „Gibt's irgendetwas von der sardischen Polizei?", frage ich trotzdem.

Klaus schüttet den Kopf. „Haben wir überprüft. Gar nichts."

Karl Simatschek. Er war auf diesem Rechtsmedizinerkongress in Sardinien. Wenn auch in der Hauptstadt Cagliari. Vielleicht hat er Kontakte geknüpft … Ich gähne und gehe zurück in mein Büro, Klaus hinter mir drein.

Der Rechtsmediziner freut sich, von mir zu hören. Ja, Sardinien sei großartig, er sei zuvor bloß einmal als Kind da gewesen, an irgendeinem Strand. Und das Essen …

„Haben sich auf dem Kongress … irgendwelche netten Beziehungen zu sardischen Kollegen ergeben?"

„Was meinst du damit?“, fragt er zurück.

„Na ja, mit deinem Charme …“

„He, nur weil ich schwul bin, heißt das noch längst nicht, dass ich ununterbrochen auf der Suche bin.“

Ich grinse. „Ich hab nicht solche Kontakte gemeint, einfach gute.“

„Einfach gute … die schon. Gibt ein paar ziemlich nette Typen unter den Rechtsmedizinern dort.“

„Hetero?“

„Weißt du, dass ich mich das gar nicht gefragt habe? Fragst du dich bei jedem Mann, ob er hetero ist?“, kontert Karl.

„Die Wahrscheinlichkeit liegt höher. Aber ich gebe zu, mir war es in den letzten Tagen egal.“

„Na also. – Wir sollten dringend miteinander essen und über Sardinien reden“, fährt er fort.

Erst jetzt nehme ich Klaus wieder wahr. Ich muss zurück zum Thema. „Sollten wir. Ich hab allerdings eine Bitte. Kannst du möglichst schnell klären, ob es in Sardinien gestern Abend oder heute einen ungewöhnlichen Todesfall gegeben hat? Thomas Pauer. Es ist nur ein blödes Gerücht im Internet. Aber wir sollten es vor dem Redaktionsschluss doch überprüfen.“

„Was? *Der* Pauer?“

„Wie gesagt, bloß Gerüchte im Netz. Vielleicht hat auch jemand was falsch verstanden, das Pauer gestern gesagt hat. Weder unsere noch die sardische Polizei hat bisher irgendeine Meldung dazu gebracht. Gestern nach Mitternacht hab ich ihn noch in Gavoi gesehen. Etwas betrunken, aber lebendig.“ – Und was, wenn er sich umgebracht hat? Wenn der Druck größer war als angenommen? Wenn er ihn nicht mehr ausgehalten hat? Dazu noch der gestrige Auftritt: Ver-go-gna! Ver-go-gna! Schande …

„Wenn an seinem Tod doch was dran sein sollte, ist er mit einiger Sicherheit am Comando Provinciale Nuoro gelandet, das ist die zuständige Bezirksstelle der Carabinieri. – Könnte sein, dass ich da unter der Hand etwas erfahre. Auch wenn die Rechtsmedizinerin, die das meiste dort macht, eine Frau ist. Elisabetta.“

„Schwarzhaarig, glutäugig und bereit, dir zu zeigen, was eine Frau alles draufhat?“

Er lacht. „Mollig, grauhaarig, über sechzig, mit jeder Menge Humor und in der Lage, eine Flasche Abbardente, diesen irren sardischen Grappa, ganz allein auszutrinken.“

„Klingt gut."

„Ist sie auch, wir haben uns richtig angefreundet. Ich frag sie und rufe zurück. Ciao, Bella!"

Ich habe eigentlich keine Lust zu warten, bis Karl sich wieder meldet. Wer weiß, wann er seine Elisabetta erreicht.

„Ich bin auch müde", sagt mein Chefredakteur. „Aber gib uns eine Viertelstunde. Wir schauen inzwischen ins Internet."

Die Nachricht hat sich inzwischen über Facebook weiterverbreitet und auf Twitter ausgedehnt. Besprochen wird sie allerdings in der üblichen Art:

„Was, der soll tot sein? Männer leben ewig!" – „Hättest du wohl gerne, wer braucht Männer? Man kann längst klonen. Frauen haben alle Chromosomen, Männer bloß einen Teil." – „He, über welchen Teil redest du? Schon mal was vom Penisneid gehört?" – „Pauer hat eine Menge gesagt, das richtig ist, auch wenn es euch verklemmten Emanzen nicht passt." Und so weiter und so fort …

Als mein Mobiltelefon läutet, sehe ich auf die Uhr. Dreizehn Minuten sind vergangen. Und es ist tatsächlich Karl Simatschek, der anruft.

„Sie haben ihn in Nuoro."

Ich schlucke. Ich muss da etwas falsch verstanden haben. „Thomas Pauer. Lebend oder …"

„Er ist tot. Es muss heute früh passiert sein, morgen gibt es die erste offizielle Meldung dazu, sagt Elisabetta. Man hat ihn am Nachmittag gefunden. Er muss beim Joggen in einem Bachbett ausgerutscht und so unglücklich auf einen großen Stein gefallen sein, dass die Schädeldecke gesprungen ist. Mehr gibt's noch nicht an Ergebnissen, aber das scheint ziemlich klar zu sein."

„War es am See bei Gavoi? Er war dort jeden Morgen joggen. Fünfzehn Kilometer. Ich habe ihn dort getroffen." Kann das sein? Ich sehe See und Weg und Bäume im Morgenlicht, alles pastellfarben und unwirklich. Ein Frosch hüpft ins Wasser. Es war doch nur ein Knie, das geblutet hat. Vielleicht ist da was durcheinandergekommen. Ich versuche aus meiner Erstarrung aufzuwachen. „Ein Unfall? Fremdverschulden auszuschließen?"

„Mira, du solltest wissen, dass man so etwas in den seltensten Fällen rasch ausschließen kann. Jedenfalls hat sich der ganze Apparat in Bewegung gesetzt, Spurentechniker, Spezial-Forensiker, was es eben so gibt. Sie sind in Sardinien gar nicht schlecht."

„Aber aufs Erste schaut es nach einem Unfall aus, meint deine Elisabetta."

„‚Meine' Elisabetta ist viel zu klug, um sich festzulegen. Sie weiß, wer Thomas Pauer war. Und dass er nicht nur Fans gehabt hat."

Der Streit mit Farah Seifried fällt mir ein. Und das Gelächter auf dem Fest, gestern in der Nacht. – Kann es sein? Dass er wirklich tot ist?

„Selbstmord ist eher auszuschließen, oder?"

„Ich habe es zumindest noch nie erlebt, dass jemand auf einen großen Stein köpfelt, um sich umzubringen."

„Bleibst du an der Sache dran?", frage ich und es ist eigentlich eine Bitte.

„Elisabetta hält mich auf dem Laufenden. Sie hat sogar gesagt, vielleicht könne sie mich anfordern. Zwecks Zusammenarbeit in einem internationalen Fall. Und weil sie bei mir noch eine Flasche Abbardente guthat. Aber wenn die aus Wien jemanden schicken, dann wohl wahrscheinlich nicht mich. Ich bin noch ziemlich neu im Laden und da stehen sicher schon ein paar Schlange, um Anfang Juli in Sardinien ermitteln zu dürfen."

„Du meldest dich, wenn es Neues gibt?"

„Mach ich. Kann aber sein, dass ich dir nicht alles sagen kann. Ist das klar?"

Ich seufze. „Ist klar. Und: Wenn du mir mehr sagst, als du darfst: Ich kann schweigen. Zumindest über meine Quelle." Ich bedanke mich noch einmal herzlich und lege auf. Klaus hat das Wesentliche mitbekommen. So ein Scheißabend. Ich rufe Oskar an. Man könne davon ausgehen, dass es spät werde. – Ob sie es in Wien schon wissen? Soll ich Zuckerbrot anrufen und ihm erzählen, dass er es ab morgen mit neuen Mordermittlungen zu tun hat? Wenn er dafür zuständig ist. Aber ich rechne eigentlich damit. Brisantes landet meistens bei ihm. Ich schüttle den Kopf. Wir haben Wichtigeres zu tun. Wir müssen das Heft umplanen. Das Interview bekommt in diesem Zusammenhang eine neue Bedeutung. Und der Streit mit Seifried auch. Warum ist seine junge Frau so ausgezuckt? – Wird Pauer jetzt quasi posthum zum Helden? Ich muss aufpassen, was ich schreibe. Wie ich es schreibe. Zum Glück habe ich alles auf Band. Ich bin durcheinander. Egal, wer er wirklich war, wie er wirklich war: Ich bin betroffen, dass er tot ist. Ich erinnere mich daran, wie er am Seeufer gelächelt hat, als er von den ersten Begegnungen mit seiner zweiten Frau erzählt hat. Ich sollte mich lieber daran erinnern, was er gesagt hat: dass Feministinnen nur ein richtiger Mann fehle. All diese Sprüche. Und das Buch. Und vor allem Nicole. Wie sie damals in der Hotelhalle gestanden ist. Trotzdem. Ich trauere um einen, den ich für ein Arschloch gehalten habe.

Gegen Mitternacht treffe ich mich mit Jana und Vesna bei der Aspernbrücke. Ich kann kaum mehr aufrecht stehen. Selbstverständlich kommt Pauers Tod auf Seite eins. Jetzt berichte ich natürlich auch über den Streit zwischen ihm und der Verlegerin, als zufällige Ohrenzeugin. Wir rechnen damit, dass sie mich verklagt. Ich habe das alles mit dem Chefredakteur durchgesprochen. Wir werden morgen vorsorglich den Anwalt, der das „Magazin" in solchen Fällen betreut, informieren. Ob ich über die aufgebrachte Frau Pauer zwei am Pool schreibe, weiß ich noch nicht. Sie kann das Telefonat mit bald wem geführt haben. Ich muss natürlich auch bei der Polizei aussagen. – Soll ich erzählen, dass ich mir eingebildet habe, ich hätte Nicole gesehen?

Jana und Vesna lauschen mit offenem Mund. Eine seltene Sache. Der Donaukanal unter uns, letzte Ausflugsboote, nur noch wenige Menschen bei der Festlandbar. Sie sperrt um Mitternacht, soviel ich weiß. Wir gehen trotzdem runter. Ich kenne Alex, die Besitzerin, ich mag sie und ich mag ihre Bar. Aber sie ist schon weg. Nur mehr ein Kellner da. Ein schnelles Glas könnten wir noch kriegen, sagt er, wenn es uns nicht störe, dass er nebenbei zusammenräumt.

„Von Nicole schreibst du nichts. Dir ist klar, dass sie das unter Verdacht bringen könnte. Sie hat genug am Hals", sagt Jana.

„Aber wenn sie doch dort war …"

„Du hast selbst gesagt, dass du dir nicht sicher bist. Ich versuche mit ihr Kontakt aufzunehmen. Noch heute. Sie muss natürlich zurückkommen."

Das Verfahren wegen versuchter Vergewaltigung wird eingestellt werden. Der mutmaßliche Täter ist tot. – Was heißt das für sie? Erlösung? „Sag ihr, dass wir uns so schnell wie möglich treffen müssen."

„Das ist klar. Glaubst du, ich will nicht wissen, ob sie wirklich in Sardinien war?"

Vesna schüttelt den Kopf. „Da schreibt jemand Bestseller. Tausende rennen ihm nach. Er versucht Vergewaltigung an junger Frau. Streitet ab. Große Aufregung. In Amerika drucken sie jetzt noch viel mehr von seinen Büchern. Bei Literaturfestival mag man ihn nicht. Er tut brav, was Verlagschefin verlangt. Aber dann ein Streit. Sieht fast aus, er will aufmucken. Und nächsten Tag er ist tot. Beim Joggen auf Stein. Unfall. Das ist gut möglich. Aber es gibt auch andere Möglichkeiten."

„Warum hat man ihn eigentlich so lange nicht gefunden?", überlegt Jana. „Seine Frau war doch dort. Seifried war dort. Er hat viele Termine. Ist er keiner abgegangen?"

Ich nicke. Und erzähle von Carina Pauer und ihrem Telefonat am Pool. Hatte sie keine Lust, nachzusehen, wo er steckt? Oder hatte sie einen viel naheliegenderen Grund, nicht nach ihm zu suchen? „Ich nehme an, die beiden sind noch in Gavoi. Ihre Alibis wird die Polizei wohl ziemlich rasch überprüfen. – Während so gut wie alle anderen schon abgereist sein dürften."

„Schwierige Ermittlungen. Wenn es nicht doch Unfall war", murmelt Vesna und nimmt einen Schluck Rotwein.

Ich schrecke hoch, irgendwas rüttelt. – Das Flugzeug? Pauer? Bin ich gestürzt?

„Höchste Zeit, du kommst nach Hause", sagt Vesna. „Schlaft am Tisch ein."

„Ich bin nicht, der ich bin!" … „Und sie ist nicht, was ihr glaubt!" Es ist erst neun in der Früh, schon wieder eine kurze Nacht. Ich bin in der Redaktion und brüte über den beiden Sätzen. Können sie mit seinem Tod zu tun haben? Karl Simatschek fliegt tatsächlich nach Sardinien. Man hat sich für ihn entschieden, weil er perfekt Italienisch kann. Eigentlich naheliegend. Und nicht unbedingt ein Glück für mich. Wenn er in offizieller Mission unterwegs ist, muss er mit Informationen weit vorsichtiger sein. Was ich inzwischen aber jedenfalls weiß: Bei der Stelle, an der Pauer gestürzt ist, handelt es sich um den Wasserlauf, an dem auch ich ausgerutscht bin. Es gibt ein kurzes Video von dem Ort auf YouTube. Irgendjemand ist hingegangen und hat gefilmt. Tatort. Oder zumindest Todesort. Jetzt können es alle sehen. Schwere Schritte auf sandigem Boden, verwischte Bäume, Seeufer. Ein Absperrband. Zoom. Verschwommene Steine, etwas Fließendes, es könnte auch eine Luftspiegelung sein, Fata Morgana. – Ich hätte bloß anders, unglücklicher fallen müssen, dann läge jetzt ich in Nuoro … Völlig blödsinnig, so etwas zu denken. Ich habe mir bloß das Knie aufgeschürft, es tut immer noch weh, aber ihm hat ein Stein den Kopf zertrümmert. – Kann man ausrechnen, ob die Fallgeschwindigkeit dafür ausreicht? Sicher.

Ich sollte mich bei Zuckerbrot melden. Heute Vormittag hat die Polizei die offizielle Mitteilung zum Tod von Pauer ausgeschickt. Natürlich ohne Details, sondern nur, dass er beim Joggen ums Leben gekommen sein dürfte und dass ermittelt werde. Es hat wohl etliche gegeben, die gewusst haben, wo er jeden Morgen unterwegs war. Wir müssen das Heft fertig machen. Ich title im Blattinneren mit: *„Ich bin nicht, der ich bin!"* Am Cover wird wahrscheinlich stehen: *„Pauer-Mann tot!"* War mein Vorschlag. Irgendwie doppeldeutig. Aber sie überlegen noch, ich werde mich da nicht einmischen. Ich habe genug zu tun. Die Reportage über das Literaturfestival in Gavoi wird es trotzdem geben, mit einem anderen, dramatischen Vorspann, irgend so was in die Richtung wie: Da hat er seine letzten Tage verbracht. Wir müssen wirklich aufpassen, dass wir ihn nicht doch noch zum Helden machen.

Farah Seifried hat sich mit einer Aussendung von Alpha Books zu Wort gemeldet:

„In tiefer Trauer geben wir bekannt, dass Thomas Pauer gestern früh auf Sardinien bei einem Unfall ums Leben gekommen ist. Er war bis zuletzt unermüdlich für sein Buch ‚Sei ein MANN!' unterwegs. Jetzt handelt es sich um sein Vermächtnis. Wir haben die Ehre und die Verpflichtung, es hochzuhalten und weiterzutragen. Unser Mitgefühl gilt seiner Frau Carina, die ihn immer bestärkt hat, seinen zwei kleinen Kindern und allen, die Thomas Pauer als ganz besonderen Menschen und Mann geschätzt und verehrt haben. Für Alpha Books: Dr. Farah Seifried."

Ein Unfall also, sie scheint schon sicher zu sein. Wäre wohl auch das Beste für den Verlag. – Wie sich sein Tod auf den Buchverkauf auswirken wird? Jetzt hat das Leben der neuen Männer-Ikone auch noch ein tragisches Ende. Viele mögen so etwas. Ich wette, damit lässt sich Geld machen. Eigentlich wie geplant: zuerst das Buch, ein Mann mit zielgerecht gestaltetem Image und dem entsprechenden Äußeren. Das läuft schon sehr gut. „Sei ein MANN!" wird Nummer eins auf vielen Bestsellerlisten. Bevor der Hype abflaut, eine deftige Skandalgeschichte: Hat Pauer versucht, eine Studentin zu vergewaltigen? Er widerspricht, wilde Debatten, aber dank guter Medienmaschinerie steht er nicht als Verbrecher, sondern nahezu als Verfolgter da. Und dann, quasi als Höhepunkt: sein allzu früher Tod.

Mira, das ist doch übertrieben. Keiner, nicht einmal Farah Seifried, würde so etwas durchziehen. – Bin ich mir sicher? Was hat mir der deutsche Autor in Gavoi erzählt? Sie habe immer damit geprahlt, dass sie wisse, wie man Bestseller und Bestsellerautoren mache. – Vielleicht hat es ja auch schon gereicht, dass Pauer nicht mehr restlos mitspielen wollte. Die „kalte Königin“ nennt man sie angeblich in der Branche.

In den heutigen Tageszeitungen war über Pauers Tod noch nichts zu lesen. Dafür überschlagen sich jetzt die Meldungen der Presseagenturen. Neues gibt es freilich nirgendwo. Ich wollte Zuckerbrot anrufen, habe es mir dann aber doch anders überlegt. Wenn er erfährt, dass ich in Gavoi war, könnte er mir Fragen stellen, die ich lieber zuerst im „Magazin“ beantworten möchte. Nicht dass ich glaube, der Leiter der Mordkommission würde das, was ich ihm sage, an Medien weitergeben. Aber Protokolle gehen durch verschiedene Hände. Und der Polizeiapparat war noch nie besonders dicht. Irgendjemand hat immer irgendeinen Freund bei irgendeiner Zeitung.

Anruf von Vesna. „Carina Pauer ist zu Hause in Korneuburg. Sie ist gestern Vormittag geflogen.“

„Es gibt nur eine direkte Maschine, die habe ich genommen. Ich hätte sie sehen müssen.“

„Sie ist von Cagliari geflogen. Mit gemietetem Flieger von ‚Alpha‘.“

„Und warum hat sie nicht auf ihren Mann gewartet?“

„Weil er und Verlagsfrau wollten weiter nach Paris. Einladung zu großer Lesung, von französischem Verlag, aber gezahlt von Industrieunternehmen.“

„Damit ist klar, warum sie nicht mitgekriegt hat, dass ihr Mann nicht vom Joggen zurückgekommen ist. Aber Farah Seifried hätte es merken müssen.“

„Man wird klären. – Du willst versuchen, mit Carina Pauer zu reden?“

„Vesna, ihr Mann ist gestern gestorben.“

„Ist mir klar. Tut mir auch leid, zumindest Frau. Aber du hast von seltsamem Telefonat erzählt. Und weißt du, was Pilot gesagt hat? Dass sie hat geweint im Flieger. Und gleichzeitig sie war wütend.“

„Scheint bei ihr häufiger der Fall zu sein. Ich nehme an, das weiß die Polizei jetzt auch schon. Wenn nicht, muss er dringend eine Aussage machen.“

„Ja. Natürlich. Ich habe gesagt, er soll nach Zuckerbrot fragen. Ich habe gesagt: kein Wort über mich. Ich hoffe, er macht es.“

„Und wie hast du ihn gefunden?"

„War leicht. Du kannst dich erinnern an Nermina? Hat bei mir geputzt. Dann hat besseren Job gekriegt, bei Bedarfsflughafen, sie wohnt in Schwechat. Die habe ich angerufen. Und die hat wieder eine gekannt, die bei Start und Landung …"

Ich lache. „Versteh schon, Vesna. Putzfrauenconnections."

„Sind immer noch welche von den besten."

„Soll ich ihr wirklich auflauern?"

„Du musst nicht. Ich habe ihr Mitteilung geschickt, dass du gerne mit ihr redest, weil du von Tränen im Flugzeug weißt. Und die waren, bevor sie hat angeblich gewusst, dass ihr Mann ist tot."

Ich seufze. „Du bist einfach viel tougher als ich."

„Ist nicht schwer."

„Was heißt das jetzt wieder?"

„Dass du sollst kommen. Du kennst hervorragendes italienisches Gasthaus in Hagenbrunn. Wo wir waren vor Monat oder so. Du fahrst Straße immer geradeaus weiter. Dann ist Hügel. Und rechts eine Ausflugsbank. Sie wird da sein, wenn irgendwie geht. Hat sie gesagt."

Ich atme tief durch. Es ist die Chance, einiges zu klären. Natürlich hat Carina vom Buch ihres Mannes ganz schön profitiert. Und auch sie hat bei allem brav mitgespielt. Bis hin zum öffentlichen Händchenhalten nach den Vergewaltigungsvorwürfen. – Oder war das alles bloß Fassade? Mit wem hat sie am Pool telefoniert? Jedenfalls wird sie wohl erben. Allein die englischsprachige Startauflage bringt ihr zumindest eine Million Euro. Meine Story fürs „Magazin" ist so gut wie fertig. Ich habe noch Zeit bis zum Abend, ich kann das eine oder andere noch verändern. Ich werde einfach nach dem Gespräch entscheiden, ob es sich auszahlt. Ich gehe schnell zum Chefredakteur. Ich müsse auf zwei Stunden weg. – Wohin? – Könne ich leider nicht sagen.

„Ist es wichtig?"

„Würde ich sonst so knapp vor Redaktionsschluss wegfahren?"

„Und die Heimlichtuerei ist notwendig?"

„Sorry, ja." Eigentlich bin ich mir da nicht so sicher. Und jedenfalls fühle ich mich etwas unwohl bei dem Gedanken, eine Frau, deren Mann gerade gestorben ist, auszufragen.

Er verspricht, sich zu melden, falls etwas Überraschendes passiert. – Was soll heute noch passieren? Dass Farah Seifried gesteht? Eher schon, dass sie versucht, Medienberichte zu unterbinden. Aber das gelingt nicht einmal ihr. Wie es ihr wohl geht? Wie war das Verhältnis zwischen den beiden wirklich? Jedenfalls hatte sie genug Disziplin, um eine perfekte und verkaufsfördernde Trauermitteilung zu verfassen. Seltsam, ihr Fragen zu stellen wäre gar kein Problem für mich. Aber an sie werde ich kaum herankommen. Außer sie will es und verfolgt damit einen bestimmten Zweck. Oder ich weiß etwas, von dem sie unter keinen Umständen möchte, dass es an die Öffentlichkeit kommt.

Der nächtliche Streit ist da gar nicht schlecht. Aber vielleicht kann mir Carina Pauer noch mehr erzählen.

Ich kurve durch Hagenbrunn, die Straße hinauf. Ich kneife die Augen zusammen. Dort drüben muss die Bank sein. Netter Aussichtsplatz. – Sitzt da jemand? Um das zu erkennen, bin ich leider zu kurzsichtig. Ich parke meinen Wagen am Straßenrand, gehe den Feldweg entlang. Da sitzt tatsächlich jemand. Carina Pauer. Neben der Bank, bei ein paar Büschen, lehnt ein Fahrrad.

Ich gehe langsam auf sie zu. Sie scheint mich gar nicht zu bemerken, sieht über den Hügel Richtung Wien. Es ist dunstig, die Stadt ist bloß zu ahnen. Ich räuspere mich. Sie zuckt zusammen.

„Mira Valensky vom ‚Magazin'. Es tut mir leid …", beginne ich. Was sagt man in so einer Situation, und dann auch noch, wenn es sich um keinen klassischen Kondolenzbesuch handelt?

„Ich weiß, wer Sie sind. Ich habe nur ganz kurz Zeit, die Polizei war da und dauernd will jemand was von mir, meine Mutter passt auf die Kinder auf, aber ich möchte sie nicht allein lassen. – Glauben Sie, dass es ein Unfall war?" Jetzt sieht sie mich an. Helle Augen, gerötet. Ungeschminkt. Bleich.

Ich setze mich ans andere Ende der Bank. „Ich weiß es nicht. Niemand weiß es noch. Ich kenne den Weg, ich bin dort selbst ausgerutscht."

„Thomas hat mir erzählt, dass er Sie beim Joggen getroffen hat. Er hat ganz gut über Sie gesprochen, wissen Sie das?"

Ich schüttle den Kopf. „Ich hab … kritisch berichtet. – Was war mit ihm am letzten Abend los?"

„Er … hatte zu viel getrunken, den ganzen Tag ein Interview nach dem anderen, und immer wieder böse Fragen, er hat einfach Durst gehabt, er ist üblicherweise keiner … er war …" Sie schüttelt den Kopf und bricht ab.

Ich schweige eine Zeit lang und sage dann: „Der Druck war ziemlich groß, das hat er auch mir gesagt."

„Er war enorm. Die Anfeindungen, die Kritik an seinem Buch. Und dann die Lügen mit der Vergewaltigung. Und eben die vielen Termine."

„Die Lügen mit der Vergewaltigung?"

Carina Pauer starrt mich böse an. „Er war es nicht!"

„Was … macht Sie da so sicher?"

„Sicher? So etwas weiß man eben."

„Seine erste Frau hat erzählt, dass ihm Sex nicht besonders wichtig war."

„Na ja. Wir haben immer so viel zu tun gehabt, zuerst die Vorbereitungen zum Buch und dann der plötzliche Erfolg, er war ja dauernd unterwegs, und dazu auch noch die beiden Kinder. Es passt schon, wie es ist."

„Das heißt … da hat sich nicht viel geändert? Er war nicht eben … hyperaktiv?"

„Das dürfen Sie auf keinen Fall schreiben, das klingt, als wenn er ein Weichei gewesen wäre. Das war er nicht, ganz und gar nicht, es war nur so wenig Zeit. Sie haben keine Ahnung, wie das ist, dauernd auf Tour und die Kinder. Und die Fans."

„Hat es Ihnen etwas ausgemacht, dass er so viele weibliche Fans gehabt hat?"

„Nein, gar nicht. Das ist ja kein Wunder, er hat ein großartiges Buch geschrieben."

„Sie stehen zu allem, was er darin behauptet? Auch dass Männer längst benachteiligt sind? Auch dass man sie endlich wieder Männer sein lassen sollte, was immer das bedeutet?"

Große Augen im blassen Gesicht. „Total. Ich bin immer hinter ihm gestanden und ich tue es weiterhin. Die Anfeindungen … sie waren einfach nur gemein. Niemand hat ihm wirklich zugehört. Die wollen alle nur die Sensation."

„Es sieht so aus, als hätte Farah Seifried nichts gegen Sensationen gehabt. Und es sieht so aus, als hätte sie ganz gezielt zum Image Ihres Mannes beigetragen."

„Sie ist sehr tüchtig."

„Sie kommen gut mit ihr aus? Warum sind Sie abgeflogen und Ihr Mann und Frau Seifried sind geblieben?"

Sie seufzt. „Das hab ich der Polizei schon erzählt. Ich wollte endlich wieder zu den Kindern. Und die beiden mussten weiter nach Paris. Ich habe meinen Mann zum letzten Mal gesehen, als er sich zum Joggen fertig gemacht hat … dann bin ich abgeholt worden …“

Ich schweige eine Zeit lang. Sie steht also hinter allem, was er gemacht hat. Für sie bleibt er der Held. Sexuell eher weniger als mehr aktiv. – Was natürlich über den Vergewaltigungsfall nicht besonders viel aussagt. Bloß dass er nicht so ein durchgeknallter Sexsüchtiger gewesen sein dürfte.

„Und warum haben Sie dann im Flugzeug geweint?“, frage ich leise.

„Woher wollen Sie das wissen? Das stimmt nicht!“

„Ich weiß es.“

„Es hat vielleicht bloß so ausgesehen. Es muss mir was ins Aug …“

„Sie haben geweint und gleichzeitig waren Sie wütend.“

„Ich … es hat nichts mit meinem Mann zu tun.“

„Sondern?“

Sie seufzt, bückt sich, zupft am Gras herum, reißt einen Halm ab, wirft ihn weg. Wenn ich derlei deuten könnte … aber wahrscheinlich ist es nicht zu deuten.

„Ich will Ihnen nichts Böses, aber ich hab es aus zuverlässiger Quelle“, setze ich nach.

„Ich war sauer, weil sie mich heimgeschickt hat.“

„‚Sie‘ ist Farah Seifried, nicht wahr?“

„Ja. Ich wollte mit nach Paris. Meine Mutter kann wunderbar auf die Kinder aufpassen, es macht ihr richtig Freude und die Kinder lieben sie. Ich bin trotzdem eine gute Mutter, nur damit das klar ist. Aber Paris … Doch sie hat gesagt, ich müsse zurück, sonst fällt es auf, dass ich mit meinem Mann in der Welt herumgondle, wo wir immer erzählen, dass ich daheim bin bei den Kindern.“

„Ich hab Sie am Pool gesehen. Zufällig. Da haben Sie telefoniert. Und auch da waren Sie ziemlich wütend. Und Sie haben danach ein Taschentuch gebraucht.“

Sie blitzt mich an: „Sie spionieren hinter mir her?“

„Es war Zufall. Mit wem haben Sie telefoniert? Ihnen muss klar sein, dass die Polizei das sowieso herausfindet. Das gehört zum Ersten, was sie machen: die Telefonkontakte der … Betroffenen zu überprüfen.“

„Wirklich?“ Das kommt jetzt richtig erschrocken. Gut gemacht, Mira. Ein Seufzer. „Ich hab mit meinem Mann telefoniert. Es ging um die gleiche Sache. Er wollte mir klarmachen, dass ich noch einmal nachgeben soll. Bald schon werde sich einiges ändern."

„Sie haben ihn gefragt, was sich ändern soll?"

Carina Pauer schüttelt den Kopf. „Nein. Leider. Ich war so wütend. Ich hatte den Eindruck, immer passiert, was die Seifried will. Und ich werde einfach dort hingeschoben, wo sie mich brauchen."

„War da was … zwischen den beiden?"

Carina Pauer schüttelt den Kopf. „Sicher nicht. Er mag keine Frauen, die so dominant sind. Lesen Sie sein Buch. Jedenfalls hat sie total viel getan für seinen Erfolg. Das müssen Sie auch schreiben. Sie hat eben das Gefühl, sie muss das alles lenken."

„Das heißt: Als Ihr Mann ums Leben gekommen ist, waren Sie Richtung Flughafen unterwegs. Farah Seifried war in Gavoi. Wie können Sie sich erklären, dass es so lang gedauert hat, bis ihn jemand gefunden hat?"

„Wenn ich …", setzt sie an und verstummt dann wieder. Zweiter Anlauf. „Wenn ich nicht gefahren wäre … ich wäre ihn suchen gegangen … ich hätte ihn vielleicht noch rechtzeitig gefunden …"

„Warum hat ihn Frau Seifried nicht gesucht?"

„Das weiß ich doch nicht", schreit sie. „Ich hab mit ihr telefoniert. Nachdem … die Polizei bei mir war. Ich hab sie gefragt. Sie hat gesagt, sie hat eine Menge Dinge zu tun gehabt, sie hat gemeint, es ist besser, wenn er sich von gestern erholt, sie war auch nicht auf ihrem Zimmer, sondern auf der Terrasse. Nur dort gibt's Internet. Und zu Mittag, da hat sie dann gedacht, dass er ohne sie nach Gavoi ist, und sie ist auch ins Dorf gefahren. Um zwei war ein Interviewtermin mit einem französischen Magazin."

„Einen Abend vorher hat es einen wilden Streit zwischen Seifried und Ihrem Mann gegeben."

Carina Pauer starrt mich an. „Woher … hat er Ihnen das erzählt?"

„Ich hab ihn mitbekommen. Teilweise. Ich bin nach Mitternacht durch die Anlage und wollte auf den See schauen. Sie hat ihm quasi verboten, dass er irgendwas an seinem Image ändert. Und gesagt, dass sie ihn zum Bestsellerautor gemacht hat."

„Er … war nicht glücklich mit allen Aussagen. Sie hat in seinem Namen Interviews verschickt, er hätte sie auch nicht alle geben können, das wär sich nie ausgegangen. Sie wollte es so plakativ wie möglich."

„Ich bin nicht, der ich bin: Was hat das geheißen?"

Sie seufzt. „Wenn ich das wüsste. Er hat sich missverstanden gefühlt. Er kann mit Kritik und mit Spott nicht besonders gut umgehen. Weil's ja auch so ungerecht ist."

„Und sie ist nicht, was ihr glaubt? Hat er Sie damit gemeint?"

Die junge Frau schüttelt den Kopf. „Ich bin es sicher nicht. Ich weiß nicht, warum er das gesagt hat. Er war … betrunken. Ich … wir haben … es war keine Gelegenheit mehr, zu reden. Am nächsten Tag ist er aufgestanden und joggen gegangen. Und ich bin weg, obwohl ich es nicht wollte." Sie sieht auf die Uhr. „Ich muss zurück."

Ich muss überprüfen, ob sich ein kurzer Abstecher von Carina Pauer zum Wasserlauf ausgegangen ist, bevor man sie zum Flughafen gebracht hat. Aber das wird die Polizei wohl tun. Allerdings: Sie wissen nichts von ihrer Wut. Und von ihrem Gefühl, zurückgesetzt zu werden. „Kann es sein, dass er mit ‚sie' Nicole Moser gemeint hat?", frage ich.

„Warum die? Sie hat ihn ja erst in diese schlimme Lage gebracht." Carina Pauer steht auf. „Als ob er es ausgerechnet mit ihr machen müsste, wenn er Lust hat …"

Sie geht zum Fahrrad, steigt auf. „Unser Haus ist gleich dort unten. Ich hab gesagt, dass ich rausmuss. Jetzt muss ich zurück. Schreiben Sie, was Sie wollen. Das tun Sie sowieso. Und es ist mir egal." Und weg ist sie.

Ich gehe zu meinem Auto. Die tapfere junge Frau, die noch immer zu ihrem Mann und seinem Bestseller hält. Farah Seifried und das heilige Image. Und Thomas Pauer, der nicht widersprochen hat, als es darum ging, seine Carina zu den Kindern zu verfrachten, dorthin, wo sie laut Konzept immer und freiwillig sein sollte. Als neue starke Frau. Der sie damit zu trösten versucht hat, dass vieles bald anders sein werde. – Was sollte anders werden? Hat jemand geplant, dass keiner so schnell nach Thomas Pauer sucht? Ist Farah Seifried nicht, was alle glauben? Wer oder was ist sie dann? Ich schüttle den Kopf und trabe zum Auto.

Das Interview mit der trauernden Witwe. Ich lasse die Sex-Sache raus, wegen der ersten Frau von Pauer. Aber interessant finde ich es schon: Der Supermacho, der allen rät, „Mann" sollte es den Frauen einfach einmal so richtig besorgen, dürfte selbst kein besonderes Interesse an wilden Liebesstunden gehabt haben. – Kann es sein, dass Farah Seifried in Sorge war, sein Macho-Image könnte insgesamt Schaden nehmen? War sie es, die womöglich an dem Abend im Hotel Regie geführt hat?

Aber: warum Nicole? Die hätte bei so etwas doch nie mitgespielt. – Eigentlich kennt sie keiner besonders gut. Was, wenn ihr Seifried einen Buchvertrag angeboten hat? „Mein heimliches Leben", so etwas mit Mädchensex und schleimigen Fantasien und offenherzigen Bekenntnissen. Verkauft sich. Muss nicht einmal besonders gut sein. Hat man ja schon erlebt.

Carina Pauer wurde zu ihren Kindern zurückgeschickt. Und Pauer hat doch brav das getan, was Seifried von ihm wollte. – Wie lange hätte er noch mitgespielt? Ich bin am späten Nachmittag mit meiner Story fertig und habe trotzdem das Gefühl, ich sollte noch in der Redaktion bleiben. Worauf warte ich? Karl Simatschek hat sich bisher nicht gemeldet. Fliegen, fahren, ankommen, mit Elisabetta reden, Leiche begutachten, erste Berichte verfassen: gut möglich, dass Mira doch nicht ganz oben auf seiner Liste steht. Ich kann mir Thomas Pauer nicht tot vorstellen, nicht auf einem Seziertisch und … Ich schicke Karl Simatschek eine SMS. Frage ihn das, was am wichtigsten ist: Gibt es Hinweise auf Fremdverschulden? Oder hat Thomas Pauer einfach Pech gehabt? – Unter anderen Umständen würde ich lästern, dass zu viel Joggen eben gefährlich sei. Aber heute fällt mir sogar das Lästern schwer.

Von Zuckerbrot habe ich auch noch nichts gehört. Sein Team wird inzwischen wohl wissen, welche Medien in Gavoi dabei waren. Aber die Ermittlungen haben erst heute begonnen. Und ich bin trotz allem nicht gerade eine Zentralfigur. Besser so.

Redaktionstelefon. Ich wappne mich. Irgendein Teil meiner Reportage passt dem einen oder anderen in unserer Chefetage nicht.

„Empfang. Da ist eine Frau, die will mit Ihnen reden."

Aus irgendeinem Grund denke ich, dass Carina Pauer gekommen ist, um mir noch etwas Wichtiges zu sagen. „Schicken Sie sie rauf, bitte. Ich warte beim Lift."

Vielleicht ging es beim Telefonat am Pool doch um etwas ganz anderes. Oder sie hat mehr von dem Streit zwischen ihrem Mann und Seifried mitbekommen. Oder sie kommt, weil sie nicht mehr kann. Sie erzählt mir die Wahrheit. Ihre Eifersucht, immer nur das brave junge Frauchen im Hintergrund. Sie hat ihm aufgelauert, ihn erschlagen, dann ist sie, wie es ihr befohlen worden war, weg … Aber die, die aus dem Lift steigt, ist Jana. Ich muss ziemlich enttäuscht dreingesehen haben.

„Soll ich gleich wieder fahren?", sagt sie.

„Sorry, natürlich nicht, ich bin bloß müde. Und überdreht."

Jana schaut sich um. Der Gang ist menschenleer. Sie kommt trotzdem ganz nah her zu mir und flüstert: „Ich weiß, wo Nicole ist. Ich weiß aber nicht, wie lange sie noch dort ist. Und natürlich schon gar nicht, ob sie mit uns reden will."

„Mit mir."

„Mit uns. Glaubst du, ich will nicht wissen, was da eigentlich gespielt wird? Und: Ich hab sie gefunden."

Sie ist Vesnas Tochter, es gibt keine Zweifel.

„Außerdem hab ich einen besseren Draht zu ihr. Schon weil wir gleich alt sind."

Wir nehmen die U-Bahn, das geht am schnellsten. Nicole ist bei „frauen.com". – Wenn sie noch dort ist.

„Was mich am meisten ärgert: Sandra hat mir nichts davon gesagt", erzählt Jana. „Es war ein Zufall. Nicole ist in dem Raum, in den man sich allein zurückziehen kann. Wir nennen ihn Krisenraum. Er ist nicht dauernd besetzt, ich hab dort gestern schnell noch etwas für die Uni fertig gemacht und ein Buch vergessen. Das wollte ich mir holen, aber heute war zugesperrt. Also hab ich durchs Oberkammerl – das ist der separate Raum für die Betreuerinnen – hineingeschaut. Da gibt's so eine Art Guckloch. Nur für den Fall, dass es einer wirklich schlecht geht und die aufpassen müssen, ob sich jemand was antun will oder so. Da kann natürlich nicht jede hin und reinschauen, aber da ich ja immer wieder mithelfe, hab ich es gekannt. Und wer ist da drin und hockt vor dem Computer? Nicole!"

„Ist Sandra Alman da?"

„Zuerst war sie da, dann hab ich sie nicht mehr gesehen. Ich wollte sie fragen, warum sie uns nichts sagt, aber dann war es mir wichtiger, zu dir zu fahren. Weil übers Netz erzähle ich so etwas lieber nicht."

„Sandra schützt alle, die kommen, das hast du selbst gesagt."

„Ja klar, aber es gibt keinen Grund, dass sie Nicole vor uns schützen muss."

„Ich glaube, Sandra hat da andere Prioritäten."

Wir verlassen im Eilschritt die U-Bahn-Station, einmal über die Straße, dann links, dann sind wir da. Ich schnaufe. Nicht bloß Vesna, auch ihre Tochter hat eine erstaunlich gute Kondition. – Und was, wenn Nicole nicht mit mir reden will? Ich kann schlecht die Tür eintreten. Wäre irgendwie gegen das Konzept von „frauen.com“.

„Geh du in die Cafeteria, ich schau, ob sie noch da ist“, schlägt Jana vor. Die Eingangshalle ist heute weiß und ziemlich kahl, offenbar laufen die Gesichter und Frauenkörper nicht immer über die Wände. Ist mir ohnehin lieber, ich habe es doch ziemlich beunruhigend gefunden. Jana deutet den Gang entlang, biegt in die andere Richtung ab. Ich komme an eine Glastür, öffne sie. Bunt zusammengewürfelte Stühle und Tische, Grünpflanzen. Gemütlich. Am größten Tisch sieben Frauen, von denen vier ein Kopftuch tragen. Sie reden leise miteinander. – Eine Familienkonferenz? Unwahrscheinlich. Die Familie der freiwilligen und unfreiwilligen Kopftuchträgerinnen ist jedenfalls ziemlich groß. Zwei ältere Frauen an einem kleineren Tisch, sie trinken Tee. Eine junge Frau, eher noch ein Mädchen, mit ziemlich vielen Piercings im Gesicht. Sie liest. Ich sehe mich um. Keine Theke, an der man bestellen könnte.

„Bist du neu hier?“, sagt die Gepiercte plötzlich hinter mir.

Ich nicke.

„Du kannst dir selbst was nehmen und dafür hergeben, was für dich passt.“ Sie deutet auf eine offene Tür. Dahinter so eine Art Teeküche. Und eine tadellose Kaffeemaschine. Ich mache mir einen doppelten Espresso, werfe fünf Euro in die Kassa. Das ist mir ein ordentlicher Kaffee momentan locker wert.

Ich nehme einen Schluck. Heiß und kräftig. Nicht so gut wie der in Sardinien, aber immerhin. Ich spüre richtig, wie sich meine Lebensgeister aufrappeln. Jana kommt herein, sichtlich aufgeregt. „Sandra will nicht, dass wir mit ihr reden. Ich kapier das nicht. Aber ich hab Nicole trotzdem einen Zettel geschickt. Es gibt so eine Art Briefkasten zum Kommunizieren. Jede kann reagieren, aber sie muss nicht. Ich hab geschrieben, dass es total wichtig ist, und dass du Informationen hast. – Hast du doch, oder?“

Ich sehe Jana an. „Hängt davon ab, wie viel sie schon weiß. – Und wie erfahren wir, ob sie mit uns reden will?“

„Sie hat den Zettel gelesen und die Tür aufgesperrt und Sandra hat gesagt, dass es besser sei, sie würde sich schonen und allein bleiben. Ich bin zu dir … wir müssen gleich hin.“

Ich renne hinter Jana her. Die letzte Tür am Gang ist offen.

„Ich will wissen, was sie mir zu sagen hat“, höre ich Nicole.

„Ich will dich nur schützen.“ Das ist Sandra Alman.

„Du brauchst sie nicht vor mir zu schützen", sage ich, einigermaßen wütend. „Und Redaktionsschluss haben wir auch schon gehabt."

Sandra dreht sich abrupt um und zuckt mit den Schultern. „Ich zwinge keine. Wenn ihr wollt, könnt ihr natürlich miteinander reden."

Nicole schaut uns zweifelnd an. Dann nickt sie.

Zuerst rede vor allem ich. Ich erzähle Nicole alles, was ich über den Tod von Pauer und über das, was davor in Gavoi war, weiß. Erst mittendrin fällt mir auf, dass ich vom Sie zum Du gewechselt habe. Als würde uns inzwischen zu viel verbinden, um förmlich bleiben zu können.

„Ich müsste glücklich sein, dass er tot ist, nicht wahr?", sagt Nicole dann.

„Niemand sollte glücklich sein, wenn ein anderer stirbt", erwidere ich.

„Jetzt gibt es keine Chance mehr, dass du vor Gericht recht bekommst", fügt Jana hinzu.

„Damit kann ich leben", murmelt Nicole. „Damit ist wenigstens alles vorbei."

„Ich hab dich in Gavoi gesehen. Was hast du da gemacht?", frage ich.

„Wo? Ich war nie dort."

Ich schaue ihr in die Augen, sie hält meinem Blick stand. Wirre Locken, dunkle Augen, es wirkt, als hätte sie in letzter Zeit nicht viel geschlafen. „Wo warst du dann?"

„Das ist egal. Als ich das gehört habe mit Pauer, bin ich zurück, ich hab die E-Mails gelesen, ich hab gewusst, dass die Polizei mit mir reden will. Mir ist klar, dass ich besser in Wien bin."

Ich schüttle den Kopf. „Warum willst du nicht sagen, dass du in Gavoi warst?"

Sie springt wütend auf. „Weil ich nicht dort war. Und wenn du das schreibst …"

„Ich schreibe das nicht. Ich will dir nichts Böses. Ich will …" – Schon einmal hab ich das heute gesagt: „Ich will Ihnen nichts Böses." Ja. Und bei Nicole stimmt das noch einmal mehr. Aber: Was will ich? Ich will wissen, was wirklich läuft.

Nicole kommt ganz nah zu mir her. Sie atmet heftig. „Hat man ihn umgebracht?"

„Das weiß ich nicht."

„Lüg nicht!"

„Es ist, wie ich dir gesagt habe: Es sieht nach einem Unfall aus, sagen sie. Aber man kann Fremdverschulden nicht ausschließen. Jetzt sind die Rechtsmediziner dran. Und man muss die Spuren am Fundort auswerten." Ich mache eine Pause. „Du glaubst, dass du unter Verdacht stehst. – Warum?"

„Warum?" Nicole lacht und es klingt alles andere als fröhlich. „Kannst du dir das nicht denken? Sie werden sagen, ich habe ihn gehasst. Und ich hab ihn ja manchmal auch gehasst. Damals. Und vor allem, als dann die ganzen Medien hinter mir her waren."

„Was ist an dem Abend im Hotel wirklich passiert?"

„Das ist ja wohl klar", mischt sich Jana ein.

Nicole schweigt. „Soll ich es noch einmal erzählen, immer und immer wieder?", sagt sie dann, deutlich ruhiger.

„Welche Rolle hat Farah Seifried gespielt?"

Nicole schüttelt den Kopf. „Keine. Erst danach. Ich will meine Ruhe. Lasst mich bitte allein."

Jana sucht nach Sandra Alman, aber die habe das Haus schon verlassen, heißt es. Warum wollte sie nicht, dass wir mit Nicole reden? Nur weil sie Sorge hatte, wir regen sie zu sehr auf?

Den Abend verbringe ich endlich wieder einmal mit Oskar. Ich versuche mich an Purpuzza, diesem köstlichen sardischen Faschierten, es wird ganz nett, aber lange nicht so gut wie das, was ich in Gavoi gegessen habe. Wahrscheinlich muss das Fleisch einfach länger im Essig und Pfeffer ziehen. Außerdem hatten sie dort ihr wunderbares Schweinefleisch und ich habe Rind genommen. Gegen die verschiedenen sardischen Käse kann man aber gar nichts sagen. Vom jungen weißen Ziegenkäse schneide ich zwei fingerdicke Stücke ab, gebe sie in feuerfeste Förmchen und lasse sie unter dem Grill im Backrohr schmelzen.

Ich bin unruhig. Ich habe so viele Einzelteile und kein Muster. – Kann es sein, dass es gar keines gibt? Was ist manipuliert? Wer hat manipuliert? „L'Isola delle Storie". In gewisser Weise versuchen alle, dass man ihrer Geschichte glaubt. Am meisten hat wohl Farah Seifried dafür getan. Freilich: Die anderen haben mitgespielt. Weil es um Ansehen, um den heiligen Erfolg, um viel Geld geht. Carina Pauer scheint bei der bisherigen Linie bleiben zu wollen. Obwohl sie die Verlagschefin nicht mag. Und womöglich um einiges mehr über sie weiß, als sie zugibt. Nicole … natürlich kann ich mich geirrt haben und sie war wirklich nicht in Gavoi. Aber ich glaube es eigentlich nicht. Wie kann ich beweisen, dass sie dort war? Ich kann mir nicht vorstellen, dass sie etwas mit dem Tod von Pauer zu tun hat. – Weil ich es mir nicht vorstellen will? Was, wenn sie den ganzen Wahnsinn nicht mehr ausgehalten hat? – Bringt man deswegen jemanden um und vertuscht die Tat so geschickt, dass es wie ein Unfall aussieht? Was war dann das Motiv? Rache? Hass? Verzweiflung? Ich schüttle den Kopf. Irgendwas passt nicht.

„Maggy Körmer war auch in Gavoi", sage ich unvermittelt zu Oskar.

„Die … Aktivistin?"

Ich grinse. „Feministin ist gar kein so böses Schimpfwort."

Er grinst zurück. „Ich hab damals sogar das Frauenvolksbegehren unterschrieben. Frauen mit Kopf sind mir allemal lieber als irgendwelche Tussis, die glauben, irgendein Papa wird es ihnen schon richten."

„Sieh an, ein heimlicher Emanz."

„Glaubst, sonst könnt ich mit dir in Frieden leben?"

„Dabei bin ich ohnehin so ein braves Weibchen. Koche sogar."

„Und was ist mit Putzen?"

„Dafür haben wir die liebe Vesna und ihr Team."

„Ein wahrhaft sanfter Putzengel", lacht Oskar und sieht mich dann an. „Ihr seid mir genau so recht, wie ihr seid. Man muss nicht alles kategorisieren, was meinst du?"

Ich nicke. Maggy wäre empört. Womit wir wieder beim Thema wären. „Maggy hat dagegen protestiert, dass man Pauer in Gavoi auftreten hat lassen. Gemeinsam mit italienischen Freundinnen."

„Wenn die ihn umbringen wollte, hätte sie wohl eher eine Bombe geworfen", stellt Oskar fest und nimmt sich noch was von dem geräucherten Pecorino.

„Verwechselst du das jetzt nicht mit Anarchistinnen?", spöttle ich.

Oskar schenkt uns nach. Er hat zur Feier des Tages Vermentino mitgebracht. Trotzdem … Nicole … Wem könnte sie in Gavoi noch aufgefallen sein? Klarerweise hat sie sich nicht beim Festivalbüro angemeldet, das machen die wenigsten Besucherinnen. Inzwischen sind alle abgereist. Es macht keinen Sinn, hinzufahren und nach jemandem zu suchen, der sie gesehen hat. Eine junge Frau mit blauem Kopftuch oder auch ohne … wirklich einfach zu finden. Ich werde Maggy fragen. Ist eine der wenigen, die dort waren und sie kennen.

„Man sollte dich fotografieren. Wie du Käse isst und dabei vor dich hin murmelst."

Ich starre Oskar an.

„Na, entschuldige … ich hab's nicht so gemeint … ich weiß, du hast viel um die Ohren und wenig geschlafen, schon seit Tagen …"

Ich schüttle den Kopf. „Nein. Danke. Du hast mich auf eine Idee gebracht. Es ist nicht mehr als eine Chance. Aber immerhin. Die Fotografin. Daniela."

Ich starte den Laptop. Ich schicke Daniela eine E-Mail und hänge zwei Bilder von Nicole an. Wahrscheinlich hat sie längst von Pauers Tod gehört. Immerhin war er auch in Italien auf Platz eins der Bestsellerlisten. Ob sie die Fotos, die sie heuer in Gavoi gemacht hat, durchschauen könne? Ist jemand drauf, der aussieht wie diese junge Frau? Meinen Artikel über das Festival schicke ich auch mit. Er ist zwar auf Deutsch, aber sie soll sehen, dass es mir nicht bloß um Sensationsjournalismus geht.

Sie antwortet zehn Minuten später. Sie habe mehrere Tausend Fotos gemacht, aber sie sei sowieso schon dabei, sie zu sichten. Sie werde ihr Bestes versuchen. Und ganz herzlichen Dank für den Artikel, eine Freundin werde ihn für sie übersetzen. Hoffentlich bis bald. – Ich lächle. Ja. Und das unter entspannten Umständen.

[15.]

Am nächsten Tag befiehlt mich Zuckerbrot zu sich. Anders kann man es nicht nennen. Ich klopfe. „Gruppenführer Leib/Leben“ steht an der Tür. Irgendwie klingt seine offizielle Bezeichnung nach Pfadfinderchef. Wenn man freundlich denkt. Ansonsten könnte man sich überlegen, warum wir es in Österreich immer noch so mit den Führern haben. Seine Sekretärin öffnet, sie lächelt mich freundlich an. Eine überaus kompetente Frau mit einer heißen Liebe zu Kriminalromanen. Deswegen arbeitet sie auch in der Mordkommission statt in der Privatwirtschaft, wo sie inzwischen sicher „Assistant General Manager“ heißen und deutlich besser bezahlt werden würde. Außerdem hat sie ein Faible für Grünpflanzen. Zuckerbrots Büro gleicht inzwischen fast meiner Dschungelecke. Chlorophyll helfe beim Denken, ist sie überzeugt.

„Ist er frei?“, frage ich nach den Begrüßungsformalitäten.

Sie nickt. „Er ist ein wenig grantig. Er kann kein Italienisch. Zum Glück haben sie einen neuen Rechtsmediziner hingeschickt, der hat einen italienischen Vater.“

„Eine Mutter“, sage ich automatisch und bremse mich dann ein. Muss ja keiner wissen, dass ich Karl Simatschek kenne. Gemeldet hat er sich allerdings ohnehin noch nicht.

„Sie recherchieren wirklich alles“, meint die Sekretärin und klopft dann an die Tür zu Zuckerbrots Büro.

Wenige Minuten später kann ich mir anhören, dass man mich sofort verhaften sollte. Ich höre etwas von zurückgehaltenen und verschleierten Informationen und dass es wirklich eine Sauerei sei, was er alles aus dem „Magazin“ erfahren müsse.

Ich sitze ihm auf dem unbequemen Besucherstuhl gegenüber und versuche ein Lächeln. „Sie haben mich nicht gefragt."

„Schon einmal was davon gehört, dass man der Polizei auch ohne Vorladung Informationen gibt?"

„Ich habe mir gedacht, Sie hätten Wichtigeres zu tun, als mit mir zu reden. Haben Sie schon mit Farah Seifried gesprochen? Wo ist sie momentan eigentlich?"

Zuckerbrot lehnt sich vor und sieht mich spöttisch an. Trotz der Sommertemperaturen trägt er seine Strickjacke, so ein Ding, das selbst die Motten verweigern. Kein Vergleich zu den adretten Kommissaren, die man üblicherweise im Fernsehen sieht. Vielleicht am ehesten eine alpine Ausgabe von Inspektor Columbo. Nur momentan lange nicht so freundlich. „Sie glauben, dass ich Ihnen das sage?"

Ich zucke mit den Schultern. „Jedenfalls hat es den Streit zwischen den beiden gegeben. Sie hat offenbar sein Image manipuliert. Er hat es sich gefallen lassen. Und dann wollte er doch aufmucken."

„Ja, danke. Konnte ich schon einer Boulevardillustrierten entnehmen."

„Boulevardillustrierte? Ihr bester Freund arbeitet dort. Er ist einer der angesehensten Journalisten Österreichs."

„Und die löbliche Ausnahme. – Ich will von Ihnen jedes Detail. Wen haben Sie in diesem Bergdorf getroffen, der mit dem Fall zu tun hat? Was hat Pauer zu Ihnen gesagt? Was haben die anderen über ihn gesagt?"

Ich krame in meiner Tasche. „Ich hab alles auf diesem USB-Stick gespeichert. Mein Original-Interview mit ihm. Die Interviews mit seiner ersten und mit seiner zweiten Frau. Natürlich auch die Reportagen."

Er nimmt ihn mit einem gnädigen Nicken. „Und was haben Sie nicht geschrieben? Was ist nicht aufgezeichnet?"

Ich schüttle den Kopf. „Das Heft ist erst heute erschienen. Ich mach mich wieder dran. Aber neues Material hab ich noch nicht."

„Und das soll Ihnen einer glauben?"

„Na ja. Etwas noch. Ich hab das Interview mit Pauer nicht weit von der Stelle, an der er ums Leben gekommen ist, gemacht. Ich war spazieren. Ein Weg rund um einen Bergsee. Ich war auch bei diesem Wasserlauf. Er ist nicht groß, drei Schritte und man ist drüber. Oder man springt. Ich war übermütig und bin gesprungen. Ich bin gestürzt und hab mir das Knie aufgeschlagen. Und als ich nach Hause gehinkt bin, ist er an mir vorbeigejoggt. Er ist stehen geblieben und wir haben miteinander geredet. Das ist alles aufgezeichnet und auf dem Stick."

„Und?"

„Das war es. Ich hab mir bloß überlegt: Pauer ist ausgesprochen sportlich. Wenn ich schon fast über den Wasserlauf springen konnte, wäre das für ihn eigentlich ein Kinderspiel gewesen."

„Er kann Pech gehabt haben."

„Natürlich. Jeder kann Pech haben", ich nicke. „Sie wollen jedes Detail von mir: Kann das daran liegen, dass inzwischen klar ist, dass es ein ... Fremdverschulden gegeben hat?"

„Käme Ihnen für die nächste Story wohl gerade recht: Mira Valensky am Ort des Geschehens. Ihr Exklusiv-Bericht: Wie ich mir das Knie aufgeschlagen habe!"

Ich grinse. Mit so etwas bringt er mich nicht aus der Fassung. „Sie sollten den Beruf wechseln. Also: Gibt's Hinweise darauf, dass das doch kein Unfall war?"

„Die Untersuchungen sind noch lange nicht abgeschlossen. – Und wenn Sie irgendwas wissen, dann ist es Ihre Pflicht, mir das mitzuteilen."

Ich nicke und überlege. „Haben Sie schon mit Maggy Körmer geredet?"

„Das ist diese Feministin, die rund um die Pauer-Geschichte ein paarmal aufgetaucht ist."

Er hat seine Hausaufgaben brav gemacht. „Sie war auch in Gavoi. Protestieren. Gegen den Auftritt von Pauer."

„Dass ausgerechnet Sie mir eine Feministin ans Messer liefern ...", spottet Zuckerbrot.

„Ich erzähle Ihnen eben, was ich weiß. Und ans Messer wird sie schon nicht müssen. Ich meine nur: Vielleicht hat sie etwas gesehen?" Mir ist klar, dass ich von Zuckerbrot nichts mehr erfahren werde. Ich hoffe, dass mir Karl Simatschek schneller Auskunft gibt. Ich kann mich irren, aber ich habe das Gefühl, dass inzwischen einiges auf Mord hindeutet. Warum sonst möchte der Chef von Leib und Leben alles so genau wissen?

Noch keine Nachricht von Daniela. Aber Tausende Fotos durchzusehen dauert seine Zeit. Zumal sie ja nicht nur nach Nicole sucht, sondern auch die besten Bilder auswählen muss. Maggy Körmer geht nicht ans Telefon, sie hat nicht einmal eine Mobilbox laufen.

Vesna versucht herauszufinden, wo Farah Seifried ist. Aber sie muss sich auch um ihre Firma kümmern. „Sehr gute Kunden, wollen, dass ich Haus sichere, wenn sie sind auf Urlaub."

„Alarmanlage?"

„Die haben sie schon, ist große Villa. Aber viel besser als Anlage ist Slobo. Der wohnt einfach in Gästezimmer. Ich muss mit ihm dorthin, damit sie nicht erschrecken. Und halten womöglich ihn für Einbrecher."

Ich lache. Vesnas bosnischer Kleiderschrank kann schon einigermaßen einschüchternd wirken, wenn man ihn nicht kennt: Genau das ist auch oft seine Aufgabe. Muss ja keiner wissen, wie friedlich er ist. Ich habe Karl Simatschek schon drei SMS geschickt. Ich sehe noch einmal nach. Keine Antwort.

Ich fahre heim. Ich sollte seit ewig die Küchenkästen mit den Trockenvorräten ausräumen. Irgendwie scheinen sich da Dinge zu sammeln, von denen ich mich gar nicht erinnern kann, sie jemals gekauft zu haben. Gut, Oskar kauft bisweilen auch ein. Und ich muss das Grano-duro-Mehl finden, ich bin mir beinahe sicher, dass eines da ist. Ich möchte versuchen, Pane Carasau, dieses großartige hauchdünne sardische Brot, zu backen. Und vor allem: Ich muss mich ablenken, sonst werde ich noch wahnsinnig.

Ich stehe gerade im Chaos zwischen angefangenen Reispackungen, abgelaufener Kokosmilch, hunderterlei Essigsorten, Nudeln aller Art, dem Weinviertler Safran, den ich vor kurzem erst gesucht habe, Dosen mit geräucherten Austern, ranzigen Spezialölen und drei Packungen Grano-duro-Mehl, als es klingelt. Italienische Nummer. Daniela. Endlich.

„Si? Ja? Pronto?", irgendwas wird schon passen.

Rumpeln. Stille. Dann entfernt Stimmen. Was ist das? Ich lausche.

„Hallo Mira?"

Karl, das ist Karl.

„Ich hab mir das Telefon von Elisabetta ausgeborgt, ist klüger, dachte ich mir."

„Wie geht's dir?"

„Willst du nicht was anderes wissen?"

„Das auch." Mein Herz klopft.

„Mir geht's hervorragend, auch wenn ich lieber mehr Zeit in den sardischen Bergen verbringen würde als beim Sezieren. Und: Es ist so gut wie sicher, dass es sich um keinen Unfall gehandelt hat. Ich kann es dir sagen. Morgen früh gehen die offiziellen Meldungen raus, auch an die Presse."

„Zuckerbrot wird das nicht freuen, er will lieber alles so lange wie möglich geheim halten, kommt mir vor."

„Spielt es da auf Sardinien nicht. Man ist um Transparenz bemüht, man will verhindern, dass was im Verborgenen rennt. Die haben ihre Erfahrungen und sie haben reagiert. Mafia, Korruption."

„Und? Wie ist es passiert?"

„Eigentlich ganz raffiniert, aber dann doch wieder nicht. Profi war es wohl keiner."

Darauf, dass Seifried einen Killer auf Pauer hetzt, hätte ich auch nicht getippt. Selbst ist die Frau.

„Also: Man hat über den Weg eine hauchdünne Schnur gespannt, aus Nylon oder so, gefunden haben wir sie leider nicht. Der das getan hat, hat genau gewusst, dass Pauer vorbeirennt. Er fällt in vollem Lauf über die Schnur …"

„Stürzt auf einen Stein und das war es dann."

„Nein, das wollte dieser Jemand nicht dem Zufall überlassen. Er fällt über die Schnur, liegt da, der Jemand wartet mit einem großen Stein und drischt ihn auf seinen Kopf. Und das war es dann. Der Tatort wird auch noch ganz nett hergerichtet, der Stein so hingelegt, dass es aussieht, als ob er draufgefallen sein könnte. Sogar die feinen Schnitte, die die Schnur auf seinen Schienbeinen hinterlassen hat, hat man versucht zu vertuschen. Man hat ihm einfach mit einem anderen Stein, wahrscheinlich einem, den man dann wieder ins Wasser geworfen hat, die Beine zerkratzt."

„War er eigentlich sofort tot?"

„Sofort wohl nicht. Aber er dürfte nicht mehr viel mitbekommen haben und lange hat es nicht gedauert. Ich erspare dir die Einzelheiten."

„Wofür ich dir dankbar bin. – Seit wann weiß es Zuckerbrot schon?"

„Darf ich dir natürlich nicht sagen. Und festgelegt haben wir uns gestern noch nicht. Aber sobald wir uns relativ sicher waren, dass der Fundort des Steins und die Art der Wunde eben doch nicht genau mit dem Sturz zusammenpassen, hab ich das weitergegeben. – Dir konnte ich da wirklich noch nichts sagen."

„He, das ist schon klar. Auch wenn's vor Redaktionsschluss fein gewesen wäre."

„Wir alle können uns etwas wünschen, liebste Mira."

„Ich wünsch mir von dir, dass du mir Pane Carasau mitbringst. – Wann kommst du zurück?"

„Keine Ahnung, es gibt jede Menge Details, die ausgewertet werden müssen. Und dann braucht man mich noch als Dolmetscher. – Wir haben übrigens auch geringfügige Blutspuren einer anderen Person gefunden. Alle waren schon ganz aufgeregt. Aber das Blut dürfte um einige Zeit länger am Stein gewesen sein. Du hast mir doch erzählt, dass du dir dort dein Knie aufgeschlagen hast?"

Ich lache. „Ihr kriegt meine Blutprobe."

„Wir haben noch etwas anderes überlegt: Du schlägst dir das Knie auf, das könnte jemanden inspiriert haben, ihn genau dort zu Fall zu bringen. Nach dem Motto: Es ist plausibel, dass an dieser Stelle etwas passiert."

„Pauer hat davon gewusst, klar. Mit ihm hab ich kurz danach das Interview gemacht. Ich hab wohl auch mit einigen anderen darüber geredet. Aber mit wem? War ja doch nicht so wichtig. Pauer kann es seiner Frau gesagt haben. – Ach ja. Jetzt erinnere ich mich: Sie hat mir sogar erzählt, dass es so war. Wahrscheinlich hat er es auch der Verlagschefin gesagt. Andererseits: Ich hatte den Eindruck, dass sie von dem Interview mit mir gar nichts weiß. Alle, die mitbekommen haben, dass er in der Früh joggt, brauchen die Strecke bloß abzugehen und den gefährlichsten Punkt zu suchen. Da war zum Beispiel ein Kamerateam, und Journalisten, und ..."

„Natürlich, da ist schon was dran."

„Solltet ihr mein Blut vor Ort brauchen: Ich kann mich hinliefern. Quasi als lebenden Beweis. Bloß gegen Erstattung der Spesen."

Karl lacht. „Wäre schön. Elisabetta will mir heute Abend übrigens eine großartige Osteria zeigen. Ich trinke ein Glas Vermentino auf dich!"

„Genieß es, lass Elisabetta schön grüßen, und: danke!"

Ich sehe mich in der Küche um. Wie bin ich nur auf die blödsinnige Idee gekommen, die Vorratskästen auszuräumen? Gismo stelzt auf dem Boden herum, weiß nicht, ob sie das alles einer näheren Inspektion unterziehen soll. Sie hat auf der Arbeitsfläche nichts verloren. Ich sage ihr das. Sie schaut mich an, also wollte sie erwidern: So ein Durcheinander hätte ich jedenfalls nie zustande gebracht.

Ich gehe zum Laptop, schreibe auf, was mir Karl erzählt hat. Keine Ahnung, wie viel morgen davon veröffentlicht wird. Ich habe etwas vergessen. Er ist zwar Rechtsmediziner, aber offenbar auch die zweisprachige Kontaktperson zwischen den Ermittlern.

Ich rufe die Nummer noch einmal an, warte einige Zeit.

„Elisabetta Santori, pronto! Oh, Mira." Es folgt ein italienischer Redeschwall, dann habe ich Karl in der Leitung.

„Ich hab was vergessen: Ist Farah Seifried eigentlich noch in Gavoi?"

Stille. „Na gut. Das kannst du auch von woanders haben. Sie hat durchgesetzt, dass sie ausreisen kann. War meinen Kollegen da gar nicht recht. Aber offenbar hat sie ziemlich gute Beziehungen."

„Und wisst ihr, wo sie jetzt ist?"

„Ja. In Berlin. Sie muss sich regelmäßig melden."

„Sie gilt als Verdächtige."

Karl schnauft. „Mira! Mehr kann ich nicht sagen. Sie gehört zum großen Kreis der Personen, die überprüft und die als Zeugen einvernommen werden."

„Sie hatten am Vorabend einen heftigen Streit."

„Weiß ich. Die Info hab ich aus Wien. Eine ziemlich umtriebige Journalistin des ‚Magazin' hat ihn offenbar gehört. – Das hättest du mir übrigens sagen können."

„Du bist Rechtsmediziner. Und dein Untersuchungsobjekt streitet sicher mit niemandem mehr."

„Das ist einer der ganz großen Vorteile an meinem Job. – Für den Fall, dass du noch so etwas wissen solltest: Ich höre gerne zu. Momentan bin ich nicht bloß einer, der sich den Tod quasi von innen ansieht, scheint es."

„Wer etwas weiß, meldet sich, abgemacht?", sage ich und komme mir mies vor.

„Abgemacht und ciao, bis bald, Bella."

Weiß ich wirklich etwas Relevantes, das ich ihm hätte erzählen können? Nicole: Kann es sein, dass ich mich in Gavoi geirrt habe? Ich starre auf mein Chaos. Mittendrin sitzt Gismo und versucht gerade eine Packung mit getrockneten Steinpilzen aufzureißen.

Am nächsten Morgen tappe ich zu meinem Laptop. Ich habe zehn Stunden geschlafen, nicht gemerkt, dass Oskar aufgestanden ist und mir einen Zettel mit *„Schön, dass du da bist!“* hingelegt hat. Jetzt ist er längst in der Kanzlei. Gismo streift herum. Oskar hat sie sicher gefüttert. So ein wundervoller Zettel.

Nachricht von Daniela. Mit einem großen Dateianhang. Gesendet um drei Uhr einundzwanzig. – Was habe ich verschlafen? Ich reibe mir die Augen, setze mich.

Noch bevor ich die Nachricht lese, öffne ich die jpg-Datei. Man sieht eine der steilen Gassen von Gavoi. Das Licht ist flach, das Foto muss entweder zeitig in der Früh oder am späten Nachmittag aufgenommen worden sein. Der kleine Platz mit der Bar, aus der meistens Jazzmusik gedrungen ist. Von den Tischen im Freien ist bloß einer besetzt. Lässt darauf schließen, dass es Morgen war. Ein Mann und eine Frau. Keiner der beiden kommt mir bekannt vor. – Was soll das? Erst dann bemerke ich die zierliche Gestalt an der Hausecke, fast verdeckt vom Schatten. Ich brauche nicht einmal zu zoomen. Ich weiß, wer das ist. Nicole.

Ich drucke das Bild aus, will sicherheitshalber gleich fünf Abzüge machen. Idiotischerweise haben wir übersehen, dass die gelbe Farbpatrone leer wird. Keine Ersatzkartusche da. Zwei Fotos, mehr gibt der Drucker nicht mehr her. Die Farben sind etwas verfälscht, aber das ist nicht so wichtig. Mein Herz klopft. Ich muss sofort mit Nicole reden. – Sollte ich nicht Zuckerbrot verständigen? Mache ich. Später. Wenn ich mehr weiß. Ich renne zu meiner Tasche. – Ich habe ja gar keine Ahnung, wo Nicole jetzt ist. Und: Ich habe noch mein Nacht-T-Shirt an.

Starker Kaffee. Mobiltelefon. Jana geht gleich dran. „Es ist dringend.“

„Okay, ich komm in die Redaktion.“

„Ich bin daheim.“

„Bis du krank? Alles okay?“

„Komm einfach.“

„Ich bring Mam mit.“ Jana wirkt beunruhigt. Ich bin es ja auch. Mehr als das.

Ich renne Richtung Dusche, stolpere fast über Gismo, drehe das Wasser auf, lasse es über mein Gesicht rinnen. Kalt. Normalerweise hasse ich so etwas, heute brauche ich es. Dann mische ich doch heißes Wasser dazu, atme durch. Zehn Minuten später bin ich angezogen und fertig. Gismo starrt mich an. Sie kann Hektik und Aufregung nicht ausstehen. Noch ein Kaffee. – Wo bleiben die beiden? Soll ich noch einmal anrufen? Lieber nicht. Es ist elf. Eigentlich keine Zeit für Staus. Wobei man in Wien nie wissen kann. Außerdem kommen sie wohl eher mit der U-Bahn. Ich könnte unten auf sie warten. – Ich habe Daniela nicht einmal gedankt. Jetzt erst lese ich ihre E-Mail, ich antworte nicht besonders genau, das ist vielleicht besser so. Seit der Sache mit der Vorratsdatenspeicherung bin ich vorsichtig geworden. Big Brother is watching you und so. Grazie, grazie, grazie!!!

Es läutet. „Ich komm runter!“, rufe ich, werfe die Tür hinter mir zu, hole den Lift.

„Und was ist so eilig, dass wir nicht einmal bekommen Kaffee?“, fragt Vesna.

„Pauer wurde ermordet. Man hat über den Wasserlauf eine Nylonschnur gespannt, ihn zu Fall gebracht und ihm dann einen Stein auf den Kopf gedroschen.“ Ich halte ihnen das Foto hin. Jana schaut Vesna über die Schulter, sie ist ein schönes Stück größer als ihre Mutter.

„Wo ist Nicole eigentlich?“, frage ich Jana.

„Noch immer bei ‚frauen.com‘, glaube ich. Ist zwar nicht vorgesehen, dass man da übernachtet, aber zur Not geht's. Sandra kümmert sich wie eine Glucke um sie.“

„Wenn sie nicht mit mir redet, muss ich zur Polizei. Das ist keine Erpressung, das ist einfach Tatsache.“

Jana nickt und wir setzen uns in Bewegung. Dafür, dass ich schon länger nicht joggen war, mache ich in letzter Zeit ganz schön viele schnelle Kilometer.

„Ihr wartet irgendwo in der Nähe, ich gehe rein und schau, ob Sandra da ist und wo Nicole ist“, sagt Jana.

Nicole sitzt auf der Couch im Krisenzimmer, Jana neben ihr. Sandra Alman hat darauf bestanden, dabei zu sein. Soll sie hören, was ich herausgefunden habe. Sie steht mit verschränkten Armen bei der Tür. Wie eine pummelige grollende Göttin aus dem Mayareich. Vesna hat sich einen Stuhl organisiert. Ich habe mir den Schreibtischsessel genommen. Nicole sieht heute deutlich besser aus als gestern. Wer weiß, wie lange sie vorher nicht geschlafen hat. Sie hat das Foto in der Hand und starrt es an.

„Warum hast du uns angelogen, Nicole?“, frage ich sie.

„Du musst nichts sagen“, berät sie Sandra.

Mir ist inzwischen klar: Ihr hat Nicole die wahre Geschichte längst erzählt. „Ich sollte das an die Polizei geben. Aber ich wollte zuerst mit dir reden“, füge ich hinzu.

Nicole starrt immer noch auf das Bild.

„Das bist du, daran gibt's nichts zu rütteln“, ergänzt Jana.

„Bin ich.“ Es klingt, als wäre sie selbst überrascht.

„Warum bist du nach Gavoi gefahren? Es kann kein Zufall gewesen sein“, probiere ich es weiter. Sie tut mir leid. Ich kann mir auch nicht vorstellen, dass sie mit dem Tod von Pauer zu tun hat. Das heißt: Ich will es mir nicht vorstellen. Er war eine miese Figur. Wir sollten sie in Ruhe lassen, was immer sie in Sardinien gemacht hat. Können wir immer noch. Nachdem wir ihre Geschichte gehört haben.

Nicole sieht Sandra Alman an, dann mich. „Also gut. Es war kein Zufall.“

„Du solltest besser nichts sagen, Nicole“, sagt Sandra scharf. – Wie ist sie in die Sache verwickelt? Hat sie damals der Einladung zum Abendessen nur zugestimmt, weil sie klären wollte, wer ich bin und wie viel ich weiß?

„Nein. Mir ist es egal. Irgendwann kommt es sowieso raus. Ich bin selbst schuld. Ich hätte mich nie darauf einlassen dürfen.“

„Was war mit Pauer?“, fragt Vesna ungeduldig dazwischen.

„Ich … wollte ihn in Gavoi treffen. Ich konnte einfach nicht mehr. Alle haben mich gehetzt, keiner hat mir geglaubt, immer in der Angst, alles fliegt auf. Ich wollte mit ihm reden. Wenn er mir Geld gibt, oder mir sonst irgendwie hilft, dann gehe ich ins Ausland, irgendwo nach Südamerika, hab ich mir gedacht. Und ich sage dafür, dass ich das vielleicht falsch verstanden habe an diesem Abend im Hotel. Er wird nicht angeklagt und ich hab meine Ruhe.“

Jana starrt sie an. „So etwas kann man nicht machen. Ein Vergewaltiger darf nicht ungestraft davonkommen.“

„Er ist tot“, stellt Vesna trocken fest.

Nicole starrt zurück. „Ich hab nichts zu tun mit seinem Tod, das schwöre ich! – Diese Verlegerin, die ist immer bei ihm gewesen, es war unmöglich, ungesehen an ihn ranzukommen. Die vielen Medien. Und dann hat mich auch noch Mira in Gavoi gesehen …“

„Du hast also nicht einmal mit ihm gesprochen?“, frage ich.

Nicole starrt auf die gegenüberliegende Wand.

„Du musst nicht mehr sagen“, wirft Sandra Alman ein.

„Ich will aber. Ja, doch. Ich habe ihm einen Zettel zukommen lassen, über einen aus dem Hotel. Ich habe geschrieben, dass wir eine Lösung finden müssen. Und dass er mir einen Antwortzettel mit dem Treffpunkt unter den Kunstrasen beim Swimmingpool legen soll. Er hat mir zurückgeschrieben. Dass auch er unter enormem Druck steht und dass er es satthat, dass er endlich alles in die eigenen Hände nehmen muss und dass wir uns in der Nacht am Weg unter dem Pool treffen sollen. Da kommt man auch von der Straße aus hin, ich hab ja nicht in diesem Hotel gewohnt und am Abend war das Gelände abgesperrt.“

„Sondern wo?“, frage ich.

„Ist nicht wichtig jetzt“, zischt Vesna.

„Bei einem Bauern in der Nähe. Ich hab ihm erzählt, ich hab mich erst spät entschlossen, zu dem Festival zu fahren, da gab's dann keine regulären Fremdenzimmer mehr.“

„Ihr habt euch getroffen …“

„Ja, aber nur ganz kurz. Da waren Stimmen, irgendwelche Hotelgäste, sie sind näher gekommen. Stellt euch vor, man hätte uns gemeinsam gesehen … Ich hab ihm ganz schnell meinen Vorschlag gemacht und er hat gesagt, er hilft mir, damit ich wegkann. Er hat gesagt, er schreibt mir auf den Zettel, wie wir weiter vorgehen sollen, und legt ihn wieder unter den Kunstrasen.“

„Kein Wunder, dass er dir helfen wollte abzuhauen. Ohne deine Aussage wäre das Verfahren eingestellt worden“, murmelt Jana.

„Eigentlich doch ein Wunder. Es … es hat ja nicht gestimmt mit der Vergewaltigung.“

Ich ziehe die Luft ein.

Sandra Alman schüttelt wütend den Kopf. „Lass das!“

Nicole sieht sie trotzig an. „Ich weiß, dass es dabei nicht bloß um mich geht. Aber ich werde es allen so gut wie möglich erklären. – Ich hab mich über das Buch total geärgert und wie er dann noch bei uns am Publizistik-Institut gesessen ist, der blonde Superstar, und lockere Sprüche geklopft hat, dass es eben in einer Demokratie keine Diskussions- und Denkverbote geben dürfe und dass wir doch einmal nachdenken sollten, ob er nicht recht habe. Ich hab an dieser Hausarbeit über Rollenbilder in den Medien gearbeitet. Und ich hab ihn gefragt, ob ich einen Interviewtermin mit ihm kriege. Und er hat mir einen gegeben.

Am Tag vor unserem Treffen war ich hier bei ‚frauen.com'. Weil ich da eben auch für meine Hausarbeit recherchiert habe."

Sandra Alman lehnt sich an die Wand.

Kann es sein, dass sie Nicole angestiftet hat, eine Vergewaltigung oder zumindest einen Versuch vorzutäuschen? Um Thomas Pauer vorzuführen? Und seinen Ruf zu ruinieren? Sein Buch? Ich starre sie an. Sie starrt ausdruckslos zurück. Jana sitzt da und schüttelt bloß den Kopf.

„Es ist über das Buch und die neue Männer-Welle diskutiert worden und darüber, dass die ganzen mühsamen Errungenschaften der Frauenbewegung ins Rutschen kommen könnten. Und dass es vielen Frauen wirklich noch immer beschissen geht, dass die Schwächsten am wenigsten Chancen haben, aus Abhängigkeit und oft auch Gewalt rauszukommen. Maggy Körmer hat gesagt, dass man so einem wie dem Pauer mit Diskutieren nicht beikommt. Ich glaube, in dieser Minute ist mir die Idee gekommen."

„Sie ist dir gekommen?", frage ich.

„Ja. Und danach hab ich mit Maggy darüber geredet."

„Und mit Sandra", ergänzt Vesna.

„Bist du verrückt?", fährt die Leiterin von „frauen.com" auf. „Ich hätte so einen Wahnsinn doch nie im Leben zugelassen! Auf so eine Idee können nur Leute kommen, die keine Ahnung haben, was Vergewaltigung bedeutet!"

„Und seit wann weißt du davon?", frage ich sie.

„Seit heute", antwortet Sandra Alman.

„Du wolltest schon vorgestern nicht, dass wir mit Nicole reden."

„Ich … ich habe wohl irgendwann etwas zu ahnen begonnen. Aber ich wollte es nicht glauben. Mir war nur klar, dass ich Nicole schützen muss. Vor allem aber die Frauen, denen Gewalt angetan wird. – Wisst ihr, was passiert, wenn das publik wird? Wenn in so einem prominenten Fall rauskommt, dass es eine Falle war? Der Schaden ist enorm! Wunderbar, werden sie sagen, jetzt gibt es endlich einen Beweis, wie viel die Frauen vortäuschen. Die wahren Opfer sind die Männer. Dieses Luder wollte den armen Pauer hineinlegen. So kann es jedem von uns Männern gehen. Noch weniger Frauen werden sich trauen … Man wird den Frauen noch weniger glauben …" Ich sehe, dass Sandra Alman Tränen in den Augen hat.

„Maggy Körmer. Sie hat das mit dir geplant?", frage ich Nicole.

Nicole nickt. „Sie war Feuer und Flamme und hat mich gelobt für meine Opferbereitschaft. Wir haben uns das ja ganz anders vorgestellt. Er hat ja als wilder Draufgänger gegolten, so einer, der alles mitnimmt, was sich ihm bietet. Ich sollte ihn ein wenig reizen und dann haben wir Sex und dann renne ich davon, zerstöre noch einiges, vielleicht versucht er mich aufzuhalten, wir kämpfen, ich krieg noch einige blaue Flecke und dann schreie ich, dass er mich vergewaltigt hat. In gewissem Sinn hat er ja auch viele mit seinem Buch vergewaltigt. Und Freibriefe ausgestellt."

„Hat Maggy Körmer gesagt", merkt Vesna trocken an.

Nicole nickt. „Aber ich habe das auch so gesehen. Ich war eine Idiotin … ich habe mich wirklich als Heldin gefühlt. Und dann war alles ganz anders. Ich hab es nicht glauben können, aber er wollte einfach nicht. Ich hab mich ihm fast schon aufgedrängt, es war total peinlich, mir war klar, dass ich da nicht mehr zurückkann. Und irgendwann hab ich begriffen, dass der sicher keinen Sex mit mir haben wird, also hab ich es mit Teil zwei versucht, Zerstörung, Kampf. Er war so irritiert, dass er nicht einmal versucht hat, mich zurückzuhalten, oder zumindest nicht eben heftig, und dann bin ich in die Hotelhalle."

„Und welche Rolle hat Farah Seifried gespielt?", frage ich mit trockenem Mund.

„Die? In diesem Fall gar keine. Die ist dann nur ziemlich bald in der Halle aufgetaucht, leider. Maggy hat einige Journalisten verständigt und die Polizei. Das haben wir vorher ausgemacht."

Ich nicke. „Wo ist eigentlich der Zettel, den dir Pauer in Sardinien geschrieben hat?", fällt mir ein. Besser, bei den Details zu bleiben. Mit dem Ganzen kann ich noch nicht umgehen.

„Keine Ahnung. Ich musste ja weg, wegen der Menschen, die ich gehört hatte. Als ich am nächsten Tag in der Früh nachgesehen habe, war da kein Zettel. Aber ich bin mir ganz sicher: Er wollte eine Lösung. Er hat mir auch gesagt, dass er einiges klarstellen wird. Dass man ihn in eine Rolle gedrängt habe. Ich hätte meine Aussage abgeschwächt, er hätte gesagt, dass er nie und nimmer meint, Männer sollten immer die Sau rauslassen und Frauen wären dann wieder richtige Frauen und den Männern dankbar, er hätte sich ganz klar von allen Übergriffen auf Frauen distanziert, und damit wäre der ganze Albtraum vorbei gewesen."

Für ihn ist es tatsächlich vorbei. Für Nicole noch lange nicht. Sie braucht einen guten Anwalt, so viel ist klar. – Wenn sie aussagt, dass sie in Gavoi war und sich mit Thomas Pauer getroffen hat, um zu einer

Einigung zu kommen: Kann es gelingen, dass nichts vom wahren Verlauf des Abends im Hotel an die Öffentlichkeit dringt? Darf man ihn verschweigen? Jedenfalls ist das Verfahren eingestellt. – Praktisch. Ziemlich praktisch. Der Täter, der zumindest in diesem Fall dann doch eher ein Opfer war, ist tot.

„Hat Maggy Körmer gewusst, du bist in Gavoi?", fragt Vesna.

„Ich hab mit ihr geredet, da in Wien, bevor ich mich vor den Medien versteckt hab. Als die alle über mich hergefallen sind, war ich verzweifelt, ich wollte, dass sie mir hilft. Sie hat nur gemeint, dass ich meine Sache sehr gut gemacht habe, auch wenn nicht alles optimal gelaufen sei. Und dass ich im Interesse der Frauen durchhalten müsse. Und dann hat sie wieder einen Vortrag über die Weltverschwörung der Maskulisten gehalten und ich hab mir gedacht, wie hab ich jemals so blöd sein können, mich auf diese Aktion einzulassen."

„Das war euer letzter Kontakt?", frage ich.

„Ich … ich hab ihr einmal von unterwegs geschrieben, dass ich nicht mehr kann. Und dass ich mit Pauer zu einer Einigung kommen möchte. Sie hat mir zurückgeschrieben, dass ich auf keinen Fall etwas unternehmen soll, dass wir vorher darüber reden müssen."

„Du hast was von Gavoi geschrieben?"

Nicole schüttelt den Kopf. „Nein, hab ich nicht. – Und ich kann mir auch nicht vorstellen, dass sie was mit dem Tod von Pauer zu tun hat. Wahrscheinlich war es ja doch ein Unfall."

Ich starre sie an. Sie weiß es noch nicht. – Was wiederum bedeutet, dass sie es nicht gewesen ist. Unsinn. Sie hat uns schon einmal an der Nase herumgeführt. Und das nicht zu knapp. All das Gerede vom Opfer, dem man glauben muss … Na super. Und jetzt bin ich genau da, wovor Sandra Alman Angst hat. Dass das, was Frauen erzählen, bestenfalls als Gerede abgetan wird.

„War kein Unfall", sagt Vesna trocken.

Nicole starrt sie an. „Wenn die erfahren, dass ich dort war …"

Ich nicke. „Du stehst unter Verdacht."

„Und sag ja nicht, dass man dir glauben soll", faucht Jana.

„Ich sag gar nicht, dass man mir glauben soll. Aber ich war es nicht."

Farah Seifried. Der Streit zwischen ihr und Pauer. Er wollte sein Supermacho-Image ändern, wenn Nicole dafür ihre Aussage abschwächt. Zumindest, wenn er Nicole nicht angelogen hat. Dafür spricht einiges, auch die Andeutungen, die er im Interview gemacht hat, dass er bald vielleicht schon mehr für mich habe. Für Seifried wäre das eine Katastrophe gewesen. Der Bestsellerautor, der alles relativiert und womöglich gesteht, dass er die deftigsten Passagen des Buches gar nicht selbst geschrieben hat. „Ich bin nicht, der ich bin." „Und sie ist nicht, was ihr glaubt." Nämlich Nicole. Kein Vergewaltigungsopfer. Und er kein Täter. Zumindest nicht in diesem Zusammenhang. Dafür auch kein neuer Super-Mann. Zumindest nicht so einer, wie es in seinem eigenen Buch steht. Der amerikanische Verlag hätte von Alpha Books oder gar von Farah Seifried Schadenersatz verlangt. Zu viel Manipulation. Sie wäre ihren Job los gewesen.

„Die wahrscheinlichste Täterin ist immer noch Farah Seifried", sage ich. Es soll irgendwie Trost spenden. Tut es aber nicht. Auch wenn ich meine These noch so genau darlege. Jedenfalls ist eines klar: Nicole muss vor der Polizei aussagen. Diese Geschichte kann ich nicht schreiben, ohne Zuckerbrot Bescheid zu geben. – Wie viel will ich davon überhaupt schreiben? Darf ich etwas verschweigen?

„Wie bist du eigentlich nach Gavoi gekommen?", frage ich.

Nicole lächelt. „Das war nicht weiter kompliziert. Ich bin mit dem Personalausweis einer Freundin gefahren. Wir haben immer darüber gewitzelt, wie ähnlich wir uns sehen. Ich hab ihr gesagt, ich muss vor den Medien ins Ausland flüchten. Ich bin nach Italien, das ist naheliegend, ich hab ein paar Semester Italienisch studiert, und da zieht es mich immer wieder hin. Bei der Ausreise hat mich sowieso keiner kontrolliert. Auf der Fähre nach Sardinien hat's Stichprobenkontrollen gegeben, vor allem bei den Touristen, aber ich gehe zur Not als Italienerin durch, sie haben mich in Ruhe gelassen. Außerdem hat man mich ja nicht gesucht. Es ging mir nur darum, dass mich keiner findet. – Keiner von den Medien."

„Vielleicht gibt es doch einen Weg, nichts über den Verlauf des Abends im Hotel zu erzählen", überlegt Sandra Alman. „Er hat sich diese Entschuldigung nicht wirklich verdient. Und die Frauen haben es sich noch viel weniger verdient, ins falsche Licht zu kommen. Ich muss mit Maggy Körmer reden. Auf mich hört sie noch am ehesten."

„Nehme ich nicht an, sie erzählt Polizei-Machos die wahre Geschichte", antwortet Vesna einigermaßen spöttisch. Ich sehe meine Freundin an und wir denken offenbar das Gleiche: Was, wenn Sandra Alman doch mit drinsteckt und Maggy warnt?

Die Leiterin von „frauen.com" hat unseren Blick richtig gedeutet. „Ich hatte mit der Sache nichts zu tun!", fährt sie auf. „Ich bin ja nicht verrückt und zerstöre das, wofür ich mich immer eingesetzt habe! Ich versuche bloß, den Schaden möglichst gering zu halten!"

Nicole beginnt zu weinen. Ich würde am liebsten mitheulen. So habe ich mir unsere Aufklärung nicht vorgestellt.

„Ich gehe mit dir zu Maggy", sagt Jana. „Sie mag mich zwar nicht, aber irgendwie gehöre ich dazu, das weiß sie."

Vesna steht auf. „Nicole muss nicht sagen, was an Abend in Hotel passiert ist. Noch nicht. Sie war in Gavoi, weil sie Einigung mit Pauer wollte. Aussage abschwächen, dafür Geld von ihm und Erklärung, dass er gar nicht so Macho ist. Dafür reicht es auch, wenn sie später zu Polizei geht. Sie muss noch nicht da sein, sie ist irgendwo in Versteck, wo sie nichts mitbekommt. Wichtiger ist, dass wir Mörder finden. Und zwar schnell."

Sie sieht uns alle grimmig an und beinahe hätte ich gesagt: Ich war's nicht. Aber irgendwie ist uns allen nicht nach Späßen zumute.

Wirklich wohl ist mir bei der Idee nicht, dass Nicole erst später mit Zuckerbrot redet. Andererseits: Wenn ich ans „Magazin" denke, ist es natürlich gut. Unwahrscheinlich, dass ihre Aussage nicht an die Öffentlichkeit gelangen würde. Ich schließe mit mir selbst einen Kompromiss: Spätestens vor Erscheinen der nächste Ausgabe informieren wir den Leiter der Mordkommission. Er erzählt mir ja auch nicht immer alles sofort.

Ich fahre in die Redaktion und sehe, dass inzwischen die offizielle Mitteilung gekommen ist: Die Polizeibehörden in Sardinien und Wien gehen davon aus, dass dem Tod von Thomas Pauer, Autor, siebenundvierzig, ein Fremdverschulden zugrunde liegt.

In den heutigen Zeitungen ist davon natürlich noch nichts zu finden. Dafür berichtet das „Blatt" darüber, dass *„Pauers Kontrahentin Nicole Moser noch immer untergetaucht ist. Zeugen wollen sie in Italien gesehen haben. Aus Polizeikreisen ist zu hören, dass überlegt wird, einen internationalen Haftbefehl auszustellen, wenn sie sich weiterhin behördlichen Befragungen entzieht."* Bloße Spekulation, das ist mir klar. – Oder gibt es doch auch andere, die Nicole auf Sardinien erkannt haben?

Die Gratiszeitung hat ein Interview mit Carina Pauer, in dem sie sagt: *„Ich stehe voll und ganz hinter meinem Mann und seinem Buch. Er hat das Buch von der ersten bis zur letzten Seite selbst geschrieben. Keiner hätte einen Satz ändern dürfen. Und: Er hat es nie notwendig gehabt, sich* *zu verstellen.*" Das Foto zeigt sie mit ernstem Blick und mit dem Buch „Sei ein MANN!", sie drückt es an ihr Herz. Ich habe das Gefühl, Farah Seifried ist inzwischen in Wien. Oder bei Korneuburg.

Wenig später sehe ich sie. Im Fernsehen. Offenbar hat sie für einen auserwählten Kreis, zu dem ich nicht gehöre, eine spontane Pressekonferenz gegeben. In einem noblen Wiener Hotel. Dunkles Kostüm, perfekt sitzende blonde Haare, konzentriertes Gesicht. Rund um sie einige Journalisten und ein Kamerateam. Der Chefredakteur hat mich in sein Büro geholt, da hängt der große Flatscreen.

„Alpha Books wird die Aufklärung dieses fürchterlichen Verbrechens in jeder Beziehung unterstützen. Ich habe alle, die von unserem Verlagshaus in Sardinien dabei waren, um einen lückenlosen schriftlichen Bericht über sämtliche Ereignisse und Kontakte im Zusammenhang mit Thomas Pauer gebeten. Wir befürchten, dass er einem fehlgeleiteten Kritiker zum Opfer gefallen ist."

Der Fernsehreporter hält das Mikrofon werbegerecht in die Kamera. „Einem Kritiker?" Er betont das „er".

Farah Seifrieds Gesicht bleibt ernst. „Wenn Sie auf dieser Haarspalterei bestehen: einer Kritikerin."

„Hat ‚Alpha' konkrete Hinweise? Verdachtsmomente?"

Die Verlagschefin verzieht keine Miene: „Wenn wir die haben, dann teilen wir sie natürlich den Polizeibehörden mit."

Wunderbar, damit hat sie es zwar indirekt, aber deutlich gesagt: Die Mörderin wird wohl eine Frau sein, der Pauer und sein Buch nicht gefallen haben. – Wer auch sonst? Bloß: Was ist, wenn sie recht hat?

„Glaubst du das?", fragt mich Klaus.

Ich schüttle trotzdem den Kopf. „Wir müssen uns fragen: Wer hatte etwas zu verlieren, wenn Thomas Pauer seine Position geändert hätte? Und das hat er in Gavoi gleich mehrfach angekündigt: bei seinem Diskussionsabend und bei diesem Mirto-Fest. Und eigentlich auch im Interview mit mir." Ich werde die Passage noch einmal heraussuchen. Immerhin: Zuckerbrot hat das vollständige Interview. Er kann nicht behaupten, dass ich nicht mit ihm kooperiere.

Ich gehe zu meinem Schreibtisch, finde am Laptop die Datei mit dem Gespräch mit Pauer, starte sie. Eigenartig, die Stimme eines Toten zu hören. Es macht meine Erinnerung an den Morgen am See zweifelhaft, unwirklich. Ich fahre mit dem Cursor vor und zurück, dann habe ich die Stelle:

„Und der Journalist von ‚Mega' hat das Interview mit Ihnen frei erfunden?"

„Von ‚Mega'?"

„Die haben das mit Saft und Sex und so geschrieben."

„Ach ja. Die haben … überinterpretiert. Ich hab das nie so gesagt. – Wissen Sie, wie ich es satthabe, als Sexmonster dazustehen? Wer hält so etwas aus? Daran sieht man ja gerade, wie mit uns Männern umgegangen wird. Wir stehen ununterbrochen unter Generalverdacht, etwas verbrochen zu haben."

„Bei Ihnen ist der Verdacht wohl ziemlich konkret. Und der Ermittlungsleiter ist übrigens ein Mann."

„Ich bin reingelegt worden. Vielleicht habe ich bald mehr für Sie."

„Was heißt: reingelegt worden? Von wem?"

„Ich kann darüber noch nicht reden. Nur so viel: Die ganze Sex-Geschichte … ich werde da einiges klarlegen."

„Jetzt haben Sie die beste Gelegenheit dazu."

„So einfach ist das nicht, wie Sie denken! … Ich … ich habe sicher auch manches falsch gemacht."

Ja, das hat er wohl.

Ich sollte herauskriegen, wo Farah Seifried ist. Aber sie wird ohnehin nicht mit mir reden, das ist ziemlich klar. Vesna. Die Verlagschefin kennt meine Freundin nicht. Vesna sollte an ihr dranbleiben, für alle Fälle. Vielleicht kann ich den Chefredakteur dazu bringen, dass er ihre Spesen zahlt. Über irgendeinen Umweg, den die Geschäftsführung gar nicht zu erfahren braucht.

Ich gehe noch einmal in das Büro von Klaus. Ich klopfe und sehe, dass er vor dem Laptop sitzt, neben ihm eine Menge Zeitungsartikel und die letzte Ausgabe des „Magazin", mein Interview mit Pauer.

Er sieht mich erstaunt an.

„Mir ist noch etwas eingefallen", beginne ich.

Er nickt. „Ich hab das Gefühl, da gibt's einiges, was du weißt, aber nicht sagen möchtest. Du bist … aufgedreht. Irgendwie total nervös."

„Wir sollten Farah Seifried beobachten lassen. Vielleicht macht sie einen Fehler."

„Du gehst davon aus, dass sie es war?"

„Es ist das Wahrscheinlichste. Sie hatte am meisten zu verlieren."

„Und was ist mit seiner Frau?"

„Der traue ich keinen geplanten Mord zu."

„Du unterschätzt junge Blondinen."

Ich lache. Es ist richtig befreiend. „Vielleicht", sage ich dann.

„Seid ihr eigentlich weiter mit Nicole in Verbindung?"

Ich schüttle den Kopf. Was soll ich auch sonst tun? Ich kann es ihm nicht sagen, noch nicht. „Vesna könnte Seifried eine Zeit lang überwachen. Du weißt, sie ist gut."

„Ich nehme an, die Verlagschefin ist auch für andere Medien und für Zuckerbrots Team interessant. Macht es Sinn, dass wir uns da dranhängen?"

„Die Frage ist, ob sie tatsächlich dauernd beobachtet wird. Und darum geht es. Sie bei einem Fehler zu ertappen, einer Ungereimtheit. – Eventuell", füge ich hinzu. Ich weiß ja selbst nicht genau, was ich mir von der Aktion erwarte. Bloß: So viele Möglichkeiten haben wir nicht.

„Vesna ist nicht einmal offizielle Privatdetektivin."

„Sei froh. Wenn was rauskommt, kann es nie heißen, das ‚Magazin' hat der Verlagschefin eine Detektivin hinterhergeschickt, sondern bloß eine Putzfrau."

„Eine sehr unternehmungslustige Unternehmerin."

„Ist auch recht."

„Ich werde sehen, was ich machen kann."

„Wir müssen das sofort entscheiden. Ich hab keine Ahnung, wie lange Seifried in Wien bleibt."

„Okay, ich kriege es irgendwie hin. Sie soll sie heute und morgen beobachten. Und einen Bericht liefern."

„Den mache ich."

„Ja, besser, deine Vesna Krajner scheint nirgendwo auf."

Ich packe zusammen, rufe Vesna an und höre, dass sie in ihrer Firma ist. Ich fahre hin. Ohnehin klüger, so wenig wie möglich am Telefon zu erzählen.

Abbruchhaus und Spekulationsobjekt in einer ruhigen Seitengasse innerhalb des Gürtels. Die große Tafel „Sauber – Reinigungsarbeiten aller Art" wie immer blitzblank. Ist ja auch quasi ihr Aushängeschild. Seit zwei Jahren lebt Vesna in der Villa von Valentin, aber das Büro wollte sie nie aufgeben. Ihre ehemalige Wohnung neben der Firma hat Jana übernommen. Sie ist hier aufgewachsen.

Vesna meint, sie müsse nur ein paar Termine verschieben, dann werde sie sich mit großer Freude an die Fersen von Seifried heften. „Und wenn ‚Magazin' doch nicht Spesen zahlt, dann es bringt mich auch nicht um. Aber das du sagst ihnen natürlich nicht."

Wir hören es beide: Jemand kommt die Treppe herauf, ein Schlüssel dreht sich im Schloss. Ich sehe Vesna an. Einbrecher? Was vermuten die hier? Weiß jemand, dass wir mehr wissen?

„Jana", stellt Vesna trocken fest. Ich bin wirklich überdreht, der Chefredakteur hat ganz recht.

„Es war ein eigenartiges Gespräch", erzählt Jana wenig später. „Wir haben Maggy Körmer im Büro besucht. Sie hat eine Sekretärin und ein Zimmer im NIG, dem Neuen Institutsgebäude der Uni. Natürlich ist jetzt nicht üppig viel zu tun bei internationalem Studentenaustausch, sind ja Ferien."

„Hat Sandra Alman auf dem Weg irgendetwas Bemerkenswertes gesagt?", will ich wissen.

Jana schüttelt den Kopf. „Sie hat mir nur klarzumachen versucht, dass es für den Mordfall eigentlich egal ist, wie der Abend im Hotel gelaufen ist. Und es dürfe auf keinen Fall an die Öffentlichkeit. Wegen der Frauen, die darauf angewiesen sind, dass man ihnen glaubt. – Muss sie mir wirklich nicht sagen."

„Du meinst nicht, Sandra war verwickelt?", fragt Vesna.

„Ich … ich weiß schon nicht mehr, was ich glauben soll. Das Beste kommt noch: Wir reden mit Maggy Körmer. Und die streitet alles ab! Sie sagt, was Nicole zusammenfantasiert, sei purer Unsinn. Sie sei im Hotel gewesen, um herauszukriegen, wie lange Pauer noch bleibe, weil sie gegen ihn demonstrieren wollten."

„Nicole hat gesagt, Maggy hat sie auf die Idee gebracht. Mit ihrem Statement, dass diskutieren bei einem wie Pauer nichts nützt", erinnere ich mich.

„Ja. Sie meint, der Satz stimme schon. Aber an eine vorgetäuschte Vergewaltigung hätte sie dabei niemals gedacht, sondern an die geplante Demo."

„Und warum sollte Nicole das alles erfinden?", frage ich.

„Maggy Körmer sagt, die sei eben total durcheinander und dass das kein Wunder sei bei der Medienhetze, wir hätten die Aufgabe, sie zu beschützen, und nicht, sie auszufragen und womöglich noch fürs ‚Magazin' zu benutzen."

Ich fahre auf. „Das hat sie …“

„Vergiss“, sagt Vesna. „Ist jetzt wirklich nicht wichtig. – Wie hat sich Sandra Alman benommen?“

„Sie hat irgendwie weggetreten gewirkt. Nicht wirklich interessiert. Erst als Maggy gesagt hat, dass es unsere Pflicht wäre, Nicole zu beschützen, ist sie in die Luft gegangen. ‚Was glaubst du, was ich tue!‘, hat sie geschrien. Maggy hat sie ziemlich cool angesehen und nur gemeint, sie hoffe, dass das so sei.“

„Und warum war sie in Gavoi?“, will ich wissen.

„Um zu demonstrieren. Und dass du das ja ohnehin gesehen hast. Und der Polizei hat sie es auch schon erzählt. Nicole ist sie nicht begegnet, sagt sie. Sie hat gemeint, sie sei nicht einmal sicher, ob Nicole wirklich dort gewesen sei, die sei einfach am Durchdrehen.“

„Aber es gibt Foto“, erinnert Vesna.

„Wir haben es ihr gezeigt. – Maggy rennt schon nicht freiwillig zu Zuckerbrot. Maskulistenverein, diese Polizei, hat sie gesagt. Also, als sie das Foto gesehen hat, hat sie nur wiederholt, dass Nicole eben nicht mehr ganz zurechnungsfähig sei. Da hab ich sie natürlich gefragt, ob sie es für möglich hält, dass Nicole die Täterin ist. Einfach aus Verzweiflung und so.“

„Und?“ Vesna und ich sagen es gleichzeitig.

„Für sie ist das kompletter Unsinn. Für sie ist klar: Da steckt der Verlag dahinter, wahrscheinlich diese Seifried. Aber eigentlich sei ihr das ziemlich egal. Und dann hat sie noch gemeint: Ich kann nicht sagen, dass es mir leidtut, dass Pauer tot ist.“

„Was sie eher entlastet. So etwas sagt ein Mörder nicht“, denke ich laut.

„Eine Mörderin“, korrigiert Jana.

„Außer, ist durchgeknallt“, ergänzt Vesna.

[16.]

Redaktionskonferenz. Man verlangt von mir, dass ich Neues liefere. Wozu habe man mich schließlich extra nach Gavoi geschickt? Ich müsse doch mehr wissen als die anderen. Natürlich werde man mit dem Thema aufmachen, aber momentan seien uns die Tageszeitungen deutlich voraus.

Gavoi, wie lange ist das her? Sonnige Bergstadt aus Stein, überall Literatur und Bilder und Essen. Und Pauer. Am See.

„Was ist mit dieser Studentin? Sie hat noch nichts zum Tod von Pauer gesagt", überlegt unser Sportchef.

Er soll lieber bei seinen Skifahrern und Tennisassen bleiben. Und nicht das erwähnen, worüber ich die ganze Zeit nachdenke. Kann ich sie schützen? Wer spielt da mit wem und was?

„Sie ist untergetaucht. Kein Wunder. Und keine Chance, an sie ranzukommen, wie es scheint", sage ich dann. Zwei Tage Zeit habe ich ja noch.

„Gibt's Neues bei der Verlagschefin?", fragt Klaus. Außer uns zwei weiß niemand, dass Vesna sie beobachtet.

Ich schüttle den Kopf. Vesna hat mir nur erzählt, dass Farah Seifried offenbar sehr vorsichtig ist. Oder raffiniert. Medientermine, ein Besuch bei Carina Pauer. Alles ganz normal. Was sie mit ihr geredet hat, wissen wir freilich nicht. Wahrscheinlich hat sie ihr klargemacht: Wenn du tust, was ich will, verdienst du jede Menge Geld mit dem Buch. Pauer-Frau zwei ist Witwe. Hat kleine Kinder. Und eine Mutter, deren Villa renovierungsbedürftig ist.

„Alibi dürfte sie keines haben, das werde ich schreiben. Carina Pauer hat es mir erzählt: Sie war den Vormittag über auf der Terrasse des Hotels bei Gavoi, dort gibt's eine Internetverbindung, sie hat am

Laptop gearbeitet. Es wäre kaum jemandem aufgefallen, wenn sie zwischendurch verschwindet. Sie kann aufs Zimmer gehen, um irgendwas zu holen. Oder auf die Toilette. Vom hinteren Ende der Anlage bis zum Wasserlauf beim See sind es höchstens zehn Minuten. – Natürlich werden wir auch das mit dem Streit ums Macho-Image bringen."

„Das steht schon im letzten Heft. Sie sind sicher, dass das der richtige Weg ist?", fragt der Chronikchef spöttisch. „Alle anderen spekulieren darüber, welche hasserfüllte Emanze Pauer ums Eck gebracht hat."

Ich sehe ihn so ruhig wie möglich an. „Alle wohl nicht. Und die These klingt ja lustig, zumindest für gewisse entwicklungsgeschichtlich zurückgebliebene Männchen, aber sie ist nicht besonders wahrscheinlich."

Seltsamerweise scheinen sich sowohl der Chronikchef als auch der Sportchef betroffen zu fühlen. Sie ersuchen den Chefredakteur, mich dringend zu objektiver Berichterstattung anzuhalten. Ich probiere ein Grinsen. Es gelingt ganz gut. Und sehe, dass sogar Droch schmunzelt.

Am Nachmittag hat Vesna eine Idee. Man müsse Farah Seifried provozieren. Und sie wisse auch schon, wie: Nicole solle ihr eine Mitteilung schicken. Sie wolle mit ihr reden. Sie wisse ein paar entscheidende Dinge.

„Ich werde natürlich aufpassen, in der Nähe sein. Und sie hat Gerät, das aufnimmt."

„Du meinst, Nicole macht das?"

„Sie hat viel Interesse, der Mord wird aufgeklärt. Und wir können etwas Druck machen auf sie: Bisher wir haben Polizei nicht einmal erzählt, sie war in Gavoi. Gar nicht zu reden von der Sache im Hotel."

Ich nicke. Doch Sandra Alman verrät mir nicht, wo Nicole inzwischen untergebracht ist. – Kann es notwendig sein, Gewaltopfer selbst durch Verschweigen der Wahrheit zu schützen? Ist es nicht möglich, der Öffentlichkeit ein differenziertes Bild der Situation zu vermitteln? Hm. Und das frage gerade ich mich nach all den hysterischen Sensationsberichten, die es in diesem Fall gegeben hat? Die Leiterin von „frauen.com" verspricht immerhin zu vermitteln, dass sich Nicole mit mir in Verbindung setzt. Sagt sie jedenfalls. Ich warte. Jede Stunde ruft mich Vesna an. Jede Stunde sage ich: Noch nichts gehört. Ich gehe heim. Und wenn Sandra Alman doch viel tiefer in den Fall verwickelt ist, als wir ahnen? Wenn sie etwas mit dem Abend im Hotel zu tun hatte, und Pauer ist das klar geworden? Hätte er davon erzählt, sie wäre Job und Ruf und Vertrauen los gewesen, alles, was ihr wichtig ist. Vielleicht hatte sein Satz „Und sie ist nicht, was ihr glaubt!“ in Wirklichkeit mit Sandra Alman zu tun.

Oskar musste zu einem Vortrag des deutschen Finanzministers. „Die Krise überwinden – Europa leben“. Klingt nach schaurigem Pathos und Besserwisserei. Und kaum nach etwas, das irgendeinem Griechen oder einer Zypriotin nützt. Man kann auch nicht sagen, dass Oskar sich auf den Abend gefreut hat, aber so etwas gehört bei einem Wirtschaftsanwalt, der international arbeitet, einfach dazu. Kontaktpflege. Netzwerke. – Wie eng ist das Netzwerk der engagierten Frauen rund um „frauen.com“? Gehört Maggy Körmer doch dazu? Eher nicht. Sie scheint eine ewige Außenseiterin zu sein. Mit großen Verdiensten. Und wenigen Freundinnen.

Es läutet. Ich sehe auf die Uhr. Halb zehn. In der Küche gammelt eine halb gegessene Pizza vor sich hin. Ich hatte ausnahmsweise nicht viel Hunger. Und da ich die Oliven sofort an Gismo verfüttert habe, ist sie jetzt auch für meine Katze uninteressant. Oskar kann das noch nicht sein.

„Nicole“, tönt es durch die Gegensprechanlage. „Ich komm nicht rauf. Kommen Sie runter. Zwei Häuser weiter. Einfahrt.“

Ich packe den Schlüssel, renne los. Warum kommt sie nicht in die Wohnung? Ist das eine Falle? Quatsch. Was sollte die zierliche Nicole mir schon tun. – Wenn sie einen großen Stein mithat? Aber es gibt weit und breit keinen Wasserlauf im Ersten Bezirk, nur hie und da einen Wasserrohrbruch, und auf den wird sie wohl nicht warten wollen. Außerdem: alles absurd. Ich glaube, ich weiß, welche Einfahrt sie gemeint hat. Das Haus wird gerade generalsaniert. Irgendein chinesisches Konsortium soll es gekauft haben. Kein Licht. Unbewohnt. Nicole wartet vor der Tür zum Stiegenhaus.

„Ich will nur kurz etwas sagen: Ich spiele bei dem, was geplant ist, nicht mit. Ich gehe nicht zu dieser Seifried und warte auf einen Fehler von ihr, egal, was sie getan hat.“

Ich hole Luft. „Nicole. Wir haben dich bisher beschützt. Niemandem gesagt, dass du in Gavoi warst. Niemandem, dass es die versuchte Vergewaltigung nicht gegeben hat.“

„Das ist nicht wahr!“

„Es ist wahr. Wer hat etwas anderes …" Sandra Alman. Sie wollte von Anfang an nicht, dass Nicole redet. Sie hat sie aufgehetzt.

„Es ist nicht wahr, was ich über den Abend gesagt habe. Ich bin total durcheinander, ich weiß nicht mehr, was ich erzählen soll. Ich … als er tot war … man darf ja über Tote nichts Schlechtes sagen. Natürlich hat er versucht, mich zu vergewaltigen. Vielleicht hab ich es herausgefordert, das wollte ich sagen, nicht bewusst, sondern einfach so. Ich wollte ja mit ihm reden, wegen der Hausarbeit. Da kann man nicht sagen, was man denkt. Da war ich natürlich freundlich."

Ich packe Nicole an beiden Oberarmen, sie sind dünn, aber muskulös. – Könnten sie einen schweren Stein heben? „Wer setzt dich unter Druck?"

„Niemand. Ihr. Ihr setzt mich die ganze Zeit unter Druck!"

„Du hast etwas ganz anderes gesagt. Du hast Pauer gemeinsam mit Maggy Körmer eine Falle gestellt."

„Das ist mir nur so eingefallen! Weil sie gesagt hat, dass bei einem wie Pauer diskutieren nichts hilft! Sie hat mir später einmal gesagt, dass sie ein paar Medien angerufen hat, weil sie nicht wollte, dass was vertuscht wird!"

Auch Maggy Körmer hat abgestritten, dass sie eine fingierte Vergewaltigung geplant haben. – Aber würde das nicht jede tun, die mit drin hängt?

„Glaubst du, eine Frau wie sie lässt zu, dass eine Vergewaltigung vorgetäuscht wird?", fährt Nicole hektisch fort. „Ich muss jetzt los. Such mich nicht, ich bin so gut wie weg."

„Ich möchte wissen, was die Wahrheit ist!", rufe ich und es hallt in der Einfahrt wieder. „Und du musst zur Polizei! Sonst mache ich mich …"

„Ich … ich schreib alles auf und lass es dir zukommen!"

„Dich setzt jemand unter Druck!"

„Ja, du!" Und damit ist sie weg. Ich will ihr nachrennen und denke dann, es hat keinen Sinn. Ich überlege, Zuckerbrot anzurufen. Darf ich sie wieder untertauchen lassen? Wann mache ich mich strafbar? Wann verrate ich die misshandelten Frauen, denen ohnehin nicht gern geglaubt wird? Inadeguatezza. Unzulänglichkeit. Das Wort aus Gavoi. – Lasst uns darüber diskutieren. Ach verdammt, es gibt Dinge, die lassen sich nicht diskutieren. Ich trete mit dem Fuß gegen ein „Achtung Baustelle"-Schild. Scheppern. Und mein Knie. Es tut immer noch ziemlich weh.

Ich gehe nach oben, schenke mir einen großen Whiskey ein, setze mich auf die Terrasse. Gismo begleitet mich und legt sich auf meinen Schoß. Nächtliche Sommeridylle in Wien. Nur dass ich den Kopf nicht ruhig kriegen kann. Morgen ist ein neuer Tag – wer hat das gesagt? Ich glaube, es war Scarlett O'Hara in „Vom Winde verweht". Ich glaube nicht, dass ich viel mit ihr gemeinsam habe. Aber irgendwie ist der Satz tröstlich. Zumindest für Optimistinnen. Ich grinse und streichle Gismo und dann muss ich wohl eingeschlafen sein. Ich fahre auf, als mich jemand berührt. Es ist Oskar. Wer sonst.

„Ist schon ein neuer Tag?", frage ich ihn.

Er sieht mich irritiert an. „Es ist halb eins."

Ich nicke und lasse mich ins Bett bringen.

Mein Wecker. Unsinn. Es ist erst dämmrig. Telefon. Jetzt? Wer? Oskar brummt etwas neben mir. Ich taste nach dem Handy. Vesna. „Ja? Weißt du, wie spät …"

„Ich weiß. Und ich weiß, dass Nicole ist verschwunden. Sandra hat Jana angerufen."

„Sie hat gesagt, dass sie wieder untertaucht", sage ich relativ unbeeindruckt. Um diese Zeit kann mich überhaupt nicht viel aufregen.

„Sandra macht große Sorgen. Ich weiß nicht, ob sie alles sagt. Wir müssen hinterher."

„Und wie soll das gehen?"

„Nicole hat Spezialgerät mit GPS. Sie weiß nicht davon. Sie war bei ‚frauen.com'. Sie ist unterwegs nach Süden, irgendwo auf Autobahn bei Wiener Neustadt. Oder jetzt auch schon weiter weg."

Und ich soll mit? Das Gespräch gestern Nacht … sie war sehr durcheinander, es würde zu lange dauern, es Vesna zu erzählen.

„Du kommst zu ‚frauen.com'. Ich fahre mit Auto, Sandra gibt uns Laptop mit Ortungsprogramm."

„Fahren schon U-Bahnen?"

„Natürlich! Ganze Stadt ist auf Beinen!"

Die ganze Stadt ist es zwar nicht, aber erstaunlich, wie viele schon vor sechs in der Früh unterwegs sind. Ich habe Oskar geflüstert, dass ich wegmuss, ich weiß nicht, ob er es wahrgenommen hat. Ich werde ihn später anrufen. Gismo hat mich angemaunzt und ich habe ihr ein Stück von der vergammelten Pizza auf den Boden gelegt, echt mies, ich weiß, aber wenn sie Hunger hat, wird sie sie schon fressen. Das Leben ist eben nicht immer ein Wunschkonzert. – Woher habe ich diesen saublöden Satz nur? Jedenfalls geht er mir den ganzen Weg über nicht aus dem Kopf. Wunschkonzert: Das gab's im Radio, als ich ein Kind war. Schrecklich. Heintje hat gesungen: „Maaaama … Du darfst nicht um deinen kleinen Jungen weiiiiinen", oder so. Und viele Mütter waren gerührt. Wie ist das mit den kleinen Mädchen? Wie ist das familiäre Umfeld von Nicole, von Seifried, von Körmer? Und: Spielt das eine Rolle?

Jana und Vesna und Sandra Alman stehen schon vor dem Haus von „frauen.com", halb auf dem Gehsteig Vesnas alter und viel zu schneller Renault.

„Sie ist so um elf in der Nacht gekommen und war ganz aufgewühlt", erzählt die Leiterin von „frauen.com". „Ich wollte gerade gehen. Sie hat gesagt, sie will allein sein und etwas aufschreiben. Gefunden hab ich bis jetzt allerdings nichts. Sie hat gesagt, falls sie in der Früh wieder weg ist, dann liegt der Schlüssel im Postkasten. Ich habe ihr eines der Ortungsgeräte gegeben und gesagt, es sei ein Uhr-Telefon für Notfälle. Ist es auch. Ich bin heimgegangen. Und dann konnte ich nicht schlafen. Aber als ich um fünf wiedergekommen bin, war Nicole verschwunden. Ich hab am Laptop geschaut, wo sie hin ist. Raus aus Wien, Richtung Süden. Ich muss sie knapp verpasst haben. Sie war so durcheinander. Ich mache mir Sorgen."

„Was ist das für ein Ortungs…"

„Erzähle ich dir auf der Fahrt", antwortet Jana.

Plötzlich will Sandra Alman wieder mit uns zusammenarbeiten. Eigenartig. Aber vieles ist momentan eigenartig.

„Komm!", ruft Vesna ungeduldig. „Wir sollten durch Wien durch sein, bevor schlimmer Frühverkehr beginnt."

Ich ahne Übles. Und ich habe recht. Vesna gibt sich heute die Lizenz zum Rasen. Als wir Wien hinter uns haben, zeigt sie, dass ihr altes Auto noch immer hundertsiebzig geht. Alles dröhnt und zittert. Ich zittere am meisten. Unterdessen erzählt mir Jana, was es mit dem Ortungsgerät auf sich hat: Es gibt Handy-Uhren, die allerdings in der Benutzung sehr unpraktisch sind, aber ihren Bruder Fran haben sie auf eine Idee gebracht: Er hat für „frauen.com" in solche Uhren einen GPS-Sender eingebaut, wie es ihn zur Diebstahlsicherung für Autos gibt. Über eine Zentrale wird die aktuelle Position gemeldet.

„Wir hatten einen Fall, in dem ein Mädchen zu einer Zwangsheirat gedrängt wurde. Wir hatten Angst, ihre Brüder entführen sie. Also haben wir ihr für alle Fälle diesen Sender gegeben. Klar, ein normales Handy hätten ihr die Brüder sofort weggenommen. Aber das Ding sieht aus wie eine große Uhr. Auch wenn es um einiges mehr kann."

„Hat es genützt?" Ich frage es vor allem, um mich abzulenken.

„Leider nein. Die Sache ist nicht gut ausgegangen. Wir konnten sie bis zum Flughafen Antalya orten. Dann ist die Verbindung abgerissen. Sie oder sonst wer hat uns die Uhr ohne ein Wort zurückgeschickt. Wir haben keinen Kontakt mehr mit ihr. Wir werden wohl nie erfahren, ob sie sich freiwillig dazu entschieden hat. Ob es der Druck der Familie war. Oder ob man sie mit offener Gewalt dazu gebracht hat. – Auf alle Fälle hat Fran danach auch eine zusätzliche SOS-Funktion installiert."

Ich schaue auf den Laptop. Nicole scheint Richtung Graz unterwegs zu sein. Will sie wieder nach Italien? Sie hat recht: Zur Not ginge sie als Italienerin durch. Und sie hat einige Semester Italienisch studiert. Ich fasse noch einmal zusammen, was wir wissen. Und was man uns erzählt hat. Was wir vermuten. Versuche es aufzuschreiben. Bei diesem Tempo fast unmöglich. Meine Hand zittert. – Oder ist es bloß das Auto, das vibriert, bevor es in die Luft fliegt?

Immer wieder starre ich auf das Ortungsprogramm. Immer wieder wälzen wir die gleichen Fragen. Über den Packsattel werden wir langsamer. Vesna knurrt. Ihr Auto macht eben auch nicht mehr alles mit. Mir kommt vor, es riecht irgendwie nach Kabelbrand. Aber dann geht es bergab und meine Freundin treibt ihre alte Kiste wieder auf hundertsiebzig. Ich kann nur hoffen, dass wir überleben. Alle. Bald ist Nicole in Italien. – Seltsam. Sie scheint abzubiegen. Ich sage es den beiden.

„Vielleicht Tankstelle. Oder Raststätte. Wäre Glück, dann wir kommen näher."

„Sie fährt offenbar eine kleinere Straße entlang."

Jana wählt. Sie hat schon ein paarmal versucht, Nicole und auch ihre Schwester Klaudia anzurufen. Keine ist drangegangen. „Nicole meldet sich nicht", ruft Jana gegen den Autolärm an. Es klingt schon ziemlich verzweifelt.

Ich verkleinere den Maßstab der Ansicht. So habe ich mehr Überblick. „Sie fährt Richtung Faaker See."

„Sie will machen Urlaub!", witzelt Vesna. Wenn sie rasen kann, ist sie immer gut aufgelegt.

Der Pfeil bewegt sich jetzt deutlich langsamer vorwärts.

Janas Telefon läutet. „Ja? Nicole?“ – Aber es ist bloß Sandra Alman, die wissen will, wo wir sind und wo Nicole ist. Wir sind ein Stück von Klagenfurt entfernt. Und Nicole ist irgendwo abgebogen. Auch Sandra hat keine Ahnung, was das soll. Sagt sie zumindest.

Nicole wird noch langsamer. Sie ist jetzt am Faaker See vorbei. Fährt Richtung Karawanken-Autobahn. Dahinter ist Slowenien. Seltsam, wenn sie dorthin will, hätte sie doch schon früher die Autobahn gewechselt. – Ahnt sie, dass wir hinter ihr her sind? Slowenien: Wie viel weiß man dort von Pauer? Und von der jungen Frau, die er angeblich zu vergewaltigen versucht hat? Vesnas Auto dröhnt, als wäre es kurz vorm Auseinanderfallen. Ist es wahrscheinlich auch. Ich habe den beiden längst von meinem Treffen mit Nicole gestern Nacht erzählt. Niemand kann sich darauf einen Reim machen. Nur eines ist klar: Wir sollten sie einholen.

Wir sind bei Villach. Und Nicole ist an der Auffahrt zur Karawanken-Autobahn vorbei. Fährt das schöne Rosental entlang. Was um alles in der Welt tut sie da? Irgendwann einmal bleibt der Pfeil stehen. In der Nähe von Greuth, das sehe ich am Ortungsprogramm. Noch nie was von dem Ort gehört. Nein. Der Pfeil bewegt sich doch weiter. Nur ganz langsam. – Geht sie zu Fuß? Ich zoome so nahe wie möglich hin. Offenbar eine unbefestigte Straße, einen Berg hinauf.

Endlich ruft Klaudia zurück. Jana schaltet die Lautsprecherfunktion des Telefons ein. Auch sie hat keine Ahnung, was ihre Schwester hier will. Nein, sie hätten keine Verwandten in Kärnten. Nein, da seien sie nie auf Urlaub gewesen. „Sie geht nicht ans Telefon, sie antwortet auf keine SMS. Bitte findet sie! Inzwischen glaube ich alles, auch dass sie sich was antun könnte. Der Tod von Pauer scheint sie noch mehr durcheinandergebracht zu haben. Dabei sollte man annehmen ...“ Jana fragt sie nicht, wie viel ihr Nicole erzählt hat, und verspricht, sich sofort zu melden, wenn es Neues gibt.

Der Pfeil auf der Ortungslandkarte hat sich unterdessen Richtung Bergspitze bewegt. Da ist wohl kein Weg mehr, den man mit einem Auto befahren kann. Ich starre auf den Laptop, ohne viel Veränderung festzustellen. Vesna rast, was das Zeug hält. Wir nehmen die Karawanken-Autobahn. So können wir ein schönes Stück des Weges abschneiden. – Warum hat Nicole nicht diese Route genommen? Weil sie uns so lange wie möglich vortäuschen wollte, dass sie nach Italien unterwegs ist? Woher sollte sie wissen, dass wir sie orten können? Autobahnausfahrt. Hinweise auf Hotels und Gasthöfe, bunte Blumen an einem Ortsschild. Vesna muss Tempo wegnehmen. „Keine Bewegung mehr", sage ich. „Jetzt bin ich mir sicher." Ich bin auf der größtmöglichen Zoom-Stufe. Auch in der Satelliten-Einstellung kann man nicht deutlich erkennen, was auf diesem Berg ist. Außer Fels und darunter Wald und irgendwelche Steige.

„Sie macht Wanderung", sagt Vesna und keine lacht.

Wieder Anruf. „Sandra", flüstert Jana.

„Ja."

„Nein."

„Ja."

„Wir sind fast da. Irgendwo die Karawanken rauf."

„Was? Bei Greuth oder so."

Ich nicke heftig.

„Passt. Machen wir."

Jana dreht sich halb zu mir um, so, dass sowohl Vesna als auch ich sicher hören können, was sie zu sagen hat: „Sie hat einen Notruf abgesetzt."

„Einen Notruf?", sagt Vesna und schaut weiter konzentriert auf die Straße. Zwischen den Orten kann man schon hundertzwanzig fahren. Findet sie.

„Hab ich euch doch gesagt. Das Gerät hat so eine Funktion. Kommt dann nicht beim Ortungsprogramm an, sondern bei der eingestellten Nummer. Und das ist natürlich die von ‚frauen.com'."

„Hat sie was gesagt?", frage ich.

„Geht nicht. Es ist bloß ein Signal. Dass man Hilfe braucht. Dass wer kommen soll."

„Wir kommen", knurrt Vesna.

„Wir sollten die Polizei verständigen, oder die Bergrettung", sage ich.

„Wenn wir wissen, was los ist", antwortet Jana.

Eine Viertelstunde später holpern wir eine Schotterstraße hinauf. Es muss die gleiche sein, die sie genommen hat. Ich bin mir sicher. Zumindest fast. Jedenfalls kommen wir dem inzwischen statischen Pfeil immer näher.

„Da kann ich nicht mehr weiter", sagt Vesna.

Große Steine auf der Straße, tiefe Regenrillen. – Wo hat Nicole geparkt? Wir bleiben stehen, stellen den Wagen, so gut es geht, bei einigen Bäumen neben dem Weg ab. Wir beugen uns über den Laptop. Vesna tut, als wäre klar, wo wir hinmüssen. Ich weiß, warum mir Berge von unten viel sympathischer sind. Wobei ich sanfte Hügel ohnehin noch lieber mag. Aber ich verzichte darauf, es laut zu sagen.

So eine Art Berglauf mit Laptop. Genau das Richtige für mich. Keine Zeit, um zu jammern. Und auch keine Luft. Leider ist der Empfang hier oben miserabel. Und die Batterie reicht auch nur mehr für eine gute Stunde. Ich keuche hinter den beiden her. – Was tun wir da? Nicole wollte sich verstecken. Das ist ihr problemlos gelungen. Es ist uns noch niemand begegnet. Scheint keine beliebte Wanderroute zu sein. Wen wundert es. Der Weg führt durch den Wald, und das steil bergauf. Dann ist der Wald zu Ende. Hier beginnen die Felsen. Das Panorama, ich muss es zugeben, ist eindrucksvoll. Schroffe Berge, tiefe Schluchten. Aber ich brauche nichts mehr, das mir den Atem raubt.

Jana klappt den Laptop auf. „Sie muss da drüben sein", sagt sie und deutet auf einen Pfad, der nach links abbiegt. Auf der einen Seite der Abgrund, auf der anderen der Felshang. Okay, dazwischen sind ein paar Meter, auf denen man sich einigermaßen gefahrlos vorwärtsbewegen kann. Vorausgesetzt, man rutscht nicht aus. Ich habe Schweißperlen auf der Stirn. Vesna eilt voraus, bleibt dann stehen. Zwei Riesenvögel kreisen über uns. Geier, denke ich. Würde irgendwie passen. Sie deutet auf eine Gruppe von niedrigen, verwachsenen Bäumen. Dahinter Holz. Eine Hütte.

„Ihr bleibt da. Ich schaue hin. Ich hole euch."

Ich lasse mich auf einem großen Stein nieder und versuche, meinen Atem wieder auf Normalfrequenz zu bringen. Ich kann genauso gut im Sitzen warten. Dann stehe ich doch wieder auf. Ich bin zu angespannt. Meine Oberschenkel zittern. Überanstrengung? Weil ich … weil ich Angst vor dem habe, was uns erwartet? Es kann bloß Nicole sein. Vesna ist hinter den Büschen verschwunden. Plötzlich Stimmen, Lärm.

„Hilfe!", gellt Vesna. Es hallt von den Felswänden wider. Mitleidslos. Kalter Schauder den Rücken hinunter. Jana lässt ihre Tasche fallen und rennt los. Ich renne hinter ihr drein. Auf der anderen Seite der Hütte zwei Gestalten. Sie liegen auf dem Boden, obenauf ist Vesna. Aber die darunter wehrt sich erbittert. Das ist nicht Nicole. Das ist Maggy Körmer. – Haben sie uns an der Nase herumgeführt, damit Nicole türmen kann? Jana stürzt hin und versucht, die Arme von Maggy zu fixieren. Man sollte ihr eins über den Kopf geben. Natürlich so, dass ihr nichts Gravierendes passiert. Gerangel, Stöhnen. Dann haben es Jana und Vesna geschafft. Maggy kann sich nicht mehr rühren. Dafür faucht sie und schimpft und spuckt. Ihre Brille liegt ein Stück entfernt im Gras, ein Glas ist zerbrochen.

„Du kannst wenigstens Strick suchen", keucht Vesna in meine Richtung.

Ich renne irritiert zur Hütte. Auf der winzigen Holzbank davor liegt ein breites Klebeband. Das ist noch viel besser. Vesna und Jana haben alle Mühe, Maggys Hände so weit zusammenzukriegen, dass ich das Band darum wickeln kann.

„Nicht mich!", keucht Vesna. Fast hätte ich sie mit dazu gepackt. Und wie soll ich das blöde Band abschneiden? In Fernsehfilmen ist immer alles da: Messer, Schere, Handschellen. – Was hat Maggy getan, außer uns in die Irre geführt zu haben? Ich versuche den Klebestreifen abzubeißen, Maggy hat den Kampf noch nicht aufgegeben und bäumt sich auf. Ich stürze über die drei.

„Beine jetzt", befiehlt Vesna. „Einfach alles zusammenbinden." Sie blutet an der Lippe. Ich reiße am Band an, Maggy stöhnt, ich bin bei einem Fuß. Umwickeln. Sie zappelt. Jana versucht, sie niederzuhalten. Dann der zweite Fuß und das Paket ist abholbereit. Maggy liegt auf der Seite und tobt.

„Ihr Idiotinnen!"

Vesna steht auf und greift sich an die Lippe. „Nicole ist drin. Ich glaube, sie hat sie betäubt."

„Die ist tot", schreit Maggy. „Die dumme Gans kann nicht mehr reden!"

Die winzige Hütte hat keine Fenster. Vesna öffnet die Tür. Ich bin dicht hinter ihr. Nicole liegt auf einem Schlafsack in der Ecke. Reglos. Als ob sie hier schon Jahre liegen würde. Mit einer einzigen Bewegung ist Vesna bei ihr, Hand bei der Halsschlagader. Sie dreht sich zu uns um. „Sie lebt. Puls ist langsam, aber regelmäßig. Wir brauchen Rettung."

Jana zieht ihr Telefon aus der Tasche. „Kein Empfang!"

„Der Laptop hat ein schwaches Netz gehabt", sage ich und greife nach meinem Telefon. Wir hetzen nach draußen. Kein Empfang. Jana rennt den Weg zurück, den wir gekommen sind.

Ich gehe zu Maggy Körmer. „Was hast du ihr gegeben?"

„Wenn du mich losmachst, sage ich es. Ansonsten stirbt sie."

„Für wie blöd hältst du mich? Du hast Pauer umgebracht. Nicole ist draufgekommen, deswegen bist du mit ihr …“ Schon während ich das sage, merke ich, dass es keinen Sinn ergibt. Nicole mag durcheinander sein, aber so verrückt ist sie nicht.

„Nicole?“, ächzt Maggy. „Die hat doch nichts begriffen! Gar nichts!“

Jana rennt auf uns zu. „Oben war ein Netz. Ich hab angerufen. Sie beeilen sich.“

Vesna kommt aus dem Haus, schüttelt Maggy. „Du sagst, was du ihr gegeben hast!“

„Nur wenn ihr mich losbindet!“

„Ihr Puls ist regelmäßig. Die haltet durch“, erwidert Vesna. „Nicole wollte Wahrheit erzählen, deswegen sie sollte sterben!“

„Die Wahrheit?“, keucht Maggy und hustet. – Oder lacht sie? „Die Wahrheit ist, dass einer als Star gefeiert wird, der Millionen Frauen auf dem Gewissen hat. Die Wahrheit? Dass ich dumm war. Ich hätte wissen müssen, dass dieses Gänschen umfällt. Die Wahrheit? Dass ihr alle blind seid und nicht merkt, was mit uns gespielt wird!“

„Und was wird mit uns gespielt?“, frage ich.

„Die Journalistin“, höhnt Maggy. „Die ja so fair und korrekt unterwegs ist, dass sogar Frauen zu Wort kommen. Echt lieb. – Solange es dem Chefredakteur passt und es der Auflage nicht wehtut. Ich hab dich herumstolpern gesehen in Sardinien, immer auf der Suche nach deinem Pauer-Mann. Es war widerlich.“

„Und du bist es, die durchschaut alles“, merkt Vesna trocken an.

„Ich habe mir gleich gedacht, dass Nicole nach Gavoi fährt. Sie hat mir eine hysterische Nachricht geschickt, dass sie mit Pauer eine Lösung finden will. – Eine Lösung mit Pauer!“ Sie schreit es, versucht sich zu befreien. Unmöglich. „Bindet mich los. Dann erzähle ich. – Wär doch was für dein Scheißblatt, oder? Valensky berichtet wieder einmal exklusiv!“

„Das tust du auch so“, stellt Vesna fest und rennt wieder zur Hütte, um nach Nicole zu sehen.

„Ich werde schreiben, was du erzählst“, probiere ich es.

Sie starrt mich an. „Ich hab Pauer verfolgt. Das war nicht schwer. Ist ja dauernd eine Schar von Bewunderinnen um ihn herum gewesen. Nicole hat sich wirklich mit ihm getroffen. Gleich in der ersten Nacht. Dann ist sie abgehauen. Er hat was geschrieben und es dann versteckt.

Ich hab den blöden Zettel unter dem Kunstrasen gefunden. Er sei ihr gar nicht so böse und er wolle der ganzen Welt sagen, dass auch er manipuliert worden sei. Dafür solle sie sagen, dass sie die Sache im Hotel nur einfach falsch verstanden habe. Und vielleicht, dass sie ein gewisses Trauma habe, wenn sie mit einem Mann in einem geschlossenen Raum sei. Er werde jemanden suchen, der das bestätigt. – Könnt ihr euch das vorstellen? Der höchste Triumph für Pauer und seine Männer! Der ultimative Sieg!"

Sie dreht das Gesicht auf die andere Seite, Schmutz und ein Cut neben der Augenbraue. Jetzt lacht sie wirklich. Aber es ist kein gutes Lachen. „Und danke für den Tipp mit dem Wasserlauf", höhnt sie in meine Richtung.

Stimmen, Rufe. Sanitäter. Polizei. Durcheinander.

„Ist das nicht die Margarethe Körmer? Die sieht genau so aus wie die Körmerischen!", ruft einer.

„Die kennt man da?", frage ich.

„Ihre Eltern hatten einen Hof, unten im Ort. Und das ist ihre Hütte."

[17.]

Nicole wacht auf, noch bevor die Sanitäter mit ihr beim Rettungswagen sind. Sie scheint allerdings nicht ganz klar zu sein, sie sagt: „Italia?"

Vielleicht hat Maggy Körmer behauptet, sie dorthin bringen zu wollen. Wir werden es herausfinden. Dann fährt man Nicole ins nächste Krankenhaus und uns zur Polizeiwachstube. Wir geben zu Protokoll, was wir wissen. Oder zumindest fast alles. Maggy Körmer hat sich entschlossen, zu schweigen. Wir hätten es viel früher merken müssen. Sie war die ewig Missverstandene. Selbst unter den Feministinnen. Umgeben von Ignorantinnen und Halbherzigen und Anpasslerinnen. Die einzige aufrechte Kämpferin gegen eine Welt, in der Männer die Macht haben. Und Pauers Buch sollte den wenigen Aufmüpfigen den endgültigen Schlag versetzen. Als ob selbst der erfolgreichste Bestseller viel verändern könnte. Spätestens seit er von den Boulevardmedien trotz der Vergewaltigungsvorwürfe zum verfolgten Helden stilisiert wurde, spätestens als Nicole nicht mehr wollte, war für sie klar: Das neue Aushängeschild der uralten Männerbewegung muss sterben. Auch damit nie ans Licht kommt, was sich im Hotel wirklich abgespielt hat.

Ich schreibe Stichworte in den Laptop von „frauen.com". Wir haben erst übermorgen Redaktionsschluss. Ich war zwar bei der Klärung des Mordfalls hautnah dabei, eigentlich zu hautnah für meinen Geschmack, aber es werden andere sein, die die Story vor mir bringen. – Ist das so wichtig? Wichtig ist, dass wir Nicole fast in letzter Minute gerettet haben. Wahrscheinlich hatte Maggy Körmer vor, sie halb betäubt in die nächste Schlucht zu werfen.

Danach hätte sie die Hütte präpariert, ihre eigenen Spuren entfernt, wäre heimgefahren und hätte gewartet. Und wenn Nicole irgendwann einmal gefunden worden wäre, wenn irgendwann klar geworden wäre, dass sie in der Körmer-Hütte war, wäre Maggy betroffen gewesen. Um der Göttin willen, sie habe Nicole von der Hütte erzählt, aber dass sie da rauf sei, um sich zu verstecken … die Karawanken seien doch so gefährlich. Vor allem, wenn man ohnehin schon durcheinander, am Rand des Zusammenbruchs sei. Schrecklich, dieser Unfall! Oder: Könne es gar sein, dass sich Nicole freiwillig hinuntergestürzt habe? Traurig, sehr traurig. Wahrscheinlich hätte man ihr geglaubt.

Am späten Nachmittag dürfen wir zu Nicole. Sie sitzt bereits auf dem Bett. Der Polizeibeamte weigert sich allerdings, uns mit ihr allein zu lassen.

Nicole bestätigt, was wir uns mehr oder weniger schon gedacht haben. Nach dem Gespräch mit Sandra Alman und Jana hatte Maggy Körmer Angst, dass alles ans Licht kommt. Sie hat Nicole unter Druck gesetzt. Wenn sie öffentlich mache, dass Pauer sie gar nicht vergewaltigen wollte, würde sie der gesamten Frauenbewegung fürchterlichen Schaden zufügen. Die miese Figur wäre posthum ein noch größerer Held und alle Frauen stünden auf Jahre und Jahrzehnte als Lügnerinnen da. Ob sie das wirklich wolle?

„Ich hab gesagt, ich will nur mehr weg. Nach Italien, irgendwohin."

„Da bist du dann am späten Abend zu mir und hast alles wieder zurückgenommen", ergänze ich.

„Man soll nicht vor Polizei …", zischt Vesna.

Nicole schüttelt den Kopf. „Das ist egal jetzt. Ich hab das Ganze zu Protokoll gegeben. Ich weiß, dass ich eine Strafe kriege. Aber ich kann nicht damit leben, dass es nicht geklärt ist. Ich hab gestern Nacht keine Ahnung gehabt, was ich tun soll. Es stimmt, ich wollte alles aufschreiben … aber ich hab es dann nicht fertiggebracht. Und dann hat Maggy angerufen, dass sie mich nach Italien bringt. Jetzt sofort. Ich hab mir gedacht, das ist natürlich auch in ihrem Interesse, weil sie ja nicht will, dass ich rede. Ich war so eine Idiotin …"

„Und dann ihr seid vor Grenze abgebogen", fährt Vesna fort.

„Ja, ich war total irritiert. Aber Maggy hat gesagt, ihr ist gerade etwas viel Besseres eingefallen, es gibt eine Hütte, da findet mich keiner. Ich hab gesagt, dass ich doch lieber nach Italien möchte. Aber ich hatte keine Chance. Und trotzdem hab ich zu diesem Zeitpunkt bloß gedacht, das ist typisch Maggy, da bist du machtlos, wenn sie etwas will. Irgendwie war es mir auch nicht so wichtig. Hauptsache, untertauchen."

„Sie ist in der Gegend aufgewachsen“, erkläre ich Nicole.

„Das hat sie mir auch gesagt. Und dass es das größte Glück ihres Lebens gewesen sei, von hier fortzukommen.“

„Na“, mischt sich der Polizist zum ersten Mal ein. „So schlecht ist es bei uns nicht. Aber mit den Körmers war das schon problematisch. Der Vater war ein ziemlicher Choleriker. Und der Großvater auch schon.“

„Gewalttäter. Sie haben ihre Frauen geschlagen … und so?“, mischt sich Jana ein.

„Das hat keiner gewusst“, sagt der Polizist. „Und es war lang vor meiner Zeit.“

„Hat dir Maggy etwas darüber erzählt?“, frage ich Nicole.

Sie schüttelt den Kopf. „Wir sind auf die Hütte und sie war dann irgendwie so … eigenartig. Ich hab ein ungutes Gefühl bekommen. Ich hab dieses Uhrtelefon von ‚frauen.com‘ gekriegt, für alle Fälle. Ich hab einen Notruf losgelassen, da hab ich noch gar nicht genau gewusst, warum. Ich wollte bloß nicht mit ihr allein sein.“

„Zum Glück hatte dieses Ding auch einen Ortungssender“, sagt Jana.

Nicole nickt. „Das haben mir die Polizisten schon erzählt. “

„Es war nicht, um dich zu kontrollieren. Sandra Alman hat sich Sorgen gemacht. Es war zu deinem Schutz“, erklärt Jana.

Wie viel hat Sandra Alman geahnt?

Am nächsten Tag der übliche Medienwahnsinn. Offizieller Polizeibericht. Die mutmaßliche Täterin sei gefasst, es handle sich um Margarethe K., sechsundfünfzig, Bedienstete der Gemeinde Wien. Natürlich dauert es nicht lang und alle haben herausgefunden, dass es sich dabei um die hinlänglich bekannte Maggy Körmer handelt.

In den Fernsehnachrichten ist von einer „hasserfüllten Feministin“ die Rede.

Zuckerbrot lässt sich von mir bestätigen, was ich schon den örtlichen Polizeibehörden erzählt habe.

„Seit wann haben Sie gewusst, dass die Sache mit der versuchten Vergewaltigung so gar nicht stattgefunden hat?“

Ich lächle. „Gewusst? Eigentlich erst seit heute.“

Zuckerbrot pfaucht wie eine alte Dampflok.

Ich habe morgen Redaktionsschluss, aber ich beginne schon jetzt mit meiner Reportage. Natürlich kann ich viele Details erzählen, auch die Stimmung am Berg. Und ich habe ein Interview mit Sandra Alman. Sie erklärt, warum man natürlich trotzdem den Frauen glauben sollte, wenn es um Gewalt gegen sie geht. Und dass es ganz wichtig ist, dass unsere Gesellschaft jede Form der Gewalt gegen Frauen offen ablehnt und ächtet und auch entsprechend bestraft. Und dass nicht „die" Frauen gelogen haben, sondern bloß eine, und das unter ganz besonderen Umständen.

Carina Pauer lässt mir über eine Pressefrau von Alpha Books ausrichten, sie stehe für keine weiteren Interviews mehr zur Verfügung. Sie trauere um ihren Mann und müsse sich um sein Vermächtnis kümmern. Übermorgen wird sie gemeinsam mit Farah Seifried nach New York fliegen. Wunderbar. Der Bestseller kann in den USA durchstarten. Sex and Crime inklusive: „Pauer-Mann von hasserfüllten Feministinnen in Falle gelockt und ermordet! Lesen Sie sein Buch! Dann wissen Sie, warum!"

Der Zettel, der zwischen Nicole und Pauer hin und her gegangen ist, bleibt verschwunden. Maggy Körmer hat ihn wohl rechtzeitig vernichtet. Sie streitet übrigens alles ab, was sie mir am Berg erzählt hat. Gewettet hätte ich. Niemand kann beweisen, dass Pauer wirklich vorhatte, gegen Farah Seifried aufzumucken. Auch wenn sie mit seinem Tod nichts zu tun hat: Ich bin einfach sauer, dass die Verlegerin so gut aussteigt. Letztlich war sie es, die alles auf die Spitze getrieben hat. Die supererfolgreiche Verlagschefin, die einen Mega-Bestseller gemacht hat. Ganz miese sexistische Macho-Sprüche inklusive.

Am Abend versucht Oskar mich mit einem meiner Lieblingsfilme auf andere Gedanken zu bringen. Er hat die CD von „Verbrechen und andere Kleinigkeiten" mitgebracht und dazu jede Menge Sushi und Sashimi und Maki. Ich liebe diesen Woody-Allen-Film. Weise und witzig zugleich. Und trotzdem bin ich heute nicht recht bei der Sache. Ich versuche nicht einmal wie sonst, Oskar alle Sushis mit Butterfisch wegzuessen. Ich habe keinen Hunger. Mein Mann sieht mich besorgt an.

Am nächsten Tag kann ich in den Medien lesen, was zu erwarten war: Frauen, vor allem aber Feministinnen lügen und morden. Okay, ich kann es in gewissen Medien lesen. Aber die haben Auflage genug.

Ich suche Fotos, feile an meinem Abenteuerbericht. Versuche etwas Distanz zu allem zu bekommen.

Jana verlangt das Gegenteil: „Du musst ihnen klarmachen, dass Maggy Körmer nichts mit ‚frauen.com' zu tun hat. Und mit anderen Frauengruppen auch nicht. Die hat sich total isoliert. Deswegen ist sie dann übergeschnappt."

Ich verspreche, mein Bestes zu tun.

Vesna ruft an und fragt, was ich heute Abend vorhabe.

„Schlafen."

„Du bist also nicht irgendwo unterwegs?"

„Ich hab keine Lust."

„Mir geht es auch so. Oskar sagt, er macht sich richtig Sorgen, du bist krank in Gemüt."

„Gemütskrank sind bloß Papageien", erwidere ich.

„Warum?"

„Keine Ahnung. Hab ich einmal gelesen."

„Hörst dich wirklich nicht gut an. – Und Abend, du bist zu Hause?"

„Was hast du vor?"

„Gar nichts. Werde ich auch schlafen."

Irgendetwas plant sie. Oder ich spinne eben schon. Eigentlich egal. Ich bin nicht gemütskrank. Aber erschöpft. Das mit der Wahrheit ist manchmal ganz schön kompliziert. Selbst eine Annäherung daran. Und vor allem wenn sich herausstellt, dass ich das Ergebnis nicht mag.

Ich schicke meine Reportage weiter, die Titelseite macht der Chefredakteur, mir ist egal, wie sie wird. Klaus hat mir jedenfalls versprochen, nicht dem Schrott der heutigen Boulevardzeitungen nachzueifern.

Telefon. Ich will gar nicht drangehen. Ich kenne die Nummer nicht. Der Anrufer ist hartnäckig. Ich drücke die Empfangstaste.

„Franziska Pauer. Mein Exmann hat mir einen Brief geschrieben. Den sollten Sie sehen. Haben Sie Lust, vorbeizukommen?"

Ich seufze. „Ich fürchte, das ist nicht mehr wichtig."

„Es erklärt einiges. Und er entschuldigt sich sogar bei mir. Für die Reaktionen, die ich wegen des Buches und wegen der Sache mit der sexuellen Zurückhaltung auszuhalten hatte. Für die spöttischen Blicke meiner Kundinnen. Sie haben ihm davon erzählt."

„Ja, das ist wahr.“ Jetzt ist er tot. Und vieles kaputt. Andererseits: Warum sollte ich nicht zu ihr fahren? Ich habe Zeit. Vielleicht ist es ein nettes Steinchen im Mosaik. Und bevor ich noch wirklich gemütskrank werde …

Ich sitze mit der Apothekerin wieder an dem kleinen Tisch, vor uns ein Strauß bunter Sommerblumen.

Sie hat Kaffee gemacht und hält mir den Brief hin. Pauer hat ihn in Gavoi abgeschickt.

„Liebe Franziska,

es tut mir leid, dass auch du unter der Medienhetze zu leiden hattest. Ich habe von der ‚Magazin‘-Journalistin Valensky davon erfahren. Ich will dir bloß sagen, dass wir sehr schöne Jahre miteinander hatten und dass du immer eine sehr reizvolle Frau warst und sicher noch bist.

Ich gebe zu, ich war auf meinen Bestseller sehr stolz, du weißt besser als die meisten anderen, wie sehr ich darum gekämpft habe, endlich Erfolg zu haben. Ich stehe noch immer zum Grundtenor des Buches. Männer sind in den letzten Jahren zu häufig als minderwertige machtbesessene Unholde behandelt worden. So, als hätten wir keine Gefühle. Aber ich bin in eine Maschinerie hineingezogen worden, der ich mich wieder entziehen muss, wenn ich nicht auf der Strecke bleiben will.

Ich schwöre dir, dass an den bösen Verleumdungen mit der versuchten Vergewaltigung nichts dran ist. Umso mehr hat es mich wütend gemacht, dass gewisse Leute versucht haben, selbst das für mein Image zu nutzen.

Das Verrückte an der Sache ist: Die junge Frau hat sich bei mir gemeldet. Es geht gar nicht mehr um Schuld und Unschuld, sondern nur mehr darum, dass du in der Öffentlichkeit vorgeführt wirst. Auch wenn die beschriebene Person längst nichts mehr mit einem selbst zu tun hat.

Ich bin ein Mann. Ja. Und genau deswegen werde ich das endlich in die Hand nehmen und ein paar Sachen richtigstellen. Und ich werde einen Weg finden, mich mit der jungen Frau zu einigen.

Ich weiß, dass das meinem Verlag nicht gefallen wird. Dort glaubt man, dass die Ermittler bald genug Beweise haben, die klarmachen, dass ich Opfer einer Intrige geworden bin. Es geht da um einen Kratzer, den sie sich selbst zugefügt hat. Man hat unter ihren Fingernägeln ihre eigenen Hautpartikel gefunden. Und es soll weitere Indizien geben. Das wäre noch einmal Wasser auf die Mühlen der Medienmaschinerie. Es kann sein, dass ich durch diese Klarstellungen jede Menge Geld verliere. Aber ich werde versuchen, das zu verhindern. Es gibt einen Vertrag zwischen mir und der Verlagschefin Farah Seifried persönlich. Sie hat das Recht, in meinem Namen Interviews zu geben. Sie bestimmt, was ich sagen soll und wie ich mich in der Öffentlichkeit gebe. Spiele ich nicht mit, wird publik gemacht, dass nicht ich, sondern sie das Buch geschrieben hat. Und sie bekommt dann auch alle Tantiemen. Ich habe dem zugestimmt, weil ich nie auf die Idee gekommen wäre, dass alles so ausartet.

Warum ich dir das schreibe? Weil ich nicht mehr weiß, wie weit sie bereit ist zu gehen. Ich war dumm genug, dass nur sie ein Exemplar dieses Vertrags hat. Bei dir, da bin ich mir ganz sicher, ist dieses Wissen gut aufgehoben. Nur der Vollständigkeit halber: Ich habe das Buch natürlich selbst geschrieben. Sie hat lediglich Passagen eingefügt, die sie für verkaufsfördernd gehalten hat. Aber allein die Auseinandersetzung darüber würde alles zerstören.

Ich danke dir für viele gute Jahre und für dein Verständnis,

Thomas"

Ich nicke.

„Der Brief ist erst gestern gekommen. Ich wollte ihn der Polizei bringen, für mich war klar, dass die Verlagschefin Thomas umgebracht hat. Und dann kam die Meldung, dass es diese Feministin war. Ich finde es allerdings nur fair, dass die Leute erfahren, was im Hintergrund gespielt wurde."

Ich sehe sie an. „Schaut so aus, als könnte es einen ziemlichen Streit um die Urheberrechte geben, wenn ich das veröffentliche. Und dass Carina gegen Alpha Books antreten muss."

Franziska Pauer lächelt. „Sie scheint ziemlich am Geld zu hängen."

„Späte Revanche?", frage ich.

„Ich verstehe es als seinen letzten Willen."

[18.]

Natürlich nehmen wir den Brief in voller Länge in die nächste Ausgabe. Auf der Titelseite prangt in großen Lettern: *„Pauers letzter Wille!"* Jana wird das nicht besonders freuen. Dafür wird sie den Inhalt des Briefes mögen.

Ich arbeite wie verrückt, um die Reportage anzupassen. Es geht mir schon wieder viel besser. Ich gehe zum Chefredakteur, sehe, wie er mit Droch über den Druckvorlagen steht. Er kommt her und umarmt mich. Droch brummt etwas.

„Ihr kommt heute zum Essen zu uns. Alle beide. Wir müssen feiern", sage ich.

„Ist wirklich nicht übel, die Geschichte", sagt Droch.

„Nein, nicht die Geschichte. Meinen Geburtstag. Den fünfzigsten!"

Die beiden starren mich an. „Das ist mir jetzt aber total peinlich ... ich dachte ... du hättest was sagen können ...", stammelt Klaus.

Droch schüttelt den Kopf. „Du hast noch gar nicht Geburtstag, oder spinn ich schon? Erst in ein paar Wochen."

„Ich habe Vesna versprochen, meinen Geburtstag einige Male vorzufeiern, damit ich mich daran gewöhne, fünfzig zu werden. Dabei ist mir das sowieso egal. Aber heute hab ich Lust. Heute feiern wir! Wehe, ihr kommt nicht!"

„Das ist wieder einmal typisch! Anstelle einer höflichen Einladung eine Vorladung", antwortet Droch.

Ich mache mich auf den Heimweg und rufe Vesna an. Sie lacht. Sie freut sich, dass ich wieder gut drauf bin. Klar würden sie da sein und ich solle ja nicht viel einkaufen, darum gehe es nicht, außerdem hätten so gut wie alle Geschäfte schon zu.

Sie hat recht. Auch egal. Wein haben wir jedenfalls genug. Und seit ich die Vorratsschränke ausgeräumt habe, weiß ich, wie viele Nudelpackungen ich habe: vierzehn. Das sollte reichen. Feiern wie früher. Kein großes Menü, sondern einfach Nudeln. Und viel Wein. Ich habe Kräuter. Ich habe eingefrorene Garnelen. Ich habe Chili. Ich habe Olivenöl. Wir haben noch jede Menge sardischen Käse. Und Sardellen in Öl. Das ist es: Ich mache einen Nudelauflauf. Nudeln al dente kochen, mit Olivenöl, Garnelen, Sardellen, Knoblauch, Chili, Kräutern mischen. Obers. Ei. Oje. Das habe ich nicht daheim. Nicht gerade einfach, in der Wiener Innenstadt am Abend Lebensmittel zu besorgen. Allerdings: Auf dem Heimweg komme ich beim „Kopiaste", unserem zypriotischen Lieblingslokal, vorbei. Sie sollen mir drei Eier verkaufen. Und einen halben Liter Obers.

Nachdem ich gesagt habe, ich brauche die Eier für mein Geburtstagsfest, wäre ich von dort kaum mehr weggekommen. Aber nach zwei Ouzo und reich beschenkt mit Lunza, ihrem großartigen Schinken, eile ich heimwärts.

Vor der Tür bremse ich. Es ist nicht alles bestens, bloß weil Farah Seifried jetzt auch drankommt. – Nein, ist es nicht. Aber es ist wenigstens ein bisschen gerechter. Und ich werde mich mehr als bisher dafür einsetzen, dass Frauen geglaubt wird. Einfach weil die Wahrheit so oft auf der Seite der Mächtigeren zu sein scheint.

Ich läute und stecke gleichzeitig den Schlüssel ins Schlüsselloch.

Die Tür wird aufgerissen. „Überraschung!", schreit Vesna und bläst in eine idiotische Tröte. Hinter ihr grinsen Oskar und Jana und Valentin und Carmen und Karl Simatschek. Und dann geht die Glocke der Gegensprechanlage und Klaus und Droch kommen mit dem Lift.

„Karl Simatschek ist heute zurück von Sardinien. Wir haben gedacht, es ist beste Idee, dich aufheitern. Habe ich bei ihm bestellt ganze Tasche voll gute Sachen, du hast ja erzählt, am Flughafen es gibt Supergeschäft. Und dann du bist selbst auf Idee mit Fest gekommen. Und ich habe schnell sein müssen", erklärt Vesna und fällt mir um den Hals.

„Alles Gute zum Fünfziger", sagt Oskar und umarmt mich.

„Ich bin noch gar nicht fünfzig!", protestiere ich.

„Das feiern wir!", ruft Vesna.

Danke!

an das sardische Literaturfestival in Gavoi, „L'Isola delle Storie", für wunderbare Tage und Inspiration. Da passt alles zusammen: das sardische Bergstädtchen, das für ein paar Tage mit Tausenden Literaturinteressierten gemeinsam lebt und feiert. Das Programm, wo so vieles, von experimenteller Lyrik bis hin zum Thriller, seinen Platz findet. Das Team rund um Mariagiovanna Serusi: Man fühlt sich als willkommener Teil des Ganzen. Und den „Mirto-Abend" mit „Presidente" Marcello Fois (übrigens ein großartiger Autor, unter anderem auch von Kriminalromanen!), den gibt es wirklich … wenn auch in Details natürlich ganz anders. Schon allein deswegen, weil es auf dem Festival in der Realität – natürlich – gar nicht mörderisch zugeht …

www.isoladellestorie.it

an Tess Gerritsen, die mich an einem Abend in Gavoi gefragt hat, ob „Shades of Grey" auch in Europa erfolgreich seien und ob ich mir erklären könne, wie dieser Sex-Kitsch samt vorgestrigen Klischees derartig einschlagen könne. Dadurch bin ich auf die Idee gekommen, mich – diesmal auch literarisch – näher mit Rollenbildern zu beschäftigen.

www.tessgerritsen.com

an zwei überaus engagierte und gastfreundliche Vertreter der österreichischen Kultur in Italien: Generalkonsulin Sigrid Berka in Mailand und Generalkonsul Christoph Meran in Rom. Sie haben mir sehr weitergeholfen und ich habe mich bei ihnen mehr als wohlgefühlt. Mit Christoph Meran verbinden mich außerdem einige schöne und spannende Tage in Gavoi … a presto, hoffe ich in beiden Fällen!

an meine Schwester Elisabeth Fandler, Psychologin an der Grazer Kinderklinik, Psychotherapeutin und Gerichtssachverständige. Sie hat immer wieder mit den Themen Gewalt und Missbrauch zu tun und hat mir ein Gefühl dafür vermittelt, was alles möglich ist. Und dass das mit Opfern und Tätern (und manchmal auch Täterinnen) oder gar mit Schuld nicht immer so einfach ist. Sie leistet großartige Arbeit und ich habe großes Glück, so eine Schwester zu haben!

an das Team der „Innenräume". Junge engagierte Frauen planen ein interkulturelles und generationenverbindendes Begegnungszentrum in Wien. Ich unterstütze sie von Anfang an. Ich hoffe, dass diese Räume so bald wie möglich Realität werden. Und ihre Idee hat mich zu „frauen.com" inspiriert …

www.innenraeume.at

an Michaela Rossmann von der Pressestelle der Landespolizeidirektion Wien. Meine Namenskollegin (verwandt dürften wir trotzdem nicht sein …) hat mir mit vielen Fakten weitergeholfen und mir den Polizeialltag ein Stück nähergebracht. Und zwar unbürokratisch und offen: höchste Zeit, das eine oder andere Polizisten-Klischee zu überdenken! Sollte sich trotzdem der eine oder andere Fehler eingeschlichen haben: Das hat ausschließlich mit mir und meiner Fantasie zu tun …

an die vielfältigen Frauen- und Mädchenberatungsstellen und Frauenhäuser. Von den dort engagierten Frauen habe ich eine Menge darüber erfahren, was in der Realität läuft. Gewalt gegen Frauen existiert nach wie vor, und zwar von der Migrantin bis zum Akademikerinnenhaushalt. Es wäre höchste Zeit, das nicht bloß in Sonntagsreden zu bedauern, sondern auch konkret dagegen zu arbeiten. Dafür bräuchte es unter anderem eine bessere und langfristige finanzielle Absicherung der Beratungs- und Betreuungsstellen. Und ein gesellschaftliches Umdenken, was Frauenrollen angeht, damit Frauen weder aus sozialen noch aus finanziellen Gründen Gewalt zu „erdulden“ haben. Außerdem ist es absurd, dass ein Diebstahl meist strenger bestraft wird als eine Vergewaltigung.

www.netzwerk-frauenberatung.at

an den Folio-Verlag: Jetzt haben wir gemeinsam den 15. Krimi geschafft! Dass er in gewisser Weise an mein allererstes Buch bei Folio „Unter Männern – Frauen im österreichischen Parlament“ anschließt, ist bloßer Zufall. Damals sorgten sexistische Aussagen und Übergriffe im Parlament, die ich im Buch dokumentieren konnte, für einiges Aufsehen … Ich danke euch für die freundschaftliche Begleitung quer durch alle möglichen Themen und euer Vertrauen zu mir. In einer Branche, die von internationalen Konzernen geprägt ist, wird es immer mehr zum Luxus, völlig frei arbeiten und selbst entscheiden zu dürfen. – Auch wenn so vielleicht wieder kein Welt-Bestseller entsteht … aber ich habe eben auch weder das plakative Aussehen von Thomas Pauer noch die momentan offenbar notwendige Menge an seltsamem Sex zu bieten … sorry.

www.folioverlag.com

an Joe Rabl, meinen Lektor. Über viele Krimis hinweg hat mich Eva Maria Widmair begleitet (der ich dafür immer noch herzlich danke, sie hat mir sehr viel beigebracht!), Joe hat es geschafft, diesen wichtigen Platz zu übernehmen, und ich hoffe, wir arbeiten noch lange zusammen. Ohne seinen sorgsamen Umgang mit meinem Text wäre das Buch einfach nicht … fertig. Und: Es macht Spaß mit ihm!

an meinen Taschenbuchverlag Lübbe. Claudia Müller ist die beste Betreuerin und Lektorin, die man sich nur wünschen kann. Unseren wunderbaren Nachmittag, an dem sie mir als studierte Kunsthistorikerin, vor allem aber auch als lebenslustige Stadtgenießerin Köln nähergebracht hat, werde ich noch lange nicht vergessen. Und: Lübbe gehört zu keinem der internationalen Verlagskonglomerate, sondern ist nach wie vor ein Privatverlag. Mit den Lübbes an der Spitze und dem klugen Kluge an ihrer Seite werden sie es hoffentlich noch lange und erfolgreich bleiben. Ich fühle mich bei ihnen sehr wohl.

www.luebbe.de

an Rotraut Schöberl, die einzigartige Leporello-Buchhändlerin (natürlich unterstützt von Erwin Riedesser): Wer vermutet, dass sie im Krimi in einer winzigen Nebenrolle vorkommt, hat recht. – Auch wenn ich nicht weiß, ob sie „Sei ein MANN!“ tatsächlich in die Auslage gelegt hätte. Wenn, wären ihr dazu sicher einige pointierte Bemerkungen eingefallen … Weil so etwas gelingt ihr auch regelmäßig als Bücherexpertin im Frühstücksprogramm bei „Puls 4“ wunderbar …

www.leporello.at

an Manfred Buchinger vom Gasthaus „Zur Alten Schule“ für Inspiration, Freundschaft und viele – gerade bei Frauenthemen – auch kontroverse Diskussionen. Dabei ist er bei diesem „Gendern“ deutlich weiter, als er selbst weiß oder zugeben möchte … Ich koche nach wie vor in seinem Gasthaus mit, auch wenn ich wegen der vielen Lesungen nicht mehr so viel Zeit habe. Zum Glück gibt's Hannes Berghofer (und natürlich die Lehrlinge und Yolanda), der es inzwischen mit vielen Top-Köchen in diesem Land aufnehmen kann. Es macht einfach Spaß, mit diesem jungen Team zu arbeiten! – Hm, stimmt, Buchinger ist schon sechzig geworden, aber im Geiste … Abgesehen davon, dass er an gewissen Tagen (nachdem er maximal drei bis fünf Stunden geschlafen hat) jammert: „Alt werden is net schön!“ Ich kenne trotzdem Zwanzigjährige, die älter sind.

www.buchingers.at

an Gerda und Joschi Döllinger für Freundschaft, viele schöne gemeinsam verbrachte Abende und natürlich ihre wunderbaren Weine. Es ist kein Wunder, dass Mira und Oskar fast immer Weinviertler Wein trinken … ich gönne ihnen eben gerne etwas besonders Gutes. Und es macht Freude, mitzuerleben, dass es Familienbetriebe gibt, die weitergehen. Jetzt ist ihr Sohn Matthias mit vollem Einsatz dabei und es ist ihm gleich zu Beginn gelungen, für einige Weine Top-Bewertungen und Auszeichnungen zu bekommen …

www.doellinger.at

an die vielen und so unterschiedlichen Menschen, Vereine, Buchhandlungen, Büchereien, die mich jedes Jahr zu Lesungen einladen. Ich bin gern „auf Tour", ich freue mich, die Leserinnen und Leser meiner Bücher persönlich zu treffen, und brauche ihre Rückmeldungen, das Gespräch, Diskussionen und Anregungen. In manchen Fällen haben sich aus solchen Lesungen schon dauerhafte und höchst angenehme Beziehungen und Freundschaften entwickelt: Ein herzliches Dankeschön an Irene und Richard Elsensohn, die Besitzer des wunderbaren Hotels „Enzian" in Zürs für Freundschaft und Gastfreundschaft; an das Team des Parkhotels Pörtschach für Spannendes und Entspannendes in ihrem inspirierenden Sechzigerjahre-Design-Hotel; an Irmgard Clausen, engagierte und ebenso großherzig-liebevolle Buchhändlerin in Coburg; an Dierk Steinert von der Weinhandlung EN GROS & EN DETAIL in Leipzig für genussreiche Abende und überaus anregende Gespräche; an den belesenen, hochprofessionellen und trotzdem zum Glück verspielten Tomas Friedmann vom Salzburger Literaturhaus; an Beate (übrigens eine großartige Krimi-Kollegin!) und Jeff Maxian, die jetzt schon seit Jahren trotz hartem Kampf ums Budget superspannende Krimifestivals (begonnen hat es am Attersee ...) veranstalten; an den auch literarisch umtriebigen Ossi Schellmann von der Summerstage; an die wunderbare Gastgeberin Irmgard Querfeld vom Café Museum; an die vielen engagierten Buchhändlerinnen bei Thalia Österreich; an die Buchhandlung Haas in Weiz mit ihren vielfältigen Programmideen und der wunderbaren „Alt"-Chefin ... und an die vielen, vielen, auf die ich jetzt vergessen habe ...

und wie immer ganz am Schluss, aber für mich natürlich besonders wichtig, möchte ich Ernest danken: meinem Erstleser, Erstkritiker, Erstkorrektor und Begleiter durchs Leben. In der Zeit, in der ich mich noch viel intensiver für die Selbstbestimmung von Frauen engagiert habe, hat er auch manch mitleidigen Blick von Geschlechtsgenossen bekommen ... aber er hat es ausgehalten, und mehr noch: Er hat mich tun lassen, ohne mir dreinzureden und ohne dafür einen Orden als männlicher Feminist zu erwarten. Es ist schön, dich an meiner Seite zu haben.

www.ernesthauer.at

... mehr Infos, auch über die anderen Bücher: www.evarossmann.at

SPANNUNG BEI FOLIO

Giancarlo De Cataldo

Romanzo Criminale

Aus dem Italienischen von Karin Fleischanderl
575 S., ISBN 978-3-85256-508-8

Macht, Sex und Drogen – ein italienischer Politthriller zwischen Realität und Fiktion. Spannung pur.

Rom in den 1970er und 1980er Jahren. Eine Gruppe Jugendlicher aus den Elendsvierteln – die Magliana-Bande – steigt in großem Stil in das Geschäft mit Rauschgift, Prostitution und Glücksspiel ein.

„Man liest das süchtig.“ *taz*

„Wer sich in den atemlosen ‚Romanzo Criminale‘ stürzt, vergisst die Zeit.“
Berliner Zeitung

Schmutzige Hände

Aus dem Italienischen von Karin Fleischanderl
376 S., ISBN 978-3-85256-554-5

Italien 1992: Bomben und gute Geschäfte – das organisierte Verbrechen greift nach der Macht.

„Kalte Machtwesen im großen Kampf, jeder gegen jeden. Ein mitreißendes Buch.“ *Der Spiegel*

„De Cataldo erzählt mit allen Mitteln der Ironie, des Sarkasmus, der analytischen Schärfe und des klaren Blicks auf die realen Verhältnisse extrem kurzweilig und brillant. Wenn die Welt schon nicht schön ist, Anlass für große Literatur ist sie schon.“ *Thomas Wörtche*

„Bravourös, notwendig.“ *Tobias Gohlis, KrimiZeit-Bestenliste*

SPANNUNG BEI FOLIO

Giancarlo De Cataldo

Zeit der Wut

Aus dem Italienischen von Karin Fleischanderl
245 S., ISBN 978-3-85256-592-7

Ein filmreifer Thriller über Gut und Böse – packend, in rasanter Szenenfolge und mit eindringlichen Bildern.

„De Cataldo bannt wieder ein Stück Italien der letzten Jahre, er taucht seine Hände in das Faule, in die Korruption, ins Blut, mit anderen Worten, in die Geschichte Italiens." *Il Messaggero*

Der König von Rom

Aus dem Italienischen von Karin Fleischanderl,
mit einem Nachwort von Tobias Gohlis und Giancarlo De Cataldo
172 S., ISBN 978-3-85256-619-1

Die wahre Geschichte vom Aufstieg eines Vorstadtjungen zum König der römischen Unterwelt.

„Ein Politthriller allerbester Manier." *Hamburger Abendblatt*

„De Cataldo ist neben Andrea Camilleri einer der bekanntesten Krimiautoren in Italien." *ORF*

SPANNUNG BEI FOLIO

Eva Rossmann
Die Mira-Valensky-Krimis

Wahlkampf
Gebunden mit Schutzumschlag, 252 S., ISBN 978-3-85256-332-9

Ausgejodelt
Gebunden mit Schutzumschlag, 228 S., ISBN 978-3-85256-139-4

Freudsche Verbrechen
Gebunden mit Schutzumschlag, 283 S., ISBN 978-3-85256-163-9

Kaltes Fleisch
Gebunden mit Schutzumschlag, 283 S., ISBN 978-3-85256-220-9

Ausgekocht
Gebunden mit Schutzumschlag, 262 S., ISBN 978-3-85256-251-3

Karibik all inclusive
Gebunden mit Schutzumschlag, 247 S., ISBN 978-3-85256-283-4

Wein & Tod
Gebunden mit Schutzumschlag, 385 S., ISBN 978-3-85256-311-4

Verschieden
Gebunden mit Schutzumschlag, 244 S., ISBN 978-3-85256-345-9

MillionenKochen
Gebunden mit Schutzumschlag, 262 S., ISBN 978-3-85256-378-7

Russen kommen
Gebunden mit Schutzumschlag, 277 S., ISBN 978-3-85256-444-9

Leben lassen
Gebunden mit Schutzumschlag, 269 S., ISBN 978-3-85256-496-8

Evelyns Fall
Gebunden mit Schutzumschlag, 243 S., ISBN 978-3-85256-528-6

Unterm Messer
Gebunden mit Schutzumschlag, 277 S., ISBN 978-3-85256-575-0

Unter Strom
Gebunden mit Schutzumschlag, 284 S., ISBN 978-3-85256-605-4

„Ein wahrer Leckerbissen für eingefleischte Krimi-Gourmets.“ *Brigitte*

„Mira Valensky ermittelt wieder, und ganz Österreich steht auf dem Prüfstand.“
Salzburger Nachrichten

SPANNUNG BEI FOLIO

Eva Rossmann
Das Kochbuch zu den Krimis

Mira kocht. Ein Mira-Valensky-Kochbuch
Gebunden mit Schutzumschlag, 189 S., ISBN 978-3-85256-358-9

„Das Kochbuch gehört zu den fundiertesten Rezeptsammlungen der vereinigten Schnüfflerlandschaft.“ *Profil*